あんたがたどこさ

永島克彦

文芸社

目次

クワガタ

初夏の早朝、団地の近くの公園での出来事。

公園を散歩していると、小学一、二年生ぐらいと思われるイガグリ頭の真っ黒に口焼けした坊主がすたすたとあるいてくると、公園の中央に立っている常夜灯のポールの根元をいきなり蹴飛ばした。

すると、ポールの上から小さな黒いものがポトリと落ちてきた。それを拾い上げた坊主は、いかにも得意げに「やったね」とつぶやいたものである。

ぼんやりとその光景を見ていた私に近づいたその坊主は、「オジちゃん、ホラ」と言って手に持ったものを見せてくれた。

その手に大事そうに握られていたのは、黒い小さなクワガタ虫だった。女と子供は何でもいいから先ず褒めろ、という古くからの家訓にしたがって「ホウ、立派なクワガタだね」と褒めてやると、その坊主はこう言った。

「この電柱を蹴飛ばすとね、カブトやクワガタが捕れるんだよ」感心している私に坊主は更にこう付け加えた。

「オジちゃんもやるといいよ」この〝オジちゃんもやるといいよ〟という一言にすっかり感動してしまった。大人でこんな事を言える人が果たして何人居るだろうか。

たいていの人は、オイシイ話は自分だけの秘密にして、ナイショナイショを決め込むに違いない。このような大事を、見ず知らずのオジさんに打ち明けてくれた、この坊主の心の豊かさに感動してしまった。

それともう一つ感心した事がある。

普通の子供なら虫を獲るときは昆虫網を持って、樹の枝や幹にとまっているのを狙うのに、常夜灯を蹴飛ばしてクワガタやカブト虫を獲ろうという、斬新な手法。

見上げると、夜、常夜灯の光を慕って集まってきた虫たちが、ランプの周りを囲っている金網に何匹かとまっている。

さて、その後の三日間、坊主に教えられたとおり、辺りに人影の居ないのを確かめてから、ポールの根元を思いっきり蹴飛ばしてみた。

三日目にやっとコガネムシが一匹落ちてきた。そこで、ポールの蹴飛ばしは止めにした。

理由は三つ。早朝、人気の無い公園で、大の大人が鉄柱を蹴飛ばしているのは、どう見ても正気の沙汰と思えないこと。三日目頃から、心なしかポールの根元が緩んできたような気がしてきたこと。そして最後は、折角の坊主の好意ではあったが、これ以上坊主の領分を荒らすのは、大人として申し訳なく思えてきたからである。

昭和五十八年八月

国旗・国歌

「渡辺負けろ」そして、時折「韓国がんばれ」と、横になって肘枕しながら、テレビに向かって叫んでいる男が居た。

どうも様子が変である。常日頃その男は、自分は愛国者であり、もし日本に一朝有事が起これば、誰よりも先に馳せ参じて敵と一戦交えるつもり、などと公言しているのが、ボクシングの試合とはいえ、日本側でなく韓国を応援するなど考えられないことである。しかも、つい数分前までは日本を応援していたのである。

十月七日、大阪で行われたＷＢＡジュニア・バンタム級タイトル戦でのこと。男が急に韓国側に寝返った理由はこうだ。

試合前のセレモニーで国旗掲揚、国歌斉唱の時のチャンピオン渡辺の態度を見てからである。日本の国旗、国歌の時には掲揚台に神妙に正対していた渡辺が、韓国の番になるとリングの隅でピョンピョン飛び跳ねだしたのである。シャドウボクシングである。

一方、挑戦者側の韓国選手は、自国の国旗が揚るのを眼で追いながら、国歌を歌っていた。

この瞬間、男は生まれて初めて韓国側に鞍替えしたのである。

国旗、国歌というものはその国の象徴であり、魂なのである。大体、日本人ほど国旗、国歌を粗末に扱う民族は珍しい。その表れの一つが、この振る舞いである。

仮にも、世界チャンピオンともあろうものが、挑戦者の国旗にそっぽを向いて、ウサギではあるまいし、ぴょこぴょことリングの中を跳ね回るとは何事か。

この放送は韓国でも同時放送されており、韓国の約八十パーセントの人がテレビ観戦しているのである。韓国人が最も嫌っている日本人の評判が、また一段と落ちたのは確実である。

試合の結果は、男の声援空しく渡辺のTKO勝ちとなった。

これがまたまた男を怒らせた。十一ラウンド、相手のバッティングで眼の上を切った渡辺が、判定勝ちとなったのである。

誰が見ても打たれ続け、リング中を逃げ回ってばかりいた方が、ポイントとバッティングで傷を受けて勝ち。そのポイントも日本人のジャッジのおかげである。

ボクシングというのは、もともと男と男が素手で殴りあったのが、始まりであろう。それが、眼の上から血を流しながら、撲られ続けてろくに打ち返すことも出来ず、逃げるに必死だった方を勝ちにするとは、日本のボクシングはどこか可笑しい。
少なくともこの日の喧嘩は、韓国選手の勝ちである。
国旗、国歌を粗末にするような奴が、真剣勝負の喧嘩に勝てる訳がない。
これが、男の結論である。

昭和五十八年十月

名前

人の名前は、当然のことながらその当人に一生ついて回るものであり、そのため生まれた愛児の名前を付けるに当っては、両親をはじめとする多くの人たちのさまざまな期待が込められている。

その大事な自分の名前を、粗末に扱われて怒らない者は居ないであろう。

某月某日、事務所でボケーッと鼻毛など抜いていると、向こうのほうで電話のやりとりをしている声が聞こえてきた。

「…ハイ、島は普通の島です。カツは克美しげるの克です―」話の様子では、誰かの名前を契約先かどこかに教えている様子である。克美しげるの克か、上手いこと言うもんだ。何年か前に同棲中の女を殺した、売れない歌手だから、いまだに記憶している人たちも多いに違いない。

電話はまだ続いており、「ハイハイ、彦は普通の彦です―」などと言っている。電話で文字を伝えるのはなかなか難しいもので、下手をすると伝えている側の教養を問われかねない。

俺なら、彦は海幸彦、山幸彦の彦だと答えるのにな…イヤ、山彦の彦の方が簡単でいいかなどと思いながら、待てよ、と気がついた。何とかの下に島がつき、克彦と付けばこの俺の事じゃないか。

一瞬にしてムラーッときた。あの野郎、仮にも営業課長ともあろうものが、上司の名前を他所様に教えるのに、よりによって女たらしの助べえで、ラッキョみたいな顔をした人殺しの名前を引き合いに出すとは何事。

「そうか、あいつはあんな遣り方で俺のイメージダウンを諮っているのか」ようし、それなら、こっちにも考えがある。

そこで早速、目の前の受話器を取り上げて、電報を打つことにした。

「いいですか」声の様子からして、相手は妙齢の美女らしい。こんな事は、見なくても判る。

「宛名は先ずヒットラーのヒ。アウシュビッツでユダヤ人を大量虐殺したヒットラーね。次はロッパのロ、なに？　ロッパを知らないの？　むかしエノケン、アチャコの喜劇が流行った頃に、馬鹿殿様役やってた古川ロッパ。本人によく似てるよー、君はまだ生まれていなかったって。じじゃ、しょうがない。ロンドンのロにしよう」

「次は、ユルフンのユにしよう。これは知ってる？　そう、君のお父さんが愛用しているの。偉いお父さんだね。あれは便利だよ。銭湯でタオル忘れた時は、手拭がわりになるし、草っ原で用を足して紙が無い時には、あの先をちょん切るとＯＫだしね。お父さんに宜しく言っといて頂戴」

「さて、最後は金玉のキね。下品すぎるから他のにしようって。では、キ印のキにしよう。ン！　キ印にも色々あるが何のキだって？　君ンとこはそんなことまで調べるの。何事にも正確さが大事だって。感心感心。私達もそうありたいものだね。それでは、色キチのキにして頂戴。本人にピッタシ。ハイ、それでお終い。モシモシ、電文だって？　電文は必要ないの。そいじゃ、サヨナラ」

そう言って、電話を切ったところで眼が覚めた。

『ヒロユキ』これが、頓馬な電話を掛けていた男の名前である。

昭和五十八年十一月

ウナギ

『羊頭を掲げて狗肉を売る』という諺がある。肉屋の店頭に羊の頭を掲げておきながら、実は犬の肉を売っているという、宣伝と実際の商品が違っているという、いわゆるインチキ商法である。

ある日、散歩に出たついでに、『うなぎ』と大書した看板を見つけて、とある店に入った。ちょうど、昼食時だったが、店内には女将らしいのと中年の女店員に、客は一人だけ。

カウンターに座って三分もすると、この店に入ったのが間違いだった事に気が付いた。

しかし、うなぎ定食を注文した後ではもう遅い。なにしろ、イラッシャイマセの後は水もお茶も出ない。

テレビはあるが、スイッチは入っていないし、時間潰しの読み物も無い。

見れば、カウンターのうしろの棚には、客の名入りのウイスキーや、焼酎の壜が二十本ばかり並んでいる。本業はスナックらしいのだ。

そこのママと思しき五十位の女将が、小汚い顔に化粧もしないで、女と二人ペチャクチャ喋りながら料理をしている。

いらいらしながらも、こっちは充分に人間が練れているから、カウンターの丸い椅子の上で、長い脚を組んだりほどいたり、腕組してみたり、楊枝を齧ったり。

そのうちに女が気がついてお茶を煎れてくれたが、茶碗の縁は欠けているし、おまけにお湯がぬるくて飲めたものではない。

しょうがないからビールを注文したら、小壜が出てきた。ビールの注文に気を好くしたか女将が何かお愛想を言ったが、こんな手合いとは口も利きたくなかったので、そっぽを向いてフン、と言ってやった。

さて、待つこと暫し、出された料理にぶったまげた。皿の中にやせ細ったウナギの切れっ端が三切れ、キャベツの刻んだ上に乗っかっていて、キャベツの味噌汁にオシンコ少々。

喰って見て、またまた驚いた。鰻がかび臭いのだ。これで書入れ時の昼の時間に、客が二人だけだったという、謎が判った。

長い間、人間稼業をしているが、こんな不味いウナギを喰ったのは初めてである。

しかも、値段は一流店なみに取った。ビールの小壜一本を五百円も取った。

皆さん、よーく考えていただきたい。ビールの小壜一本五百円は、ネオン輝き音楽が流れ、美人の姐ちゃんがお世辞の一つも言いながら、注いでくれるから納得できるのだ。そういう店では五百円が千円でも喜んで払うが、白昼、薄汚れた食堂で、オバンがただ無愛想に運んできただけで五百円は高い。

その店を出てから、しみじみと『うなぎ』と大書した看板を、振り返ってながめたものである。

昭和五十八年十二月

一年の計

我が棲居は、熊本より東へ二里半、阿蘇への途次にある。

今年の初日の出は、遥かな阿蘇の峰峯より厳かに昇り、バルコニーから愚息と二人、神聖な気持ちで手を合わせた。

まだ夢の中の愚妻に「初日の出だよ」と優しく声を掛けると「そう」と言って窓のカーテンを引き、チラッと外を見てそれでお終い。それも、布団の中で寝たままやるのだから、こいつには歳の初めの改まった気持ちなど、微塵も無い。

今年もこんなのを相手にしなければならないのかと思うと、いささか憂鬱になる。

憂鬱になるといえば、我家の住人の多さである。今年も、大家族の住人達に万遍なく食べさせていかなければならない。

三人の人間の他に、動物が多い。

住人の筆頭は、今年で十二歳になる真っ白い猫。これは頭から尻尾まで八十センチもある巨体で、いまやすっかり耄碌して、日がな一日コタツの中で涎を流しながら寝てばかりいる、純粋の雑種である。それに後二匹の猫は、広大な庭に放し飼いにしている、（一説には、こんな状態を野良猫とも言うらしい）黒白の斑と、三毛猫。

水槽にはタニシが三匹、カブトとクワガタは只今冬眠中。インコが二羽にゴキブリ少々。それに、我輩と愚妻、息子と人間が三人。これらが巨大な四階建て、鉄筋コンクリートの豪邸に住んでいる。（一般に、こんな豪邸を団地と呼ぶらしい）。

バルコニー（ベランダと呼ぶ人も居る）には、五十余鉢の植物が四季折々の花を咲かせ、実を実らせる。この栽培は我輩が指導して愚妻にやらせている。（何よ、花の名前も、バラかチューリップ位しか知らないくせに…愚妻はそう言って歩いているらしい）。

忘れてならないのが、外に放し飼いにしている、スズメである。この時期、山野に餌が少ないので、気を付けていてやらないとひもじい思いをさせることになる。

カミさんによく言い聞かせているのだが、これがよく忘れる。いつかも、窓の外でスズメがチュンチュン騒いでいるので、ベランダを覗いてみると、餌が全然出ていない。

カミさんに聞くと、飯は喰ってしまってスズメにやる分はないと言う。

「何でお前が飯なんか喰うんだ。スズメにあげてから余ったら、お前が食え」そう言ったらカミさん、こっちをキッと睨んでこう抜かしおった。「私とスズメとどっちが大事なの」女という生き物は、たまにこういう愚問を発する。物事の本質を判っていない証拠である。そこで、こう答えてやった。「そりゃ、スズメに決まっているだろうが」

さて我家の神聖な正月風景。朝は型どおりにお屠蘇にお雑煮、おせち料理。ここまでは普通の家庭と全く同じ。

昼、十二時過ぎ。三人三様それぞれ勝手にやっている。清酒「美少年」を片手に「酒もたまにはウマかー」とホザキながらテレビのお笑いショーを見ているの。

書初め代わりに元旦から年賀状を書いているのもいれば、台所で旨い物でも作ろうとカタコトやっているの。それぞれ皆至極真っ当。真面目な顔してやっている。

ここで誰が何をやっているかを、当てる事のできる人は、占い師の資格充分である。驚くなかれ、昼酒カックラって馬鹿笑いしているのは、当年十歳、小学四年の豚児。書初めは愚妻。台所でこまめに働いているのがかくいう小生。どうもこの家は少々変わっているみたい。

夜十時、「サア張った、サア張った！　女は度胸、子供はベンキョ、男は愛嬌で大儲け」三人がコタツに入って、オイチョカブの開帳。博打に酒は付き物で、それぞれがビール、ジン、日本酒を傍らにおいての大勝負。

勝負の世界は非情である。夫婦、親子の情愛等どこ吹く風か。丁丁発止の挙句、博打の天才我輩の一人勝ち。カミさんと愚息から合計六八〇円の大枚を巻き上げてやった。

その後が面白かった。終盤負けが混んできた愚息は、「美少年」を茶碗酒でグイグイやっていたが、勝負が終った途端完全に酔いが廻って、残った虎の子の五百円を右手に「パパ、チップ上げる。チップ上げる」と言い出した。

博打で巻き上げて、その上チップまで貰うのはさすがに気が引けて、ご遠慮申し上げたが、それでも未だ「チップ上げる、チップ上げる」と喚いている。「一体こいつ、学校で何を習っているんだろうか」

昔から、一年の計は元旦にありと言う。寝ながら、しみじみ考えた。

やはり教育だ。この二人を根本から鍛え直すには、教育しか無い。そう決心した。

そこでカミさんに「今年は、お前等を徹底的に教育してやるからな」と、宣言しようとして思い止まった。カミさんの答えは判りきっている。

「フン！　何よ。今年一番教育の必要な人は誰でしょうね」

果たして誰なのだろうか。今年も辛い一年になりそうである。

昭和五十六年一月

Ｆ15ジェット戦闘機

Ｆ15イーグル・ジェット戦闘機を見た。

わが国航空自衛隊が誇る、最新最強のジェット戦闘機である。まさしく空の勇士である。鮮烈な印象だった。

一月二十二日、宮崎の航空自衛隊、新田原航空基地の航空ショーでのことである。

この日、基地内では花電車（トレーラーを飾り立てた）が走り、オデン屋や玩具店などの模擬店が並び、鼓笛隊の演奏にあわせてバトンガールが舞っていた。基地開設記念日の、一般市民も招待しての、基地のお祭りである。

その一環としての航空ショーで、滑走路にはさまざまな飛行機が展示されている。セスナ型の小型軽飛行機から、各種の戦闘機、トラックや戦車まで搭載できる巨大な輸送機まで並べられ、上空ではジェット機の編隊飛行が繰り広げられている。

そのうちにＦ15戦闘機の二機編隊飛行がはじまった。このジェット機は従来の戦闘機とは、比較にならない程の高性能を備えているという。

最高速度マッハ二・五、音速の二倍半である。Ｆ４ファントムがマッハ二だから、一秒間に一七〇メートルの差がつくことになる。

やがて、マッハ二・五というのを実感した。アナウンスで左方向の空を見ると、はるか彼方からゴマ粒のような黒点がみるみる近づいてきた。基地上空四、五百メートルの低空を音も無く接近してくるのだ。

全長一九・五メートル、翼幅十三メートルの巨体が尾部からオレンジ色の炎を噴射しつつ、音も無く飛ぶ様は不気味ですらある。

実際の戦闘では、敵のレーダー網を掻い潜るために、超低空で侵入して攻撃する。だから、戦場ではなんの予兆も無く、いきなり第一撃を喰う事になる。

接近してきたＦ15が基地上空を右に通過した後で、ゴーッという轟音が辺り一面を覆い尽くした。音速は一秒間に三四〇メートルだから、マッハ二・五では秒速八五〇メートル。Ｆ15は音を後方に置き去りにして飛んでいくのだ。

それからは二機の戦闘機の華麗な乱舞となった。前夜来の雨が嘘のように晴れあがった碧空を急上昇、急降下、急反転、背面飛行と巨体にあたかも命を吹き込まれでもしたように、ある時は軽やかに、ある時には見る人に重圧感を与えながら、飛び来たり、飛び去って行く。

翼幅十三メートルのデルタ翼と、二枚の垂直尾翼は旋回能力を著しく向上させ、空中戦では他機種の戦闘機を寄せ付けない。

航続距離四千六百キロメートル、上昇限度一万九千メートルの強健な飛翔力を誇り、スパロー・サイドワインダーを両翼と胴体下に合計八基の強力なミサイルを装備した無敵の勇者である。

降り注ぐ陽光に、二五トンの機体を煌めかせて飛行する様は、銀の甲冑に身を固めて戦場を疾駆する、中世の騎士を彷彿とさせる。

ただ、現代の科学の粋を極め尽くした馬を駆るパイロットには、肉体の極限までの耐久力が求められる。何分の一秒という判断の遅れが、勝敗の岐路を別ける。

急上昇、急降下時のGは五から六を超えるという。人間のGに耐え得る限界は六・五Gまでだという。急激なGを受けると、全身の血が下半身に圧し流され、上半身特に頭部の血液の減少により、思考力の低下をきたし、視力が失われて遂には失神するという。

現代の騎士には弛まぬ精進と、節制、烈しい訓練が要求されるのだ。

一機百億円近いといわれる、この最新鋭戦闘機は、北海道の千歳基地に一飛行隊八機、当新田原基地に二飛行隊十六機が、それぞれ空の守りについている。

帰路、西都原古墳群を見た。

古代人の墳墓である古墳群は、神話や数多くの伝説に包まれて、うららかな小春日和の雑木林のなかに、大小さまざまな起伏を見せて、鎮まりかえっていた。

時代の最先端のジェット戦闘機を擁し、日本の空を守る航空基地と、古代人の静かに眠る古墳群は車で二、三十分の距離である。

この、古代人の静かな眠りがいつまでも続くことを念じつつ、古墳群を後にした。

昭和五十二年二月

鰯のツミレ

『人はパンのみにて生きるものにあらず』

古《いにしえ》の聖賢は言ったらしいが、されど『パン無しにては生きられず』も真実である。崇高な思想をお持ちの哲学者も、行い澄ました聖人も、食べもの無しには生きることは出来ない。

そのような大事なもの、いわば命の糧をわれわれ男どもは、たいてい母親か女房に任せっきりにしている。

昔は、お袋の味だとか、我家の味などと、その家独特の味があったが、いま、そんな懐かしい味を求めようとすれば、街の一膳飯屋か、小料理屋ぐらいでしかお目にかかれなくなった。

なにしろ、近頃の娘どもときたら、お得意の料理は目玉焼きだとか、ラーメンだと仰る。

どうやって作るのかを聞くと、フライパンに卵を二つ入れて目玉焼き、お湯をカップに入れて三分でラーメンだと。

あんなもの、料理とは言わない。

卵焼きというなら、厚焼き玉子と願いたい。

もっとも、寿司職人でも卵焼きが出来てやっと一人前だといわれるくらいに難しいらしい。すし屋で、先ず卵焼きから注文する初めての客には板前も緊張するという。寿司の通は卵焼きの出来具合で、職人の腕を観るそうである。

話はころっと変わるが、最近亭主族の中には休日ともなると、チンジャラチンジャラと伴奏のつく銀行へ、セッセとお通いの方が増えているらしい。

たいていの方は預金する一方で、引き出すのはほんの一握りの人のようだ。あの手の銀行はいったん吸い込んだ預金はよほどのことが無い限り、なかなか払い戻しには応じてくれない。

常識から考えても、あれだけの建物や機械類への設備投資、人件費、光熱費を考えれば素人が勝てるわけが無い。寡聞にして、パチンコで倉を建てたという話は、聞いたことも見たことも無い。

あんなものにつぎ込む時間と少々のお金があれば、たまには女房子供に手料理の一つも作って食わせてやれば、日頃低迷気味の亭主のカブも少しは上がろうというものである。

そこで、チョット変わった料理の、お勉強。

『鰯のツミレ』—何だ、そんなもの何処のスーパーにでも売ってあるワイ、などと言うなかれ。

これが自分の手造りだと一味も二味も違うのである。ちなみにツミレの語源は摘み入れから来ているとか。

さて、材料の仕入れである。欲を言えば自分で釣った獲れたてが一番なのだが、手近なところで魚屋かスーパーへ。

鰯の選別は、目が透きとおって肥って胴に艶のあるのを。魚に弱いと書いて鰯というくらいこの魚は傷みが早い。

目の赤いのはダメ、頭を落としてあるのは論外。その他の材料は生姜、卵、小麦粉、ネギ、牛蒡、塩、味の素、酒。

材料が揃ったところで、作り方だがこれは省略。ちょっとした料理の本には、たいてい載っている。料理の本を買うのが面倒だとか、本と首っぴきで出来る訳が無いなどと言っていると、生涯奥さんの宛がい扶持で我慢しなければならなくなる。

そこで、どうせ作るなら他所様より、一寸美味しいものを作りたい。私の経験からコツを少々。

三枚に卸した身は皮を剥ぎ、中骨を料理用の骨抜きで抜くか、勿体無いが中骨の部分を切り取る四枚卸しにするか。こうすると骨が完全に無くなって、食感がよくなる。

出来上がった団子を茹でる時に出る灰汁は、面倒臭がらずに丁寧に掬う。これを怠ると魚の臭みが残って不味くなる。

予定通りにいけば絶妙な味の汁物が、一丁上がりのはずである。しかし、これはあくまでもはずであって一度や二度の失敗でメゲてはイケナイ。

男の人生は、失敗しても何度でもチャレンジすることにある。カミさんの迷惑顔など気にしないで、何度でも挑戦しよう。

但し、一つだけ忠告。台所や食器の後片付けはキッチリと。奥さん連中が一番嫌がるのが、台所の汚しっぱなし。

台所が汚れるから、油物は作らないと言う馬鹿奥さんが居るがあれは論外として、理想は、料理が終った時には、台所も綺麗にかたづいているのが望ましい。

煮たり、焼いたりの料理の合間に、次々に洗っていけば案外簡単にできるものである。

さて、鰯のツミレの原価は鰯や、卵など全部入れても四、五人前で五百円もあれば十分。

同じスルなら、一日ン万円擦るよりも、鰯でも摺って家庭団欒を楽しんだほうがよほど建設的である。もしかしたら、来月からお小遣いが増えたりして。

食べ残しの団子は、団子だけを取り出して冷蔵庫へ。汁の中にそのままつけて置くと汁に出汁を取られて不味くなる。次に食べる時は、元の汁に入れて温めればＯＫ。冷蔵庫の中の、冷えた団子を薄切りにして山葵醤油で食べてもいいし、油で揚げれば上等のさつま揚げになる。

処で、私の場合、折角の自慢の手料理、成るべく多くに人に賞味してもらって、感想を聞きたい。ハタ迷惑を顧みず「美味いだろう、美味いだろう」と、まるで押し売り。「どうだ、美味いだろう」と、お世辞を催促されて、テキが片頬をピクピクさせながら「美味いですね」と言ってくれる時の嬉しさは、何物にも替え難い。ただ、どういう訳か、あれほど喜んだ連中がだんだん、うちに寄り付かなくなるのが不思議といえば不思議である。

ところで、自分の料理を最高に美味く食べる秘訣―料理の途中で味見しない事。味見をしているとつい喰ってしまう。『空腹が一番の調味料』の、原則に反する。したがって、味のほうは出来上がってみないとわからない。こんなスリルが何処にあろうか。

次は、料理をしながら酒を飲むこと。日本酒、ビール、ジンなど何でも結構。こうすると、料理が出来上がった頃には、調理人の味覚は完全に麻痺して、どんなに凄い味だろうが、カミさんや息子、たまたま来訪していた運の悪い客にも堂々と勧められる。

人間、自信と押しが肝心。自分の作った料理は美味いと信じ込む事。

どういう訳か、私の料理はいつも美味い。失敗したことなど一度も無い。

昭和五十九年三月

旅立ちの頃

三月も近くなると、電車の駅やバス停などで、時刻表をメモしている若者を見かけるようになる。

旅立ちの準備である。春は、入学や就職などのシーズン。

今春、学窓を巣立って社会人となった若者は約百十万人。大部分の若者が就職する。日本全国に、会社は約百八十万社。そこで働く人は約四千万人。

日本語で会社という字の『会』は穀物を蒸す蒸篭。『社』は、神社のやしろ。この社が転じて、同志という意味になる。

この『蒸篭』と『同志』を結びつけると、一つ釜の飯を喰った仲間。英語では会社を、カンパニーというが、これはコンパニオン〝仲間〟という意味になる。

これら新人を迎え入れるほうは、口うるさい評論家諸氏が、あれこれと論評に暇《いとま》が無い。毎年、新人の特徴を捉えてネーミングする。

近年では、曰く異邦人。曰く宇宙人。曰くET。今年の新人は、コピー食品型だそうだ。その意味は「手間がかからず均一的で素直。その分野性味や自然味に欠ける」「外見は本物だが、中身はどうも怪しい」

オトナというのは、何時の世でも若者の批判をしたがるもののようで、古代エジプトの文字盤には、古代文字で「最近の若者は礼儀を弁えず、常識も無い…」などとあったそうだ。

ということは、何時の世でも若者というのは、オジン、オバンにとっては、扱い難い代物だったという事になる。

その若い連中もあと二、三十年もすると鼻の頭に皺をよせて「最近の若いもんはなっとらん」とほざくようになるから、世の中は廻り持ちである。

そこで、今年の新入社員諸君に、先輩として一言。

諸君は、小学校に入学以来十数年の永い学生生活から卒業した。これからは宿題も無ければ、試験も無い。大好きだった勉強もしなくてよくなった。

ヨカッタ、ヨカッタと思うのは大間違い。

これからは、毎日が試験の連続である。試験官は多勢居る。何処にでも居る。

課長や、係長だけが試験官だとばかり思っていたら、直ぐにコケル。足を滑らせる。

昔から「一歩外に出たら七人の敵あり」という。言い換えれば周り中が試験官であり、試験は四六時中行われていると、思っておけば先ず間違いない。

諸君の人生は永い。永い風雪を乗り切るためには体を鍛えておけ。知識を磨け。大いに励み、大いに遊べ。

職場の環境が悪い、仕事がやりずらい、会社が悪いなどといい給もうな。会社を良くするのも、周りの環境を良くするのも皆諸君の双肩にかかっている。

J・F・ケネディは言った。「国家が諸君に何をなすかを問い給うな。諸君が国家に何をなすべきかを問い給え」…そんな陳腐な言葉は、いままで耳にタコができるほど、聞かされてきたって?

そうだろうな。私だって事ある毎に何十回聞かされてきたことか。この、単細胞が他人の言葉を借りて、偉そうな事ばっかり言うんじゃないよ!と、思てたもんやが、何時の間にかワシが若いもんに向こうて、おんなじ事を言うようになってしもうたわ。

アレ!ワシ何時の間に関西弁になってしもたんやろ。マ、エエワ。「初めのうちは大人しゅうにな。初めは処女の如しや。手足伸ばすんは後でゆっくりできるがな。何事も要領や。要領ようキバンナハレ」

昭和五十九年四月

柔道大会

久し振りに大笑いした。柔道がこんなに面白いものだとは知らなかった。

ある会社の、社内親善柔道大会に招かれた。第三回大会ということで、さぞ試合会場は熱気に包まれて…と言いたいところだが、雰囲気はまるで反対で、試合光景は下手な漫才より、よほど面白かった。

参加チーム十六、選手五十名。大会本来の目的は「支社内の親善を図り、勝敗は問わず、参加する事に意義あり」というわけで、選手の三分の一は白帯。

なかには初めての柔道着で、帯の結び方も知らずに、他の人に結んでもらっている者や、下袴がまるでステテコになっている者もいた。

それらを見ただけで、選手が皆さん揃って自発的に、参加した者ばかりではないことが伺えた。

試合方式は一ブロック四チームの総当りで、四ブロックに分けたリーグ戦。

試合が始まると、果して珍風景続出。まず試合開始のやり方を知らない者同士。柔道も相撲と同じように仕切り線があって、両者はその線にそって立ち、審判の「ハジメ」の声で、試合開始となるわけであるが、そんなものは無視して、何時の間にか試合を始めている。

白帯同士の試合は、特に見事なもので、組み方を知らないから、相撲みたいに四つに組んでみたり、どうにかこうにか試合が終っても、審判の合図が判らないから、二人してボーッと見つめあったりしている。

審判も困りきった表情で、退場するように二度三度と手で合図をするのだが、それでも未だ突っ立ったまま。場外から「オイ、試合はもう終ったぞ。帰って来い」との声に、はじめてヤレヤレというような顔をして引揚げる者。

まだある。お互い技も何にも知らないから、押したり引いたり、揉み合っているうちに二人がもつれ合って倒れ、上になったほうが何となく押さえていて一本。寝技も何もあったものではない。

最高の傑作は、押さえられたほうが、寝技を解くどころかソーッと相手の首に手を回して、時間が来るまでジッとしていた。さすがに、場外から「何してんだバカ、逃げんか」という声が飛んだが、結局最後までじっとしていた。こちらからは下になっている男の顔は見えなかったが、ひょっとしたら眼をつむって、鼻息でも荒げていたんではないかと、心配だった。上から押さえ込んでいた男は、サゾ気持ち悪かっただろうと同情する。

黒帯対白帯の試合は、実力が隔絶している場合は、それこそ思いやりを持って柔らかく投げてあげる麗しい光景も見かけられたが、腕力のある白帯になると、下手な黒帯では負けそうになる場面も出てくる。

そうなると黒帯は関節で勝ちに行く。関節技には経験が無いから、素人は他愛ない。簡単に一本取られてしまう。

こんな事が相次いだため、見かねたコーチが「お前等、白帯相手に汚い事をするな」と声を荒げる場面もあった。やはり黒帯には、それなりの矜持があってしかるべきである。

外野から声あり。「来年からは、白帯は蹴っても噛み付いても、何でもありにせんといかんな」

数多い選手の中には、結構試合巧者がおり、試合に勝つためにはそれなりのテクニックが必要であるが、一人群を抜いたブルーリボン賞ものの役者が居て、一番笑わせてくれた。

この選手はそれなりに実力はあり、試合開始後、早い時間に有効か技ありでポイントを稼ぐが、その後が面白い。

まず、表情がまことに苦しげになり、いかにも体力を使い果たした感じになる。そして相手と組むと、スルスルと自分のコーナーに相手を引っ張りこんで、そこで試合をするわけである。

こうすると、相手から投げられても体を捻って『場外』にできるし、押さえ込まれてもズルズルと場外に逃げられる。休みたくなったら、技をかけるふりをして、自分から場外に出て一休み。あまり消極的だと『指導』を取られるから、こうやって積極的にやっていますとアピールしている。

ところが、社内の連中はそんな事は先刻承知と見えて、ヤジが面白い。「オイ、そろそろ奥の手を出さんかい」「帯はまだ解けんのか」「柔道着が乱れてるぞ」そんなヤジなどなんのその、ご当人は至極真面目に、いかにも苦しそうな表情は相変わらず。コーナーギリギリで健闘している。

「サア、そろそろ帯が解けますよ」といわれた途端、本当に帯が解けたのには驚いた。休憩時間を稼ぐために、わざとほどけやすいように、ゆるめに帯を結んでおくのだそうである。この選手、野次られながらも、三回戦まで勝ち進んだから、立派なもの。特別に演技賞でも贈呈したかった。

社の幹部の一人が言うには「これでも、なんとか柔道大会らしくなった」そうで、去年まではそれこそ、柔道大会ごっこだったそうである。

できれば、そのもっと酷かった柔道ごっこを見たかった。

大笑いしたおかげで、その夜のビールと、瀬戸内海の海の幸は美味かった。

昭和五十九年五月

お世辞

『言って聞かせてやって見せ、褒めてやらねば人は動かず』

連合艦隊司令長官として、日本海軍の指揮を執り、ソロモン群島ブーゲンビル上空で米軍のグラマンによって、壮絶な最後を遂げた山本五十六元帥の言葉である。

名提督とうたわれた山本五十六は、それまでの大艦巨砲主義から、いち早く航空機の有用性を見抜き、真珠湾攻撃では見事な戦果を挙げた。

しかし、この戦果を挙げるまでには、それこそ血の滲むような訓練に次ぐ、訓練があった。凄まじい訓練のために、戦闘機乗員の損失が相次ぎ、そのために大本営から訓練を緩めてはどうか、という声も上がったほどであるが山本は頑として聞き入れず、訓練を続けたという。

早くから人望のあった山本は、連合艦隊司令長官に任命された後は、南洋戦線の指揮にあたったが、彼が姿を見せるだけで前線の将兵の志気は大いに騰ったという。

その名将山本五十六が言ったのが、冒頭の言葉である。『言って聞かせてやって見せ、褒めてやらねば人は動かず』何度も繰り返し教え込み、実際に自分で実行してみせて、相手が出来た時には褒め称えてやる。

褒めてやらなければ人は動かず。言いえて妙である。

俗に豚も煽てりゃ木に登ると言う。豚が木に登るくらいだから、人なら尚更である。

人を育てるのは、三つ叱って、七つ褒めろともいう。褒めれば褒めるほど人というのは成長するものである。幼児に、いい子だね、いい子だねと何時も褒めてやっていると、いい子になるように努力するものだ。

美人が、美人であるのは、何時も皆から美人だ、美人だと褒められているから美人になるのである。

なかには褒められるのを鼻にかけて、いかにも自分は美人でございというような女が居るが、そんな女は単なるバカ女という。

そこで殺し文句というのが出てくる。

褒めるというのは、案外難しいもので、その褒める内容と、タイミングが重要である。

女さえ見れば綺麗だ、キレイダを連発しても、あまり効果はない。「アラ、有難う」なんて言いながら、腹の中では「何よ、この芋。他の褒め方知らないの」などと思われている。

そこで最もポピュラーな殺し文句を二、三。

一般向け—俯いた顔が素敵だね（顔が見えないからよかったりして）あるいは、横顔が淋しそうだね。鼻の低い女向け—ポチャッとして可愛い。口の大きい女向け—魅惑的。大根足向け—安定感があるよ。肥った女用—肉感的。痩せた女には、ファッションモデル？その他etc。

嘘も方便。俳優でタレントでもある山城新伍が深夜のラジオ放送で言っていた。彼の奥さんは、元東映映画華やかなりしころの、お姫様女優だった人で、仲のいいオシドリ夫婦として有名である。

彼は人目もはばからずに、奥さんにお世辞を言うそうである。あまり度が過ぎるので、彼の友人が文句を言ったそうである。

「おまえな、人前で自分のカミさんにあんまりお世辞を言うなよ。聞いてるほうが気持ち悪くなるよ」山城新伍が、自分のカミさんに何を言ってるかというと、「ぼくは、今度生まれ変わってきても、かならずおまえと一緒になるよ」だと。

最近の夫婦は、夫が定年退職した途端、妻のほうから離婚宣言して、さっさと出て行く例が多いそうだが、日頃からこんな事を言われていれば、妻たるもの一生この人と添い遂げようという気になるに違いない。

このセリフを言うタイミングは、息絶え絶えの今際のきわに、そっと妻の手を握りながら耳元で囁くのが最も効果的であろうが、死んでしまった後でよくして貰っても何にもならない。

こっちが元気で生きてうちに褒めてやって、精々サービスしてもらわなければ、折角のお世辞も言うだけ損だ。

小生も何かのタイミングをとらえて、うちのカミさんに言ってみようと思っているが、まだその機会が無い。

最後に、山城新吾が言っていた。「もし、本当に人間が生まれ変るのなら、こんなセリフは口が裂けても言えないけれど、絶対に生まれ変われっこ無いんだから平気でいえるんだよ」ちなみに、山城新吾は稀代の女泣かせでも名が通っている。

家族もちは、家内平和のためにも涙を呑んで、言い馴れないお世辞をカミさんや、出来の悪い息子、娘に捧げよう。

さて、今夜あたり、小生も愚妻、豚児を褒めてやろうか。しかし、あの二人どこか褒めるようなところあったろうか。

昭和五十八年六月

朝顔

朝顔の蔓《つる》に、目があるのをはじめて知った。

夜店で小さな朝顔の苗を買ってきて、庭に植えておいたら、一週間ほどして細い蔓が出てきた。添木にと、傍に竹を立てておいたら、翌朝その蔓は竹にクルリと巻きついていた。竹と蔓との間は、五センチぐらいはあったろうか。

朝顔がどうやって竹を見つけたのか、不思議でしようが無い。不思議といえば、植物の種だ。暗闇の土の中でどうして地上を目指して伸びていく事が出来るのだろうか。知っている人が居たら、教えてもらいたいものだ。それとも、馬鹿にされるのがオチか…。

ところで、今年の梅雨はよく降った。おかげさまで、庭の桜の木もようやく根付いた。場所を移すため桜を植え替えた時、根っ子の土をきれいに落としてくれた親切な男が居た。

悪い事に、それ以後晴天続きでおまけに三、四日強い風が吹いたので、枯れ死寸前だった桜の木も雨が降り続いたおかげで、呼吸を吹き返したように元気になった。

世の中には、梅雨は鬱陶しいとか、雨はイヤだという人も居るが、梅雨時には雨が降ってくれなければ困るのだ。梅雨のおかげで日本人の主食である稲の田植えが出来、夏の飲み水の心配がなくなり、植物は生長し、うちの桜の木も根付いて、小生がカミさんからドヤされるのから免れることが出来るのである。

テレビで、気に食わない事の一つに、天気予報のアナウンサーが「今朝の最高気温は二十四度、日中は三十二度まで上がる予想で暑い一日となるでしょう」その後に続いて、昨日の不快指数だの、寝苦しい熱帯夜だったのと、いかにも嫌そうな顔で喋っている。

この連中は、一体何を考えているのだろうかと不思議に思う。

昔から、日本の夏は暑く、冬は寒かった。そのために、人々はさまざまな工夫を凝らして、夏の暑さを凌ぎ、冬の寒さを防いできた。

もしこれが、冷夏だったらどうなる。宮沢賢治ではないが、冷たい夏はオロオロ歩き…。東北では冷害に泣き、昔は娘を女郎に売り飛ばし、トウちゃんは都会に出稼ぎに行かなければ、一家飢え死にの憂目を見ることになる。

デパート、スーパーでは夏物商品が売れず、景気低迷の原因になるかもしれない。すべからく、夏は暑く、冬は寒いに限るのである。

植物の話に戻るが、庭の芝生に水を撒きながら、子供の頃の出来事を想い出していた。

われわれの小学校のころは、何処の学校も木造で、授業が終るとみんなでせっせと、教室や廊下を掃除したものである。廊下の掃除は雑巾で水拭きするだけでは、乾いた時には白茶けてくるので、誰が言い出したか『ロー塗り』を始めた。各自が家から蝋燭を持ち寄って、床に蝋燭を塗り、乾いた雑巾で乾拭きするのである。普段、白く乾いてささくれ立って見える廊下や、教室の床が見違えるように艶がでて、鏡のようにスベスベに見える。

ひとつの教室がそれをやると、負けてはならじと、となりの教室もはじめて、いちじ床の『ロー塗り』が、流行ったことがあった。

そうするうちに面白い現象が出てきた。ロー塗り競争の境界線、隣りの教室との境目に、僅かだが白い塗り残しの部分が目立つようになってきた。

それを見た先生「君たち、あと一、二センチ向こう側を拭いてあげなさい。そうしたら向こうもやってくれるから、白い所は無くなるよ」先生のその一言が、学年全体に広がり、廊下の端から端まで、みごとに磨きあげられた廊下が出現したことがある。

庭に、芝生を植えて二週間、新芽が出てきた。芝生は三十センチくらいの四角に切ってあるのを、浅く土を掘って敷き詰めていくのだが、それぞれ五センチぐらいの間隔を空けておく。

こうして、何ヶ月か経つと根を張り、お互いに新芽を出し合って、見事な一面の芝生になる。

なかに根付きの悪いのや、生育の遅いのがあれば、隣りの強い芝生がその分をカバーしてくれる。

人間の社会もこうありたいものだと思いながら、水を撒いている。

昭和五十九年七月

うどん屋

街道沿いのうどん屋は、早くて安いので、釣りの行き帰りや、ドライブの途中によく利用する。そのたびに感心するのだが、どの店も揃いも揃って、ややお年を召した女性ばかり集めている。客の立てこんでくる昼時になると、裏の畑に鍬を置き、手湊かみかみ出てきたような婆さん連の、揃い踏みである。

だいたい、熊本人は商売が下手だ。馬鹿でかいレストランや、ドライブインを次々に建てるが、建てる端からペンペン草が生えていく。客は建物を喰いに来るのではなく、食事をしに来てくれるという根本を忘れている。

せめて、建物に使う金の半分でも人件費に廻せば、腕のいい板前や、若いピチピチしたウエートレスが集まり、料理が美味くなり、サービスも向上し、客も自然に集まって商売繁盛間違いなしとなる。

食べ物商売は味で勝負、という原則を思い出すべきである。さらにサービスも好ければ言うことなしである。

この手のうどん屋も、若くて可愛い娘さんを多勢置いて「アラ！シーさん、いらっしゃい」とか「坂ちゃん、うどん大盛りにしとくわね。唐辛子大サービスよ」などと言いながら、トンガラシなど、パラパラとかけてくれたりすると、繁盛間違いなし。

そのうどん屋でのこと、精神衛生上、釜場でモソモソやっている婆さん連を見ないようにして、店内を見回すと先客が三人、テーブルについてうどんを食べている。

若夫婦とお母さんと思しき女性が、仲睦ましく食事をしている様は、ちょっとした微笑ましさを感じさせる。

男は熊本辺りのサラリーマンかな、子供は未だらしいな。最近は結婚して五、六ヶ月で子供を産むのが流行っているのに、この夫婦はオクレているな。カミさんはちょっと好い女だな…などととり止めも無いことを考えているうちに、こっちにもうどんが来た。

さて、喰い終わって帰り際、何気なくさっきの三人組のテーブルを見て印象は一変した。

あの連中は、スマートな都市生活者どころか、田舎も田舎、在に住んでいる『イナカモノ』だったのだ。

なぜなら、そろいも揃って箸は丼の中にブッ込んであるし、テーブルの上の箸箱や胡椒入れは散乱している。

小奇麗ななりをして、高級車に乗ってカッコつけても、こんな処で生まれや育ちがわかろうというものである。

せめて、席を立つ時には、食器や箸は揃えて置くとか、テーブルの上を簡単に片付けるくらいの、心遣いは出来ないものか。

空手や剣道には、〝残心〟というのがある。

激闘の攻防の後は、互に相手を見極め、己の心身を鎮めるための、最後の構えである。

茶道にも残心があるのを最近になって知った。お点前の後の使い終わった道具の置き方を厳しく教えられるそうだ。

あるべき所に、あるべき物がきちんと揃っていて、はじめて作法に適ったお点前が出来ようというものであろう。

侘《わび》、寂びの境地にいるときに、アレ、抹茶が切れていた。茶筌を忘れたでは洒落にもなるまい。

旧盆の民族大移動も、やっと終った。今年も国鉄は利用者減少、かたや航空機はいまや庶民の足となり大繁盛である。そこで不思議に思うのは、飛行機に立席が無いことだ。

それと、搭乗までの手続きの面倒なことと、スチュワーデスの多いこと。お茶やコーヒーのサービスは要らない。
あれは飛行機が一部の限られた人たちだけが利用していた頃の名残であろう。

熊本〜東京間、一時間半。都市サラリーマンの通勤所要時間である。だから飛行機も、通勤電車並みにすれば良い。

スチュワーデス全廃、客は指定席なしの詰め込みで、席の無い人は立って吊革ならぬ吊り鉄棒に掴まっている。これは離着陸の時や、気流の不安定な時のために固定してある。

時間がきたら、スーッと飛んでしまえば良い。立席の客は釣り鉄棒に掴まりながら、新聞や週刊誌を読んでいるだろう。こうすれば今の料金の五分の一か、六分の一で済む筈である。

だれか、このアイデア買ってくれないかな。誰も相手にしてくれないだろうな。先駆者は常に孤独だな。

昭和五十九年八月

運動会

運動会のシーズンである。

日曜、祭日ともなるとあちこちの学校から、賑やかな歓声が聞こえてくる。

小学五年生の息子の運動会も九月の末に行われた。この学校は、以前居たマンモス校と違って、児童数五百人位のこじんまりした学校で、運動場が広く感じられる。

開会式は、校長先生の挨拶にはじまり、国旗掲揚や聖火行進と続いていた。

その時、五年生の列の中ほどから、一人の男児がトコトコとこちらに近づいてくると、小生とカミさんが座っていた直ぐ前の椅子に座った。その児童の後から、男の先生が、オイオイ列に戻らんかと言いながら追いかけてきた。

すると、何を思ったのかその子はいきなり、小生の膝の上に乗っかってきた。

品行方正な小生、子供は一人しか持った覚えは無い。その一人は、校庭で多勢の仲間達と神妙に式に参加している。第一、小生はこの子に見覚えが無いのである。

「おまえ、間違うとっとじゃなかっや」先生が、その子にそう言ってくれたのでカミさんの疑いは解けたが、先生のその言葉を聞いたその男児は、小生の膝に前向きにかけたまま、今度は両手両足を小生の手と足に絡ませてきた。

先生が、なおも連れ戻そうとしてその子の体に手をかけると、イヤイヤと首を振りながら、自分の手の甲を噛んだり、素足で前の椅子を蹴ったりするので、しかたなく小生抱っこのままで気の鎮まるようにあやしてあげた。

この子は、入場行進の時から異様な行動をとっていたが、その理由が今判った。発達が他の子供より遅れているようで、言葉も二、三歳の幼児のように幼い。

そのままで、五分ほどすると落ちついてきて、大人しく先生に連れられて列に戻っていった。ところが、その子が列に戻った途端、こんどは別の女の子が、貧血でも起こしたのか倒れてしまった。先生稼業も楽ではない。

開会式が終ると、いよいよ競技の始まりである。

五年男児、百五十メートルの徒競走。我が豚児の出番である。男子は上半身全員裸で、裸足。どの子もよく陽に焼けていて真っ黒。遠くからではみんな同じように見えるが、豚児は一目で判る。

畏れ多くも、今上陛下に体型がよく似ているのだ。猫背で首を前に延ばしているところなど、ソックリである。

息子は、今朝の出掛けに「僕、今度賞に入らないかもしれないよ。早い者と組み合わされたから」と、予防線を張っていたそうであるが、からくも三等賞になって面目を施した。立派なものだ。大したもんである。両親を見れば、そんなに脚が速いわけが無い。カミさんは勿論、オヤジの鈍足も有名だった。

中学の時、クラス対抗の四百メートル競争の選手に選ばれた。と言えば聞こえはいいが、実は、小生が居ない間に、悪ガキどもがあいつは脚が遅いから、出してやれと面白半分に、選手にしてしまったのである。

号砲一発、他の選手はクラスの名誉にかけて懸命に駈け出したが、こっちは脚が遅いので選ばれている。

暢気にトコトコ走っていると、驚くなかれ小生より後から来るのが居たのである。そいつが、後から「オイ、待て待て」と声をかけてきた。

運動会で走っている最中に、待ても無いものだが、満更知らない仲でなし、スピードをゆるめて待っていてやると、「一緒に走ろうや」ときた。このときは、この男に友情を感じたね。

先生連中の苦い表情に反して、ヤンヤの拍手と喝采の中を、気の利いたテープ係りが改めて張りなおしてくれたテープを二人して同時に切った。

運動会でテープを切ったのは、このときが最初で最後だった。その時一緒に走った男は、今鹿児島で大学教授をしているそうだが、脚の遅いのはひょっとすると、頭がいいのかしら。

午前中の徒競走の終わりに、ちょっと感動的なシーンがあった。

みんなの競争が終わった後、かなり肥満の男児と、見るからに弱々しそうな二人の子供が、三人で走った。三人で走るのだから、当然三人とも入賞である。それぞれ一等から三等までの旗を持って嬉しそうであった。

ところが、更にそのあとを四、五人の一団がモタモタしながら駈けてくる。見ると、さっき小生の膝の上に座った児が、級友達に手を引かれたり、背中を押されたりしながら走ってくるのだ。その一団がゴールインすると期せずして拍手が起こった。その児はさすがに得意そうに一等賞の旗の下に座った。

息子は、障害競走ではビリッケツ。普通ならハッパの一つもかけてやるところだが、駈けっこが遅くてもいい、試験の点数が少々悪かろうが構わない。健康でありさえすればそれで結構。

五分間だけ抱っこしてあげたその児の親御さんや、先生方のご苦労、級友達の暖かい励まし。いい運動会だった。

それにしても小生、なんでお婆さんや子供にばっかりもてるんだろう。たまには若い娘にも、もてたいもんだ。

なんで、あの児は選りによって、小生の膝に乗ってきたんだろう。他にも親父連中はいっぱい居たのに――やはり、勘で自分と同類項だと分かったんだろうか。子供の勘は鋭い。

昭和五十九年九月

猫の名前

我家は、只今猫五匹。アビに小鉄、元気にエミとノラ。最長老のアビは、人間でいえば優に八十歳は超えていようかという、純白の毛並みを持った猫である。最年少の小鉄は、生後まだ五ヶ月、思春期真っ最中。

この二匹が、正式な我が家の飼い猫で、元気とエミは近所の猫だが、毎日早朝から夕方まで我が家で遊び、夕方になると自宅へご帰還となる。ノラは何時の間にか庭に住み着いてしまった。名前を付けると、情が移るのでノラと呼んでいる。

猫にも、人間と同じように個性があって面白い。長老のアビは老人らしくオットリとしていて、身ごなしも緩やか。反対に、小鉄は向こう意気の強い、怖いもの知らずのイタズラ盛り。元気は、この元気という名前も面白いが、抱いてあげても虫の居所が悪いと、いきなり噛み付いてくる。隣家のエミは、トラ猫で高いところが好き。テーブルや棚の上に乗って歩き廻り、よく茶碗や食器などを落としてくれる。

ノラは、この猫だけは差別待遇で可哀相だとは思うが、これ以上家の中に猫が増えれば、人間の居場所が無くなってしまうので、食事も庭で我慢してもらっている。しかし、何時の間にか家の中に入り込んで、他の猫の餌を失敬している。おかげでこの猫が一番肥っている。

いま、一番可愛いのは小鉄である。この小鉄は、我が家の門前に捨てられたのか、自分で迷い込んできたのか、未だに分からない。

七月の早朝、散歩から帰ってくると、門のところでニャーという鳴き声が聞こえた。その声を聞いた時、イヤーな予感に襲われた。

危機を覚えたのである。果たせるかな、カミさんが家から出てきた。手には炒り子を持っている。

カミさんが「オー、ヨシヨシ」と声をかけながら炒り子をあげると、よほど空腹だったのだろう、武者振りつくようにして喰っている。白と黒の、まだ目が開いたばかりというような仔猫である。

カミさんが、こっちを向いてニャーッと笑った。万事休す。これで、この猫はうちで飼われることが決まったのである。この、ニャーッの度に、何匹の猫が我が家に入り込んできたことか。

カミさんや愚息が、こんな場面で、笑ったらもうお終い。

当方が、何と言おうとダメなものはダメ。なにしろ、三人家族でこの場合、カミさんと息子は飼う方に決まり。猫好きの息子の意見は、聞かなくても分かっている。扶養家族がこれ以上増えるのを嫌っているのは小生一人。三人家族で二対一。民主主義の、多数決の原則は我が家でも厳然として行使されているのである。

カミさんと息子は二人とも猫好きだが、カミさんの猫好きは度を越しており、道を歩いていても、猫を見つけると直ぐに近寄って行って、抱き上げて頬擦りなんかしている。汚いから、止せと言っても聞かない。

猫については、数々の思い出がある。なにしろ、愚妻との結婚の条件が、猫を飼うことだったから呆れてしまう。

もう十何年か前、東京から熊本に来る時も、千三百キロ近くを、トコトコと車で二泊三日かけての道中だったが、当時東京で飼っていた二匹の猫とご同伴。ヤレ、猫の餌だ、オシッコだ、ウンチだとさんざん苦労した。

そういう苦労をして連れてきた猫も、熊本の空気が適わなかったか、ホームシックになって東京に舞い戻ったか、相次いで居なくなった。

二匹目が居なくなったのは、二人で旅行に行った時だったが、わざわざ実家に預けていったのに、帰ってきたら姿を消していた。

愚妻の愁嘆場たるや凄かった。実家の周りを何時間も探し回り、遂には泣き出す始末。「猫の一匹や二匹、泣くことはないだろう。また飼ってやるよ」呆れてしまってそう言ったら、それが気に食わないとまたひと泣き。猫狂という言葉、あるかどうか知らないがこのとき実感した。

猫の名前の由来だが、命名にはなかなか気を遣うものである。

たかが猫の名前ぐらいと、下手な名前を付ければ、当家の教養を疑われかねないから、仇や疎かに名前は付けられない。

その点、我が家の猫達の名前は、当家の教養が迸り出ている感が充分に伺える。長老のアビは、赤軍派がテルアビブ空港で銃を乱射した直後に貰ってきたのでアビになった。その頃、我が家にいた先輩猫の名前はテルといった。

次の猫の名前は、ブーにしようと言っていたが、響きが今ひとつ良くないと、実現しなかった。小鉄は、飼い始めて三日目ぐらい、この猫の昼寝の姿を見て付けた。上向いて寝ていて、人間でいえば大の字、猫の場合はカエルをひっくり返したような格好になっていたが、見ると丸出しになったチンチンと、タマタマが右と左とで、黒白にはっきりと色分けされていたのである。

我輩の頭に、天啓のように閃くものがあった。「オイ、こいつの名前は小鉄にしよう」愚妻、愚息はたちどころに賛成した。こういうところは、我が家のような教養の溢れかえっている家庭でないと話が通じない。

小学生や、子供向けの漫画に『じゃりんこチエ』というのがある。いま、テレビ放送しているが、息子と付き合いで観ていてこれが結構面白い。教養のある方なら先刻ご承知のはずである。そのなかに登場するのが、小鉄という名前の猫。この猫、白と黒のブチで二歩足で立って歩くから、チンチンとタマタマは丸出し。

人語を解し、喧嘩が滅法強い。彼の必殺技はキン抜き。いざとなると、敵のキンを抜いてしまうという、恐ろしい猫である。

その漫画の小鉄と、目の前で仰向けになって寝ている仔猫とがソックリなのである。特に、チンチンとタマタマが真ん中から、黒と白に色分けされているのが瓜二つ。

ところが小鉄、飼い始めた頃に、一気に食べ過ぎたらしく下痢。アビも何となく調子が悪くなって、仲良く通院。

最近の獣医さんは、猫といえども初診時には、人間並みに血液検査までやってくれる。ただし、その分診療費は高くなるという寸法である。

そこでハタと思いついた。又もや電光のごとく閃いたのである。犬猫の健康保険。

犬猫健康保険組合の創設である。ついでに小鳥も付け加えよう。このところ、インコが風邪気味である。

扶養手当も当然必要となろう。公務員はもとより、大多数のサラリーマンにとっても、転勤はつきものであるが、犬や猫などペットの移動は案外金が掛かるものである。

ペットは家族の一員であり、転勤費用は当然支給されるべきものである。その基礎となるべき、扶養手当の創設は急務の要である。

何はともあれ、猫の健康保険から手を付けよう。小生が、夜も眠らずにこんな難しい問題に頭を悩ませている時に、猫どもは相変わらず暢気なものである。

アビなど、重いガラスの窓でも、いとも簡単に開けて自由に出入りしている。ところが、開けることは開けるが、後を閉めないのである。十月ともなると、外から入る風は冷たい。

カミさんは、アビの手を取って「こうやって閉めるのよ」と、何度も教えているが、当のアビは迷惑そうに、アサッテの方を向いている。

猫が、キチンと窓を閉めるようになったら、サゾ見ものだろう。

昭和五十九年十月

病院の受付

病院の受付というのは、どうしてあんなに無愛想なのだろうか。

いつも思うのだが、にっこり笑って迎えてくれて、いらっしゃいませどうぞ、どうぞと通してくれて、お茶でも煎れてくれたらどんなに良いかなと思う。

ところが、微笑んでくれるどころか、ブスッとしていて、こんにちはとも言わない。

テキがそうなら、こっちも負けてはいられない。何にも言わずに、受付簿に名前を書くだけだ。

受付は、会社の顔だと言われる。受付次第で、その会社のイメージが左右される。但し、矢鱈愛嬌をふりまわせばいいということではない。業種によって客を迎える態度が変わってくるのは当然で、葬儀屋の受付がニコニコしていたら変だし、結婚式の受付が仏頂面では、式の盛り上がりに欠けるだろう。すし屋の板前が、銀行員のようにうやうやしく「いらっしゃいませ」ではピンとこないし、銀行のカウンターで「ラッシャイ」では、鉄火一丁!と注文してしまいそうだ。

とすると、やはり病院の受付は、冷たく取り澄ましているのがいいのかもしれない。しかし、つんと取り澄ました受付を見ると、「アラ、まだ生きてたの。もうそろそろかたづいた方がいいんじゃないの」などと、腹の中で思われているような気がするのは、こっちの僻みか。

病院の受付の悪口ついでに、医者の悪口も二つ三つ。どうして、医者という人種は「ああするな、こうするな」と〝するな〟ばかり言うのか。ああいうのは、医者の『するな病』という。

酒はホドホドに、煙草は止めなさい、食べ過ぎはダメ、飲み過ぎダメ、吸い過ぎダメ。別名『ダメ勧告病』。人の顔さえ見れば、ダメダメとあの連中には、サドの気があるンと違うか。

煙草一本吸うごとに、六分間ずつ命が縮まるとか、肺ガンにかかり易いというが、煙草の効用を知らな過ぎる。

第一に、煙草は神経に安らぎを与えてくれる。次に、煙草を止めると舌の荒れが無くなり、食べ物の味が良くなって食欲増進、肥満の元になる。肥満が健康に良くないのは周知の事実。

大体、酒も煙草もやらないのは非国民である。われわれは国家のためを思って、自分の体が損なわれるかもしれない恐怖に怯えながらせっせと酒税、煙草税を払っているのである。税金もろくに納めもしないで、健康がどうとか、長生きがどうとか、余計なお世話である。こっちは、飲みたいときには呑むし、吸いたい時にはパカパカ吸うわい。何しろ国家のためだもの。

病院の受付が悪いから、医者にまでとんだ八つ当たりをしてしまったが、医者も人の子。俗に、医者の不養生と言う。医者だって本気で、あれもするな、これもダメなどと思っている訳ではないだろう。どうせ出来もしないだろうから、言うだけは気休めに言っておけ、というくらいのものではないかと思う。しかし、どう考えても連中の態度は横柄だな。患者の支払いで食わせてもらっている、患者はお客様だということを忘れている。これも、健康保険制度が悪いのか。十一月からは、サラリーマンは一割の現金払いとなったが、それまでは診療費がいくら掛かろうと、当人は痛くも痒くもなかった。

医者は、保険組合に診療費を請求するだけだったから、客を客とも思わないし、それが受付の態度に反映していたのか。最近は、医薬分業とかで医者の処方箋を持って薬屋に行くと、薬代を取られる。そのなかに、指導料も入っている。毎度、同じ薬を、同じ分量だけ渡すのに指導料は無いだろう。

受付は、客を送り出すのも大事な仕事だ。客に心地良い余韻を持たせて帰すのは、迎えるよりも難しいかもしれない。

他所の家を訪問しての帰り際、玄関を出た途端、パチンと門灯を消されたんでは、それまでの歓待も帳消しになる。近頃は、スイッチを切っても三十秒ぐらい経たないと消えないライトが売れているそうだが、これなども心遣いのいい例である。

先日、散歩の途中で、客を送り出すのに好いなと思う光景に出会った。交差点で、信号待ちしているとき、割烹旅館から客の車が出てくるところだった。

若い、制服姿の従業員が送りに出ていた。車が玄関を出た所で、従業員は車の中に二言三言にこやかに話し掛けていた。よく見かける光景であるが、それからが違った。

車が出発して暫く行った所で、彼女は深々と一礼した。車の中からは見えなかったろうと思う。そして、車が走り去った方を向いたまま、二、三歩下がってから割烹のなかに入っていった。

信号待ちの間だから、ほんの僅かな時間であったが、この割烹旅館の客をもてなす心遣いが判ったような気がした。小生が、二週間に一度薬を貰いに行く病院がある。ここの受付も、ご多分に漏れず無愛想である。さっきの割烹旅館の従業員ほどではなくても、もうすこし何とかならないものだろうか。

客商売で成り立っているんだから、玄関まで送ってきて、また来てね、今度何時きてくれるの。早く来てくれなくっちゃイヤヨ、私、ズーッと待ってるから。などと言ってくれたら、近いところではあるし毎日でも通ってやるのにな。

今年も残り少なくなった。

「イヨイヨ大九の季節ですな」

「そうですな。トンテンカンと賑やかなことで」使い古されたジョークである。

昭和五十九年十一月

日本海海戦

『皇国ノ興廃コノ一戦ニアリ。各員一層奮励努力セヨ』

明治三十八年五月二十七日朝、対馬海峡に展開する日本海軍の全艦にむけて、連合艦隊司令長官東郷平八郎の旗艦『三笠』のマストに、高々とZ旗が掲げられた。

今まさに、日本海海戦の火蓋が切られようとしていた。

敵は、帝政ロシアのロジェストウェンスキー中将率いる、三十八隻のバルチック艦隊である。まさにこの一戦に、わが国の運命が賭けられていた。

常に、南進を目指すロシアは、すでに満州、朝鮮を手中にし、遂には日本をも我が物にせんとしていたのである。

大陸の戦場では、幾万の将兵の血で購った二〇三高地がようやく陥落し、敵将クロパトキンは敗走を重ねていた。

しかし、古来ロシアの戦法は敵を懐深く引き寄せて、個々の戦闘では負けていても、最後には勝利を得るのを得意とする。

ナポレオンはモスコーまで迫りながら、冬将軍によって敗れ、後世のことになるがヒットラーは、レニングラードの戦で敗退した。

この日本海海戦で、もし連合艦隊が敗れれば、バルチック艦隊はウラジオストックを根拠地として、日本海を荒らしまわり、大陸への輸送の重大な脅威となる。兵站は、壊滅状態になって、大陸で戦いつつある陸軍は消滅してしまう恐れがあった。

極東制覇の野望に燃えるロシア皇帝は、日本撃滅のために、陸からはクロパトキンを主将とする大軍を、海からはロシアの全海軍を結集してバルチック艦隊を編成し、日本海制圧のために、世界最大といわれる大艦隊を派遣したのである。

この朝、旗艦三笠より大本営宛てに、次の電文が打電された。

『敵艦見ユトノ警報ニ接シ、連合艦隊ハ直ニ出動、コレヲ撃滅セントス。天気晴朗ナレドモ浪高シ』この電文には、東郷の万感の思いが込められていた。

ロシアのリバウ港から大西洋、インド洋、太平洋を廻る歴史的ともいえる大廻航をして、ウラジオストック入りを目指すバルチック艦隊が、対馬海峡を通るか、それとも太平洋を迂回して宗谷海峡に廻るか、二つの航路があったが、日本側では対馬海峡に賭けており、ここに連合艦隊を集結させていた。万一、この予測が外れれば、敵はやすやすと目的地に達することが出来る。

この日早朝、鹿児島南海上の索敵船より、バルチック艦隊が、日本海を北上中との報告を受けた東郷と幕僚達の喜びは大きかった。

第一の難関は去ったが、東郷に与えられた課題は重かった。敵の戦艦一隻たりとも撃ち洩らす事があれば、この作戦の目的は失われる。

東郷は、明治帝に奏上していた。「必ず敵を撃滅いたします」と。

電文の末尾の『…天気晴朗ナレドモ浪高シ』にも、大きな意味が込められていた。

海上の、戦艦同士の戦いは互に走りあいながら撃ち合うために、照準が難しくなかなか中らなかった。更に浪の動きがこれに拍車をかけた。

ただ、この当時、日本海軍の射撃能力は、東郷による猛訓練によって飛躍的に向上しており、『百発百中の一砲、良く百発一中の敵砲百門に勝る』といわれた。

このため、波が高ければ射撃能力に勝る当方に分があり、さらに『天気晴朗ナレドモ…』とは、視界良好であるがために、敵艦一隻なりとも見逃さないとの、決意の表明に他ならなかった。

やがて、日露双方の砲門が火を噴くのだが、このとき東郷は敵の意表を衝く、T字戦法を用いる。それまでの海戦の様相は、相対した敵味方が、互に駈け違いながら相互に射撃しあうというものであった。

T字戦法は、従来の海戦の常識から全くかけ離れた戦法であった。一直線に進んでくる敵の頭を押さえるように、敵の正面に横一文字に我が艦隊を展開させたのである。

これは、肉を切らせて骨を断つ戦法であり、このため戦闘隊形をとり終わるまでの日本側は、敵艦から一方的に撃ち続けられることになった。やがて、陣形を整え横一文字に並んだ日本側の砲火によって、敵は完膚なきまでに叩きのめされた。

以後、二昼夜にわたる掃討戦によって、バルチック艦隊は海上から悉く消滅した。世界海戦史に例を見ない完全な勝利であり、これがきっかけとなって日露戦争は終結し、やがてロシア革命によって、ロシアそのものが消え去った。

弾丸飛雨のなか、吹きさらしのブリッジに立ち尽くしていた東郷が、戦闘が終って立ち去った後には、白い足跡がくっきりと残っていたという。

やがて、終戦。戦時編成の連合艦隊が解散する時の『告別の辞』は、後々まで永く伝えられ、さらに各国語に翻訳されて、アメリカではルーズベルト大統領が、米陸海軍全軍に配布した。

この中に『百発百中の一砲、良く百発一中の敵砲百門に勝る』という言葉がある。

最後に、『平素鍛錬に勤める者に、勝利の栄冠は輝く』とあり、結びの一句『古人曰く、勝って兜の緒を締めよ』と。

年頭雑感

その一、小学五年の息子の提案で、カミさんを入れて三人で毎年恒例の、オイチョカブ。息子は一合升の日本酒片手。負ケテハナラジとこちらもビールで対抗。八時から十一時まで、激闘数刻、小生二五〇円の勝。今年も滑り出しは上々。

その二、息子、大きな肉饅頭二個食ス。食べ終わってご馳走様と言い、立ち上がった途端に腹減っただと。ご馳走様から、腹減ったまで僅かに一秒。

その三、玄関に籾殻が散らばっている。見ていると、雀が三羽注連縄に付いている稲穂を啄ばんでいた。そこで一句

注連縄の　稲穂啄ばむ　雀かな

昭和六十年一月

心臓検査

病院で長時間待たされるのは嫌なものだが、暇な病院というのも考えものだとつくづく悟った。

某日、朝の一番乗りで診察してもらったのはいいが、ついでに心臓のほうも診ておきましょうかと医者が言う。

血圧は少々高いが、心臓には自信のある小生、時間もあまり取らないというので、生まれてはじめて心電図をとったら、異常が認められるという。

たいした事は無いでしょうが、済生会病院で精密検査を受けるようにと、紹介状まで書いてくれた。仕方がない、折角の先生のご好意と、そこまで言ってくれる先生の顔を立てるために済生会病院に行った。

朝の九時だというのに、待合室は満員の盛況。世の中には、よくもこんなに病人が居るものだと感心するぐらいに集まっている。

それからは忍の一字であった。総合受付で待ち、心臓の受付で待ち、心電図の所では二時間近く待たされた。

初めに主治医の問診があり、それから各所を廻った。はじめの検査は、歩きながら血圧と心電図を調べるもので、上半身裸になり、腰のベルトにドカ弁様の四角な箱を付けて、そこから出ている何本ものコード先端のグリップを心臓の周辺や手首に付けて、大型のルームランナーの上を歩かせるというもの。

検査員というのか、看護婦なのか判らなかったが、若い娘が何やらご大層な機械のブラウン管と、次々に出てくるグラフを見ながら時々血圧を測るのであるが、当方はその間ひたすら歩きづめ。

始めは平坦だったルームランナーが、次は十度ぐらいの傾斜になり、しかもスピードは次第に速くなっていく。

脚には自信があるから、娘さんと無駄話。前方の見通しが悪いから、窓のブラインドを上げてくれだの、目の前の壁は真っ白で芸が無いから絵でも掛けてみたらとか、余裕を持っていたのだが、何時まで経っても終りそうに無い。おまけにスピードは次第に上がってきて、遂には走り出す始末。

時々、大丈夫ですかと声をかけてくれるが、なんのこれしき、ここでへたばったら男が廃るとばかり、走り続けたがいっかな終りそうに無い。何回目かに声をかけられたとき、遂にモウイイヤと降参した。

後で聞くと、この検査は時間に決まりがあるわけではなく、本人がもういいと言うまでやるそうで、普通の健康な人で十五分ぐらいで終わりますがね、と娘は澄まして言う。小生は、十八分間走っていた。なんという無駄をしたことか。

次は、心臓の透視で、小生、自分の心臓をはじめて見た。心臓にあたる部分の皮膚の表面に、グリセリンを塗る。これが、ぬるぬるぺたぺたと気持ち悪いこと夥しい。

その塗った上から、小型マイクの形をしたものを押し当てると、鼓動している心臓がはっきりとブラウン管に映しだされるのである。ここでも、二人の女性が居て、交代でブラウン管とグラフのチェックをしている。

どう、どこも悪い所はないだろう、と聞くと、異常ありませんねという。当たり前だ、こっちは医者の顔を立てるために来てやっているんだと恩に着せるが、アー、そうですかと軽く受け流された。でも、どこか悪いはずだから、よく診て下さいと言われていますよとの返事。なんでもいいから、ザッと片付けてくれと言ってもまだ止めない。

仕方無しに、自分の心臓をジッと見ているとオギャーと生まれて四十三年間、片時も休まず規則正しく鼓動を刻んでいる働き者の心臓が、変に愛しく思えてきた。

「心臓ってのも大変だな、たまには休ませてあげたくなるね」と、検査をしている娘に言うと、「そうですね」と相槌を打った後、「でも、心臓が止まったら死んでしまいますよ」と、至極真っ当な答えが返ってきた。

それもそうだ、今のうちに心臓のスペアでも作っておくか。

「さっきの検査室の娘さん、美人だったでしょう」娘も退屈なのか、そんなことを話し掛けてくる。「ああ美人だったね、でも君のほうがきれいだよ」検査異常なしで、早いとこ終ってもらおうという魂胆があるから、お世辞を言うと、娘の喜ぶこと、「女はお世辞と分かっていても嬉しいですよ」満面の笑みである。今日もまた一つ善い事をした。

まだ終りそうにないので、「どうだい、心臓に毛が生えているのが見えるかい」とからかうと「そうですね、生えていますよ。いっぱい」敵もなかなかやりおる。

その後で、もう一つ何やらの検査をして、その結果は全くの異常なし。九時から午後の二時半まで全くの暇潰しだった。

こんどから、病院に行く時には、程よく混んでいる時分を見計らって行く事にしよう。

毛の話で思い出したが、小学五年生の息子、毛の生えてくるのを待ちわびている。もちろん、あそこの毛で通称チン毛と呼ぶそうだ。それじゃあ、女の子の毛は何と呼ぶんだ、と訊こうと思ったが軽蔑されるといけないから、止めといた。

その息子、ある日「パパ、毛が生えたよ」と、嬉しそうにチンチンを見せに来た。どれどれ、と見ると確かに黒いものがくっ付いている。変だなと思って抓んでみると、何と毛布の黒い糸くずだった。カミさんと小生、笑った、笑った。息子は、バツが悪そうにエヘヘと、笑ってチンチンを急いで仕舞い込んだ。

つい先日も風呂上がり、素っ裸だったので、どうだ、生えたかと聞きながら覗き込んでみたが、まだツルンとしたまま、ところが息子は「生えている」と言う。真上から見下ろすと、産毛が黒く見えるので、本物が生えてきたと思い込んでいるらしい。

五年生になると体格の良い子は、もう生えているのが居るらしく、どうもそれが羨ましいようだ。

息子よ、あせるな。イヤでもそのうちに生えてくる。それより、男は心臓に毛を生やすぐらいの肝っ玉を持て。永い人生には、なにが起こるか判らないから。

昭和六十年二月

焚火

今年はじめての、雲雀《ひばり》の声を聞いた。

三月の異名は季春、花月、弥生などなど。いずれも春の訪れを感じさせる。寒い日が続いているが、自然は確実に春に向かっている。

日の出も少しずつ早くなっていく。けさの日の出は、六時四十分だが、六時を過ぎるとかなり明るくなっている。

これが十二月、一月だと、六時頃はまだ真っ暗で、この時刻に動き回っているのは、牛乳屋、新聞屋と始発のバスぐらいのものである。

それらに負けじと、小生も戸外をウロツキ廻るのだが、暗い時に外を歩く時はこれでも気を遣っている。人相が人相だから、お巡りさんに不審尋問されないように、冬の間はなるべく街灯のあるところを選んで歩いた。普通こうして歩くのを、ウォーキングと言うそうだが、小生は他所のうちの植木や庭を眺めながら、あっちへ寄りこっちで留まりしてなかなか前へ進まない。

こんな動き方をしているから、当然犬にも吠え掛かられる事が多く、吠えられるのはしょっちゅうだが、たまに無口な犬がいて生垣の間からヌーッと顔を出されたりすると、ヒヤッとする。

そうやって歩くのを、ノタクリ歩き。略してノタリングという。小生の造語である。

そのノタリングの最中に雲雀の声を聞いた。あたりはかなり明るくなっており、遠くには阿蘇の連山がくっきりと浮かび上がって、その日も晴天を予感させる夜明けであった。

かなり高いところで一羽が鳴き始めたら、それに和するように一羽が加わり、さらにまた一羽と、姿は見えないが三羽の雲雀が忙しく鳴き交わしている。高く低く、遠く近くと始終位置を変えながら囀っている。木々や草や虫たちに、春が来たのを教えているようである。

このあたり一面、冬は枯れ野だが、あとひと月もすると若葉が一斉に萌え出て緑に包まれる。この、冬枯れの草原を見ると思い出す事がある。昔、もう二十五、六年も前、危うく山火事を起こしそうになった事がある。

男の兄弟四人、好天に誘われて下駄履きで近くの山に遊びに行った。四、五キロの山道を下駄履きで登って行ったのだから、その頃は相当な健脚だった。

山頂に着いたら、日差しは暖かかったが、吹き寄せる風が冷たく、焚火をした。その頃、まだ小学生だった末の弟が、いたずらに周りの枯草に火を点けた。

こっちは暢気に眺めていたら、急に風が強くなって、火は見る見るうちに広がり始めた。コリャイカン、と四人がかりでようやく消し止めだが、叩き代わりに使った学生服の上着はボロボロ、手足は擦り傷だらけになり、すんでのところで山火事になる所だった。その頃も今も火遊びは好きだが、火の扱いだけは充分に注意している。

これから陽気がよくなると、野山に出かける機会が多くなる。

我が家も春になると、野や山、川辺や海岸に出かける。野原には春の香りが満ちている。芹《せり》、土筆《つくし》、野蒜《のびる》など、春を摘む。阿蘇辺りまで蕗《ふき》や独活《うど》を採りに行くこともある。

そんな時、鍋や味噌を持参する。味噌汁や、トン汁。串に刺したソーセージ、ハムなど焼いたりする。野外で食べると美味しいものだ。海辺で、獲ったばかりの鮑やサザエを焼き、メバルやアイナメなどの味噌汁も乙なものだ。

さて、焚火の後始末である。山や河原など、外で焚火をするときは、必ずスコップで穴を掘る。その穴の中で火を燃やして、食事も終わり火も消えかけた頃—去年の光景を紹介する。

「オーイ、消防隊員集合!」隊長たる小生の号令で、藪の中でゴソゴソしていた息子と、息子の友達が駈けて来る。「ヨシ、消火用意!」すると、二人は心得たもので、手早く筒を取り出し火点に向けて構える。そこで、やおら小生も筒を出して「消火!」号令一下、三本の筒先から勢いよく水柱が放出され、火はジュウジュウと音を立てながら消えていく。この快感は男でしか味わえない。

　女ども二人は、イヤーネなどと言いながら、羨ましそうに見ている。自分たちも参加したいんだろうが、ホースを持っていないから、仲間には入れない。

「何だ、二人とももう終ったのか。パパのはまだ出るぞ」はやばやと放水の終わった二人に、こんな時にしか自慢する事の無い小生鼻高々。その声を聞いて、二人ともウンと腰を突き出して気張ってみるが、もはやタンクは空っぽ。

　悠々と、最後まで隊長としての重責を果たした小生は、筒先を収納し最後の号令である。

「水！」すると、二人は水筒の本物の水で完全に火を消してしまう。そうして、最後はスコップで土を埋め戻して作業は完了。後は、鼻歌気分で帰路につく。

昭和六十年三月

社員研修

花に嵐の喩《たとえ》どおり、やっと咲いた桜の花が、日曜夜の春の嵐であらかた散ってしまった。今日は、残りの花が、時折の風に花吹雪となって散り急いでいる。花の命は短くて…林芙美子の歌そのままの風情である。美人薄命というが、美しい花は散るのも早い。

美人の話で二、三日前外電が面白いニュースを伝えていた。俗に、天は二物を与えずとかで、美男美女はそうでない者に較べてお頭《つむ》の程度が低いと言われているが、はたしてその通りであるかどうか、研究した学者の話である。さすが大国アメリカ、こんなことを大真面目に研究する学者が居るというから愉快である。調査方法は、ある大学の卒業生の中から、美男美女組とそうでない者の二つのグループに分けて、ＩＱ（知能指数）やテストの追跡調査を行った結果、男女とも前者のグループは後者の人たちよりも平均で五、六点劣っていたそうである。

その結論として、容姿の劣っている者は、それをカバーしようとして、それなりに努力するからだろうとあった。

四月は、企業に新入社員が入ってくる。今年の新人のネーミングは、携帯用のホッカホッカ懐炉だそうだ。使うときは揉みほぐしてやらないと、自分から熱を出さないが、激しく揉むと破れてしまう。だから、揉むのも優しく柔らかく扱わなければならない。ただし、安物だから要らなくなれば惜しげも無く捨てられる。

今年は、少々辛辣だ。そうして入社した新人諸君には、企業の社員研修が待っている。その社員教育、最近は企業向けの教育産業が盛んである。企業に講師を派遣したり、研修所に集めて教育したりする、教育専門の会社である。

今朝のNHKでこんなリポートがあった。某化粧品会社の、ユニークな研修の一例である。あなたが女性からラブレターを貰ったとしたら、どんな内容のラブレターが一番嬉しいですか自分で書いてください。そこで、受講者の一人が書いたそうだ。

「あなたは、温かい人か冷たい人か分かりません…。でも、仕事に熱中している時の横顔がたまらなく好き――」これを臆面も無く書いたのが、なんと当年五十二歳の販売課長殿。日頃はガミガミと口うるさく部下を絞り上げる、冷血動物と言われている男がである。

その研修成果はどうだったかというと、課長さんカワユイ。初々しいわ。奴さんやるね。と言う事になって、その課の空気が急に明るくなり、低迷していた販売成績も急上昇したそうである。

そこで、猿真似好きな小生、早速駄文をものした。

「あなたは天才か利巧か分かりません。でもやはり賢い人なのでしょうね。高く通った鼻筋、涼しい目元、引き締まった唇、すらりとしたスタイル。なにより脚の長いのが…」ここまで書いてきて、さすがの小生も止めにした。春の夜だというのに鳥肌が立ってきた。

さて、以下の文はその夜、夢に出てきたラブレターである。

「あなたは、阿呆か間抜けか分かりません。でも、きっとバカなのでしょうね。なぜなら、あなたはヒトの事を二言目にはバカがバカがと言うんですから。自分のバカさ加減を知らないから、ヒトの事をバカと言うんでしょ」

「それにナーニあなたのその顔。この前、あなたの顔を見た動物園のゴリラが、ヒキツケを起こしたっていうじゃないの。やたら、人前に顔を晒さないで！　そのスタイルだってひどいものよ。胴長短足って言うけど、あなたのはそんな生易しいものではないわ。後姿が何だって？ 笑わせないで、後から見るとあなたのは、お尻からすぐ踵《かかと》じゃないの。その短足でよくこのビルの階段を昇れるわね――」

さすが温厚な小生も、このラブレターをピリピリと引き裂いた。

翌朝、目が覚めたらなんだか頭が重かった。あれは、ひょっとして正夢じゃなかったかしら。

昭和六十年四月

読み

車の運転で大事なのは読みだという。あの人は読みが深い、先が読めるのヨミである。天候、道路状況、車や人の流れなどを、われわれは無意識のうちに瞬時に読み取って、安全運転をしているのである。

この、読みを誤ると思わぬトラブルや事故に巻き込まれる事になる。ヨミは、情報収集ならびに分析能力と言ってもいいだろう。敵を知り、己を知れば百戦危うからずの喩もある。

戦争の天才ナポレオンは、情報戦によって勝利を収めたといわれている。敵の戦力、陣容、特性などの情報をいち早く収集して敵に当たったたから、連勝を続けられたという。

日本では、やはり戦上手といわれた秀吉は情報収集はおろか、情報操作までして敵将の籠絡、懐柔、裏切り、内通を誘い、必勝の態勢になるまであらゆる外交戦術を駆使して、その後で戦端を開いている。

後年の秀吉の出陣は、小田原城攻めに見られるごとく、多勢の茶坊主や側室を連れての物見遊山のようになっている。これなど、敵情と自陣の内実をヨミにヨンで、絶対不敗の戦をしたからであり、いざ戦いを始めようという時には、秀吉の胸中ではすでに戦いは終っていたのである。

秀吉ほどの英雄ではなくても、誰もが常に何かを読んでいる。

朝起きて、歯を磨きながら鏡に己が顔を写して、あまりの酷さに思わずゲーッとやりながらも、ン、マアマアやなと自分を自分で納得させたりして。

会社勤めのサラリーマンは上役、下役、御同役。お客様に、お得意様の顔色伺い、言葉の裏を読み、序でに相手の腹の中まで読んでみる。

可愛いあの子の言葉の端はし、態度や仕草から、そろそろ口説き頃ではないかとか、今度の日曜日は潮が良いから、あの瀬でクロを狙ってみようかとか、陸釣り、海釣りそれぞれ読みに忙しい。

社長は、企業の十年先、二十年先を読まなければ会社を危うくするし、営業マンは相手の腹を読まなければ契約は取れない。

何しろ、日本には腹芸という、暗黙のうちに阿吽《あうん》の呼吸で意志を通じ合うという、世界にも稀な美徳があるから、勘の鈍い人間には生き難い。

これなど、言外の言という。口では言わないが、言外に匂わせる。仄めかす。感じさせるという高等戦術であり、これをいち早く読み取らなければ勝者にはなれない。

ところが口ではっきり言ってあげても、分かってくれないのが居るから困ってしまう時もある。「あなた嫌いよ。顔も見たくない」と面と向かって言っても、ニヤーッと笑って「本当は俺を好きなんだろ。ホントの事言えよ」と一向に応えていない。

これなど、相手の言葉を読み違えているどころか、完全に錯覚しているのでお手上げである。もっと酷いのになると、最初から相手の意向や考えなど、聞こうという気持ちなどさらさら無い連中が出てきたことである。その好例を、つい最近目撃した。

某月某日、某社の入社式。式次第が進み社長の挨拶となった。会場は一階は新入社員千余人が埋め尽くし、二階には来賓や関係者、全国から集まった支社長連中などで、三百人は超えていただろう。

新入社員一同、はじめて社会に巣立っていく緊張や不安、これから自分が永く働く事になろう会社社長の考えや、会社の方針はどのようなものなのか、さぞみんな身を乗り出し、眼を輝かせて聞き入っていると思った。

ところが、今の世の中そんなに甘いものではなかった。社長の訓示が始まって僅かに五分、最前列の真ん中、壇上の社長の眼の前で、舟を漕いでいる奴に気がついた。おやおやと思ってよく見ると同じく前列に二人、その後ろの席に七、八人がコックリコックリと、気持ち好さそうに居眠りどころか熟睡している。

これでは、いかに立派な教訓を垂れ、高邁な精神を伝えようとしても眠ってしまっている相手には通じるはずが無い。さすがに、見かねた社長、話の途中で二度三度とそれとなく注意をしていたが、連中はいかにも心地良さそうな夢の中に居た。

古言曰く―河まで馬を連れてくる事は出来ても、馬に水を飲ませる事は出来ない。

ところで、我が身辺、車の運転だけに関しても、読みが浅いというか誤っているというか、じつにさまざまな連中が居る。

その一、幅が三、四十メートルはあろうかという、広い踏切で車が渋滞して、踏切の中にまだ二、三台の車がつっかえている。小生が遮断機の所で止まっておこうと言うのに、「ナーニ、汽車は来ないですよ」と、踏切の真ん中まで行ったら、警報機が鳴り出した。前にはまだ車が痞えている。こらいかん、ドウショウ、ドウシヨウと言っているうちに、前の車がやっと走り出し事なきを得た。

小生、最初は「汽車は来ないですよ」と言って、強引に踏み切り内に入り込んだ運転者に感心したものである。なるほど、今何時何分、この時間には客車はおろか、貨物列車も通過しないと時刻表まで調べていたのか。偉いな!

しかし、臨時列車や、貨車の入換え作業があるんだがなと一瞬頭をよぎった。結局、こいつは単なるオッチョコチョイ。

その二、山中の田舎道。道路端に美味そうな蕗が群生しているのを見つけ、それを採ろうと停車した。道の真中に停めるので、道路の端に停めろと言うが「こんな山の中、車なんか来ないですよ」だと。言った途端、向こうから小型トラックが来て「ア！来た来た」と走って車を動かしに行った。バーカ。

その三、挨拶廻り。時間節約のためか、近道しようと思ったか、小さな裏道や露地をチョコマカチョコマカと走り回って、まともな道を行くよりよほど時間が掛かった。セコセコと阿呆が。

その四、同じく挨拶回り。時間内に一軒でも多く廻ろうと大忙し。あるお得意様の所で玄関に車寄せがあるのに、遠く離れて駐車した。挨拶が終って出てきたらそのままの位置で、ボケーッと煙草など吹かしていた。玄関近くの駐車場にはスペースが大分出来ていたのに。こちらが乗り込んでから、方向転換、切り返し。ボケナス。

その五、狭い路地の曲がり角。運転者が無理ですよと言うのを、構わん、突っ込め。まるで敵を目前にした切りこみ隊長のよう。無理を承知で敵前突破を試みたが、案に違わず車の横腹をガリガリ。「イイヨイイヨ、車なんてのは下駄と同じだ。傷の一つや二つどうってことない」いかに、自分の車とはいえこの無神経さ。（道理で、小生の車生傷の絶えた事が無い）

どっちにしても、こんな連中と一緒に居ると、果たして何時まで生き長らえる事が出来るか。せめてもの自衛策として、生命保険には目いっぱい入っとこう。

ところで、交通安全の標語に『注意一秒、怪我一生』というのがあったが、本当は『注意一生、怪我一秒』が正解である?

昭和六十年五月

結婚披露宴

三月頃からはじまった春の結婚式シーズンも、どうやら一段落したようで、先週の土曜日で小生の出番もやっと終った。

なにしろ、多い時には五月の連休がほとんど潰れてしまって、たった一日残っていた休日には社員の身内の不幸があり、まるまるゴールデンウイークを棒に振ったことがある。

亡くなった方には申し訳ないが、こちらにも都合というものがあるんだから、日を選んで死んでもらいたいものである。

最近は結婚式専門会場の出現で、そこで挙式する事が多くなったが、ホテルやデパート、少々変わった所では、農協会館などという所もある。

小生の経験によると、司会者の腕次第で披露宴の雰囲気が大分違ってくるようで、場合によっては宴の途中から収拾のつかなくなることもあり、ようく考えてみると司会者が悪いのではなく、新郎を始めとする出席者の大半が、俗に言うガラの悪い奴ばっかりだったという事もある。

式次第は多少の違いはあっても、大体似たようなもので、まず仲人から新郎新婦の紹介があり、結婚の心得や人生訓、主賓の挨拶や来賓の祝辞が続く。

この日ばかりは新郎新婦は、美男美女となり、秀才、才媛と呼ばれ、真面目、努力家、心優しき人となるわけで、世の中こういう人ばかりだと、誠に平和なものになるのだがとつくづく思う。

小生も大抵スピーチを仰せ付かるのだが、こっちは生まれてこの方真実一路、嘘を言うのは余り好きではないから（酒を呑んだ時と、可愛い娘さん相手の時は、それぞれご相談に応じる事にしている）お世辞のなかにも、なんとか当日の主役の正体をお客様方に分かってもらおうと、本音をちらりほらりと暴露するようにしている。

ただし、ずばりと正体を暴く事は出来ないので、遠まわしにそれとなく仄めかす訳で、例えばグズでノロマは「エー、本日の新郎は誠に肝っ玉の据った男でありまして、悠揚迫らざる大人物の風格をそなえて…」となり、怠け者は慎重でかつ熟慮遠謀型となる。

女の騒々しいのは、明朗闊達となり、根暗は奥床しい大和撫子である。

日本語というのは便利なもので、変幻自在な言い換えが出来る。大酒のみの大食いで、女の尻ばかり追っかけまわしている、先行き見込みの無い男でも、「気概天を呑み、些事に拘泥せず、天下国家を論じ、気高揚すれば金殿玉楼に遊ぶ、端倪すべからざる人物とは彼のことを指しているのであります」漢文調は、多勢の人を誤魔化す時の常套手段で、成るべく早口で抑揚をつけながら喋ると、聞いている方も、何となく判ったような気になるから不思議だ。

評論家にしても芸人でも、出演料を貰って喋るのだが、当方は出演料を払わせて頂いて喋るのである、いくらか本音を言わせて頂いても、罰は当たらないだろう。

この出演にしても正直な所、お誘いは有難迷惑、はっきり言ってしまうと嫌なのである。日頃見慣れないのが、事務所にヒョッコリ現れて、そいつが金色の縁取りの入った封筒でも持っていようものなら、万事休す。

こっちは、引き攣る頬を笑いに隠して、オメデトウ、ヨカッタナと心にも無い祝いの言葉を言わなければならなくなる。

あとは、挙式の会場が成るべく近いのと、土日祭日を潰されない事を祈るのみ。家には可愛い坊主が、今度の休み何処に連れて行ってもらおうかなと、楽しみにしているのだ。

だから、スピーチの内容も式の条件によって、良くも悪くもなるわけで、最も条件の悪いのは、晴天の日曜日、車で片道二時間も三時間も掛かる農協会館（農協会館も風情があって好いが、始めから終わりまで焼酎しか出ない所が多い）でやる場合。こんな時の新郎は、先行き見込みの無いクラーイ祝辞を貰う羽目になる。

最も、褒め言葉を使いたくなるのは、新郎新婦が社内結婚で、式はウイーデーに、式場は事務所から十分以内で行ける所で行われる結婚式。

こういう時は、亭主が多少ボケーッとしていても、女房がオッチョコチョイでも最大限に褒め上げる。なぜならこの二人が別々の相手を見つけていれば、二度出席させられるところを、一度の出席で済むのだからこんなにめでたい事は無い。新郎新婦の相性や、組み合わせなど知った事ではない。当人同士が納得してくっ付いたんだから、外野は黙っていればよろし。

披露宴では、花嫁のお色直しが多いといわれるが、四、五回ぐらいやっても良いではないかと思う。二時間もの間、日頃着慣れない内掛けやドレスを着せられて、客の杯の集中攻撃でも受けた日には、たまったものではあるまい。

おまけに、寝不足ときている筈だ。いかに現代のはねっ返りであろうと、式の前夜ともなれば感傷に浸ることもあろう。太郎さん、ご免ね。次郎さん、許して。ヒロちゃんも、マー坊も、トッ君も皆――ンナ、サヨナラ。男の数を数えるうちに朝が来たりして。

しかも、最近は挙式後五、六ヶ月で赤ん坊がオギャーッというのがナウイんだそうで、悪阻《つわり》の最中だったりするから、あのお色直しの目的の一つは花嫁さんの休憩のために慮《おもんぱか》ってのことでもあるのだ。

あとは、悪阻を作った元凶が当日の新郎であることを祈るだけだ。

宴会に酒は付き物で、最近は日本酒、焼酎、ビール、ウイスキーなんでも出るが、何時だったか阿蘇の山奥の農協会館では、焼酎オンリーだったのには参った。

個人的な好みを言わせてもらえれば、小生は日本酒より、洋酒党。ビールとウイスキーの水割りを交互に飲む。ただ、こういうお祝いの席では当然献杯の応酬となり、一々断るのは面倒だから、また断ると相手の方に失礼になるから何でも受ける。

日本古来の美風である盃の応酬は、それなりに一つ盃の酒を酌み交わすという意義もあるが、反面衛生的な見地からは少々引っかかる。

嫋《たお》やかな美女が白魚のような指で、ソッと盃の縁を拭いて差し出してくれたら、盃ごと呑み込んでもいいという気にもなろうが、黒い爪垢の付いた八ツ手の葉っぱみたいな手で、ベタベタになった盃をヌーッと目の前に突き出された時には悲劇である。

ヤ、これはこれは、ドウモドウモと有難く頂戴するが、これを呑む時にはちょっとした技巧を要する。右手の親指と人差し指で持った酒を、息を止めて一気に口の中に放り込むのである。このときに、盃が唇に触れないようにする事が肝心。あとは、盃を敵に返して、右手の親指と、人差し指をさり気無くお絞りで拭けば、衛生的には完璧である。ただ、この呑み方、少々酔いが早くなるという欠点がある。

料理でどうにも納得のいかないのが、刺身である。あんな不味い物をなぜ出すのか気が知れない。マグロなど赤身のはずが、干乾びて黄色に変色して、ゴワゴワになっていたりする。

なま物を百人分、百五十人分など新鮮なままで出せるはずが無い。不味いだけならいいが、この季節黴菌の巣を食っているようで気味が悪い。

これも、好みを言わせて貰えるなら、小生酒を飲むときには、つまみは摂らない主義であるから、食べ物は要らない。どうしても出したければ、小鉢の二、三品あれば結構。これでもか、これでもかとテーブルいっぱいに並べ立てている披露宴があるが、こんなのを見ると、バカが！と思ってしまう。

吸い物と、似たようなものに茶碗蒸が出るが、小生は茶碗蒸だけで良い。茶碗蒸の銀杏二つのところを三つも入っていると、随分得したような気分になる。

あとは酒さえあれば何にも要らない。出来れば二時間以内に終って欲しい。田舎では、サービスのつもりだろうが、三時間以上やる所もある。念の入った家では、次は嫁さんの実家で、三次会は親類の家でと果てしが無い。

有難いが、精々二次会までで御勘弁を蒙むらせて頂く。

披露宴など、成るべく質素な方が良い。披露宴にかける金があれば、二人の新生活にかけた方が良い。序でに、あんなものやらん方がもっと良い。

結婚式招待者被害者同盟会長としての本音である。

昭和六十年六月

竹の子

今年の梅雨はよく降った。

気象庁の長期予報では、今年の梅雨は男性型の梅雨で、降る時には集中して降ると予報していたが、まさに予報どおり熊本でも降り始めから、一日で二四〇ミリという記録を出した地区もあった。

幸い河川改修や防災整備も進んで、被害はほとんど無かったし、これで夏の水不足の心配もしないで済む。昔は、気象庁と唱えて生水を飲むと、当たらないと冗談を言われていたが最近の予報はよく当たる。

雨が降って勢いづくのが庭の木々だが、ひときわ元気なのが黒竹である。細くて幹が黒いのが特徴で、去年十本買ってきて塀際に植えていたのが、いまだに竹の子の新芽があちこちから顔を出す。この竹の子の勢いはすごいもので、掘り返してみると、地下でコンクリートに突き当たった竹の根は、壁に頭を打ちつけた格好で、中途からニューッと地上に盛り上がっているのもある。山中の一軒家が、崖から落ちてきた岩に押し潰されたので調べてみたら、岩の下から突き出た竹の根が盛り上がって、大きな岩を落としていたという。

食べると柔らかくて美味しい竹の子も、柔らかいなりに、偉大なエネルギーを持っているものである。

さて、これは同じ竹の子でも、一味違う竹の子のオハナシ。

「アナタ、大変よ、起きて!」新婚早々の夫、深夜愛妻に揺り起こされた。さっき、一合戦済ませたばかりなのに又かいな、と思いながら眼を覚ますと、奥さん真剣な表情で「アナタ、病気なの? 痛くない」と聞く。

奥さんの視線の先を辿ると、我が愛しの竹の子ちゃんが、小さくなって安らかに息づいている。夏の暑さに戦後処理も面倒で、そのまま眠ってしまったらしい。

夜中に目覚めた奥さん、ふと横のご亭主に目をやった。そこで大変な異変に気が付いた。ご亭主の物は。いつも雄々しく居丈高に屹立しているのが、今はナマコみたいな、仔ねずみみたいな変な物に変貌している。

ひょっとして、朝な夕な、私が使いすぎてこんな格好になってしまったのかしら、と心配になった奥さん、慌てて亭主を起こした次第である。

何しろ新婚早々のご亭主の竹の子ちゃん、新妻とご対面の時は何時も元気ピンピンだったから、こんな小さいのが常態だったとはご存じなかった。

その奥さん、あんな大きな物を男の人はどうやって持って歩くのか、知らなかったそうで、結婚してからも亭主のズボンをひっくり返しては研究するが、三本目の足を入れる所が見つからない。

ひょっとしたら、ベルトか何かで、太腿に括り付けているのではないかと、思っていたらしい。現物を手にとっての、ご亭主の説明に奥さんもようやく納得。その夜の竹の子ちゃん、またもや元気になったかどうかは、聞かなかった。

これは、二十年ばかり前の新婚早々の、我が善き旧友の実話である。竹の子よ、何時までも健やかであれ。

昭和六十年七月

歯痛

昔から、他人の痛みは十年でも我慢できるというが、まさにそれを地でいく境遇に陥った。かくいう小生が主人公となった。他人の歯の痛みを笑っていたら、自分が歯痛に襲われたのである。普通、虫歯の痛さというのはなかなか辛いらしくて、始めシクシクからジワーッと痛みが広がって、ついには人の話し声や足音までがズキズキと頭に響くように感じるという。

大抵の人はこの痛みを経験しているというが、生まれてこの方虫歯と縁の無かった小生「歯が痛くて」などと、脹れた頰っぺたに氷をくっ付けたり、ウンウン唸っている奴を見ると、虫歯？そんなの痛みのうちに入るか？　とか、ウイスキーのストレートを口に含んでいればそのうち治るよ、などと無責任な事を言っていたのが、ついに我が身に降りかかってきた。

野外キャンプ中の真夜中、猛烈な痛みに襲われた。その日の午後三時、キャンプ地に着き車の運転も終了し、乾きを訴える喉に充分にお湿りを与えてあげた。

夕刻、三家族一行十二人で賑やかに焼肉パーティーをやっている最中、先ほどのお湿りの効果絶大で、睡魔に抗し切れずお先にダウン。テントの中で早々と夢の境地へ。

一眠りして目が覚めたのは、歯の痛みか周りの喧騒の所為か。夏のキャンプ地というのは、日常を離れた開放の世界。大人も子供も、老若男女、ましてや若い世代は青春という苦い季節の真っ只中。一時、二時などまだ宵の口。

三人居なければならない我がテント、肝心の息子がどこかに行ってしまって一名欠。隣家から借りてきた息子の友達はスヤスヤと熟睡中。

左下の奥から二番目あたりの歯が、シクシク、ジワジワとよく痛む。酔いはとっくに覚めて普段なら睡眠薬代わりにウイスキーかビールを補充するのだが、いまやその気力なし。

それから明け方まで、半覚半睡、痛みは次第に強くなる。一時を過ぎた頃、若者達の声高な騒ぎに堪りかねたか、近くのテントから叱声が飛び、一時半には欠員一の息子が、懐中電灯片手に帰って来た。聞くと、星が綺麗だったので空を眺めていたという。そうだよな。大人になったら夜空を眺める余裕など無くなるもんな。やっと息子が眠ったと思ったら、近くのテントの幼児が夜泣き、序でに隣りのテントの飲ん兵衛が、小生のテントの横に座ってビールを飲んでいる気配。チクショウメとは思うが、不思議と起き出して行って一緒に飲んでやろうかという気がまるで無い。せめて俺の飲む分だけは残しておいてくれよと祈るのみ。

五時過ぎに起き出して、息子達と近くを散歩したり、薪を拾って火を熾し朝食の準備をしたり。真夏とはいえ山の朝は涼しい。

さて、朝食。飯を喰おうとしたら、歯が痛くて物が噛めない。仕方なく、味噌汁を啜るのみ。昼近くになると、どうやら顔まで変形してきた様子。こりゃ堪らんと、同行の連中には悪かったが、一足先に出発し、街の薬局で鎮痛剤を求めてやっと人心地がついた。

月曜日は左の頬から首にかけて熱を持って脹れ上がり、普段から可笑しい顔が一層面白くなっている。某課長に、歯が痛くてと言うと、とうとう来ましたかと実に嬉しそうに笑う。俗に歯、眼、なんとかという、老化の第一段階が来たという訳だ。

俺もとうとうそこまで来たかと、ガックリきたが、歯科医院に行くと歯医者は小生の歯を器具でトントンと叩きながらこの歯は二十代の歯ですよと太鼓判を押してくれた。

歯痛の原因は、何か硬い物を噛んだでしょうと言う。歯に皹が入っていたそうだ。それなら、思い当たる事はいっぱいある。親譲りの頑丈な歯を持っているので、少々の骨ならガリガリバリバリ、それだけならいいが、ビールやジュースの栓を歯で抜いたりしていたのがいけなかったらしい。

栓抜きというのはよく忘れたり、見つからなくなったりするもので、その度に歯を使っていた。ある時など、ピクニックに行って栓抜きを忘れたため、ビールからジュースまで片っ端から開けた事もあった。歯医者との付き合いは無い。はじめて本格的な治療を受けて、歯医者というのは面白い商売だなと思った。こっちは、治療中で大口を開けているのに、医者のほうから話し掛けてくるが、返事のしようがない。治療といったら、まるで道路工事。歯に穴は開けるわ、なんだか得体の知れない物を口に突っ込むわ、おまけに片栗粉のような物まで噛ませてくれた。二日酔いの時に、あんな物を口の中に入れられたら、吐き気はするわ涙は出るわの大醜態を演じる事になる。

キャンプから一ヶ月、抜歯せずに銀を詰めて治療は終った。

土曜の夜、人里離れたキャンプ地で真夜中にいきなり歯が痛み出すとは、日頃の行いが悪いのか、はたまた誰かの祟りなのか。それにしても、たかが歯の痛みぐらいだと馬鹿にしてはいけない。シクシクジワジワの痛みを味わったおかげで、歯の有難味は充分に分かった。

ただ、今度の事で一番嬉しかったのは、歯医者が「頑丈なものです。二十代の歯ですよ」と言ってくれたこと。歯が二十代なら、後の二つはまだまだ先のことだろう。

こんど、何かの機会があったら、ぜひ泌尿器科にお邪魔したい。パンツを下ろした我が腰間を、ピンピンと指で弾いて医者がこう言ってくれると、勇気百倍するはずである。「頑丈なもんです。立派な物です。まだ二十代ですよ」

昭和六十年九月

ヨシ君

「フレーフレー、あ・か・ぐ・みー」小さい体を弓なりに反らせて、赤組の応援団長が声を限りに叫ぶと、赤組の生徒達が手拍子をとりながら唱和する。

運動場いっぱいに散開した応援団の中央で、赤い鉢巻、赤襷、満場の視線を一身に浴びて、仁王立ちの雄姿は息子の無二の親友ヨシ君である。

この二人、同じ団地の二階と三階で生まれて育ち、今はそれぞれ住いも学校も違っているが、仲の好いことは相変わらず。顔も体つきもどことといって似ているとは思えないのに、よく兄弟と間違われる。序でに、二人の母親同士も、これもまた似てもいないのに姉妹でしょうと言われる。二人の母親同士の共通点といえば、どっちも口先だけの怠け者で、三食昼寝付きの結構なご身分というだけのものである。

今日は、ヨシ君のお母さんと我家三人で、ヨシ君の運動会の応援である。紅白の応援合戦いまや酣《たけなわ》。赤白、それぞれ五分の持ち時間いっぱいを使っての、一糸乱れぬ統制振りは、子供とは思えぬ見事なものである。

ヨシ君は、息子と同じ小学校に入学以来、この学校が三度目の転校である。今年の夏休みに転校して、二学期もまだ幾らも経っていないのに、早くも応援団長になるくらいだから、頭が良くて明るくて積極性がある。

その証拠をちゃんと見せてもらった。なんと羨ましいことに、前の学校の同じクラスだったという女の子が二人、ヨシ君の応援に来ていたのだ。

道理でヨシ君の張り切り方が、いつもより違うと思った。午前の徒競走で、例年ならビリから二番目をキープしていたヨシ君が、何と三位に入賞したのだ。女の子が二人も応援に来てくれたら、俺だってガンバルワ。

最近の女の子は、マセてるというか、しっかりしていると言うか、実にあっけらかんとしていて、しかも売り込みが上手い。ヨシ君のおっ母さんと小生と愚妻、三人で見物していると、その二人が近づいて来て、ヨシ君のおっ母さんに話し掛けている。『将を射んと欲すれば、まず馬を射よ』の実践である。

何を話していたのか、そのうちにヨシ君のおっ母さんが、こっちを向いて「ヨシ君のオジちゃんですかって、聞いているわよ」と言う。その子たちの方を見ると、可愛くピョコンと頭を下げてコンニチワと言う。礼儀もちゃんと弁えている。挨拶を返しながら、当方慌てて否定した。

何しろ、こっちの格好ときたら、休日の正装姿。どんなスタイルかというと、頭ボサボサ、髭ボウボウのサンダル履き。何処に行くにも、休みの日はこの姿。せめてもの救いは顔がいいのと脚が長いのくらい。

「違う、違う。ヨシ君のお父さんはもっと背が高くてスマートで、ハンサムだよ」と言ってやったら、二人とも安心したように納得した。そんなに、はっきりと安心する事も無かろうに。

息子は、親友の写真を撮るのに忙しく、アチコチ走りまわっている。

息子の運動会は先週すでに終っており、徒競走一着、一年生から六年生までの団対抗リレーでは選手に選ばれて健闘し団体二位。応援合戦では、畳二畳はあろうかという大きな旗を打ち振って、力のあるところを見せていた。

はるか昔、こいつのオヤジは運動会といえば、騎馬戦ぐらいで他の種目はその他多勢をつとめていたのに、一体誰に似たんだろう。

この息子、来年から中学だが、今から運動会には来ないでくれと言っている。去年の運動会で懲りたらしい。

大きな輪になっての、スクエアダンスの時、オヤジの会社の人が運動場の真ん中まで追っかけて行って、八ミリを撮りまくったものだから、女の子と手を繋ぐところでも、とうとう最後まで手を触れようともしなかった。

女の子は開けっぴろげなのに、男の方が意識してしまうらしく、早くも色気とやらを知り始めたようだ。

だが一方で、愚息とヨシ君の遊びを見ていると、相変わらずロボットだのジェット機だの持ち出して、ブーンバリバリ、プシューンなどと口で擬音を出しながら、手に持った玩具で空中戦などやっている。

この二人も、そのうちに変な週刊誌など持ち込んで、こっそり覗くようになるんだろう。いまや、そのての情報は巷に満ちている。我々が中学生の頃は、そういう本など一切無し。あるとすれば、街角に貼ってある新東宝のポスターか、親父が読んでいた雑誌ぐらいの物だった。まことに清く、正しく、美しい思春期だった。

小学校までは、女の子の友達も結構いて海や川で遊んでいたものだが、中学に入った途端変に意識してしまい、中学の三年間は女の子と一言も口を利かずじまい。口を利かないのが自慢だった。

実は、口を利けなかったのかもしれない。その後遺症がいまだに色濃く残っており、女の前に出ると足はガクガク、手はブルブル。

誰かが、武者震いでしょうと言っていたが、そんな事は無い。純然たる羞恥心からだ。

何はともあれ、ヨシ君の運動会も無事終った。その日は昨夜来の雨が、朝の七時ぐらいまで降り続き、運動場のあちこちに水溜りが出来ていたが、先生方総出で水を掻い出し、砂場の砂を撒いて運動場を整備されたそうだ。砂場にはまだ、スコップや猫車が残されており、砂がごっそり減っていた。

長い間の練習や、入念な準備があったればこそ活気のある運動会が実現したのである。

他校の事ながら、成功おめでとうございました。

運動会見物も今年で終わりか。何しろ、来年から来るなと息子に言い渡されているから、応援に行くわけにはいかない。子供が成長するのは楽しみだが、少しずつ親離れしていくのは少々淋しい。

来年の運動会は、頬っかむりして裏門からコッソリ行こう。

昭和六十年十月

ドライブ

鯛生金山にドライブに行った。

「今度の日曜日、海に行こうかな」我が家の主権者たるカミさんに、それとなく打診すると、珍しくダメときた。

「最近は、何処にも連れて行ってないじゃないの。リョージが連れて行ってというのをいいことに、連れて行かないんでしょ」

「なんじゃ、その言葉。連れて行ってと言わないだろが。日本語も満足に喋れないのか」釣りを断られた腹いせに、言葉尻を捉まえると「アラそう言ったかしら」平気なものである。「でも、眼を休めるためには、山の緑を見たほうがいいのよ」

なんと息子の視力は〇・二、〇・三という酷さ。原因は、勉強のし過ぎ…では無くて、パソコンゲームの遣り過ぎ。放課後は毎日びっちり、休みの日は一日中。我が家の玄関には常時七、八足の運動靴が散乱していた。

それを一年も続けたある日、学校の健康診断で仮性近視と分かり、十日ほど前から眼鏡をかけている。ところが、眼鏡をかけたら男前が七割か八割がた上がったということで、すっかり眼鏡が気に入った様子。視力回復センターに行けと言うと、僕は眼が悪い方が良いなどとほざく。

こういうやり取りがあって、日曜日息子の友達を誘って一行四人、息子の眼の療養のためにドライブとなった次第。

熊本で山というと、どうしても阿蘇や菊池方面となる。差当たり菊池方面に車の鼻面を向けて走らせながら、サテ何処に行こうかの相談になり、ああだのこうだのの相談の結果、鯛生金山行きと決まった。なんとも無計画なドライブである。

鯛生金山は大分県の日田、熊本と宮崎の県境に近く九州山脈の真っ只中にある。

明治の中期には東洋一の金山として栄え、昭和四十七年に閉山するまで金、銀を多量に産出したという。

現在は中津江村の観光地として、地下の坑内に往時の模様を機械や人形で再現している。案外知られていない観光地である。

行先が決まると車は急に活気づく。三年前に一度行ったきりで、記憶は朧《おぼろ》。道路標識を頼りに菊池を過ぎて山道に入ると、未舗装個所あり、車の離合ができない所ありで、危険極まりない。

しかし、山道も奥に入るにつれて、木々の紅葉が素晴らしくなってきた。椚、楢、楓が色づき、銀杏の黄色、紅葉の紅や黄、茶色。真紅はひときわ鮮やかである。

ワア、綺麗、素敵、見て見て！掌に汗をかきながら、ハンドルにしがみ付いている当方の苦労など知りはせぬ。三人は外の景色に大はしゃぎ。見ろ見ろと強要されれば、素知らぬ顔も出来ず、横目でチラ、片目でソッ。曲がり角では警笛を鳴らし、アクセルとブレーキを交互に踏んで、ひたすら急ぐ。

十二時までに、到着すべく勝手に決めて、これは誰に言われたわけでなく、持って生まれた変な性分。時間厳守は、休日でも例外ではなく、十二時に現地到着と決めたら何が何でも着かねばわが身上が保てない。――変な身上。

努力の甲斐あって、菊池から四十分で鯛生金山に到着。

ところが、車から降りたら真冬の寒さに襲われた。そのうち雨になり、通りすがりの観光客が、雪になるかもしれんと呟く。高地ではすでに冬が到来している。三年前に坑内は見物しているので入坑は中止。土産物店で昼食、買物。焼き物を見たりして、早々と帰路につく。

途中、大智禅師開基の伝来寺で渋茶など頂きながら、枯山水の庭園を観る。蜂ノ巣城で全国に名を馳せた下筌ダムに寄る。橋から湖面まで四、五十メートルはあろうか。両岸の紅葉が、雨上がりの湖面に映えるさまはまた一入。

ことに、途中の渓谷で見た紅葉の艶やかな紅は、まさに天然の妙としかいえない見事さ。オイ、綺麗だろうと後の息子達に声をかけると、ウン、そうだねと返事をしたが、外の景色はとっくに飽きて玩具で遊んでいる。

ゴムのジェット機に、食い飽きたポン菓子の粒などくっ付けて、例によってドーン、バキューンの伴奏入りの空中戦。これでは、眼の保養なんかになる訳がない。

菊池渓谷から平野部に入ると、野も山もまだ緑一色。菊池神社の大銀杏《おおいちょう》もまだ色づく気配もない。

我が家の庭の紅葉は、下枝から一日に数えられるほど少しずつ紅くなっている。

菊は今が花盛り。去年、盆栽を幾鉢か買ってきて、花が終ったのを地植えにしていたら、ろくに手入れもしていなかったのに紅、白、黄と色とりどりに咲き誇っている。

年々歳々花相似たり、歳々年々人同じからず。

昭和六十年十一月

日記

七草粥も過ぎた。

毎年の事ながら、年末年始の慌ただしさが一段落するとホッとする。

年末だ、一年の締め括り。年始めだ、一年の始まりだ。一年の計は元旦にあり。今年はあれもしよう、これもやろう。煙草は止めよう。酒も飲むまい。などと殊勝な決意はするが、大抵三日ともたずに元の木阿弥。

若い頃は、立派な装丁の日記帳など買い込んで、一年通して書いてやろう。固い決意も始めだけ。毎日付けるのは松の内だけ。それが、三日おきになり四、五日おきになったら、もう完結も間近か。白いページの日記帳だけが年毎に一冊ずつ増えていく。

年が改まるごとに、こんな誓いや決意を新たにするのも若いうちで、年を経ると新たな感懐など何処に行ったか影も無くなる。

除夜の鐘を聞いても、元旦が来ても生まれて四十数回も歳を重ねていくと、殊更改まった気持にもなれない。禁酒、禁煙などチラッとも浮かばず、日記などハナから問題外。

ただこの日記、子供の頃は先生に何度も勧められて、大人になっても書こうと努力するのは、日記の効用を誰もが認めているからに他ならない。

小生も、中学、高校の頃の日記帳などが引越しや、大掃除の時など押入れの奥深くから出てきたりすることがあり、手を休めて読んでみると、甘酸っぱいようなむず痒いような、あの頃のモヤモヤとした気分を思い出したりする。

思い出に残る物にはスケッチもある。一五、六歳の時に描いた田舎の風景など、今は面影が無いだけに、当時の記憶が鮮やかに蘇る。これらの日記帳やスケッチ、通信簿、アルバムなどのメモリーは、時たまチラッと姿を覗かせてはまたどこかへ消えていく。

日記を永続させる方法は、小生の一行日記をお勧め。常時、持ち歩いている手帳に一行。一日に一行だけ。例えば、こんなふう。

一月一日、元旦、新年の挨拶。お宮参り。

二日、J、S、Y来。三日、終日酒。四日、仕事始め。五日、小雪。六日、年始廻り、猪鍋。七日、ヨシ君来。N夫妻と夕食。

日記などというものは、本人にとっては大事な物かもしれないが、他人にとっては、よほどの大政治家か、傑出した人物で無い限り、それこそ一文の価値も無いもの。

日記というものは、人間としての生き様の記録であり、日々の細事を通して自分が如何に生きたか、如何に生くべきかに深く思いを馳せつつ……などという人は分厚い日記帳を買うが宜しい。そして、後半は真っ白けの日記帳にするが宜しい。

新聞の投書欄に、今年こそは日記を一年通して付けよう、などと載っていたがこの人年齢は四十一歳。思わず笑った。四十一歳になるまで毎年決意を新たにしていたんだろうか。今年も、どこまで続いたか教えてもらいたいものである。

その点、怠け者には一行日記は楽である。気が向いたときに、横に転がってる鉛筆でヒョイと書くだけ。

日記にも書いたが、七日N一家が遊びに来た。歳の初めのこととて、夕刻ともなれば、新年会になり酒が入る。N家と我家は十数年来の付き合いで、夫婦子供ともほぼ同年代。四方山話の往き付くところはお互いの子供自慢。N氏の息子はいわゆる秀才。熊高、東大を目指して正月休みも無しで猛勉強中。一方の我が豚児、学校の宿題もろくにせず、毎日のんびり、ノンビリと遊び暮らしている。

小学六年、十一歳で早くも差がついたようだ。しかし、この秀才のヨシ君に、誰にも言えない深い悩みがあるのだ。

明朗闊達、頭が良くてクラスの人気者。

運動会ともなれば、転校前の学校の女の子達が、わざわざ応援に駆けつけてくるようなヨシ君の悩みとは。

それは――未だ毛が生えていないのだ。何事にしろ、負けず嫌いなヨシ君のこと、その苦しみは察するに余りある。

一方、我が豚児、最早モジャモジャ。この前、一緒にトイレに入ったとき。我が家にはトイレは一つしかなく、同時に催した時には同時にやることになる。

その時、横で放水していた息子に「おい、生えたか」と聞くと「生えたよ」と力強い返事。いつぞやは、毛布の黒い糸屑を後生大事にチンチンにくっ付けていたり、産毛を本毛だと言って自慢していたが、今度ばかりは自信満々。

本当かな、ドレと言ってヒョイと触ってみると、ゴワゴワモヤモヤとまごうかたない純毛が、疎《まば》らではあるが立派に生えている。

オッ凄い、大したもんだと褒めると、今、クラスで毛が生えているのは、三人しか居ないと言う。そうか、偉いぞと言いながら何気なく息子の本体を見た。本体とは、放水している筒のことである。

なんと息子の本体が、我が本体よりもデカイのである。最近の子供は短胴足長、欧米人並のスタイルに近づきつつあるとはいうものの未だ六年生である。身長、体重、手の大きさ、足の文数などどれをとっても小生が大きいのに、肝心のムスコだけが息子に負けた。

小生は、親の貫禄を示しながら、ン、マ、頑張れ。何を頑張れか分からないが、口の中で言いながらさり気なく、ムスコを息子の眼に触れないようにズボンに納めた。

というわけで、ヨシ君は頭は良いが悩みがあり、我が豚児は悩みも何も無く、暢気に暮らしている。果たして男としては、どっちが好いんだろうか。

昭和六十一年一月

独身生活

久し振りに独身生活を楽しんでいる。

思えば、愚妻に虐げられ続けた十余年の、長い苦しい忍従の生活であったが、今やっと開放されて伸び伸びと暮らしている。だが、息子がくっ付いているので完全な独身とは言えない。

二、三年前ハリウッド映画で、ダスティン・ホフマン扮する、冴えない中年男が妻と別れて、息子と二人で生きていくというストーリーがあったが、今の小生いささかあれに似ていなくも無い。

ただ、あの映画の出だしは、妻と離婚したという羨ましい設定になっていたが、小生の場合はあと幾日もしないうちに、脅威のカミさんが帰ってくることになっているのが辛い。

カミさんは、永年の怠惰とグータラ、昼寝のし過ぎと、小生への小言の言いすぎが原因で、ついに腹を切ってしまった。

あまり楽をし過ぎるとロクな事にはならない見本みたいなもので、病気そのものは別段珍しくも何とも無い、その辺にザラに転がっているような変哲も何も無いもの。折角、五百万円もの生命保険を掛けていたのに、誠に残念。祈りが足りなかったみたい。

カミさんが居なくなって、家事の殆んどは小生の仕事。息子は小学六年生とはいえ、男の子では家事には全く役立たず。せいぜい庭に水を撒くか、ゴミを外で燃やすくらいのもの。

カミさんが居なくなると、世の亭主族はハタと困るらしいが、小生には家事など軽いもの。何しろ、独身が長かったから、炊事洗濯お手のもの。久し振りに家事をやってみて、今の主婦業の楽な事には驚いた。炊事、洗濯、掃除など全て機械がやってくれる。

十五年前、小生が貧乏独身の頃は、家事は全て手作業。洗濯などは手洗いだから、冬の水の冷たい事。特に関東の水は手が痺れるくらいに冷たかった。それが、今は洗濯もご飯炊きもスイッチポンで出来上がり。カミさん業が、いかに罰当たり業かということが初めて判った。

カミさんが居なくなって、早速家中の整理を始めた。女と言う人種は、何でも溜め込む習性があり、押入れ、物置、冷蔵庫の中といたるところに、何時の間にか何でも詰め込んでいっぱいになっている。これらを整理してしまおうという魂胆。

探すとあるわ、あるわ。錆びた缶詰、十年程前の飲みかけの養命酒、カビの生えた干物、変色した昆布、山口の雲丹、北海道のイクラの食べかけにはカビが生えている。

その度にあの馬鹿、クソッタレ奴《め》がと上品な一人語を言いながら、片っ端から捨ててやった。前の空地で大量のダンボールや紙屑など燃やしたら、いくらか家の中がすっきりした。

一番気を使ったのが息子の食事で、カミさんの留守中に痩せさせたりしたら、父親としての面目が立たない。と言って、店屋物ではコック長の沽券《こけん》に拘わる。

ステーキ、焼肉、カレー、すき焼きなどなど、毎晩のメニューは普段より豪華。面白いのは、カミさんが居る時には小生も息子もなるべく野菜は遠慮しているのに、二人だけになった途端、野菜食え喰えと息子に強要している。ヤッパ、野菜喰ワニャー。

男二人だけの勝手気ままな優雅な生活にも、たまには失敗もあるもので、カミさんが入院した翌日早速やってしまった。

息子の部屋に、家の猫と隣りのクロを閉じ込めたまま、学校に行ったものだから、帰ってきたら部屋中はメチャメチャ。ご丁寧に敷物の上に小ばかりか、大までも二匹分揃って出しており、部屋中臭気芬芬《ふんぷん》。オエオエ言いながら、後始末に一苦労した。

ストーブの消し忘れ、電気の点けっぱなし、玄関の未施錠は日常茶飯事。小生が一足先に家を出るので、戸締り、火の始末は息子の役目だがまともに出来たためしがない。

昨日三日は節分。男だけの豆撒きをやろうというので、豆を買ってきて二人だけで鬼は外、福は内。例年なら家の内外構わずに大量に撒くのだが、今年の豆まきはちょっと違った。

屋外には今まで通り大いに撒いたが、福は内の撒き方に工夫を凝らした。

おい、此処に撒け。小生が指示すると、福は内！坊主が二粒か三粒パラッと撒く。撒く所は床の間やテーブルの上。間違っても玄関や勝手口には撒かない。

始めのうちはお盆を出してきて、その上にお題目を唱えながらパラパラ撒いて、二人して豆を食っていたが、これでは余りにも鬼を馬鹿にしていないかということで、せめてものことにテーブルの上まで範囲を広げた次第。

何故こんな風変わりな豆撒きになったかというと、今年は豆撒きの後の掃除役が欠席だったから。

去年など、撒け撒け盛大に撒けと、家中豆だらけにして、バリバリ踏んづけて歩いたが、そんな事をしたら後始末が大変だ。

やはり、掃除機握るのは主婦に限る。

まだ、寒さは続くが暦の上ではもう春。春はすぐそこだ。

昭和六一年二月

胃カメラ

男子たるもの、人前で涙なんか流すものではない。親父にそう教えられたし、自分でもそう心得ていたつもりだったが、つい最近不覚にも涙ボロボロになってしまった。別に悲しかったわけではなく、胃カメラを口から突っ込まれたのである。しかも御念の入ったことに、二度にわたって。

小生、自慢じゃないが、朝の歯磨きでブラシを口に入れただけで、調子の悪い時にはゲーゲーやるのに、よりによってあんな長い物を胃の底まで突っ込まれた日には堪《たま》ったものではない。先生はゲーゲー言わないで下さいと言うが、あれは自分の意志で止めることのできるものではない。横から婦長さんも、肩の力を抜いて楽にしてと言うが、小生の肩は生まれつき張っている。そうやって二十分間やられた。

年に一度の人間ドックで採血され、便、尿を採られ、注射され、バリュウムを飲まされてレントゲンの後がこの始末である。

先生が言うには、レントゲンで透視の結果、胃と食道にポリープが見られるという。特に、食道の粘膜隆起については、よほど熟練の技術でないと発見できないような微かな物で、これに気付いたのは大したものですよと、レントゲン技師を褒めている。小生、大したもんだと傍の技師さんを見直したが、後でこの技師のためにヒドイ目に遇うのである。

この日は、前日のレントゲン検査で見つかった、二箇所のポリープを直接胃カメラで診ることになった。胃カメラの入りを良くするために、なんだか得体の知れないものを飲まされ、輪っかを口に嚙まされた挙句、長い管を口から入れられた。

長い管の先端にはカメラが付いていて、先生はモニターを覗きながら、手元で胃カメラを操作している。

小生は、管を口に入れられた途端にゲーッ。話には聞いていたが、その苦しさ。胃カメラなど考案した奴は、ロクな奴じゃない。

胃カメラの管は、中が空洞のチューブ状になっていて、その空洞を通して身体の組織も採れるようになっている。胃の底にあった組織は簡単に採れたのだが、食道の組織はちょうど窪みの襞状《ひだじょう》になっている所にあるために、なかなか採る事が出来ない。

先生もこんな経験は初めてらしく、苦心惨憺。小生はその間、涙ボロボロ、涎《よだれ》タラタラ、声はゲーゲー。この世のものとも思われない辛さ、醜態。我がことながらこれでは百年の恋も醒めてしまう。

余りにもゲーゲーやったので、カメラのレンズが曇ってしまい、一時休戦。カメラを引き抜いて、顔を洗い、水を飲んで、二度目の挑戦を試みたが、それでも駄目。

日を措いてやり直す事になり、二週間後、今度は麻酔を打って喉に痺れ薬を塗り再度挑戦したが、軽い麻酔などで利くようなヤワな身体でない事が災いして、相も変らぬ伴奏入りの涙ボーダの仕儀となり、さすがに先生もサジを投げた。(医者がサジを投げたらお終いだと昔から相場は決まっている)

「面倒だから、切っちまいましょうか」提案したが、今度は専門医を紹介するから、全身麻酔で本格的にやりましょうという。

一回目の診察の時、コリャ危ないと思ったから、早速ガン保険に加入しているのでこっちは強気。胃のポリープは何でもないという結果が出ているが、食道の方が組織が採れないので、どうにも気掛かりだという。

保険のパンフレットを見ると、食道癌は入院期間二ヵ月半、入院給付金百万円とあるではないか。二ヵ月半、病院で寝転がっていれば、百万も入ってくる幸運など滅多にあるものではない。

先だってカミさんが入院した時は、何事もなく帰って来たために、死亡保険金五百万円はフイになったし、入院給付金の付かない保険だったのでガッカリしていたが、何処に幸運が転がっているか判らないものだ。

某氏は、自分のカミさんに保険を掛けて上手くやったようだが、こっちは自分の保険で稼いでやろう。

今度の検査は、麻酔で眠っているうちにやってくれるそうだから楽だろう。結果が今から楽しみだ。

今の処、診断書には病名が四つも書いてある。難しい専門用語で書いてあるが、平たく言えば、食道にオデキみたいな物があり、胃にもポリープ、血圧が高くて、肝臓には脂肪が巻いているらしい。診断書から想像すると、ガリガリ、ヒョロヒョロの中年男である。

何しろ製造年令四十余年の中古だから、あちこちガタが来ていて当たり前。


二月にはもう二つ事件があった。

一つは、坊主が私立中学を受験したが、見事に落っこちた。受験の動機そのものが不純で落ちて当たり前。坊主頭になりたくないから、長髪のできる学校を選んだというからナットラン。

その息子が面接で、何故この学校を受けたのかと訊かれて、英語の勉強をしたいからと答えたそうな。我が息子ながらようやる。

こんな名答をしたにもかかわらず、落ちてしまった。面接の試験官が悪かったのであろう。そうやって落っこちて、気落ちでもするかと思っていたら、本人は一向気にする様子もなくのほほんとしている。落胆しているところを見計らって、父親らしく慰め、励まし、優しい言葉をかけてやろうかと、テレビドラマみたいな事を考えていたが、これでは親の出る幕が無い。

もう一つの事件は、折角入院していたカミさんが帰って来たこと。父と子の静かで優しく暖かかった家庭生活も束の間の夢と消えた。これからまた、小生の長く苦しい、忍従の生活が再開するのである。

二月の末、鹿児島の指宿に行ったが、すでに菜の花が一面に咲き乱れていた。

庭の枝垂れ梅も、今日二、三輪の白い花をつけた。

昭和六十一年三月

靴

首都、東京は只今厳戒中である。警視庁は一万三千人とも、一万五千人ともいわれる警察官を動員して、厳重な警備網を敷いている。

天皇御在位六十周年記念式典、東京サミット、英国皇太子御夫妻来日に的を絞った、過激派集団のテロに備えての警備である。

特に皇居、米国大使館、大阪府警への、ロケット弾攻撃が行われたばかりとあって、皇居周辺の警戒は厳重を極めており、警察の大型輸送車が要所に配備され、警察官の路上における立哨、道哨、パトロールカーの巡回と水も漏らさぬ警戒である。

半蔵門会館の屋上からは、皇居の警戒振りが一望できる。皇居の裏側にあたる半蔵門の立哨の人数も普段より増員されているし、半蔵門から桜田門にかけての堀端の動哨警官の数も多い。

この辺りは桜の名所が多く、皇居のお堀に沿って千鳥ヶ淵から靖国神社、九段にかけて見事な桜並木が出現する。英国大使館は桜の盛りには一般に公開されて、庭の桜を愛《め》でる事ができる。

桜は、咲き始めもいいが、散る時はもっといい。千鳥ヶ淵は地形からか、風がよく集まる所で、風に舞う花びらは文字通り花吹雪となり、堀を埋める花筏が白い波になってゆったりと漂う。

今年も、桜を楽しみに上京したのだが、桜はまだ固い蕾のままで、春は未だ来ていなかった。すぐ近くの武道館では、この日あたりから大学、専門学校の入学式や、企業の入社式が行われる。桜より一足早く、人間社会では、春を迎えている。

各企業では、研修を終えた新人達が職場に配属されて来る。

今年の新人のネーミングは、『新人類』

姿形は日本人によく似ており、日本語を解するが発想、言語、行動は別の遊星から飛来した、全く新しい人種だというのである。

毎年こうした皮肉っぽいネーミングで、古参社員は鬱憤《うっぷん》晴らしをするのだが、これらの新人もそのうち中堅となり、古参となって企業の将来を背負っていくようになるのだから、迎え入れる側は一日も早く地球人にし、日本人にし、企業人に育てなければならない。

以下は、迎え入れる側の古参社員の話。

気の合った者同士、全国会議で東京に集まり、久闊《きゅうかつ》を叙して赤坂の小料理屋で一杯。そこへ、のっそりと男一人が遅れて酒席に加わった。一座の一人の旧友で、その男も古い社員だから当然皆とは顔なじみ。九州地方の、バッテン、ソッデクサなどの上品な言葉をお使いの地方の人。

こいつが一時間ほど居たろうか。こちらのペースにお構いなく、グイグイ一人で飲んでたが、少々呂律《ろれつ》が怪しくなってきたと思っていたら、何かの拍子にビール瓶を倒してズボンにビールを飲ましている。そのうち、ガチャンとコップを割った。その都度、お絞りだ、雑巾だと一騒ぎ。

こっちは、そろそろエンジンが掛かってきて、本格的に飲みましょうという段になって、その男、ご飯頂戴。興を殺《そ》がれること夥《おびただ》しいものがあったが、お茶漬けをとってあげると、三歳の童子もかくやと思われんばかりに、ご飯粒をこぼして、喰い終わったら船を漕ぎ始めた。

見かねて帰そうとするが、一人で歩けるような状態ではなく、皆でかかえ挙げてタクシーに放り込んで帰してしまった。

それから一時間あまり、河岸を変えようとその店を出ることになり、靴を履こうとしたら小生の靴が無い。その辺見回しても他に客は居ないし、板前さんは下駄である。

同行の四人が靴を履き終るのを待って、残った靴を履いてみたが、これが靴と言う代物ではなく、あえて言うならグツか、上にドタが付くような酷い靴。

みんなが、もう一軒行こうと誘うのを断った。いかに小生が田舎の在のカッペでも、田圃の畦道歩くのならともかく、この靴履いて、花の東京を歩くのはチト気が引ける。

たださえモテないのが、これ以上モテなくなったらご先祖様に申し訳ない。すぐ近くだったので、かのアル中氏の泊まっているホテルへタクシーを飛ばし、フロントから部屋に電話したが応答なし。フロントに事情を話して、靴を交換するだけだからと、マスターキー持参のホテルマンに立ち会ってもらったら、何の事は無い。ドアは半開きで、服やズボンは床に散らばっていたが、感心な事に本人はベッドに寝ていた。

昔の武士は、風の戦《そよ》ぎにも耳を欹《そばだ》てたというが、この男は寝首を掻かれてもわかるまい。

小生の靴は、こっちに片っぽ、あっちに片っぽ。自分の靴を履いてやっと人心地ついた。靴なんてのはガバガバ、ドタドタでは気持ちが悪くて仕様が無い。やはり、自分の足にしっかり合った奴でないと落ち着きが悪い。

家に飲みに来て、小生の靴を履いて帰った奴も居たが、こいつもあいつもでっかい足をしていた。あんな足で、よくも俺の上品な靴に足が入ったもんだ。

俗に、馬鹿の大足、間抜けの小足というが、小生のは間抜けの方である。なぜ男は酔っ払うと、小さくて可愛いのに、やたら突っ込みたがるんだろう。

この話には後日談がある。翌々日、かのアル中氏から、「靴を間違えて済みません」との電話。「済んだことはいいよ」と言ったら、「今度会う時に靴を持っていきます」と言う。

「あんたが寝ている間に、俺の靴は交換したよ」と言うと、「アレ！　そうですか。そんじゃ、俺の今履いてるのは誰のだろう」と。知った事か。あの時は、他の客は皆帰った後で、一緒に呑んだ連中は酔っているのはひとりもおらず、それぞれ自分の靴を履いて帰ったのである。おかげで銀座に行き損なった。

この男、どっか悪いんじゃない。病院で検査してもらった方がいいみたい。今年の、『新人類』なんかには決して負けない、『旧人類』顔負けの『類人猿』が、未だに棲息しているのである。

三日、熊本空港着。空港周辺の桜は満開。見事に咲き誇って、車の窓から花の香りが漂ってくる。熊本城も花岡山も、花便りでは今が満開である。この日、東京ではやっと開花宣言が出された。

小さいとはいえ日本列島、沖縄の石垣島では海開き、北海道は雪景色で、熊本は今春爛漫。

昭和六十一年四月

別府温泉

別府温泉に泊まった。一泊して温泉に浸かってきたと言えば聞こえは好いが、とんだ温泉だった。

ホテルは、テレビのコマーシャルでよく知られているSホテル。部屋は別府湾を一望する、眺望絶佳のツインルーム。一人で行ったはずなのになんでツインルームなのかというと、これがなんとも腹の虫が治まらないことが原因なのである。

その夜は、男と同室することになった。窓際のベッドには小生、もう一つのベッドにはむくつけき男が鼾《いびき》をかいて眠っている。

誤解しないで頂きたい。小生にはそのケは全くない。無いどころか、妙な事が原因でエイズ騒ぎをしている連中には、いい気味だぐらいしか思わない至極真っ当な人種なのである。

どうしてこういう事態になったのか、事は簡単。主催者側の手落ち、怠慢、気配りの無さ以外の何物でもない。

この日、ホテルで会議が行われた。この会議は、三ヵ月毎の各社の持ち回りで、今回は大分が主催する事になっており、午後会議、夜は懇親会で、毎回テーマを決めて研究、情報交換、親睦を目的にしている。

恒例どおり午後の会議が終わり、部屋に案内されて驚いた。何と一室に六人が詰め込まれた。いわゆる大部屋の雑魚寝《ざこね》である。

途端に、頭に血が昇った。小生、いわゆる瞬間湯沸器。気に喰わないことがあると、アッいう間にプーッと湯気ならぬ怒気を吐き出す。

さっそく、主催者側の社員を捉まえて、部屋替えを申し入れた。頭に血が昇っているから、言葉遣いが荒くなったのは致し方無いがその要旨は次のとおりであった。
一、修学旅行の子供ではないこと。
二、よって大の大人が、雑魚寝など出来ないこと。
三、費用を安くしようとの配慮であろうが、少々高くても構わないこと。
このホテルは、九州でも指折りの名門であり、しかも今はシーズンオフであるから、部屋は幾らでも空いているはずである。部屋が無いなら、温泉街である。他にホテルは幾らでも在る。

暫くして、ホテル側と交渉して、やっと二人部屋が取れたと、担当の社員が申し訳無さそうに言う。事を荒立てたくないから、やむなく承知した。気持ちは治まらなかったが、大人気ないことであるから、我慢して寝た。

ベッドに入ったが、隣の気配が気になって眠れない。

誰にも内緒だが、小生、元来繊細で細心、小心者で、臆病を絵に描いたような男で、他人の寝息はもとより、鼾、歯軋《はぎし》りなどが聞こえては、眠るどころの騒ぎではない。しかも、となりの男は、その気のある男じゃないかしら…なんて。

四十ン年、守り通した純潔も、今宵花と散るかも—と思うと心配で、心配で。

夜が白み始めると、早速外に飛び出して、危険な一夜が無事に明けたことに感謝の気持ちを表すために、その辺りをジョギングしてまわり、大浴場に首までどっぷり浸かって、やっと人心地を取り戻した。

人を接待するのは、難しいものである。浅野内匠頭が腹を切ったのも、天皇の勅使接待をめぐってのいざこざから。

難航している交渉なども、接待次第では好転する事も世間ではザラにある。ということは、その逆もあるということだ。

このたびの接待がその好例。怒っているのは小生だけかと思っていたら、もっと怒っている人が居た。

会議の翌日は、山口で社内の柔道大会があり、某社長と山口のY常務と三人、同じ列車で山口行きとなったのだが、そのY常務、列車に乗って開口一番「儂ァ《わしゃ》此処には二度と来ん」と言い出した。

訊くと、この常務も二人部屋だったそうで、夜中の二時頃まで隣室の話し声で眠れず、やっと静かになったと思ったら、隣りベッドの男のイビキ、歯軋り、寝言で一睡もしていないと言う。

傍で聞いていた某社長「ワシ等個室やったから、よう眠れた」と、晴れ晴れとした顔である。どうやら、社長連中は個室で、その他多勢は相部屋にされたらしい。

全くもって人を馬鹿にしている、これでもワシ等一国一城の主やで、などと言っていたが、それにしても泊まり賃が高かったな、という話になり、色々話を総合してみると、某社長も我々と同額しか払っていないと言う。

個室も、雑魚寝組も同一料金を取られたと知って又もやカッカ。

Y常務は、寝不足で頭がクラクラするといって、柔道の応援の予定を切り替えて帰宅してしまった。

小生も柔道の応援をしたものの、やはり寝不足からか応援の迫力不足で、熊本勢の意気上がらず。なにしろ、柔道が不振だったのも、前夜の応対が悪かった所為《せい》になるのだから、世の中恐ろしい。

その夜、柔道主催者からのお誘いがあったが、丁重にお断りして早々に就寝した。これも、前夜の所為である。

最近歳をとってくると、すぐ腰が痛くなったり、風邪を引くようになった。

次回、大分で会議がある時は、小生多分風邪を引いて熱を出すか、ぎっくり腰になるはずである。

昭和六十一年六月

家庭菜園

念願の百姓になれた。

それも只の百姓ではない。小作人である。小生は毎朝ジョギングをする。そのコースの途中に、貸農園がある。広い畑をロープで碁盤の目に区切って、一区画二坪ぐらいをそれぞれご近所の人たちが、野菜や花などを栽培して楽しんでいる。

家の裏庭に猫の額よりも小さな畑がある。幅四尺に長さが三間というところか。そこに春菊、ニラ、三つ葉、葱、トマト、キュウリにナスなど、四季折々色んなものを植え込んだ。

子供のころ親父が一時期百姓をしていたことがあり、よく手伝わされたものである。おかげさまで田植え、稲刈りはもとより薩摩芋、サトイモ、落花生、砂糖黍《さとうきび》の植付けから収穫、ときには雑木林の伐採から開墾までやらされた。そのころは相当に辛かったはずだが、土から長い間はなれていると、土への郷愁のようなものが沸いてきて最近はしきりに百姓したいなと思うようになっていた。

一昨年、裏庭の猫額畑で初めて自家製の野菜が採れたときは嬉しかった。トマトなど、本当のトマトの味がした。香りも昔のトマトの香りだった。

スーパーで売られているトマトは、色はきれいで形もいいが、味も匂いも薄くなってしまっている。もぎたてのトマトの青臭いような匂いは、子供のとき以来の懐かしいにおいだった。朝など勝手口を開けて裏の畑からネギを二、三本採って、味噌汁にいれて味わえるなど都会では真似のできない贅沢である。

その裏庭に、もう植える余地が無くなったので、件《くだん》の農園を借りた次第。

農協が付近の農家から一括して借り上げて希望者に何区画か区切って又貸しするシステムで、一区画が年間でなんと三千円という格安。

農協に申し込みに行ったら、三区画続いて空いていたので、三区画とも借りることにした。農協の職員が「随分がんばりますね」と言うから「給料の安い分、百姓で補うのよ」と答えておいた。戦中、戦後の時代じゃないが、ガンバラなくっちゃ。

早速、鍬を買い込んだ。裏の畑はスコップで間に合わせていたが、なにしろ小作人になったからには、年貢が払えるだけの収穫は上げなければならない。麦藁帽子に頬被りしたらとカミさんが言ったが、そいつは止めた。

さて、いよいよ開墾である。開墾とは大袈裟だが、いままで借り手のなかった空き地だったから草ボウボウ。そいつを鍬で掘り返して、草の根っこの土を払い落として畑の外に抛り投げる。土はよく肥えていてやわらかいので仕事はしやすいのだが、なにしろ三十年ぶりの野良仕事、すぐに息があがった。はじめは軽かった鍬がだんだん重くなり、しゃがみっぱなしの腰のあたり、なんとなく痛くなってきたような感じがする。ゴム長靴を履いていたが、鍬を振うたびに土が飛び込んできたのでとうとう裸足。折から、お天道様は曇り空から顔を出してジリジリと照りつける。（百姓をはじめた途端に、太陽がお天道様になるのだからこの辺ののめり込みようなぞ、我乍ら立派な百姓である）

汗はタラタラ目に沁みるが、これが終わったらシャワー浴びて、冷たいビールをキューッと飲ませてやるからな。我とわが身に言い聞かせ、半日がかりで畑らしい畑になった。

それが六月のはじめで、今その畑にはナス、インゲン、枝豆、アスパラ、紫蘇、トウモロコシなど植えてある。人参は種を蒔いたのだが、時期が早かったのか発芽しなかった。トウモロコシは四十センチくらいになったら、早くも穂が出て成長が止まってしまい所々に小さな実が付きだした。どうやら、ミニトウモロコシだったらしい。

畑の手入れはもっぱら早朝。なにしろ早いときには四時過ぎには目を覚ますのだから、いくら早起きは三文の得といってもこれでは始末に負えない。かといって目がさめていて、寝床の中でモゾモゾしているのも気性に合わないので、前の日の新聞や雑誌など読みながら時間を潰して、外が明るくなるのを待ちかねて、ジョギングがてら我が農園の見回りという次第。

梅雨時、一週間も雨が降り続いて見廻りを怠っていると、もう雑草が我が物顔にのさばっている。この時期は、雑草との根競べである。

畑にしゃがみこんで、草むしりをしながら考える。

日本民族は農耕民族である。何千年の昔から土を相手に生きてきた民族は、肉体から精神まで農耕の民の特徴を持つに至った。

春夏秋冬四季にあわせて田畑を耕し、種を蒔き、収穫する。だから四季の移り変わりには敏感であり春から夏へ、夏から秋への衣替えなど皆が一斉に行う。これがアメリカなどへ行くと、六月だというのに毛皮のコートのご婦人もいれば、半そでのシャツに半ズボンの青年が歩いているというように、テンデンばらばらである。

農耕民族の外見的特徴としては胴長短足である。

一箇所の土地で先祖代々土着する民族は、足を使うことが少ない。長い胴は穀物を消化させるための長い腸を収めるためであるし、短い足は長時間しゃがんでする農作業に便利である。

一方の欧米人は、元来狩猟民族である。彼らは狩で長駆し、馬や牛、羊などの家畜を追い、牧草を求めて常に移動しなければならなかった。だから彼らの脚は長く、消化吸収の良い肉食のため、短い腸で足りたから短胴となった。

最も特徴的なのが精神的な違いである。日本人は古来、祭壇には穀物を供えてきた。新嘗祭《にいなめさい》は天皇が神に豊穣を感謝するために、手ずから収穫された稲を捧げる祭りである。

狩猟民族の神は血を好む。祭壇には殺した子羊を捧げ、祭りの広場では牛や山羊の首を刎《は》ねてその生き血を神に捧げる。

日本民族は本来平和を好む民族のはずである。いっぽうの狩猟民族の末裔は、血を見ることを厭わない。ヨーロッパまで長駆制覇したジンギスカンの通った跡は、殺し尽くし破壊し尽くして一木一草も残らなかったといわれているし、ヒットラーはユダヤ民族絶滅を叫んで何百万人の無辜《むこ》の命を奪った。

中国の文化大革命では、毛沢東の指示で反動分子とされた多くの人々が殺され、カンボジアでは七百万の国民の半数近くが、革命の名のもとに意味もなく殺された。

日本では、史上最も残酷な武将といわれた信長でさえ戦争で敵方を焼き討ちや、皆殺しにしているが、たかだか数万の数である。

日本はいま、最も平和で繁栄している国である。あまりにも金持ちになりすぎて、貿易摩擦でアメリカをはじめとするヨーロッパ諸国から非難の声を浴びせられるほどになってしまった。

これは、農耕民族の特徴である血を見るのを好まない国民性と、四季を通じて営々と土を耕してきた勤勉さを受け継いだ、血筋の賜物ではないだろうか。

そこで考える。俺の先祖はいったいどこから来たのかと。小生、外見的にはどこから見ても立派な農耕民族。だが、心情的には狩猟民族の血を引いているのではないかと思われるからである。なぜなら、阿蘇辺り、放牧している牛を見ると、思わず「ウマソー」とヨダレが出そうになる。ビフテキは血の滴るレアーに限る。

たった三区画の農園にしゃがみこんで、日本民族のことなどを考えていたら、手がすっかりお留守になっていた。これではいつになったら朝飯にありつけることやらと心配になってきた。

昭和六十一年七月

スキューバ・ダイビング

息子と海に潜った。

深さ十メートル。ボンベを背負ったスキューバ・ダイビングである。このスキューバ・ダイビング、一つ間違うと命取りになりかねないが、海の魅力はなかなか捨てがたい。今まで地上でしか生きられなかった人間が、水の中で呼吸ができるようになったのは、フランスの海洋探検家ジャック・クストーによってアクアラングが発明されて以降のことで、一般に普及したのは最近になってからである。

子供のころは夏になると、よく素潜りで魚や鮑などを獲ったものだが素潜りではせいぜい一、二分で息苦しくなる。

ところがこのスキューバ・ダイビングだと、一回の潜水で一時間半は潜ったままでいられるし、今はウェットスーツもいいのができてきて、真冬でも潜れるようになった。

スキューバ・ダイビングの面白いところは、海中は陸より無重力に近いから、上下左右前進後退なども自由自在で宇宙感覚が楽しめる。海の中にも高い崖があったりするが、その崖からフンワリと飛ぶときなど鳥になったような気分になれるし色とりどりの海藻や、大小さまざまな魚が目の前を泳ぐのを、居ながらにして見ることができる。第一に海の中には電話がないのがいい。「ノルマをもっと上げなさい」「営業実績が悪い！　キャンペーンの実績が低～い」「ハイハイ、ハーッ、ガンバリまっす」受話器に向かって頭を下げることも無い。

海の中も地上と同じで四季があり三月にもなると、緑色の若布が生えてくるし、五、六月頃の夜は車海老が岸辺に寄ってくる。冬には鮑やナマコが獲れ、今の時期だと岩陰のメバルが良い型になっている。

海の中に居ても仕事熱心な小生のこと、仕事が頭から離れない。ウミウシと呼ぶ、カタツムリから殻を取り上げて、本体だけを百倍にしたような、煮ても焼いても喰えない黒いのが、岩の間をのたくったりしているのを見ると、「オイ、コラ！　実績、実績とウルサイゾ、コノ」と銛の先でチョンチョンと突付いてやる。

ナマコでも牛ナマコといって表面の皮が硬くて喰えないナマコが砂地に、ごろんと転がっていたりすると「お前ね、数字、数字なんて言わんともっと味のあること言えんのか」と踏んづけてやる。

たまに岩の下にへばり付いている鮑を見つけたりすると、驚かさないようにそーっと手を差し伸べて、岩と鮑のあいだにナイフをグッと差し込む。こいつを驚かせていったん岩にしがみ付かれたらなかなかはがれなくなる。あくまでもそーっとやさしく近づいてなんにもしないよ、痛くないよ、と言ってやりながらグッとナイフを差し込むのがコツ。

面白いもので、魚を獲るのにもコツがあってやたらに追い掛け回しても、水中では魚に追いつけるわけがない。魚を見つけるとソッと近くまでいって、じっとしていると魚のほうから近づいてくる。好奇心であろうか。そこを仕留めるのである。

これは陸の上でもいえること。やたら追っかけて突かせろ、突かせろと迫っても相手は逃げるに決まっている。ハイ、突いて頂戴などと言ってくるのはせいぜいダボハゼか、オコゼくらいのもんでこっちが突いたと思っていたら、反対に向こうに上手いぐあいに咥えられていたということにもなりかねないから要注意。

中学一年生の息子、潜りに連れて行ってくれというので、夏休みになるのを待って早速海へ。ダイビングクラブでは学科、講習、実技という順で実際に海に潜るのは三〜四日目からだが、息子の場合は善は急げ?とばかりに即日潜り開始。

最初はウェットスーツにシュノーケルで、海に慣れさせるために二十分くらい自由に遊ばせてやる。海に馴れたところでボンベを装着する。ウェットスーツに浮力があるので、腰に五キロの錘を着け、十五キロのボンベを背負うとさすがにフラついている。

水深一メートルぐらいの浅瀬で、念入りに水中眼鏡の曇りを拭い、レギュレーターを咥えさせる。ボンベから酸素を吸入する器具で水の中ではこれが命の綱である。フィンを履き、耳抜きの要領を教えて水中へ。

水の中では水圧が耳の鼓膜を圧迫するので潜るにつれて三メートル、五メートル、七メートルと耳の圧力を抜いてやらないと深く潜れない。耳抜きの方法は、初心者の場合は頭を上にして鼻をつまみ、クッと力をいれてやる。洟をかむ要領であるが、これがうまくいくと今まで鼓膜を圧していた水圧が嘘のように消える。

水中での意思の疎通は手での信号だけである。ＯＫは親指と人差し指でマル、ＮＯは胸の前で両手をクロス、頭をイヤイヤしてもＮＯ。上へ下へはそれぞれ親指を上下へ向ける。

一回目、沖合二十メートル水深三メートルぐらいのところで息子が急浮上。この時は耳抜きが上手くいかなかったそうだ。

二回目、再度耳抜きの方法を教えたら、今度は上手くいった。指でＯＫかと聞くとＯＫと応える。四、五メートルの浅瀬を十分間ぐらい遊泳。

もう一度陸に上がって、磁石の見方（海底での方向はこれだけが頼りである）残圧計、深度計には常に注意することと、念を押す。眼鏡に水が入ってきたときの水抜きの方法、バランサーの使用法、緊急浮上。

教えることはいっぱいあるが、説明は至極簡単。しかし一歩間違えば命に関わることだから、息子も真剣である。

そして三度目、こんどは一気に水深十メートルまで潜った。五十メートルほど沖合の沈み瀬まで行く。海の中では初心者とは手をつなぐ。手を通して初心者を誘導してやると同時に、安心感を与え、さらに相手の心の動きを知るためである。

息子と手を握るのは何年ぶりか。小さいころはピーピー泣いて抱っこだ、オンブだと言っていたのが、いつのまにか手など握らなくなって久しい。磁石で方角を教え、酸素の残量を確認させ、水深計を指して十メートルと教えてやる。

暫く息子の様子を見ていたが怖がる風もなく、よく後ろについてくるので小生は魚を獲ることにする。岩陰のメバルやガラカブを突くのである。魚を追いかけながらも心配で振り返ると、ピタッと後ろに付いている。後ろに居ないときは、魚獲りの邪魔にならないように真上で待っている。

試しに銛を持たしてみると、見事にメバルを突いた。初めてアクアラングで潜った初心者は怖さが先に立って獲物を獲る余裕などまったく無いのだが、最初から獲物をあげるなどお見事。海から上がって、怖くないかと聞いたら、怖くないことはないよだと。さすがに少しは怖かったらしい。また行くかと聞いたらウン行くと言う。それで二度目の海行きとなり、二度目は潜ってから上がるまで一時間半潜りっぱなし。

通常、初心者は酸素の消費量が多いので、慣れた者の半分ぐらいの時間しか潜れないのだが、息子の場合は小生より酸素の消費量が少ないくらい。この時も小生が漁をしている間中ピッタリと寄り添って離れず、迷子になる心配まるでなし。

後半は息子に銛を持たせた。小生が岩の間を縫って魚を見つけると、真上に居る息子が降りてきて攻撃。まるで、敵艦を攻撃する偵察機と爆撃機のようである。息子が失敗して魚を逃がしたときなど、手をたたきながら笑ってやると息子も笑っている。海の中の笑いは面白い。レギュレーターから大きな泡が一気に噴き出すので笑っているとわかるのだ。

この日はメバルの群れが過ぎた後を、鰭《ひれ》の横幅が一メートルはあろうかという大きなエイが悠々と泳いでいった。また、ほんの二〜三センチくらいの真鯛の子が遊んでいたり、孵化《ふか》したばかりの小魚が透き通った体で群れをなしていたり。

海はいい。山もまたいい。自然はいいい。

昭和六十一年八月

ガン告知

「念ずれば、通ず」という言葉があるかどうか知らないが、昔から一念発起すれば何とやらで、祈願することによって夢が実現するとされてきた。古代社会では呪術師が尊ばれ原始部族ではシャーマンが大きな権力を握っていた。

江戸時代に始まったとされる丑《うし》の刻《こく》参りもその一例で、憎い相手を呪い殺すために夜中、藁人形《わらにんぎょう》に木の釘を打ち込むと、やがて相手は狂い死にするという迷信である。ところが現代でもこの迷信は、熊本辺りには残っていたらしい。

ここのところなにやら胸の辺りがむずむずするなと思っていたら、パイプ咥えた藁人形に釘を打つのが流行っていたとみえる。皆の祈りが天に通じたと見えて小生とうとう入院しなければならなくなった。

つい先ごろ、階下の我が敬愛する主治医から家に電話があった。大体、この先生からの電話はこまれたこともある。某君などこの先生の電話のおかげで、半年近くも山の中の療養所に抛《ほう》りこまれたこともある。

一週間ばかり前に、また胃カメラをのまされて、食道の組織を採られておりそろそろ結果が出るころだと思っていた矢先の電話であり、ピンときた。

「どうも入院ですな」と言う。それから症状の説明をしてくれるのだが、先生なかなか核心をつかた言葉を出せないでいる様子。そこで当方より助け舟。「ガンですね」と言ってやると、やっとそうですとの返事。

今年の二月、会社の指示で人間ドック入りし、レントゲン撮影で大量のバリュームを飲まされ、日を変えて胃カメラで散々いじめられた挙句、異常なしということになっていた。それが、先生どうも気になるのでもう一度やりましょうと再検査された結果、今度ははっきりとガンの症状が出たという。

翌日、先生に見せられたフィルムには二月に撮った食道のポリープが、今度は素人が見てもはっきり分かるくらいに大きくなっており、赤く腫れている。

先生の紹介状を持って熊本大学医学部附属病院で診察して入院が決定した。

担当医は食道ガンの権威だということで、主治医撮影のレントゲンと内視鏡のフィルムを診、小生を触診して要手術とのこと。

そこでどんな手術をするのかと聞くと、食道を全部取ってしまうという。小生は小指の先ほどの小さい出来物の部分だけ切り取ってその跡を着物の継ぎでも当てるようにするのかと思っていたら、とんでもない。

まず右肩下、肩甲骨の下の肋骨を二本切ると、背中の肋骨全体がパックリ開くそうである。そこで食道を全部切り取って、胃をグーッと引っ張りあげて喉と胃を直接繋《つな》ぐという。たかが小指の先ぐらいと思っていたら、どうしてどうして中々の大手術らしい。

そこで早速なにをしたかというと、生命保険の点検である。Bグループ保険に、国民なんとか保険に、ガン保険と三つ併せると一日入院につき二万いくら出る。月に六十万、三ヶ月入院するとなんと百八十万円也。

思わず頬っぺたも緩もうというもの。カミさんに話したら山分けにしましょうだと。何てことを言う。こっちは手前《てめえ》の体を張って稼ごうというのに、それを横取しようなど太い了見。こっちが死んでしまえばそっくりやるが、生きているうちは一銭もやらない。

カミさんに呆れることは山ほどあるが、今回もまた驚いた。暇な中年ババァどもが集まって、なんとかダンスとやらをやっている連中が、沖縄旅行を計画していたのが、小生の入院でダメになったと分かったら何と言ったと思う、深いため息付いてこう言いやがった。「人生って、ママにならないわね」

うまくいけばこっちは死ぬかもしれないのに、こいつはたかが沖縄旅行がダメになったくらいで人生云々などとヌカス。

担当の先生によると入院は三、四ヶ月、普通の生活に戻れるのは半年かかるという。

酒はいつ頃から呑めますかと、一番肝心な事を聞くと、一年くらいはかかるでしょうとのこと。

スポーツもスキューバ・ダイビングはもう無理でしょうねと言いながら、でもチャレンジしたらどうですかだと。

大体医者なんていう人種は、物事を大袈裟に考えるクセがある。たかが食道の一つや二つとったくらいで半年も遊んでいられるか、一年も酒呑まずにいられますか。いずれもその半分の期間に縮めてやる。

この入院でのメリット、デメリットを書き出してみた。

メリット
その一、人間というのは四、五年に一度はゆっくり入院でもしてボケーッとする時間が必要であるというのが小生の持論で、その機会が得られたこと。

その二、保険金で小遣いが稼げる。

その三、成人病死亡率一位のガンに罹った優越感。

その四、スリムになれる。

デメリット
その一、会社をはじめ、関係者に迷惑をかけること。しかし大多数の連中は、あの面見られなくなって良かったと喜んでいるはず。

その二、酒が呑めなくなり、当分の間は食べ物の味がわからなくなるそうだ。

こうしてメリット、デメリットを並べてみると、圧倒的にメリットが多い。

だが何と言っても痛いのが酒と食い物。其処で只今励んでいるのが、大いに呑みかつ大いに喰うこと。某課長曰く、冬眠前の熊みたいですねだと。言いえて妙。

但し、熊の冬眠と違うのは、入院しても小生には目もあり、耳もあり、そして毒舌を吐く口も相変わらず健在であること。手術後の十日間くらいは無理だろうが、その他は今までと全く変わらない。酒を飲まない分かえって頭が冴えて今まで以上に口うるさくなるかもしれないから、諸君ご注意。

六日の土曜日、病院からの電話で九日入院と決まった。九月九日だから語呂合わせでいくと、キューキューになる。ついでに病室も九号ならあわせてサンキューである。

ここ一週間あまり大いに呑み貯め、食い溜めしたので少々ウェイトオーバー。この前など肥後牛の生のテールが店に出ていたので四キロ半も買い込んでテールパーティーと洒落込んだ。

昨日日曜日は、息子と西海岸の下田でスキューバダイブ。当分海ともお別れだ。さて、長年溜まった年貢でも払ってくるか。

女性諸君、無駄なダイエットなんか止めたまえ。痩せるのは至極簡単。胃を取ってしまうことである。

何ヶ月か先には、スマートになって実例をお目にかけよう。

昭和六十一年九月

手術前

病院生活を大いに楽しんでいる。

九月九日入院以来二十日余、まことに優雅な日々を過ごしている。その証拠には体重が五キロも増え、朝夕の血圧の薬を飲まなくても正常な血圧を保っている。病院ではあれこれ気を遣わないのがいい。

仕事のことなど、まるっきり忘れてしまって、眠るときなど明日も仕事を休めるかと思うと「寝るより楽はなかりけり、浮世の馬鹿が起きて働く」などと嘯いてぐっすりと眠れる。

ところが世の中上手い具合にはいかないもので、ホイ車ぶつけた、ホイ泥棒に入られたと中々にノンビリさせてくれない。この次々と何かをやらかす連中は、小生が入院ボケをしないように、常に心配事を起こして刺激を与えてやろうという思いやりの心からであろう。

しかし一々、小生に報告しなければならない連中の身になって考えれば、そうそう手抜きをしてトラブルを起こさなくてもよさそうなものである。

朝の平和な病室に、目つきの良くないのが三人も四人もゾロゾロ入ってくると、他の患者さんの病気にも障ろうというもの。

そしてこういう時の会話というのが、実にもって要領を得ないもので、連中の一人が口の中でモゴモゴと第一声。よく聞こえないので「何、どした」と訊くと「入られました」と言う。入られましたと言ったって、犬に入られたか、猫が入ったか。はたまた福の神でも舞いこんでくれたら言うことなしじゃないか。そう思っていると、封筒からゴソゴソといつもの見慣れた何とか報告書というのを取り出す。

被害額を見ると、0が五、六個ならんでいる。ン、ムムッという次第。

マアこんなことでもない限り病院という所は暢気《のんき》なもの。

かといって決して暇なわけではなく、大学病院というところは検査検査の連続で、上は脳波から下は肛門まで、もちろん肝心の胃・食道・肺などそれこそ至れり尽くせり。なまじっかな体力では、検査だけで消耗すること請け合い。健康な人が入院すれば検査だけで病気になるし、病気の人が入院すれば検査が終るころには、あの世に旅立つんじゃなかろうか。

というわけで体力維持のため、朝夕の散歩とジョギングは欠かせない。原則として病院の外に出るときは許可が要るのだが、そこはあくまでも原則。ジョギングや散歩でふと気が付いたら、水前寺公園にいたり、熊本駅だとか、熊本城や藤崎宮などとんでもない所に居たりする。

早朝の二の丸公園など、人気も無く実に爽快である。

夕方の散歩がこれまた、念入りに歩き回るものだから、ある時など長い時間姿が見えないと看護婦が心配して、わざわざ家にまで電話して探し回ってくれた。

どういうわけか夕方の散歩の帰りは、十時の消灯ギリギリで顔が赤くなったり脈拍が速くなったり、腹の中がタポタポいったりと変な現象が起きる。医学的にはどう説明すればいいのだろうか。

さて三日はいよいよ手術である。いつもならこの原稿は毎月四日から五日にかけて書くのだが、今回は手術の都合で一日に書いている。

幸い個室に入れてもらっているので、お茶など飲みながら静かな部屋でこの文章を書いている。ここのお茶はどういう訳か、随分泡が立つみたい。看護婦さんには「あんまり俺の部屋に来るんじゃないぞ、ニオウカラナ」と言ってある。

「何の匂いですか」と聞くから「花の匂いよ」と言っといたが「決まりですから覗きますよ」と言う。この病院は十時消灯。その後二時間おきに看護婦が見廻る。

その看護婦さんもようわかっとる。「ちゃんと病室に居てくれさえすればいいんですから」こういう処いいね。なにしろ二十日間かけて懐柔したんだから。皆友達、皆〜んな仲間。

小生の持論？どんな環境だろうが、どんな状況だろうが住み良くするのは自分の力。だからどんな所に住んでも、どんな環境に置かれても自分から周りを明るくし楽しくさせるべき――なんて言うが結局は自分がやりたいように周りを仕向けているだけの話。


今日の十一時半から執刀の先生と主治医から、手術の説明を受けた。

黒板に図解で、どこを切除してどういう処置をするのか、そして術後の経過はどうなるか。合併症はどのような症状が出る可能性があるかなどなど実に有意義な講義。執刀の先生は当社の産業医の先生と同じ大学の卒業で、先輩後輩の間柄。食道の権威だそうで、気さくな面白い先生。

この講義を受けただけで、小生もいっぱしの食道ガンの権威になった気分。これから食道の調子のおかしい人は小生に訊いてほしい。

手術は朝の八時から開始して、八時間から十時間。先生方は心臓・肺・胃・食道など専門の先生が五人、それに麻酔医二人、看護婦が三人の計十人。

執刀の先生方五人は、この間食事はもちろん休憩も無し。年間この種の大手術は約二十件、一回の手術で二キロは痩せるそうである。手術を受けるほうは麻酔で太平楽に寝ているだけであるが、一生懸命にやっていただく先生方には深く感謝。主治医の先生「私達も全力を尽くしますから、がんばって下さい」とのお言葉。

手術直後は点滴やら栄養剤の注入やらで体のあちこちから七本のチューブがぶら下がるそうである。それが日を追うにつれて一本ずつ減っていくが、小腸から栄養を補給する管は、約二ヶ月間最後までくっ付いているそうだ。順調にいけば十一月末には退院する予定。ではなくて、退院するツモリ。

但し、術後の経過次第では年末まで掛るかもしれないとのこと。入院が長引けばその分保険金も増える仕組みだから、其れもまた良し。

こんな経験はめったに出来るものでないから大いに楽しもう。

この病室は、まるで春が　度に来たような花盛りである。リンドウやコスモス、幸せの黄色いバラあり、百合もある。小生の花の知識はこんなもので、あとは名前も知らない色んな花がいい香りを放っている。これらは全て周りの人たちの心尽し。厚く感謝。願わくば面会謝絶の一週間、何事も起こらないように。そうじゃないと、関係幹部が可哀相だから。但し、一週間が過ぎたら、今まで通りドンパチドンパチと大いにやってくれて結構。

今十時、看護婦がつい先刻覗いていった。今までにこの第一外科で手術直前になってスタコラ逃げ出したのが二人いるそうだ。その心配でもしているんだろう。

さて、明朝のジョギングが走り収め。東に行くか西に走るか。走るのも泡が立つのを呑んで顔が赤くなるのも、当分の間オアズケ。

ま、一丁頑張りましょ。

小生の今一番の心配は、手術した後も今まで通りに歌が唄えるかということ。酒には自信がある。退院と同時に呑んでやる。人間何事も努力努力。強い意志と固い信念が在れば大抵の事はできる。乞うご期待。

昭和六十一年十月

幻覚

入院して二ヶ月過ぎた。

体重がやっと入院前に戻った。さあ、これから痩せるぞ。今度の入院の目的は二つあって第一は勿論病気を治すこと、第二はみんなに公約したスマートになること。

見舞いにくる人皆さんが口々に、ちっとも痩せていないと言うものだから、こっちはなんだか痩せていなくて申し訳ないみたい。

しかし今月からは少しずつ痩せていくはずである。

十月三日に手術して、それ以後の栄養は全て、腸に差し込んだチューブから入る栄養剤に頼っていたのである。

それが十一月一日に重湯《おもゆ》やお吸い物、生卵にジュースなど水分のみ摂ることが許可されて、四日からはお粥となり、今日の夕食から軟らかい飯となった。だから、口から栄養を摂り始めて未だ五日しか経っていないのに栄養剤の注入を全面的にストップしたからこれからは痩せていくはずである。

この栄養剤中止の経緯が面白い。栄養剤というのは術後患者の唯一の栄養補給源であるから、非常に栄養価が高いものだが、患者によっては下痢をしたり、反対に便秘や吐き気を催したりする拒絶反応を起こす者もあるそうで小生は下痢のほうだった。

そこで西ドイツ製だという栄養剤を他から取り寄せてもらったら、こっちのほうは順調で一日四本、合計二千カロリーの栄養を十六時間かけて摂取していた。

ところが一日から重湯を飲むようになっても、栄養剤の摂取量は同じなので空腹感がまるで無い。

そこで連休明の四日朝、主治医にその旨訴えるとじゃあ、昼間の注入は止めて夜だけにしましょうということになった。

そして昼間の助教授回診。この病院では教授回診と助教授回診が、毎週火・木曜日と二回ありこの日の回診時に、手術を執刀してくれた先生が、経口摂取が順調なら栄養剤の量を減らしたらと主治医に重ねて指示。

午後検温にきた看護婦さんによると、もう栄養剤の在庫が無いので主治医が夕方持ってくるという。

その夕方部屋に顔を出した主治医、ちょうど夕食中の小生に、どうです食べられますかと訊くから「ハイ喰えますよ、旨いですよ」と、ここぞとばかりに食欲のあるところを見せてやった。そして朝方注入してそのままになっている栄養剤の空瓶を見た先生「ア、しまった。栄養剤取ってくるのを忘れた」と言う。

この先生、相当な忘れん坊でこの前など手術の後を抜糸した時、ぜんぶ抜いたはずが一ヶ所抜き忘れていたり、自分で持ってきたものを病室に置き忘れていったりするのは日常茶飯。そこで冗談半分に「先生、もう栄養剤止めましょうか」と言ったら、一呼吸おいて「ウン、止めましょう」ときた。先生、折角仕事が終ったのにこれから栄養剤を取りに行くのが面倒くさくなったに違いない。世の中の医者が皆こんなに物臭で物わかりが良かったら病人も少しは楽に過ごせるに違いない。但し、患者の病気は悪くなるかもしれないが。

そういう経緯で栄養剤は一応終了。常識から考えると食事の量が増えるにしたがって、一本ずつ減らしていくというのが妥当なところだろうが、小生の名案で一気に終了した。だからこれからは確実に痩せられるはずである。

但し、腸に差してあるチューブは当分このままにしておく。来週からコバルト照射が始まるが人によっては吐き気や食欲不振で、また栄養剤の注入が必要になるかもしれないという。

だから今のところ、小生の体で余分な穴は一ヶ所だけである。手術直後の小生の体には上は肩からの点滴、下は尿道のチューブまで入れると七箇所も穴が開いていた。

おまけに喉と胃を縫合した部分が化膿して接着が失敗したため、喉の真中にも穴が開いてしまった。

咳をすると、喉の穴からヒューヒューと音が漏れて小さな機関車みたいな音が出て面白い経験をした。

この喉の穴でも面白い話がある。最初穴を開けた後吸引器で膿を吸出し、後はその穴にストローのような管を立ててビニールの袋に出てきた唾や膿を溜めるのだが、量の多いときは二重三重に首に巻いたガーゼがびしょびしょになるほど出てくる。そこで助教授回診のときに、どのくらいの量が出ているのか主治医に訊いたが、今まで計ったことがないから分かるわけがない。

そしたら助教授が計ってごらんときた。一日にどの位の量の膿やその他の水分が出ているのか計量しようというわけ。小生それはちょっと難しいんではないかと思った。出てくる液が全部ビニールの袋に入ってしまうのなら計ることもできるが、ガーゼなどに沁み込んでしまう分など計りようがないはず。

しかし助教授の一言は鶴の一言。ハイと主治医は返事をしたが、助教授が行ってしまうと同僚の先生方と、あの先生はいつも簡単に言うもんなとぼやいている。どこの上司も無理な命令を簡単に下すものらしい。

どうやって計ろうかと先生達が四、五人で鳩首会議をしていたが、仕様がない適当に目分量でやろうということになった。

小生が「そうですね、それしかありませんね」と横から口をはさむと、主治医「そうですよね、デモいざとなったら裏切る人もいるんですよ」と言う。他でも適当にやって、助教授にばらされた経験があるらしい。「大丈夫ですよ、口は堅いですから」と安心させてあげた。

それからはガーゼを取り替えるたびに、これは五グラムかなとか、十グラムにしとこうなど看護婦諸嬢もいい加減なもの。それが四、五日続いたら後は何にも言わなくなったから、いい出しっ屁の助教授も忘れてしまったのであろう。そのうちに喉の穴も塞がってしまった。

手術後は集中管理室に入れられた。この管理室は手術直後の重症者を、二十四時間看護する部屋で、完全に消毒し隔離された部外者立ち入り禁止区域。

この部屋にいた五日間、奇妙な体験をした。麻薬常習者が幻聴・幻覚を起こして、誰かにつけられているとか、誰かが自分を殺そうとしているとかの幻覚を見るそうであるが小生もそれに近い幻覚を味わった。何しろ十時間以上に及ぶ手術で背中・喉・腹を切られ、食道はとられて、胃も三分の一はとられて残りを引っ張りあげられ…言ってみれば体中ズタズタ。そのためには相当な鎮痛剤を使ったはずである。ご存知のとおり鎮痛剤は麻薬を使う。その結果の幻覚である。まず、視覚では仰向いている（寝返りが打てないから上を向いたまま）天井の石膏ボードの紋様が墨で書いた文字に見えた。それも篆書《てんしょ》という中国の秦の時代に創られた、特に印鑑などに使われている文字である。

見事な書体で書かれている。それを一生懸命に読もうとしても、一字一字は判るのだが連続して読もうとすると、どうしても意味が繋がらない。そうか俺は篆書を勉強したことはなかったんだと読むのを諦めた。

又ある時は、ある看護婦の名札だけが他の看護婦の三倍にも見えたりした。その名札に筆字の大きい変な字で金沢と書いてあった。その看護婦を意識していたわけなど無論無いし、その人の名前は金沢ではなかった。

幻覚の伴奏入りというのも経験した。一晩中テレビから歌番組が流れていたりして煩かった。傑作だったのは、いつのまにか隣に患者がいて貫禄のある田舎の農協の偉い人らしいのだが、入れ替わり立ち代り見舞い客が訪れて呑んだり喰ったりしている。

その患者は郡部の有力者らしく、しきりに仕事の話をしている。見舞い客も農協団体の役員らしいのや、奥さんに子供、ついにはお妾さんらしいのまで現れて、桟敷のような所でまるで宴会である。そのうちに看護婦までが鮨をつまんだり、皆にお茶を煎れてやったりしている。羨ましいやら腹が立つやらで生唾まで出た。この幻覚は集中管理室を出るまで続いた。

幻覚には続きがある。いよいよ管理室を出て午後から一般病棟に帰るという時、それまで居た場所からベッドごと移された。それは妙な場所で人一人が横たわれるような、空の生け簀《いす》みたいなものが幾つもあって、二人ばかりの患者が何時の間にか風呂になったそこに入れてもらっている。

俺も入れてくれるのかと思っていたが何時までも抛っておかれた。空の風呂だから当然寒い。寒くてブルブル震えていた。

ベッドの隣では、医者や看護婦がしきりに他の患者の世話をしている。そのうちに親しく付き合っているNさんの奥さんが見舞いにきてくれたが、小生には見向きもせずに隣の患者や医者とベラベラ喋っている。

その奥さんが昼飯を喰いに行って静かになったと思ったら、外からうちのカミさんの声が聞こえてきた。窓の外がすぐ庭になっているらしくて、花や植木の事などのんびりと話している。まったくあのバカ、なにグズグズしている。早く来んかいと腹が立って仕様がなかった。

ちなみにこの集中管理室、ビルの三階にあって外部との出入りは厳しく規制されており面会者は頭から消毒されたキャップをかぶり、マスク、白衣を着けて入室することになっており、勿論食べ物の持込など論外である。

手術後は寝たきりが続いたので自分で動けるようになると、普段なんでもないことにいろいろと感激した。

例えば手術後一週間ぐらいして、はじめて口に含んだ水のおいしかったこと。嗽《うがい》だけのつもりが口の中に残る水の量が次第に増えていった。

これも一つには主治医にも責任がある。「嗽してもいいですよ」までは良かったがその後がイケない。「少々飲み込んでも、水だったら体の中に吸収されるからかまいませんよ」ときた。

小生、常に自分の都合のいいほうに解釈するほうだから、水を冷蔵庫で冷やしておいて、せっせと嗽に励みついには氷をガリガリ齧《かじ》る始末。喉がうまく繋がらなかったのはその所為だろうか。

次の感激は水道で手を洗ったとき。蛇口から出る水に手を浸した瞬間、こんなにも水が心地よく感じられたことはなかった。

暫くのあいだ、幼児のように水遊びをしたものである。

川の匂いも久しぶりに嗅いだような気がした。手術後二週間ほどして（ポチと呼んでいた二十四時間点滴用の器具があり、そこから右肩に点滴をしており、片時も傍を離れない犬のような物でこの時も当然連れていた）ふらつく脚を踏みしめるようにして病院の裏を流れる白川まで散歩に出たときの事。

川沿いの道路に出た途端、青っぽいような緑の風が川面を渡ってくるのを感じ、ああこれが川の匂いだったと思い出した。

ところがその後散歩のたびに、あの新鮮で瑞瑞しい川の匂いをもう一度味わいたいと、川に行くたびに鼻の穴をひろげるのだが、あの緑の川の匂いはもう感じられなくなってしまった。

我々が日頃何気なくやっていることでも、それを出来ない人にとっては、どんなに羨ましいことか。

小生、集中管理室にいた五日間は、自力呼吸ができず口から気管を通して肺まで酸素を送り込む器械の管を通していたので、声を出すことができなくて意思の伝達は全て手真似か筆談であった。この時には、口が利けない人の苦労が解るような気がした。

今は話すことはできるが、やはり喉を切った後遺症で声は掠れているし、大声も出せない。しかしこれで充分に満足している。

人間五体揃って、日に三度の飯が口から喰えれば言うこと無し。後は本人の努力次第。皆がんばれ、ガンバレ。

昭和六十一年十一月

手術後

今年も余すところ後二十日足らず。

月日の経つのは早いというが、この一年早かったと感じるかそれとも遅かったと思うか同じ一年でも感じ方は人それぞれであろう。

小生に関して言えば、今年一年もアッという間に過ぎ去った感じがある。しかも今年は病院にツイていた。

二月から三月にかけてカミさんが、腹の中になんとか筋腫などという変なものを作って一ヶ月以上入院するし、小生は産業医にレントゲンのバリュウムや胃カメラで散々可愛がられた挙句この病院に抛りこまれた。

抛り込まれて今日で丁度三ヶ月目、退院も目前になった。今は退院前の最後の仕上げである。

今月の二日から始めた点滴も今日の午前中で終る。まるまる七日間二十四時間休みなしの点滴はいささかうんざりした。

鎖骨の下、右の乳の上十センチばかりの所に長さ八、九センチの管を静脈に刺してそこから抗癌剤や、その他の薬液を注入しているのだが何しろ片時も休めないので点滴をブラさげたスタンドを離す訳にはいかず、不自由この上ない。なにしろトイレにも風呂にも連れて行かなければならず、寝るときにも一緒。

実はこの方法の点滴はこれが三回目である。一回目は手術前、二回目が手術後、そしてこれが三回目の駄目押しである。

二回目の手術の後での点滴は、何の薬を入れたのか知らないが髪が大量に抜けた。髪にちょっと触るとパラパラ、ゴシゴシ掻くとバラバラ、掴んで抜くとゴッソリという具合であった。

思わず本社の某取締役や、その辺にいつも座っている某課長の頭を思い浮かべた。冬は頭の天辺がさぞ寒かろうと心配したものだが、その災難が今度はわが身に降りかかってきた。

しかし点滴を止めた途端に髪の抜けるのも止まった。三回目の今度はあまり抜け毛は無さそうである。

それにしても一年の過ぎるのは早いというが、点滴などしている時の一週間の長いこと。毎日毎日カレンダーに印をつけては後何日あと何日とそれこそ指折り数えて待っている。

ところが今日点滴が終っても、同時並行して行っているX線の照射がまだ残っている。医者というものの完全主義というか、用心ぶかさに驚く思いである。

手術で癌病巣を摘出し、点滴で抗がん剤を注入し、さらにX線で完全に根絶しようという三段構え。これだけやられたんでは少々ガン固なガンでも、もうこれ以上はガン張れないだろう。

そのX線が十六日で二十三回目をもって終る。治療はそれで完了するのだが、どこの医者もなかなか患者を離したがらないらしく、退院の日取りを医者はクリスマス前というが、小生は二十日頃退院のつもりである。

病院が病人にとって最も治療に適した場所かというと決してそんなことは無い。大体病院は不潔である。埃だらけ塵だらけである。清掃会社の掃除人達の掃除は全然なっていない。掃除の真似事ばかりで箒とモップを持って水をヌタクッテ歩いているだけ。

次に飯の不味い事。入院したばかりのころはそれでもよく喰ったほうだが三ヶ月も経つと見るのも嫌になり、最近は給食のオバさんが持ってきてくれても、そのままで炊事場へ返品となる。

看護婦だって決して信用してはならない。よほど気を付けていないと命取りになりかねない失敗をよくやる。例えばAさんの薬を間違えてBさんに渡すとか、点滴の薬液が切れたのをそのまま放置してパイプや点滴の瓶に血液が逆流してしまうなどよくあること。

それに大部屋に入って気がついたことは鼾公害。部屋中にひびききわたる鼾には悩まされる。寝言など良いほうで、痛みに耐えているのであろううめき声も気になって眠れない。

その他数え上げればきりがないが、病人は病院に入っているべきだという単純な発想は間違いである。見舞いに来てくれる人がよく、無理をしないでゆっくり入院しておきなさい、と言ってくれるがそれは病院の実態を知らない人。

特に小生のように、胃の小さくなった患者は鳥の餌のように少しずつ何回にも分けて食事しなければならないから病院は不便である。家ではオイと呼べば、ハイと返事するのがいるが、病院でうっかりオイなどと呼んだらプーッとふくれるのがいたりするから看護婦を呼ぶのにも気を遣う。

この部屋では三十歳は超えていそうな看護婦にもお嬢さんなどと呼んでいる。訊いてみると看護婦にオイと言ったためにかなりきついしっぺ返しを喰った男が居たらしい。

しかしこんな例はまれで、概してこの病院の看護婦は気立てが好い。

入院患者には看護婦をからかうのも格好の暇つぶしで、検温の時など朝から賑やかである。わけても小生の隣ベッドの住人は、御所の浦弁丸出しでよく看護婦をからかっている。この人、小生と同じ食道の手術をして一ヶ月ほど経っているが、腸も悪いとかで座薬を看護婦に入れてもらう。そのたびに大笑い。いわく、好い気持ち。いわく、もっと奥まで。もっとゆっくり。果ては、看護婦さんの子供が出来たとか賑やかなことこのうえない。この人の年齢は小生とほぼ同じだがお世辞もうまい。

ちょっと好い看護婦は必ず誉めているから感心である。「あんたは美人バイ、こん病棟で一番綺麗か」とまともに誉めあげたり、他の看護婦には「この七階にばっかり美人が集まったごたるな」と変化球を投げたりしてなかなかのもの。男の四十五、六歳は油断ならんな。

この原稿を書いている途中で点滴が終った。一週間振りに自由になれた。鎖で繋がれている犬の気持ちがよくわかる。身軽に自由に動ける開放感はこの上ないもの。

さらに今日から自宅からの通勤になった。X線治療が終るまで自宅から、一日一回午前中に病院へ通勤である。

こんな方法は聞いたことも無い。小生はあと残り少ない入院生活、ゆっくりと病院のベッドで名残を惜しみたいのだが、主治医が家に帰れと言うのだから仕方が無い。

もっとも、この方法を提案したのは小生であるが。

それにしても病人と言うのは我侭《わがまま》なものだとつくづく思う。気分が悪かったり、体が痛いときには先生先生、看護婦さ〜んと頼りにしたりするくせに、少し体調が良くなると飯がまずいの、病院が汚いなどと言いたい放題。中には医者だまくらかして入院中の自宅通勤などと聞いた事も無いような方法を考え出す。

もっとも医者がそれをOKしたのは病状のデータが良かったからで、決して無理な方法ではないはず。

小生はX線の影響で白血球が減少しており、体に抵抗力が無くなっているので風邪にだけは気を付けなければならない。だから風邪っぴきの見舞いはご遠慮申し上げる。


見舞いといえば、入院以来ずいぶんたくさんの人が来てくれた。花の女王といわれるカトレアも戴いた。俗に病気見舞いに鉢植えのものはいけないとされているが、カトレアだけは別だそうで、花の美しさはいうに及ばず、随分長い間好い香りを放っていた。

その他にも色んなものを戴いた。千羽鶴を持ってきてくれた人たちもいた。気の所為か夜中になるとその鶴のうちの何羽かがこっちを睨みつけているような気がするが最近アホ、ブスなどと言ったことがあったかな。なかで傑作はティッシュペーパーをごっそりもって来てくれた人。この人は入院の経験者だったかもしれない。ちょうどそのころ喉に開けた穴から、始終分泌液が出ていて紙を大量に使う時期だったので随分助かった。

笑ったのは「仏教入門」という本を差し入れされた時。生まれついてこの方、神や仏に頼ったことなど一度も無し。先祖あっての自分であるから先祖を敬うのにはやぶさかではないが、どう間違っても小生、仏教などとは縁の遠い不信心者。この本だけはそのまま積んである。本はよく読んだ。入院の時二十冊ばかり買い込み、その後二十冊ばかり差し入れがあったが全部読んでしまった。

本を読むのに重宝したのが、寝たままで読書が出来る読書台である。手を使わなくていいので物臭者には随分助かる。実はこれも差し入れの品であるが、こんな気の利いたことをされると思わず送り主を見直してしまう。今、その読書台を使ってこの原稿を書いている。寝たままで上を向いて物が書けるのだから便利である。

いまや巷では忘年会のシーズン。皆さんもどうぞ盛大にやってくれ。呑めるうちに呑んどかないと、何時呑めなくなるか分らない世の中。今のうちですよ。

ただし家に帰るときは、屋根に赤いランプの付いたピーポーピーポーと鳴きながら走る車ではなくて、普通のタクシーにして欲しい。呑み過ぎて気分が悪くなったらここに来ればいい。後二週間はこの病院の小生用のベッドが空いているから何時でも自由にお使いください。しかし、間違って眠っている間に腹を切られても小生責任は負えないが。

昭和六十一年十二月

正月

五日の仕事始め、七日の七草粥が過ぎると正月も終わりである。

今年の三が日も、穏やかな天気にめぐまれた。ここ数年正月の天気はたいてい好天である。今年の元旦も一家揃って、三人で、近くの神社に初詣をした。

初詣も、新年を迎えて新たな気持ちで神に願いを掛けるといったような殊勝なものではない。単に拍手を打って、ちょっと手を合わせるだけのごく雑なお参りである。

大体日頃から不信心な者に、年に一回、それもたかだか百円位のお賽銭《さいせん》で一家安泰から健康、はては金儲けや勉学向上までお願いされたのでは神様のほうもたまるまい。

その神社で小さな子供を連れた若いご夫婦に、おめでとうございますと挨拶されて、はてどこかで見たような気がするが、多分カミさんの知り合いだろうと考えて、会釈だけして行き過ぎようとしたらカミさんが小生を呼び止めて○○さんよと言う。それでもピンとこないのでハテと言うと、ホラ△△さんのお隣りのと重ねて言われてやっと気が付いた。

なんと家から三軒目のお宅のご一家。いつぞやは当家で酒盛りをしたこともあったのにケロッと忘れていた。

「イヤー、病気で頭がボケてしまって」と笑って誤魔化したがカッコ悪かった。もともと小生、物覚えが悪い上に物忘れの天才で、見知らぬ人から挨拶されて面食らうのは日常茶飯。いつぞやはデパートの人ごみの中で、見たことのある顔だと思いながら通り過ぎようとしたら「アナタ」と声を掛けられた。よく見たらうちのカミさんだった。うっかり街も歩けない。


お正月には年賀状がつきもの。お屠蘇《とそ》を祝った後、どさりと届けられた年賀状を一枚ずつめくっていくのも正月の楽しみの一つである。

何といっても仕事上の関係が多いが、なかにはここ十年以上も年賀状だけの付き合いになった友人も多くなっていく。お互いに年に一回無事を知らせあっているような按配で、そんな人からの賀状を見ると頑張っているんだなと思って安心する。

今年の年賀状にはワープロ打ちがチラホラ混じっていた。これからはこのワープロ打ちが主流になっていくのかも知れない。

しかし字はけっして上手くないのだが、必ず自筆でしかも毛筆で書いてくれる人も居る。二十年以上も変わらないその字を見ながら、相変わらず字は上達しないなと思いながら、何かその人の人柄が偲ばれて心なごむ。

当家の書初めは三日、年賀状の返事を書くのが我が家の書初めである。枚数が多いので三〜四日かかるが、住所を書いていない人へは出さない事にしている。そそっかしい人はご自分の名前を書いていないのがたまに居る。折角出してくれるのなら、せめて名前ぐらいは書いて欲しい。

毎年恒例の挨拶回りも無事終了。久しぶりに会う人たちも心なしか優しそう。などと油断しているとドカンと何があるかわからないから今年もシマッていこう。

大病をすると人間が出来るとか、人柄が練れて丸くなると言われているが、小生はそんなことは無関係。どうも休みが長かったので鬱憤が大分たまっているらしい。

怒鳴りたくてうずうずしている。だが、新年でもあることだし我慢している。よく考えてみると、なんのことはない、大きな声を出せない所為である。

少々喉の調子がおかしいがカラオケにでも行って鬱憤晴らしでもしてこよう。

小生は現在禁煙中。パイプを止めたんで、タバコを止めてよかったですねという人も居るがとんでもない。いまは吸えないから吸わないだけで、喉の調子さえよければ即パイプを咥えるつもり。なにしろ四ヶ月間のブランクをとり戻さなくてはならないから。

アルコールは大丈夫。復帰の目処《めど》はついた。何しろ小生の主治医ときたら、小生が入院中から栄養補給のためにビールを飲めだとか、飲んでいいですよ、飲まなければなりません、大いに飲みなさいとか正確には思い出せないがたしかそんなことを言っていたような気がする。そこで小生泣く泣く、仕方なく、万やむを得ず体のためにと思って努力した結果、ビールの喉の通りが非常によくなり完全復旧までには時間の問題となった。

現在の体調極めて良好。体重五八キロ。平常時の九キロ減。食事は普通人の三分の一。体は軽いが、脚の衰えを感じる。体力は健康時の半分か。持久力減少。頭髪抜け毛おおし。入院中の薬の影響がまだあるらしい。

今日病院の検査日。久しぶりに遇った看護婦さん、新年の挨拶で本年もヨロシクだと。オイオイ、冗談じゃないよと慌てて手を横に振った。医者や看護婦とはあまり付き合いたくないもんだ。

昭和六十二年一月

喉風船

バレンタインデーにチョコレートをもらった。嬉しかったね。でもよ〜く見たら包装紙に義理という字がうっすらと浮かんで見えた。家に帰って我が愛犬ロン（米大統領レーガンから拝借した）に食べさせて、しばらく様子を見ていたが変わったことも無いようだったので小生も喰った。机の上にチョコレートを山盛りにしてニタついていた課長が居たが、そんなの全部喰ってみろ悪性のガンになること間違いなしだ。

ガンといえば小生、ここのところ食欲もありすこぶる快調である。

だが実の所、バレンタインデーのころは酷かった。喉の通りが悪くてほとんど水物だけで生きていた。後で聞いたところによると、食道と胃の接合部分の組織が盛り上がってきて、喉の穴が塞がってきていたという。傷ついた細胞は自然の治癒力で本能的に盛り上がって傷を塞ごうとする。ところが輪切りにした喉の場合は、切られた部分が盛り上がると必然的に喉が閉じられた状態になる。

バリウムを飲んでレントゲンで見ると小豆くらいの穴しか開いていなかった。

だから固形物は一切ダメ。米の粒など一ヶ月以上食べていなかった。

そのころの栄養源はジュースや蜂蜜、チョコレートやアイスキャンディーなど喉の負担にならないものばかり。ところがこの喉ちょっと酷使するとすぐにストライキを起こすのだ。喉の筋肉が硬直してピタッと閉じてしまうのである。その結果どうなるかというと唾も飲み込めなくなる。初めて気が付いたのだが、唾は四六時中分泌されておりそれを無意識のうちに飲み下しているのだ。それが飲み込めないものだから、調理用のボールか洗面器を抱いてカーッペッ、カーッペッの連続になる。いったんこの症状を呈すると三、四時間続くことになるので朝方の三時ごろまで、洗面器と添い寝することになり驚くほどの水分を出す。

この減量効果は抜群で退院時に五七、八キロあった体重が一時、五五キロにまで下がった。

だから何を食べるのにも喉と相談しなければならず、朝のお茶を飲むのもヒヤヒヤものだった。ちょうど恐妻家の亭主のようなもので喉を怒らせないようにソーッと優しく扱わなければならずちょっと入れてみては大丈夫かな、も少し入れては痛くないかいなどとその気遣いは大変なもの。

一度、朝のスープで機嫌を損じられてピタッと喉が閉じたものだから、出勤する時の車の運転は、徐行したり信号で停車する時には車のドアを開けてペッペッとやりながら走った。小生の後をつけていた者がいたら道路に付いた水跡で、簡単に尾行できたはずである。

さすがに堪りかねて階下の病院に行ったら、すぐに栄養剤の点滴をしてくれて、大学病院に電話してもらったらすぐ来いとのこと。

大学病院に行ってまた初体験をした。この病気になってから次々に聖域が侵されていく。なんと鼻の穴から風船を入れて、喉の奥の接合部に差し込み、注射器で水を注入するのである。モニターで見ていると細長い風船が、ちょうど接合部で瓢箪《ひょうたん》の胴のようにキュッとくびれている。

その風船も一回では入らないものだから、細いビニールチューブ状の風船を、はじめは細いのから、中くらいのと太さの違った物を入れて道をつけて、三回目でやっと太い風船が入った。勿論ゲーゲーの伴奏つきで、涙と涎混じりである。しかも一時間ものあいだ膨れた風船を入れっぱなしであるから喉は完全に塞がって、涎の出ること出ること。人間の体からはこんなにも唾液が分泌されているのかと感心するほどの唾と涎が出た。

だが難行が終ったあと飲んだ水は旨かった。ポカリスエットをぐびぐび飲んだ。

その晩久しぶりに米の飯を喰った。十日たって体重計に乗ったら三キロほど増えていた。

小生ほど体重の変動の激しさを体験した者も少ないのではないだろうか。むかしカミさんと一緒になって不味い物を喰わされたのと、運動不足で七四キロまでになり、ダイエットと運動で六六キロまでに下げ、今度の入院で手術前に栄養をつけて七二キロになって、手術後六八キロ、そして最低の今が五五キロである。なんと十九キロ上下したことになる。

結局、この鼻ちょうちんならぬ喉の風船入れを三日間やった。おかげで今は常人とまったく同じ物が喰えるようになった。今の医術は有難い。

この鼻風船の治療のとき、まるで道路工事みたいですねと医者に言ったら、そうですよ、外科なんてのは頭は要らんのです。簡単ですと医者が笑っていた。邪魔なものは取ってしまうし、狭くなれば風船で広げるだけ。こんな医者なら俺にでもなれそう。

ところで今年の寒さはよく応えた。なにしろ体中の脂肪を落としてしまったので、寒さがひときわ身に沁みた。オーバーの三枚分くらいは寒がりになった。いまや腹はペッタンコで、尻の肉は削げ落ちて脚はホッソリ。

長かった冬も、もうすぐ終わりに近い。春になると花見の季節。

新聞の開花予想、熊本地方は今月の二十八日とある。花見に酒は付き物、おおいに楽しみ浮かれましょう。ほろ酔い機嫌でふらふら、ゆらゆら浮かれましょう。

花に嵐のたとえもあるぞ、サヨナラだけが人生だ…ハテ、誰が言ったのだったかな。

昭和六十二年三月

沖縄

沖縄に行った。

家族旅行である。正確に言えば家族慰安旅行。去年の十月、うちのカミさんが、チータッタ仲間（中年不良主婦のフォークダンスの集まり）で、沖縄旅行を計画していたのが、小生の入院でお流れになった。みんなの話によると小生の今度の入院で一番苦労したのはカミさんだと言う。小生の考えでは苦労したのに何で二キロも肥ったんだといいたい訳で、その訳は昼頃病院に来て小生の昼飯横取りして喰って、ソファーで昼寝して帰って行くような、そんな苦労があるのかと文句の一つも言いたいわけ。だが人間の出来ている当方としては、ここは一つ世間の言いなりになってカミさん孝行の真似事でもしてやろうと、息子の春休みを待って沖縄行きとなった。

熊本空港から飛行機で一時間半、沖縄の那覇空港着。

鹿児島の桜島の噴煙を真下に見て佐多岬を外れると種子島、屋久島、沖永良部島と南西諸島、奄美群島が沖縄まで点々と、まるで道標のように海上に浮かんでいる。

飛行機が南下するにつれて、海の色がエメラルドグリーンへと変化していく。

空港でレンタカーを借りてムーンビーチへ。

沖縄本島は名産のさつま芋をゴロンと転がしたような形の島で、那覇空港は島の南よりにあり、リゾート地のムーンビーチ、万座ビーチ、海洋博記念公園などは島の中央付近にある。

那覇市内はさすがに車の量は多いが、市内を外れると片側三車線の見事な道路が北へ向かって延びている。その道路を一般の車に混じって米軍の大きなトラックや迷彩色を施した車が走っている。中には勇名高いグリーンベレーが乗っている車もあった。迷彩色の戦闘服のままで、車の間をすり抜けていくオートバイもある。嘉手納《かでな》飛行場では、ちょうど基地に帰投した垂直離着陸戦闘機ハリアーの着陸をまじかで見た。内地ではなかなかお目にかかれない光景を楽しみながらホテルへ。

ホテルは幹線道路からすこし入った海岸近くに、遠くからでも一目でわかる偉容を誇っている。四階建てで建物の長さは優に百メートル以上はありそう。すぐ裏は浜辺になっていて真っ白な砂浜でかこまれた入り江には、幾艘かのボートが舫《もや》ってある。

砂浜にはニッパヤシやハイビスカスの群落が茂って南国そのものの風景である。

いそぐ旅でもないのでのんびりしたもので、ホテル内でウインドウショッピングをして、散歩に夕食、はやばやと就寝。

二日目はさらに島を北上して海洋博記念公園や、今帰仁城跡を見て午後は海水浴。島の人の話によると、また冬にかえったとかで海の水は冷たかったが、持参のウェットスーツのおかげで息子とふたり、二時間ちかく泳いだ。

翌日は館内の温水プールでひと泳ぎしたあと、島の反対側へ出て海岸沿いを南下し、ひめゆりの塔などの南部戦線を巡って那覇へ。

ホテルにチェックインしたあと、レンタカーを返しタクシーで守礼の門、王族の墓を見てホテルへ。夕方、地元の知人から夕食のお誘いがあったが、さすがにグロッキーだったので丁重にお断りしてホテルのレストランで夕食。那覇の夜の楽しみ、今回は見送り。カミさんと、息子のコブ付きでは面白くもなんともない。今夜もはやばやとおやすみ。翌日帰熊。

この旅行で感じたこと二、三。

一つは、タクシー運転手の接客態度の良さと、地元沖縄への愛郷心の強さ。

守礼の門へは流しのタクシーを拾ったのだが、われわれが熊本から来たのを知ると、甲子園球場での高校野球大会で、熊本の高校が負けて残念でしたと言う。

そして走っていく道々の名所旧跡の案内をしてくれ、せっかく近くまで来てくれたのだから是非ちかくにある石畳の路をあるいて欲しいと場所まで教えてくれた。

守礼の門にはガッカリ。

観光案内にあるとおりの門があるにはあったが、正直なところ貧弱な門がただひとつポツンと建っているだけ。

団体さんが門をバックに写真を撮ったり、民族衣装のふたりの娘さんが一緒に写真をと撮影を勧めてくれたりしたが、門をくぐるとそこは普通の道路になっていて車が頻繁《ひんぱん》に行き交っている。

十分ぐらい付近をブラついたが見るものもないので、歩いて近くにある王族の墓を見てタクシーを拾ってホテルへ。

そのタクシーの運転手に守礼の門の印象を言うと、やはりガイドの説明を聞かないとあの門のよさはわからないと、門にまつわる話を色々としてくれた。

また石畳を歩かれましたかと聞かれたので、テレビで見たこともあるし「あんなもの、単なる石畳でしょ」と言うと、運転手ムッとした表情で「そりゃ単なる石畳ですけど、それを言っちゃあおしまいですよ」と、まるで映画の寅さんのようなセリフが返ってきた。それを聞いて感心した。

観光で喰っているとはいえ、この運転手には自分の郷土に誇りを持っているのが感じられて、なんだかこっちまで嬉しくなってきた。結局その石畳の歴史の講義をうける羽目になってしまった。有意義な講義だった。

逆にイヤになったことも幾つかあった。最初に泊ったホテルは規制が多かった。ホテルの前の海で息子とふたりで泳いだとき、その日はウィークデイでほかに泳いでいる者もいなかった。沖合五、六百メートルの所に、折からの干潮で珊瑚礁が顕れて、地元の人たちだろう何人かのひとたちが潮干狩りをしている。

息子とふたりそのリーフへと沖を目指していたら、さっそくボートが近くへ来て沖には出るなと言う。

泳ぐのならロープで仕切ってある中で泳いでくれだと、浜辺のブイで仕切った狭い場所を指差す。冗談じゃないよ。せっかく南の海まで来て、あんな狭い所で大の大人が泳げますか。

仕方がないので、そこから離れて泳いだが、それでも遠くから見ていて少しでも沖に出ると、また寄って来てここは船が通るから危ないですよとまるでいやがらせ。大和んちゅをカラカッとるのとちゃうか。浜辺の看板には泳ぐ時間まで決められている。海での遊泳は朝の九時から夕方六時まで。ホテルの館内温水プールも同じ。客の安全を配慮しての措置かもしれないが冗談じゃあない。

こちとら、江戸っ子ではないが、ガキの頃から夏休みともなると朝から晩まで、時には夜光虫で身体中をキラキラさせて夜も泳いだ。抜き手で海水を掻くたびに、夜光虫のかがやきで一本一本の指先まで光って見えて、胸がときめくような感動だった。そんな楽しみがこの南の楽園を謳う沖縄では禁じられている。

若い男女なら海辺でキャンプファイヤーやりながら、暑さのあまり夜の海にも入りたかろう。プールにも飛び込んで騒いでみたかろうに、このビーチではそれが出来ない。

夏雲が湧き立つ海原で、浜辺の喧騒をよそに背泳ぎでポッカリ浮かんで、ぼんやりと白い雲を見る楽しみも奪われている。

こういうのはそれぞれの自己責任の範囲内で自由に遊ばせるべきではないだろうか。とかく規制が多すぎると欲求不満ばかり積もって碌なことはない。

熊本は桜が満開。今年も花見が出来た。善《よ》き哉《かな》。善《よ》き哉《かな》。

昭和六十二年四月

道頓堀

いま、沖縄にいる。

今年二度目の来沖である。最初は息子の春休みを利用しての家族サービス、今回は仕事である。

沖縄の楽しみの一つに地ビールがある。オリオンビールという地元でしか売られていないビールで、軽くてまろやか、ほろ苦いホップがよく利いて、喉越しもよくスイスイと入っていく。

そのオリオンビールを飲みながら、いま駄文をひねっているのだが、このホテルの窓からの眺めは素晴らしい。

目の前のなだらかな丘陵の起伏の中に、五月の新緑に包まれて白いビルや、家々がアチコチと散在し、遠くには水平線が望まれる。

晴れた日なら群青色に見える海も、相憎の曇り空で今日はくすんで見える。

ところで最近は旅行づいている。三月の沖縄に始まって四月は大阪、東京。五月に入って早々は今沖縄にいて、これからの予定は、十六日の山口での親善柔道大会、月末は大分に出かける予定があり、六月はまた東京である。今回は四月の大阪での話。

大阪でのこと。

京都の着倒れ、大阪の食い倒れといわれているように大阪は食べ物が豊富で、安く、そのうえ美味い。

小生が大阪に行くと必ず食べるものにうどんがある。薄味だが鰹節と昆布の出汁がよく利いており、麺も腰があってシャキッとしていて美味い。しかも安い。

小生三十年ほど前大阪に住んでいた頃、学校の食堂のカレーうどんが一杯三十円だった。貧乏学生だった頃、このカレーうどんや揚げの入ったきつねうどん喰いたさに学校に通っていた気配がある。

ちなみに大阪では「うどん」は「うろん」「きつねうどんは」は「ケツネうろん」と発音する。

京都だと上に「お」をつけて「おうどん」、または「うどんさん」。

何でうどん如きに〝さん〟つけにゃいかんのや、アホかいなと思うが、やわらかい京言葉で「うどんさん食べとくなはれ」と勧められるとウンウンと二、三杯も食べたくなるから不思議である。

大阪でしか食べられないものに、蟹の刺身がある。大阪に行くとこれも必ず訪れるのが、道頓堀の河沿いにある「かに道楽」。

ここは日本海で獲れた蟹をその日のうちに、航空便で送ってくるそうで新鮮さが売りもの。特に逸品は蟹の刺身。蟹の刺身は他の地方で喰ったことがない。この蟹刺しは、半透明で光沢があり、山葵醤油をつけて食べると、やわらかくて舌の上でトロッと融ける感じで、ほのかな海の香りと、蟹独特の甘さが口の中にひろがっていく。

そのカニ道楽に四人で行った。四人連れ立って、近くだから歩こうと御堂筋を突っ切って道頓堀に出、仲見世の前を通ってカニ道楽へ。

四人の顔ぶれは地方から来た某氏に某氏、それに地元の某氏に小生。

この連中の人相、風体《ふうてい》ときたら立派を通り越して、恐ろしいの一語に尽きる。

どんな都会に出してもヒケをとらない、一流の社交界に出ても見劣りしないという表現があるが、この三人はどんな山奥に抛《ほう》りだしても、はたまたどんな猛獣の前に出しても見劣りしないし、ヒケもとらないというような実に見事なかたがた。

この人たちの中にいると凶悪犯の人相書に出てくるような小生の人相も上品に見えそうな気が

してきた。

便利なのはあれだけの人ごみの中を歩くのに、いちいち人を避けていく必要のないことであった。

それはそうだろう。ちょっと触ればいまにもガブリときそうなのが、ノソノソと都大路をノタクッて来るのだから、自然に人が避けてくれる。

軽くいっぱいやりながら、いざ食べはじめるとこの連中の胃袋の造りには恐れ入った。

カニ道楽で、カニのフルコースをペロッとたいらげ（小生は上品であるからして、はじめに出てきた突き出しと、カニの刺身、それに酢の物二、三品喰ってあとは連中に食べてもらった）それを喰い終わったとたん「オイ、ラーメン喰いに行こう」

まさか冗談だろうと思っていたら地元の某氏、そこから五十メートルほど離れた立ち食いラーメン屋にほんとうに連れていってくれた。

先刻からしきりに勧めていたラーメン屋である。

地元氏の言うとおり、本当に美味そうなラーメン屋で、客はくの字形のカウンターに向かってずらりと並んでいる。

その店、玄関はおろか道路と店内との仕切りが何もないから、店内にあふれた客は道路に並んでいる。

そこで三人それぞれ本当にラーメンを喰った。その風体たるや熊や猪に背広着せたようなのが、店の中に入りきれないもので道路の真中でラーメンを啜《すす》っている。

なかで地元の某氏、体重百キロは優にこえそうなのが、地方からの某氏からもらったビニール袋に入った大きなお土産を、ラーメンの立ち食いは両手がふさがるために、バンドの前にぶらさげている。

その格好で丼をかかえて、人通りのおおい道路の真中を行きつ戻りつ、ニンニクとコショウをたっぷりぶちこんだラーメンをアツイ、アツイといいながら食べている。

こっちでも地方紳士の某氏が、やはり香辛料の入れすぎでカライ、カライを連発しながら背中をまるめ顔を真っ赤にしてフーメンを啜りこんでいる。

そしてラーメン搔っ込みながら何を思ったのか、道路の真中でいきなり百八十度ターンした。そこにちょうど後ろから歩いて来ていた若い娘さんと鉢合わせの格好になった。

顔と顔の間は三十センチぐらい。横の女の子と話しながら歩いていたその女の子、いきなり獰猛《どうもう》な顔とバッタリ遭ったせいか目をパチクリとさせていたが、その猛獣が「喰うかい」ラーメンと箸を突き出したから、キャーッと笑いだした。

その女の子たちのすぐ後ろからボーイフレンドらしい男がふたりついて来ていたが、奴はその二人にも「オイ、旨いぞ喰わんか」やはりおなじ仕草でラーメンを突き出した。

そこで感心したのが、そのときの若い二人の男の反応であった。

他所の土地だったらこんなときには、なんやこのオッサンなどと険悪な空気になりかねないだろう。

デートの最中に、道の真中で人か獣か分らないようなオッサンから、いきなりラーメン喰えなどと脅されると、ちょっとカッコつけて文句の一つも付けてやろうかなどというバカなのがいそうなものだが、この時の若い二人の応答がよかった。

「ウワー、美味しそうですねー」

「僕らもたべたいわー」

さすが商都大阪、若いものの対応が垢抜けている。

断られた猛獣氏、最後の汁をズーッと音を立てながら啜り終わって、満足げなゲップなどしていた。


この店で「ン、なかなかやるわい」「ちょっといいね」と思わせる光景を見た。

二十年も前の小生なら、黙ってバケツに水汲んできてその二人の頭からぶっ掛けていたに違いない。

小生そのとき、連れの連中と一緒であると見られたくなかったので、ちょっとその店から離れて、パン屋とうどん屋の前を行きつ戻りつ、たまに熊さんや猪さん等とバカ話をしながら、立ち食い客で満員のラーメン屋で見たのがそのカップル。

昔、ズーッと前、トシコ・ムトーという漫画家の面白いシリーズ物があった。四コマ物で背の高いヒョロッとした若者と、手のひらに乗りそうな小さな可愛い女の子の物語。

他愛ないが若い恋人同士の、微妙で繊細な心のやりとりがふっと微笑ませる。そんな漫画があった。

その漫画そっくりの光景を見た。

一杯のラーメンをふたりで食べていた。あかるい店内で、背の高い若者がラーメンの丼を持って立ち、背の低い恋人はつま先立ちで丼の反対側からラーメンを食べ、スープを旨そうに飲んでいる。

若者は無表情、女の子はその光景をボサーッと見ている田舎者の小生を見てニコッ。そしてつま先立ってラーメンを食べ、スープを飲み、若者の顔を見上げて満足気。

かたやこちらの猛獣達は、さきにラーメンを喰い終わった某氏、小生に「オイ、アイスクリーム喰わんか」と仰る。

なぜかというと、ラーメンを喰っているとき、傍を通った女の子達が綺麗な色のアイスクリームを食べているのを見て、欲しくなったんだと言う。

丁重にお断りしてホテルへ帰る。

小生を送ってくれた三人とホテルのバーで軽く一杯。小生はそのまま寝たが翌日聞いて人間の胃袋の偉大さに恐れ入った。

連中、その足で近くの焼鳥屋で焼鳥を喰って、仕上げにまたラーメン屋に行ったという。

こんなのが、人類の中に棲息しているのである。地球資源の枯渇が叫ばれている今日、こんな三人を野放しにしておいていいのだろうか。

いま、沖縄にいながら大阪でのことを思い出してしきりに駄文をひねくっている。部屋の冷蔵庫のオリオンビールもみんな飲み干してしまった。しかたがないから、十五階のラウンジに行って那覇の夜景でも見ながらまた呑もう。折角の沖縄の夜も総務課長の脅迫のために、潰されてしまった。課長いわく、指定日に支社便りを発行するためには、九日までに駄文を提出しろと言う。九日は沖縄から熊本に帰る日。必然的に、沖縄でこの文を書かなければならない羽目に陥った。自業自得である。四時にチェックインしてから、いま十時。

考えてみれば、六時間も一人でいるとは珍しいことである。なんだかんだと言いながら、日常生活では常に身近に人がいるようだ。

一人はいいもんだ。孤独もたまにはいいもんだ。

ひとりはいい。孤独は良いもんだと常日頃、あれだけ言い聞かせているのにいるのに、一向にわかっとらんとみえる。

結婚はするな。結婚は人生の墓場だ。好きになったら同棲しろ。間違っても式は挙げるな。間違って式を挙げるときには俺は呼ぶな。と言っておいたのになんでこんなに結婚式が多いの。ことに今月の十一日なぞ、総務と技術の女子社員二人の結婚式が熊本と八代で同時に挙げられて事務所は開店休業。

まったくこれだから結婚式なんていうのはイヤになる。

小生が結婚式に反対する理由は深遠にしてかつ深い哲学的な意味があるのであって、決して出演料まで払ってスピーチさせられるのが嫌であるとか、はたまた扶養手当が増えるからだとか、そんな俗っぽい理由からではないのである。

コレ、本当かな?

ま、それにしても皆さん、それぞれお幸せに!

昭和六十二年五月

潜水

九ヶ月ぶりに海に潜った。果たして潜れるかな、と心配だったが案ずるほどのこともなく潜ることが出来た。以前と同じ海が暖かく迎えてくれた。昨年の八月、入院を前に当分の潜り納めか、医者の言うようにこれが最後の潜りになるかと息子と二人で潜った。十二月に退院したあと徐々に体力をつけ、足慣らしをして充分に自信もついてきたのでこの日の潜りとなった。しかし以前と較べると体重は十キロ減り、体力も筋力も格段の差があるので、十キロのウェイトや十五キロ近いボンベが重い。潜りの機器や装具もそれ以来一度も使っていないので、はたして完全に機能するか危ぶまれる。

点検は慎重の上にも慎重を期した。

浅瀬に入って水中眼鏡の曇りをぬぐい、レギュレーターを啣えてその場で沈んでみると、九ヶ月前と変わらぬ海がそこにあった。フィンをつけて、水を蹴ると体がスーッと抵抗もなく前進する。何年か前に潜り始めた頃のような新鮮な感覚である。次第に深みへ向かうと、海底の様子も徐々に変化してくる。海岸近くの石は波にもまれて丸いが、しだいに角張った石が多くなり、岩場に来ると海藻が生えている。さらに行くと岩場が切れて二、三メートルはある海藻だけの地帯となり、その先は砂地である。メバルやガラカブ、名も知らぬピンクやブルーの小さな魚が遊んでいる。

岩と岩との間には、皮の硬い牛ナマコがグロテスクにゴロンと転がっている。潜り始めの五年程前、これが喰えないものとはツユ知らず海鼠だ、ナマコだと大喜びで獲って帰り料理して、硬い硬いと言いながら喰ったことがある。これを喰わされたその時の潜り仲間の親父さん、歯を傷めてしまい、それからナマコが嫌いになったそうな。

七、八メートルまで潜ってメバルやガラカブを追っかけて遊んでいるうちに寒くなってしまった。なにしろ入院前から着ているウェットスーツで、それから十キロもスマートになっているため、身体を動かすたびにあちこちから水がズンズン入ってくる。

浅場では折からの好天に海水は暖かいが、深いところでは冷水である。その冷たい水が遠慮会釈もなく入ってくるから寒い寒い。

ボンベの酸素はまだたっぷり残っていたが、早々にあがり甲羅干し中の息子といっしょに太陽のひかりを浴びた。

潮風に吹かれながらしみじみ思った。やはり健康はいい。海はいい。

昭和六十二年六月

ロン

きょうは少し寝不足である。

昨夜半、激しい雨音に眼が覚めた。屋根をたたく雨音が部屋の中にまで聞こえてくる。この降りようでは皆、難渋しているだろうなと思う。道路が冠水して走れない所があるのではないだろうか。いつかの豪雨の時にはビルの雨漏れがあったな。もっと着脱の簡単な雨具は出来ないものだろうか、などと半覚半睡でそんなことを考えていたら今度は雷の音。

しかも次第に近づいてきて、稲妻からゴロゴロまで一秒ぐらいの短い間隔になり、しきりに落雷している様子。

雷で思い出すのが終戦からまだ間もない荒尾での落雷である。まだ小学校にも入ってなかったと思うが、稲妻と雷鳴が天地を震撼させ家の前の電線から火花が散っていたのを思い出す。

雷の音を聞きながら、なんの脈絡もなくふと昔のことを思い出した。今夜はまさか落雷することもあるまい。寝よう、寝ようと思っていると、玄関のほうから何やら怪しい物音。何者かが玄関の戸をしきりに叩いたり、引っ掻いたりしている様子。こんな雨の中まさか物盗り、強盗ではあるまいと思うがひとに恨まれる筋合いは数々ござる。

玄関を開けると我が愛犬ロンが玄関の前に蹲《うずくま》って震えている。雷に驚いて枝折戸をどうやって開けたのか、自分の居住区の中庭から、玄関先に来て家の中に入ろうと戸を叩いたらしい。可哀相だとは思ったが癖になるといけないので、犬小屋に入れてやり、やれやれと眠ろうとしたが、雨に中《あた》ったために眼が覚めてきた。

それでも眠ろうとしたが、ようやくいい気持ちになりかけると蚊が顔の近くをブーン。殺虫剤をシューッ。これを二回繰り返した。

そのうちになにに驚いたのか、ロンが急に吠え出した。夜中の二時だぞ、近所迷惑だから吠えるなよ、と念じるがいっこうに吠え止まない。また玄関を開けて、静かにしろと叱ると、おとなしくなったのでヨシヨシと声をかけて寝床に入った途端、また一声二声。

堪忍袋の緒が切れて、いきなり飛び出して拳固でゴツン。ロンは逃げもせずに悲しそうな眼で小生を見ている。

ロンはよくコリーと間違われるが、レッキとしたシェルティーである。

イギリスのシェトランド地方の牧用犬として、改良された小型犬であるが少々でかい。最初のうちは、散歩の途中、よくかわいいコリーですねと褒められて、その都度カミさんは説明していたらしいが、最近は皆お馴染みさんになって、お世辞の言い方も変ってきたらしい。

曰く。顔が好い、品がある、綺麗、そして極め付きは「やはりご主人に似てくるんですね」そう、品のある顔立ち、憂いを含んだ眼差し、優美な物腰、どこをとっても俺と同じ。ある日そう言ったらカミさん、フンと言って横を向いたが鼻かぜでも引いたのかな。

拳固のあとで、二、三度ロンの頭をなでてあげて、寝床にもぐりこみサテと寝ようとしたが、こう度々起こされたのではすっかり眼が冴えてしまっている。

仕様がないから睡眠薬代わりに、グラスを持ち出してチビチビ。夜中の三時過ぎではテレビもやっていないし、暗い部屋でボーッとグラスを舐めながら眠気の訪れを待つだけ。

雨も小ぶりになり雷も遠のいて稲妻だけ。

こんな集中豪雨の時には、お百姓さんも田圃の見廻りに大変だろうなと思ったり、その連想から、それにしてもうちの事務所には田の字の付く名前がよく集まったものだと感心する。

なにしろ半分寝惚けているんだから、考えることがまともではない。

阪田に上田、植田に内田、下田、吉田、米加田、それに富田。人吉の山奥の猿と猪しか棲まないような所の生まれで、富田はないよな。山田、奥田なんていうのが似合いだよな。阪、上、下、内があって中田がないな。

イヤ、中田をひっくり返した、田中なら天草方面に何人かいたな。

しかし、関東と九州地方では同じ漢字でも読み方が違うんだよな。

たとえば中田。この地方ではナカタと読むが、出勤途上、ラジオ放送で七時すぎに流れている、中田嘉子の「今日も元気」での中田は、ナカダと読む。

今富、江崎にしてもそう。つい最近までイマドミ、エザキとばかり思い込んでいたらコンピュータで打ち出した人事記録では、イマトミ、エサキとなっていた。

チョンチョンが抜けているところを見るとこいつらヒョットして肝心なとこが抜けているンとちゃうか。

このデンで田の字の付く連中の名前から、チョンチョンをとってみると不思議なことに、名は体を著わすではなく姓は気質を表していることに気が付いた。

まず下田、これをシモダではなくチョンチョンをとってシモタと呼ぶとこの理論の正当性がハッキリと立証される。

オッチョコチョイで慌てもののこの男、いつもなにかしら忘れ物をしてシモタ、シモタを連発している。

上田さんも、なにをウエタのか、あちこちこまめに植えて歩いているようでご苦労なこと。そのうち、家庭争議にでもならなければいいが。吉田なんてのは折角良いところまで行きながら最後の詰めでヨシタなんていってるのとちゃうかいな。内田に至っては、なにしろ忙しい男であっちに跳び、こっちに跳ねしているから売った買ったのウッタ、打った殴ったのウッタか。

メカダなんてのは、目方と書くと正解。だんだん目方が増えてきている様がありあり。

こう田の字のつく連中が多いと、朝礼のときの、みんなの顔が一面青々とした田圃に見えたりして。明日の朝礼では社歌のかわりに田植え唄でも唄おうか。そういえば植田なんてものいるよな。

あ〜あ眠。雷も盛大に鳴って、稲妻もさかんに光ったから今年は豊年万作か。なにしろ、稲の妻というくらいで雷の多い年は稲が豊作だと昔から言い習わされているから。

昭和六十二年七月

短足の刑

新聞を読んでいると、たまにホンマかいなと思うような記事にでくわすことがある。

天草のある小学校では、生徒の海水浴を禁止したという。海は危険だから学校のプールで泳ぐように決めたそうだ。

藍より青い美しい海が目の前に広がっているのに、学校の狭いプールで安全監視員の監視のもとに泳がせようという、まことにもって有難いご配慮である。

ナイフが危険だと子供から取り上げて、鉛筆削りを買い与える母親や、給食で箸の替わりに、フォークの変形したような変な代物を使わせている学校があると聞くが、この海水浴禁止もそれらとまったく同類の感覚から出たものである。

昔は、といってもせいぜい二十年ほど前までは学校にはプールなど無かった。

その頃の小・中学校では、夏になるとわざわざ海に連れて行ってくれたし、それどころか学校の年中行事の水泳大会は、海の中をロープで仕切って競泳などやっていた。

小生、小学生の頃は、種子島の山の中で育ったので、夏休みになると近くの川で悪童どもと一日中川で泳いだり、潜ったり、鬼ごっこをしたり、川海老や川蟹をとって晩のおかずにしたり。熊本の長洲に移ってからは、窓のすぐ下が海だったこともあって、それこそ顔の裏表がわからなくなるまで真っ黒にやけて、二学期の黒ン坊大会を楽しみにしていた。

ただ海や川は、常に危険と隣り合わせであった。川底が急に抉《えぐ》れて深くなっていて、底の渦に巻き込まれそうになったり、藻に絡まれたりするのは日常茶飯であった。

海には潮の干満があり、大潮・小潮があり時間によって潮流は刻々と変わっていく。暖かい海の中でそこだけが冷たい流れもあった。心臓の弱い者にはよくはなかったろう。

そんなことを、遊びながら自然に覚えたり、友達や年上の子供達に教えてもらったりした。子供の頃の経験は、生きていく上での貴重な財産である。遊びで覚えた体験が永い人生の支えになることもあろう。

自然の中での水遊びを通して、面白さも怖さも両面を学ぶ。

何時どこで水難に遭うかもしれない。沈没する船に乗り合わせることがないとはいえない。とくに海辺に暮らす人々にとって、その可能性は大いにあり得る。そんな時にプールでしか泳いだことのない者の結末は明白である。

これと似たような記事が今度は、山の方でもあった。

阿蘇に大野外劇場が完成し、さきごろ「火の鳥が阿蘇の夜空を駆ける」というイベントが開かれたが、この時の有線放送ではこう言ったらしい。

「今日は、大勢の人たちが集まってくるので、老人や子供の外出はひかえましょう」

なんという単細胞。山深い田舎の子供達にとって何百台の車の列、何千人の人の集まりなど、滅多に見る機会などないだろう。

村当局が率先して老人や子供を招待すべきである。老い先短い老人には思い出を、未来ある子供には貴重な経験を。妙な事なかれ主義、親切の押し売り、よけいなお節介が子供どころか、大人まで歪んで不健康な人間にしてしまう。

楽しみと危険は常に紙一重、苦しみと楽しみも表裏一体。苦しみや、悲しみを乗り越えてこそ、楽しみや嬉しさは倍加する。

「健康で文化的な……」この、崇高かつ有難い思し召しのために、我等が政府はそれこそ至れり尽くせりの法律をおつくり下さっている。

最近では単車のヘルメット着用義務。乗用車のシートベルト着用。これなど法律で義務付ける必要があるのだろうか。

車両事故の時のためには、シートベルトも必要であるし、オートバイ事故ではヘルメットの着用如何が生命を左右する。こんなわかりきった事は、それこそ命の惜しい人が、自主的に自らすんで着けるべきであろう。着用していないで、軽傷ですむところを重症を負ったり、重傷でも命は助かったろうところを死んでしまったりしても、それは自己責任の分野。

煙草の箱に「健康のために吸いすぎに注意しましょう」だと。余計なお節介とはこんなことだ。煙草が健康によくないのは先刻承知。そんな脅し文句で煙草を止めるほどこっちの意思は弱くない。

アメリカにもこの手はいるもので、外電では二時間以内の国内便では、すべて禁煙にしたそうだ。

アメリカは大真面目で禁酒法を設け、ギャングを大儲けさせた前歴のある国だからこの手のことは平気でやる。飛行機のトイレから火が出なければいいが。

これが進むと今にこういう法律が出来るかもしれない。

一、鼾、歯軋りをする者は、騒音防止法第○条違反により三年以下の懲役若しくは五万円以下の罰金。

二、食事は米飯の場合、百回以上咀嚼したる後に嚥下し…これに違反したるものは～

三、呼吸は一分間に十八乃至十九回とし、これに違反したる者は～

四、公衆の面前において、放屁したる者は～

この放屁には実例があって文明開化の明治時代、陸蒸気と呼ばれていた汽車の中でプーッと一発やったら罰金五円也。

巡査の初任給が六円の時代だから、今の十万円位になるか。

五、道路を歩行する時は左足から踏み出し、歩幅七五センチメートル、回数一分間に一一七歩とし、これに違反したものは短足の刑に処する。等等。

世の中、だんだん住み難くなるようだ。

昭和六十二年八月

砂浜と若者

今年の夏は、変な夏だった。

六月から七月にかけての長雨で、八月に入ってやっと夏になったかと思ったら、またまた雨続き。

憎らしいことに、その雨も決まって週末にやってきて、おかげさまで海水浴はいつも計画倒れ。

これに業を煮やしたか、台風十二号が来ると分かっているのに、無理して沖縄まで出かけた二人組がいた。

この二人の日頃の行状がよほど善くなかったとみえて、結果は、沖縄くんだりまでわざわざ台風を迎えに行って、さて帰ろうと思ったら、飛行機の欠航で帰れなくなり、台風様の御通りになった後で、やっと本土行きの飛行機が出て熊本に帰り着いたという。

他人の不幸は蜜の味とはよく言った。ザマーミロである。

その点、行いの善い当方は宮崎に行った三日間快晴に恵まれた。

はじめは、一家揃って夏休みの家族サービスのつもりであったが、いざ出かけるとなると、犬一匹、猫二匹、金魚、メダカ、植木等々、しかもつい最近鈴虫も何匹か加わっており、結局カミさんが留守番に決まり。

替わりに、息子の友達を加えて一行三人、男だけの宮崎行きとなった。

宮崎海岸の、青島まで歩いて五分という、眼下に広々とした太平洋を一望できるホテルで三日間することもなくボケーッと過ごした。

七階の窓から見下ろすと、左から右まで緩やかに湾曲した白い砂浜が続き、右手二時の方向には青島が浮かんでいる。干潮になると鬼の洗濯岩が、見事な群列を見せてくれた。

八月も二十日を過ぎるとさすがに真夏の時のような賑わいはなかったが、それでも泳ぐ人、浜辺で甲羅干しをする人、浜辺で戯れる人たちがいた。

一日目の夕食は、地元の知人たちからの歓待で恐縮。二日目から小生と中学二年の子供ふたり、ホテルと海辺を行ったり来たり。

小生、持参の足ヒレと水中眼鏡を着けて海に入ったが、遠浅の砂ばかりの海底は小魚一匹居はしない。仕方なく打ち寄せる波と戯れていたが、それもすぐに飽きて海にはその後入らずじまい。

子供ふたりは海に入った途端、クラゲに刺されたとかで、陸に上がりっぱなし。

見かねたのか、暇そうな貸ボート屋のおやじさん、オイ、これで遊べとゴムボートを只で息子達に貸してくれた。

そろそろシーズンオフとはいえ、この親父さんの好意に感謝感謝。子供二人沖合いに乗り出して、はしゃいでいた。


適度な運動と健康な生活で、早寝早起き。

朝の五時に目を覚まして、青島の方角から昇る見事な朝日をカメラにおさめ、海辺の散歩。チリ一つ無い砂浜が遠くまで続き、人影もチラホラ。そのなかでちょっと注意を引いたのが一人の若者。昨日、ホテルの窓から見下ろしたときにも、ジーッと沖を見つめたままで居たが、今日もそのままの格好である。

真っ黒に日焼けして、折畳式のテントの上に座って、晩夏とはいえまだまだ熱い太陽の直射を浴びながら、一人孤独な青春してる。

朝食後、ビールなど呑みながらホテルの七階から、そろそろ暑くなりはじめた砂浜に蹲るその若者を見ていて、意味もなく羨ましい気がした。自分の若い頃のことを思い出させてくれた。

モヤモヤとした鬱屈が誰に訴えることも出来ず、訴えたところでどうなるものでもなく、身を捩《よじ》るような焦燥感に苛《さいな》まれていた。

そんなことが昔あったような気がするが、とっくに忘れてしまった。

そのとき初めて気がついたのだが、赤とんぼが窓の外を飛んでいる。地上三十メートル近くを秋の使者が早くも飛び交っていた。トンボがこんなに高いところを飛ぶのをはじめて見た。

これも今年の異常気象の所為だろうか。そうではあるまい。いままで気が付かなかっただけであろう。

今年の異常気象は、どうやらエルニーニョの所為らしい。南米エクアドルから、ペルー沿岸に発生する海水温の上昇現象で、これが起きると、世界の気象現象に異常が見られるという。

今年の初めに新聞でエルニーニョ現象の発生を伝えていたが、これほど我々の生活に影響を与えるとは思いもしなかった。

東北、北海道は冷害。今年の稲作は不作だろう。夏のレジャー産業の海水浴場、ホテルの宿泊客は例年の三分の一の人出。夏物衣料、クーラーの売れ行きもダウン。

海に山に出かける人が少なかった割には、水難事故で命を亡くした人は、例年より多いという皮肉な現象。

スペイン語で、神の子という意味だそうだがエルニーニョ現象は地球的規模で異常気象を起こしているようだ。

高地にある我が家の周辺でも、赤とんぼが盛んに飛び交っている。朝露に濡れた月見草が、朝の散歩を彩ってくれる。

家の前の空き地で、コスモスが一輪花をつけた。

夜、部屋の隅で、叔母さんから貰った鈴虫が鳴いている。庭では多分、コオロギだろうジッジッと声を立てている。

ただいま午前三時、秋の夜も更けた。

昭和六十二年九月

面接試験

九月二十四日、商工会館の大会議室で、来年度高校新卒者の採用試験を行った。

本社から採用部長、採用課長他が来、支社では関係部署はもちろん、支社を挙げての体勢で試験に臨んだ。

緊張している百余名の受験者に挨拶しながら感慨深いものがあった。

つい四、五年前までは一次試験の受験者は三、四〇名しかなかったのが、今では熊本、鹿児島、宮崎三県から、これだけの応募者が集まってきてくれているのである。

しかも、女子の合格者は五人に一人の狭き門になっている。

午前中の学科試験、クレペリンの結果が出たところで、午後から面接試験。

男女学生それぞれ二組ずつ、四組に分けての面接で、小生は女子の面接を担当させられた。

小生は自分が助平であることを、なるべく人様に悟られないようにしているのだが、採用課長にはとっくにバレていたとみえる。もう一組の女子の面接担当者は、本社の採用部長だったが、ひょっとするとあれも助平なのかしら。

小生、シメシメとひそかに喜んだが、そこは海千山千の採用課長、油断ならないと思ったんだろう、ちゃんとお目付け役を一人、記録係として横に座らせることを忘れていない。

という訳で、十九名の面接を始めた。

最初は、誰もが緊張して入ってくる。ドアをノックして「どうぞ」と部屋の中からの返事を待って入室し、試験管の前にある椅子の左脇に立つ。ここからはっきり二つのタイプに分かれる。

学校名と自分の名前を名乗り、面接に参りましたと告げて、「どうぞ、お座りください」と言われると、「よろしくお願いします」とお辞儀をして腰をおろす子と、ぴょこんと頭だけ下げて「お願いします」と言う子、なかには黙って頭だけ下げてそのまま突っ立っている子もいた。

今の新人類の子供達は、下らんことは知っているが、肝心のことは知らないと思っておけばまず間違いない。

せめて、面接のイ、ロ、ハくらいは先生が教えてあげるべきである。それぐらいは知っているはずだとか、知ってるだろうと思うのは大間違いである。いまの子供たちは礼儀に関しては驚くほど無知なのである。

挨拶の仕方だけで、出身校のレベルがだいたい想像できた。学校のレベルで、これは素晴らしいと思った学校があった。県南にある高校で、男女共学の、これまでにも随分多くの卒業生が当社に入社しており、今年も男女七人が受験してくれた。

どの学生も挨拶がきちんと出来、言葉遣いもしっかりして、いずれも好感の持てる生徒ばかりであった。

彼女等の志望動機は、自分の姉がこの会社に勤務しており、いい会社だからと薦められたとか、学校の先輩の勧めや、先生からの推薦など様々であった。

なかの女子生徒の一人は、体育の四を除いてはオール五。まるで昔の僕みたい。（これは嘘）。おまけに男女共学の学校で生徒会長だという。それこそ容姿、言語、動作は勿論学科も最高点。その子の友人だと言う女の子も、負けず劣らずで立派。姉さんがわが社の東京で働いているという。合格圏内である。

小生、面接をしながらＡＢＣＤＥの五ランクに分けて採点。ところが五、六人面接したところで、採点表を見直したら全てＡかＡダッシュ、Ｂは一人しか居ない。そこで大いに慌てた。まだまだこれから十二、三人面接しなければならないのに、今からこれでは全員採用することになる。女子社員の採用枠は決められていて、だいたい四、五人に一人しか採用できない。

さあ、それからは気持ちをグーッと引き締めて心を鬼にした。しおらしく挨拶をされても、きちんとした言葉遣いでも、こいつの姿に惑わされてはいけない。旨いこといいよるがひょっとしてコイツ、嘘ついているのとちゃうかいな。まるで訪問販売員を見る主婦の眼である。

しかし、若い子というのは十五分間も話していると、どの子もいい所が見えてくる。はじめは緊張でカチカチだった子も、中年の少々頭がイカれていそうな中年オジンと話しているとつい気も緩んでしまうのだろう、後半になると笑顔が浮かんできて、なかには声をあげて笑う子も居る。

そうするとどの子も、きれいで輝いて見えてくる。

実際、落とす子が居なくなってくる。

いっそ今居る事務所の連中と、この子供達とそっくり入れ替えようかと思ったが、それは思い留まった。

こんな事、口に出そうものなら、あの連中に何をされるかわかったものじゃあない。あの、体重ン十キロの淑女連に押さえ込まれる光景を思い描くだけで冷や汗が出てくる。

この面接をしながら、うちの昇任試験の面接を思い出していた。ひょっとするとこの子等のほうが、ずっと自分の意見や考えを表現できるのではないか、もしかするとその辺の下手な幹部連中よりはよっぽど上手いぞと感じた。

なかでも秀逸だったのが、天草から来た某高の生徒。農業高校で学科もマアマア、頭は良かったが、他の子に較べて特にどうということもない。

質問しながら、BかなBダッシュかなと決めかねて、一応質問も終わり

「きょうは遠い所をどうもありがとう」というと、その生徒は、

「そのありがとうの事なんですが、御社の会長さんの〈ありがとうの心〉の本を、先生から薦められて昨日読み終わりました。本当に素晴らしいと思いました。どこからあんな素晴らしい考えが出てくるのでしょうか」との質問。小生、あまりにも見事な質問に面食らって、口の中でモゴモゴと当り障りのないことを答えながら、すごいと思った。
一七、八の小娘がこんな殺し文句を思いつくとは。
しかもその先が、もっと凄い。

「〈武士の商法〉も読みましたが、私には難しくて解りませんでした」

何でもかんでも解っていると言うと、生意気だとか、背伸びをしている、嘘をついていると思われるので、私には解りませんでしたと、ちゃんと少女らしい謙虚さも見せる…ウマーイ。

それまではBかBダッシュ、当選圏外だったその子は、一躍当確。それも二重マルの絶対確実、トップ当選。

中年のオジン騙すに刃物は要らぬ、ありがとうさえ云えばいい。

十月六日、講道館で全国柔道大会。柔道に精進する者たちの憧れの青い畳の上に、全国の猛者が集う。壮観の一語に尽きる。

白熱した試合が次々に展開された。
熊本勢は善く健闘した。団体戦、個人戦ともに、ながく語り継がれる成績を残した。
選手諸君、ご苦労でした。

家の前の空き地のコスモス、三年前に四、五本植えたのが、今年は千本以上はあろうか。赤、白、黄色と今が真っ盛り。
秋も今が酣《たけなわ》。

昭和六十二年十月

歯

昨日八日は立冬。暦の上ではもう冬である。

朝の天気予報では、浅間山で初冠雪があったというし、北海道からはじまった紅葉前線は関東まで降りてきたといって、テレビで各地の紅葉を映している。

我が家にもコタツとストーブがお出ましになった。一年の経つのは早いもので、もうすぐ歳末の特別警戒の時期に入るなと思っていたら、土曜日に地元の相互銀行に二人組の強盗が押し入って、火炎瓶を振りかざして二四九万円を奪って逃走した。これから年末にかけては、この手の荒っぽい事件が多発するであろう。

人間も忙しいが、自然界もなかなか忙しいようだ。今を盛りと庭や空地などに咲き誇っている菊の花に、ちいさな蜂が群がっている。せつせと蜜を溜め込んでいるのだろう。

刈入れの終った田圃には、雀たちが越冬の準備でしきりに落穂を啄ばんでいる。冬の寒さを乗り切るために、体に栄養を蓄えているのである。

鴉《からす》も里に降りてきた。暖かい間は、それぞれに山や村で別れて暮していた鴉は、秋が深まってくると群れをなして里に降りてくる。日の昇る頃になると、空の高いところを百羽、二百羽という大群が舞っているのを見かけることがある。そして昼間は街中の電線などに、集団でジッととまっていたりする。人によっては全身黒ずくめの装束から鴉を不吉な鳥だと言う人も居るが、俗に鴉の濡れ羽色というように、日光を浴びている鴉の羽根はつやつやと輝いて見える時もある。


つい最近、カミさんが山形に行ってきた。なんとかダンスの全国大会とかで中年ババァ、イヤイヤ中年ブス連、イヤイヤ中年ご婦人連中の団体旅行で大いに楽しんできたらしいが、その旅先で食べたご飯と漬物が美味しかったと宅急便で送ってきた。米は庄内米のササニシキ百パーセント。なるほど美味しい。ササニシキにしろコシヒカリにしろ、米屋で売っているのは他の米とブレンドしてあるのか、熊本では残念ながらこんな美味しい米は手に入らない。

そういえば昔、といっても一昔も前の話になるが、東京で山形出身の男と一緒に仕事をしたことがあった。この男は、私はご飯が好きなんですと純粋のズーズー弁で喋りながら、おかずは勿論沢庵も無しで飯を食っていたことがあった。こんなに美味い米を子供の頃から食べていれば、米のご飯を好きになるのも尤だと今ごろ納得した。ところが小生、折角米の美味さに目覚めたばかりなのに、ここのところ米のご飯が思うように食べられないので困っている。

いま、歯医者通いの最中である。

とうとう歯にきたか、次は眼だなとニンマリする者も居そうだが残念でした。歯の丈夫なのをいいことに若いときビールや、コーラのキャップを歯で抜いていたら、歯の真中にひびがはいってそこをジルコンで埋めてもらっていたのだが、どうやら外れかかっていたらしい。

最初の頃は、たかが歯の痛みぐらいとタカをくくって夏のキャンプに出かけたら、夜中になって痛みだし、テントの中で一睡も出来なかったことがある。その時、テントの外のすぐ枕もとで、クーラーに冷やしてある缶ビールをグビグビやっているのが居て、小生の呑み分が無くなるのではないかと、歯の痛みとビール惜しさにハラハラした記憶がある。

そんな経験があるので今回は痛み出してすぐには医者に行ったのだが、歯医者というのは一度や二度ではすぐには治療してくれないものだと感心した。しばらく様子を見ましょうといって、消毒するだけである。しかし、もう一週間になるから、今日あたりジルコンを被せてくれるかもしれない。

はやく元の丈夫な歯に戻って、美味しい飯を鱈腹食ってみたいものである。

昭和六十二年十一月

歳の暮れ

ここのところ気候の変動が激しい。

昨日の日曜日は、氷雨《ひさめ》混じりの木枯らしが吹いて、庭の紅葉したもみじの葉をしきりに散らしていた。

カミさんのお供で近くまで買物に出かけたが、カーディガンを着てても、毛糸の編み目から吹き込む風の冷たさに震え上がって、後は一日中コタツとテレビの御守をして過ごした。

テレビといえば、日曜日昼間の番組のくだらなさ。似たようなタレントが入れ替わり立ち代り出てきて、似たようなお笑いや似たようなギャグの連発。近頃は歌番組を観ても、知らない顔の歌手ばかりでやたらに飛んだり跳ねたりしている。

昨日あたりはまだ福岡国際マラソンで、世界新記録が出るかもしれないと期待させたり、武道館から全日本空手道選手権大会が中継されるなど暇つぶしには困らなかった。

しかも息子をそそのかして、レンタル屋からビデオを四本も借りていたので、その消化に苦労した。

土曜の夕方借りたこのノルマを果たすべく、土曜の夜は夜中の二時半までかかってしまった。ビデオだけならまだしも、本来の番組で観たい物があると、それも消化しなければならずかなりの労働であった。

しかし、努力の甲斐あって、翌日の日曜洋画劇場の開始までには、すべてノルマは完了していた。やはり努力の賜物である。

四本借りてきて、最後に観たのが「ランボー」。ベトナム戦の英雄、グリーン・ベレー出身の若者が、帰還後のアメリカ社会に受け入れられず、警察や州兵を相手に得意のジャングル戦で胸のすくようなアクションを見せる活劇物。

この第一作がヒットして「ランボーⅡ」、「ランボーⅢ」が生まれるのだが、この日観た「ランボー」が第一作目である。カミさんと息子は初めて観るというが、小生は二度目である。

はじめのほうの数シーンで観たことのあるのが判り、そのうちにラストの撃ち合いの場面まで思い出した。

この手の映画はたいてい一家三人でそろって観ている筈、俺だけ観ているとはおかしいなと言っていたら、カミさんが思い出した。

病院で観ていたのである。去年の今ごろは手術後の経過も順調で、ひとり個室で夜になると借りてきてもらったビデオを鑑賞していたのである。

小生の病室のテレビの横には、いつも三、四本のビデオがあり、担当の医師をはじめとして、若い先生方に貸していたのである。

ひょっとしたら、去年の今日あたり、このビデオを観ていたんじゃなかろうかとちょっとした感傷にふけった。


昨日の寒さが一転して、今日は見事に晴れ上がった。

雲一つ無い冬空は、昨日の風雨で空気中の塵埃が洗い流されて、あくまで青い碧空が広がっている。朝、高台から見ると、東に阿蘇の連山がクッキリと浮かび、いつもよりずっと近く、山肌の一つひとつまでがはっきりと見える。

阿蘇の噴煙は、ここからだとまるで焚火の煙のように、細く小さくゆったりと浮かんでいる。

出勤途中、その連山の東の方角から見事な太陽がまだ山の頂上付近にいる時、西の空にはこれまた立派な月が浮かんでいた。昨夜の夜空の輝きをまだ充分に宿している真ん丸い月である。

釣りの潮見表で見ると月例十四・六日。今夜の予報は晴れ。さぞ見事な満月が見られることだろう。

今年も余すところ後二十日余、日頃の怠け坊主も走り出すというが、歳の瀬になると何かと忙しなくなる。なんと今週だけで、なんとか会議とやらが三つもある。それもすべて飛行機を利用しなければならない東の方角。年内には、まだ三ツ、四ツその種の会議があり、来訪者も目白押し。一週間に東方よりの客平均三組。

年末になると泥棒も増え、火事も多くなるというのに皆さんよう動きはる。

よく考えれば、今年一年やるべきことをやっていなかったので、年末に皆纏めてバタバタやって辻褄合わせようという魂胆見え見え。

気の早い連中は、すでに忘年会を二回やった、三回やったという者もいるようだが、ノン兵衛はなにかと理由をつけては飲みたがり、なかには何にも呑む理由がないといって呑んだりする者も居る。酒は百薬の長といい、逆に気狂水というように、酒にまつわる諺は山ほどある。それほど酒は昔から人間の生活に入り込んでいたということ。

人生の色々な悲喜劇もその大半に酒が関わっている。

サテ、そこで老婆心ながら忘年会での心構え。幹事なり上役なりが「今日は無礼講でいこう」「いいたい事は言いたまえ」「何でも聞こうじゃないか」

この言葉を真に受けるのはよほどのお人好しか、間抜けである。

だいたい普通の人間は、酒が入れば気が大きくなって、行儀も悪くなり上司に向かって言わなくてもいい事を言い、ついには絡み出す。それを呑み始める前からヨーシ今日は無礼講で行こう。上下の別なし本当の事を大いに言おうなどと思って呑んでご覧、結果は眼に見えている。

宴会の後の、少なくとも一週間は出勤するのが辛くなり、廊下の端を肩を落として歩かなくてはならない仕儀になる。場合によっては、赤城の山の国定忠治ではないが、西の空を見上げて雁が西へ飛んで行くのを見ながら、故郷を売ることになるかもしれない。

小生の経験で言うと上司、先輩、同僚など会社の仲間と呑む時には、絶対に乱れないこと。もっと言えば誰と呑むときも、何時呑むときも酒は楽しく朗らかに、酔ってきたなと思ったら程々で切り上げること。

もっとも、程々で切り上げることが出来るようになったらよほど人間が出来上がってきた証拠。そんなんとは小生あまり付き合いたくない。

昭和六十三年一月

尾骶骨

今年は初めて藤崎宮に初詣に行った。

タクシーのなかで除夜の鐘を聞きながら、カミさんと二人で藤崎宮に着くと、深夜だというのに沿道には屋台がずらりと並んで皓々と明かりを連ねて真昼のようである。

沿道の人通りも多く境内は参詣の人であふれていた。

例年は、年末最後の一仕事を終えてちょうど、このお宮さんの前を通って帰路についている頃。車で表通りだけ見ても賑わっているのは想像していたが、こんなに人出が多いとは思わなかった。

折角出て来たんだからと、屋台の焼きイカを齧りながら人ごみの中をブラついていると、向こうから来た息子とバッタリ。

息子は級友と二人で、泉が丘から自転車でこれも生まれて初めての深夜の初詣。

万が一、警察官や補導員に会ったときの用心のために、小生発行の「夜間外出許可証」なるものを持たせてある。
住所、氏名、年齢、学校名、外出理由、時間、同行者名、問い合わせの電話番号を書いて小生の署名、捺印という具合。これなら中学二年の坊主同士が、夜中の一時二時まで外を歩いていても文句はあるまい。

それにしても正月三が日の天気の穏やかだったこと。まるで三月頃の陽気で、梅の蕾も例年よりも大きく膨らんでいるようだ。

この天気と同じように、年末年始は平穏無事に過ぎていった。こんな静かな仕事始めが、いままで何回あっただろうか。

五日は、恒例の契約先への年始回り。

営業課長が欲張ったスケジュールを作ったものだから忙しいこと。

一行四人と、別行動の営業マンとの連絡をとりながらの年始回りだが、途中で予定より早くスケジュールをこなしているのに気が付いた。それはそうだろう、過密スケジュールをこなすために、歩くというよりは走ると言う方がピッタリ。

それにしても揃って足の短いのが四人、まだ正月気分が残る、のんびりとした街中を小走りに歩いている図などさぞ滑稽だったろう。

当初予定の挨拶回りが終ったのは、全くスケジュール通りの時間ピッタリ。ＪＲ並の正確さだった。

ところで小生、挨拶回りの間中、ヨッコラショ、ア痛タタタッ、ウントコドッコイの言い続け。なぜなら頭の天辺から足の先まで故障だらけ。満身創痍だったからである。

身体の上のほうからいくと、まず頭の悪いのは皆さん先刻ご承知、その分顔でカバーしている。鼻の高いのも自慢の種？

それはさておいて、一番痛かったのが尾骶骨《びていこつ》。人類がいまだサルだった頃の尻尾の名残である。

某日某夜、下通りの繁華街を歩いていてまともに尻から落ちてしまった。今にして思うと何故あんな時間にあんな所に居たのか不思議でしょうがない。

サンダル履きで、そのサンダルの底が磨り減ってツルツルになっていたものだから、タイルで滑ってしまった。

ちょっと前なら尻にもたっぷり肉が付いていたからそう応えもしなかったろうが、最近は肉らしい肉が無いから痛かったのなんの。ひょっとして尾骶骨にヒビがはいったんではなかろうかと思うくらいに痛かった。三週間経った今でもまだ痛い。

この痛さが応えるのが車の乗降りと、座っている時。座っている時間が永くなると痛さが段々と身に沁み込んでくるような感じ。

応接セットになどまともに座れないから、尻の中心に圧力がかからないように、ソーッと横座り。そのままで左手の甲を右の頬に当てて、流し目でもすれば立派なオカマである。

次の痛みは左胸の肋骨。正月の二日、弟家族二組が拙宅に来訪、呑んで騒いで帰った後の酔余の戯れ。息子を捉まえて喧嘩の必勝法の伝授。

思いっきり殴れと言って殴らせたら、中学二年とはいえ身体ははや大人並。身長は親父を超え、腕や太股など筋骨隆々。

それはそうだろう。ラーメン、うどんは二人前。その後焼き飯喰って、大きいコップでジュースを飲んだり、スナック菓子をポリポリという育ち盛りの喰い盛りが、本気で力任せに殴ったもんだから、翌日眼が覚めたら痛いのなんの。

これも肋骨にヒビがはいったんではないかと思ったくらいで、咳はおろか深呼吸をしても胸が痛い。

この二つが車の振動、乗降りの度に身に沁みる。

おまけに水分不足の所為か、下唇の真中は割れているし、右足の踵には皸《あかぎれ》が一つ。

ついでに言えば右わき腹から背中にかけての傷が疼く。古傷には寒さが一番応える。

だから車の乗降りの度に、ドッコイショッと掛け声をかけて気合を入れ、身動きするたびに胸と尻の痛みにイテテッと合いの手を入れるわけ。

いま言葉遊びが流行っているようで、息子とカミさんに色々と教えてもらった。以下面白いのを幾つか挙げるので、一家団欒の折など試したら如何。多分子供達のほうが詳しかったりするはずだが。

その一、

息子がカミさんに向かって「嘘ついたらダメよ」カミさんが、ウンと頷く。息子が両手の指で箱の形を作りながら、

「ここに箱があるでしょう」

カミさん　「ウン」

息子　「ホラ、嘘ついた」

その二、

息子　「二度といったらイカンよ」

カミさん　「ウン」

息子　「好きな色は?」

カミさん　「黒」

息子　「ア?」

カミさん　「黒」

息子　　　「ソラ、二度言った」

その三、

「ピザって十回言ってみて」相手は、早口でピザを十回言う。その直後、手の肘を指差してここはナニ？　と聞く。たいていの人は、つい勢いでヒザと言ってしまう。

以下おなじ要領で「ミリンと十回言って」十回言った後「鼻の長い動物は？」「キリン」「象デース」

「白丸十回言って」十回の後「日本の国旗は？」「赤丸」「残念でした、日の丸でーす」

「シンデレラを十回」「りんごを食べて死んだのは？」「シンデレラ」「正解は白雪姫」

次は大人向け。

助平男がハワイの怪しげな所に行き「外人頼む」やってきたのは日本娘。ハワイでは日本人は外人だった。以上お粗末。今年も頑張りましょう。

昭和六十三年二月

ゲテモノ

昨日、末の弟がワキャーを持ってきてくれた。ワキャーなんて何だろうと思う人が多いだろう。アイドル歌手に向かってネーチャンどもが鼻水垂らしながら叫ぶ、ワー、キャーじゃなくてワキャー。

発音は歯切れよく「ワ」を低く、「キャー」にアクセントを付ける。

どんな代物かというと、海の生き物。有明海の潮の引いた干潟に行けば、いくらでも獲れる。昔は漁村などではよく食べたものだが、今では食べられることも知らない人が多いのではないだろうか。

そのワキャーが近くのスーパーで売っているという。それを買ってきてもらった。

このワキャー、生のままの酢醤油でよし、味噌汁もよし、醤油煮又よし、しかし一番美味いのは味噌煮。

先ず油でサッと炒めてキザラ、赤酒で五、六分煮て、溶いた味噌を加えてさらに十分ほど煮、薬味にひともじかニラの刻んだのを散らし、トンガラシを入れて出来上がり。

磯の香りがプーンとして、シコシコした歯ざわりがなんともいえず、ついついビールの量も多くなる。

このワキャーにも旬があって冬の寒い時期が一番美味い。今月いっぱいが旬だろうから、この珍味味わいたい人はどうぞ小生までお申し込みを。

これ本当の通人は初めて喰っても旨いと褒めてくれるが、味の分からない野暮天は、正体聞いただけで、ウェーッと顔を顰《しか》める。

ワキャーとは、古語で輪の貝。円筒形の貝という意味で輪貝がワキャーとなまったらしい。

こいつの正体、通常世間ではイソギンチャクと言っている。

潮干狩りに行くと砂の上にベチャッとへばりついているし、岩礁の潮溜まりでは何本もの触手を揺らめかせているあの磯巾着である。

ただし食べられる種類と、食べられない種類があるのでくれぐれもご注意を。

こういう珍味というかゲテモノというか、変わったものを他人に食べさせて「ドウダ、旨いか」「これ何だと思う」と聞くのが小生の趣味。

恐る恐る、ほんの少し口に入れて「美味しいですね」と褒められると嬉しい。

小生の手料理は何時も褒められることになっていて、誰もが褒めてくれるから「そうかい、それならもっと喰え」とけしかける。

そんな時の、相手の表情がどう変わるかが楽しみで、横目でチラチラ眺めながら呑む酒はひと際旨い。

なかには根性のある奴がいて、額に汗ビッショリかきながら必死の形相で「ウマイ、ウマイですね」と喰っているのを見ると二階級ぐらいは特進させてあげたくなる。

末弟は好き嫌いの激しいほうで、昨日出してあげた我が家のとっておきの珍味を、ほんの一口だけ。

「話の種に喰っとこ」と喰った後、「あんまり旨いもんじゃないな」とホザきやがった。

物は何かというと、栃木産のイナゴの佃煮。

親戚が送ってくれたもので、羽根と足はとってあるので一見してイナゴだとは判らないが、用心深い弟は箸にとってためつすがめつ。

こっちは敵が喰った後で「イナゴだよ」と言って野郎がウェーッと吐き出すのが楽しみで、殊更何気なく「旨いぞ、喰えよ」と言ったがダメ。

「シャコだろうか、海老だろうか」と言っていたが、よくよく見るとバッタはバッタ。バレてしまったが、ものは試しと喰ってから言ったのが先刻のセリフ。そして「カミさんや子供達にも喰わせるから五、六匹頂戴」と言って「もっと持ってけ」と言うのを「こんだけでいい、あいつ等にも一生に一度は経験さしとこ」まるで新婚初夜をひかえた花嫁の父親みたいな顔をして言う。

そういえばこのイナゴを持たせてあげた某氏宅では、子供達は珍しがって食べたそうだが、奥さんはバッタだと知った途端、バッタみたいにバッタバッタとキャーキャー叫びながら家中を逃げ回ったそうである。

ということは某氏自身か子供の誰かが、バッタの佃煮を持って奥さんを追っかけまわしたのではなかろうか。和やかというか、おかしいというか変な家。

バッタの名誉のために言わせてもらうが、この佃煮は古来、関東から東北地方へかけての貴重な蛋白源であり、手数の掛かる料理だけに、噛めば噛むほど味わいを増す珍味である。

冬の韓国の代表的な食べ物といえばキムチ。三百種以上の種類があるといい、十一月にはキムチボーナスまで支給され、キムチを漬けるのが上手い娘は、良い奥さんになれるという。

テレビはソウル・オリンピックを控えて韓国特集が多くなり、必ずといっていいほどキムチが登場する。

　白菜の旬は十一月からせいぜい三月まで。寒くなるのを見計らって、今年初めて白菜漬けに挑戦した。魂胆は韓国に負けないキムチを作ろうという気宇壮大・思想高邁・独立独歩・唯我独尊。なんだか訳は判らんが――。

「ワイもいっちょ真似たろかいな」と、白菜しこたま買い込んでまずは白菜漬け。

虫食いや傷んだ葉をバサバサ取って、包丁で四つに割って塩して一晩。

シンナリしたところを水洗いして、でかいポリバケツに片っ端からぶっこんで、塩水入れて重石をして三日。

出して喰ったらどこがどう間違ったのか、これが馬鹿ウマ。矢鱈滅法美味い。

「オイ、美味いぞ。配れ」カミさんに近所に配らせて、残りは朝鮮漬け。

近くの市場に行って、美味そうだと思う物を手当たり次第に買い込んだ。といっても馬鹿安の市場だから金額にしてせいぜい三千円ぐらい。

それで作ったキムチはメンタイ・キムチ、サザエ入りキムチ、白魚昆布キムチ、エノキ昆布人参キムチ、イカの塩辛キムチと思いつくまま、気の向くまんまの勝手放題、ヤリ放題。

　きっと本場韓国の人が聞いたら、

「そんな物、キムチじゃない」と怒られそうな代物ばかり。

カミさんはと見れば、「私はこれよ、アナタ食べないでね」人参を細かく刻んで、干した貝柱を細く割いて混ぜ込んでいる。

「フン、誰がそんな不味そうなもん喰うか」

そんなことがあって三日後、我が創作キムチを試食してみたら、これまた全品成功。

これなら韓国のノ・テウ大統領に食べていただいても、立派な親善外交に役立ちそうな見事な出来栄え。

さあ、そうなると嬉しい、嬉しい。

理由くっ付けては、家に人を呼んで喰え喰え、美味いだろうの連発。

ところが三日もすると、作った本人は喰い飽きて、カミさんに「処分しろ、処分しろ」と言う始末。

カミさんにも、一つ間違えば腹の具合でも悪くなりそうなヤバイ食べ物を配って回るような気安い所はそうそう無さそうで「もう、配る所はないわよ」ときた。「仕様が無いな、俺が処分してくる」そう言って、いつもの食料品最終処分場に持ち込んだ。熊本市のなんとかビルには、なんだか得体の知れない連中がたむろしていて、ここに持っていけば、たとえ牛一頭でも、三日と経たずに消えてしまいそう。

カミさんが、この前騒いでいた。

「私のキムチが無い」だと。「ホーカイ」テレビ観ながらそ知らぬ顔。

そういえば、冷蔵庫の中にあまりにも物が詰まりすぎていたので、手当たり次第に取り出して持って行ってもらったことがあったっけ。いまさら騒いでも手遅れだ。

キムチは綺麗サッパリ処分したが、今度はワキャーの味噌煮が大量に出来た。

さて、これをどうやって処分するか、ハカしていくか。

差当たりあいつを呼ぼうか、こいつをダマスか、作ったのはいいが、ハカすのがホネだ。

小生、明日は東京。明日の晩に一緒に呑む奴等はどいつもこいつも煮ても焼いても喰えない連中。折紙付きの悪ばかり。

こいつ等に我が手作り、秘蔵、とっておきのワキャーを喰わせてやろう。

さてその内の何人が、無事我が家に辿りつけることか。

昭和六十三年三月

修学旅行

四月一日、平年より一週間も遅れて熊本にも桜の開花宣言が出された。

春は卒業式や、官公庁の転勤など別れの季節である。

その卒業式だが、いつも問題になるのが国旗と国歌。日の丸が掲揚してあるから生徒が式場に入らないとか、国歌を歌う段になると先生の真似をして生徒まで唄わないとか、全国の数多い学校の中ではいまだにこんな愚行を繰り返している所がある。

反戦平和結構、反核またよし、反自衛隊もよかろう。そうやって何でも反対をしていてある日気が付いたら、最近平和攻勢をかけてきている、某大国の赤い旗が日本中に翻っていたという事になりかねない。

未熟な若者達を洗脳しているエセ文化人や平和主義者と称する奴等は真っ先に収容所送りになることは間違いない。

今年の卒業の話題ではちょっと毛色の変わった騒ぎが、静岡かどこかの中学校で起こった。

卒業記念アルバムに男子生徒二人、女子生徒三人の写真を載せるべき所に、顔写真の代わりに花壇だとか、花の写真が載せられていたという事件？

この記事は初めは新聞の三面に、三、四段の比較的小さい扱いだったのが、随分と反響を呼んでテレビで取り上げ、新聞にも続報が載り読者の投書にもこの記事に触れたものが多くなった。

話というのはこうだ。卒業記念のアルバムを作る事になり、日頃服装が乱れたり、頭に剃りこみを入れているツッパリ・グループに、普通の生徒のようにしろと先生が度々注意を促していたのだが、一向に改めないためそのまま載せたのでは余りにも見苦しいし、問題ありということで代わりに花や花壇の写真を貼ったという。

これに対するマスコミの扱いや読者の投書は、殆どが学校側の措置を不当とするものであった。

「一生残るアルバムに載せてもらえなくて可哀相」「純真な若者の心を傷つける暴挙」

「もっと永い眼で暖かく見守る教育者の配慮に欠ける」

何とかの中の懲りないなんとかという、刑務所物の小説を書いて、最近やたら売れまくっている某物書きなど、テレビ局のレポーターに、

「親方日の丸まるだしの官憲による暴力だよ、ファッショだよ。こんなのは叩き潰さなきゃだめ

だよ」と眼ン玉剥いて怒鳴って、それからガマみたいな面でニターッと笑っていた。

この一連の凄みを利かせる遣り方、相手を散々脅しておいて最後にニターッと笑うのはその道で飯を喰ってきた連中の常套手段。

他人の生き血を啜り、散々美味い汁を吸ってきた奴が勝手なことをほざいている。

学校側の肩を持ったのは唯一人だけ、肥後・熊本出身の評論家細川隆一郎。

「学校の処置大賛成。だいたいこんな馬鹿どもに学校に行く資格なんか無いんだ。アルバムなんかもっての他」

この人も過激なことを言う人だが、小生大賛成。やっと真っ当なことを言う人が出てきて溜飲が下がった。


最近は沈静化したようだが、つい二、三年前までは校内暴力、イジメがマスコミに取り挙げられない日は無かった。突っ張りグループによる学校の器物損壊、授業妨害、先生への暴行、グループによるリンチ。

大人顔負けの無法事件が続発し、堪りかねて職場を去った先生や、自殺にまで追い込まれた生徒の犠牲者が大勢出たのをもう忘れたとみえる。

あれらの事件を起こしたのは一部を除いて、殆どが突っ張りグループの仕業だった。

それが多くの先生やＰＴＡ、教育に携わっている人々のお陰でやっと納まったと思ったら、当時のことなど綺麗サッパリ忘れたマスコミや、物わかりのいい振りをしているオバサン連中は、性懲りも無く不良どもの味方をする。

なにが純情、なにが純心。不良連中の遣りかたは火付け、強盗、人殺し大人顔負けはみんな先刻承知の筈。

暖かい配慮？　教育者として永い眼でみろ？

三年間指導し、教育をしても効果が無く、卒業の日を迎えたからやむなく採った処置ではないか。

一生残るアルバムに写真が無いなんて可哀相？　それこそ一生残るものだから学校側ではワザと外してやったのではないか。

キンキラキンに髪を染め、アイシャドウに口紅ベッタリの女番長や、眉を落として頭に剃りこみを入れた姿が一生残って、大勢の同級生の眼に晒され続けるとしたら、載せてやらないのがそれこそ教育者としての暖かい配慮だろう。

ものの道理のわからないのが大勢いるから困る。

別れにも色々あるが、最も悲しい別れは死。

高知学芸高校の修学旅行生が、中国上海の列車衝突事故で先生、生徒二十七人が死亡、多数の負傷者を出した。

学校当局をはじめとして、政府関係者も事後対策に力を注いだが、亡くなった十六歳の若い命は帰ってこない。校長は不眠不休で対応し、涙ながらに謝罪していたが学校当局の責任はもっと重いのではないか。

最近外国への修学旅行が多くなっている。

多感な時期に日本を離れて、外国を見ることはそれなりの価値はあろう。

しかし同じ外国でも、何百人の若者の安全を保てる国と、それが出来ない国がある。

今回の事故後に判ったことだが、中国では今年に入ってからだけでも、四件の鉄道事故が起きており、一月の特急列車の転覆事故では二八四人が死亡している。

ところが国の制度の違いでこの種のニュースは殆ど報道されることが無い。今回の事故でも現地の情報がなかなか伝わらずに、関係者をやきもきさせた。

ニュースを見ても死傷者救出中の軍人や警察官などは、報道記者の取材には一切ノーコメントだった。

事故は、列車同士の正面衝突で、しかも片方の列車はブレーキが利かなかったという。

北京で開かれた全国人民代表大会でも、鉄道部門の代表二人が鉄道網全国五万キロのうち、二割近い一万一千キロは大修理しなければならないし、レールの亀裂は昨年だけで千六百件発見されたと言っている。

こういう施設面だけでなく、規律のたるみも酷く過去の列車事故の七割は人災だという。

従業員は公務員で客を客とも思っていない。一時期の国鉄をもっと悪くしたと思えば当たっているか。

列車ダイヤなどの観念ははじめから念頭に無く、これは飛行機も同じで半日待ちなどザラ、八時間九時間待っても何のアナウンスもなし。なにしろ、乗せてやっているという意識なのだから、文句でも言おうものなら怒鳴り返されるのがオチだそうだ。

鉄道員は殆どがコネで、親が退職すると代わりに息子か娘が入れるそうで、半年間の訓練で第一線に出る。

ある事故を起こした二十四歳の列車長は、現場に出て四ヶ月の間緊急ブレーキの操作も知らなかったというから恐ろしい。

中国の交通問題の専門家が、事故が起きたのは必然的なことだったと語っている。

次が医療面である。設備はおろか技術面で諸外国に大幅に遅れているはずである。

なぜなら文化大革命の頃、裸足の医者と称して十八、九歳の若者に半年間の速成教育をして、人民の医療に当たらせていたようである。それがつい十数年前の話。

今回、生徒達が収容されたのは外国人専用の、設備も技術も中国の民衆が入る病院よりは整っているはずだが、ある人がこんな話をしていた。

上海で心臓発作に襲われて救急車で、今回生徒達が収容された病院に運ばれた。ところが心電図を撮るのに一時間以上掛かったという。

心電図を撮る機械の三台のうち二台が壊れていて、三台目でやっと撮れたという。

心臓発作など一分一秒を争う病気に、この調子である。他も推して知るべし。

更に、補償の問題がある。交通公社、保険会社は被害者一人に付き二千四百万円を犠牲者の親族に支払っているが、中国側は果たして幾らを提示してくるか。

去年、青島《チンタオ》行きの飛行機事故で死亡した日本人商社マンには、百六十万円の補償金が提示されたという。

一桁か二桁違うのではありませんかと言いたいが、国によって人命の価値に差があるのは厳然たる事実である。

列車の事だけでもこれだけの問題がある国である。

生徒達の安全と治安、旅行スケジュール、ホテル、ショッピング等々考えると、先発の生徒達が無事に帰れたのが不思議な位のものである。

このような悪条件の揃った国に四百名を超える若者を送り込んだ学校や旅行業者、その他関係者はもっと責められていいと思う。

テレビや新聞などマスコミも、もっと中国の生の姿を報せてくれていたら、今回の事故は無かったかもしれない。

中国の首都北京の主な交通手段は自転車で、その自転車を買うのに一年分位の給料が要るし、その自転車をクラクションで蹴散らしながら突っ走っていく自家用車を買おうと申し込んでも、五年くらい待たないと手に入らないとか。

とかくテレビは中国といえばシルクロードにサマルカンド、大黄河か万里の長城。異国情緒や旅情ばかりをかき立てて甘い幻想に誘い込む。

今度の高校生達のなかで、無事に帰ったものの腸や膀胱などに変調をきたしたものが何人かいるはずである。というのはろくに排泄が出来なかった者が居たに違いないのである。

中国の公衆便所は実に開放的で、隣りとの間仕切りなど一切無し。

作家の椎名誠が書いているが、上海で入った公衆便所は珍しく水洗式だったそうである。

ここで進んでいるなと感心しないこと。水洗は水洗でも川の流れなのである。

川の流れを利用して川っ淵にコンクリートで足場を作り、利用する者はその端にしゃがんで川の中に落とし込む仕掛け。

これは快適だったらしい。匂いは無いし、消音効果も抜群だったそうだ。

ただし一般の公衆便所は、地面に穴を掘って足場の板が渡してあり、利用者達はお互いに尻を出し合って黙々としゃがんでいたという。

修学旅行先の旅館の大浴場に水着姿でしか入れないようなもやしっ子達が、こんな光景を見たらさぞ肝を潰したことだろう。

折角の春だというのに、暗い話になってしまった。

これから花見の季節。爛漫と咲き競う桜の花の下で、杯に花びらを受けて、一時浮世を忘れるとしましょうか。

昭和六十三年四月

肝臓病

八日に退院と決まった（今日は六日）。

五月二日の入院だから在院期間は、一ヶ月と六日間だが病院のベッドで寝たのは二十二、三日しかない。

他の入院患者には申し訳ないが小生、入院した途端に病状が回復に向かい、三日目ごろからはすっかり元気になって毎週末は自宅泊り。

病状の軽い患者は、担当医が認めると外出または外泊が認められており、一種の仮釈放のようなもの。

外泊が許されるという事は退院も近いということになる。

しかし小生、入院初日病室に荷物を運び込んで二時間ほど病院に居ただけで、家に帰ってきた。

実は翌日から三連休のために、入院したての小生のように、治療の方針も決まっていない患者は病院にいても仕方がないということらしい。

連休が明けて病院に一日寝て、また金、土、日と外泊。その後は毎週金、土、日。たまには木曜日から日曜日にかけて外泊と、まるで家に寝に帰るために入院したような按配になってしまった。

皆に迷惑をかけて入院しているくせに外泊とは何事かと怒声の一つもきこえそう。

だがこれは担当医の強力な勧めによるもので、決して私の考えから出たわけではない。それどころか私は一日でも長く病院に居て、療養専一、はやく治りたいのだが、医者が家に帰れと言うのだから止むを得ない。

但し、条件がついていた。酒はダメ。栄養をたっぷり摂って安静にしていること。

さて、そこで問題。

どこも悪くない（本人は自覚が無い）男が、栄養をタップリ摂って酒も呑まずに夜の十時に就寝するような規則正しい生活をしているとどうなると思う。

もしそんな男が昼間、安静にしていることができるようならそいつはよほどの怠け者か、悟り澄ました聖人君子である。

天気の好い昼間、安静になんかしていられる訳が無い。家には愛犬「ロン」が居て、散歩に連れて行ってもらおうとてぐすね引いて待っているし、猫の額ほどの畑もある。

車では山まで三、四〇分、ちょっと走れば海も近い。

そういう訳で外泊で家に帰るたびに顔や手足が黒ずんでいくようである。

ヒョットすると肝臓病というのは、陽にやけたような症状を呈する病気かもしれない。


「肝臓悪化の原因は過度の飲酒によるものと思われ、アルコールの停止が治療の条件……」などとゴタゴタ書いた診断書が出された。

これで我が親愛なる大学病院に対する信頼が一挙に崩れた。外科でさんざん検査を繰り返しても発病の原因がつかめず、内科に回されて内科医の診察をほんの五、六分受けただけで、ついに原因を酒の所為にしてしまった。

担当医は、

「アルコールが原因なら他の検査データも違った数値になるはずなんですがね」と言ったクセに肝心の診断書には、堂々と酒の所為だと書きおった。

なんと、肝臓云々のあとには御念のいったことに、態々「過度の飲酒…」と書いて「…思われ」と続く。

報告文書で、何々と思われる、などと報告者の主観を交えていいのであろうか。

こういう場合は、自己の憶測や判断は抜きにして、事実のみを正確に記する事、とどこかで読んだような気がする。

いちおう、医大を出ているはずの医者が「…思われ」などという曖昧な表現をするとは何事。だから痩せて眼鏡をかけている男に、ロクな奴は居ないと言われるのである。


身体中どこも痛くも痒くもなく、健康そのもので喰っちゃ寝、喰っちゃ寝の生活。散歩して一服、キャンディー喰って一休み、果物たらふく食べてゲーップとおくびしながらの気楽な生活だが、病院という所はそうそう長居するような所ではない。

朝の五時四十五分の起床から夜の十時の消灯まで、三度の食事、三度の検温はすべて時間が決められており、食事の不味さは勿論、今夜は刺身喰いたい、ビフテキにしたいと言っても聞いてもらえる訳ではないし、出前をとっても蕎麦など伸びてしまって喰えたものではない。

それと看護婦が、監視婦になるのが鬱陶しい。

小生がエレベーターの前などに立っていると、どこから見ているのか看護婦が、監視婦に変身して「どこへですか」と声を掛けてくる。

金を払って入院してやっているのに、自由を束縛されているようで釈然としない感じである。

一度など、同室の患者から、

「とうとう全国放送されましたね」と冷やかされた。

患者が病室に居ないときは、その病棟階だけの放送を二、三回繰り返して、それでも居ないときは病院の全館に通じる放送をする。これを表して、全国放送という訳。


あたり前の事だが、病院という所はなんと病人の多い事か。

毎朝の事だが、朝九時受付開始の外来患者だけで、一日千人は下らないだろう。

それに入院患者が外科、内科、小児科、婦人科その他諸々。

大学病院は病気のデパートみたいなものだから、入院患者だけでも相当な数になろう。

小生の同室者は四人で、一番古手は三月に膵臓を手術して術後化膿、二ヶ月間絶食をしてその間絶え間なく点滴で栄養補給し、一週間前からやっと食事が出来るようになった人。

心臓を摘出して、ペースメーカーを埋め込んでる人。

一番の新入りはつい最近入ってきたばかりの、心臓疾患で手術待ち。まだ二十歳前後の若い男だが、視野狭窄《きょうさく》でおまけに前歯がすっかり欠け落ちている。子供の頃から、コーラを飲みすぎた所為だと言っている。

病院の廊下やエレベーターの中などで見かける人たちも様々である。

大きなエレベーターはストレッチャーが二台同時に運べるスペースがあり、手術のために運ばれていく人、手術を終って帰ってきた人。皆顔色は青ざめて、点滴をしたり、酸素吸入をしたりで痛々しい。痛々しいといえば、十二、三歳の女の子が右足を膝の上から切断して松葉杖をついて歩いているのを時々見かけた。付き添っている母親らしい人も、その女の子も案外明るい顔をしているのが見るほうのこっちにとっては救いである。

ある朝、朝食の食器を下げにいったら、個室の前で五、六人蹲《うずくま》って泣いている。病人が息を引き取ったらしい。

中年の男女と女の子が二人廊下の隅でシクシクやっていたが、その傍で小学五、六年位の男の子が、瞼をしきりに擦りながら嗚咽《おえつ》をこらえているのを見た。

男はどんな事があっても泣くんじゃないといわれ続けて育ったせいか、この年頃の男の子が、泣くのをジッと堪えているのを見ると妙に感動する。

それとも亡くなった人にわが身を置き比べて身につまされたのかもしれない。

平年なら今日から熊本地方は入梅だというが、昨日今日と素晴らしい天気。病室の窓一面に金峰山が大きく拡がっており、つい先刻その山の端に夕陽が沈んだ。濃紺から薄墨色に移り変わる空の色が明日の好天を約束しているようだ。

昭和六十三年六月

梅雨明け

ＪＲのサービスが良くなったとは聞いていたがこんなに良くなったとは知らなかった。二、三日前博多、熊本間の特急に久しぶりに乗った。夜の十時ごろで乗客も疎《まば》ら。もう梅雨明けも間近で、外を歩くと汗ばんでくる。

そこでクーラーを入れてあるのだが、このクーラーがやけに効くのである。熱い時の冷房は屋外を歩きまわった後は助かる。

ところがしばらく乗っているうちに、今度は冷房が効き過ぎて寒くなってきた。

なにしろ当方、夏冬通して上はワイシャツ一枚キリである。そこにもってきて頭の真上の通風孔から噴き出す冷気が、まともに身体全体に当たるからよく冷える。

そのうちに通りかかった車掌が、後ろのほうの乗客に「冷房が効きすぎて、寒くはありませんか」と聞いていたが、その客はちょうど好いと言っている。チクショーメ。

熊本で列車から降りる時に、その客を見たら真っ赤な顔をして眠りこけていた。そりゃーアルコールが入ったらちょうど好い温度に決まっとるわい。こっちはアルコールどころか、つい先刻までの懇親会では氷の入ったウーロン茶で三時間近くも頑張って、水腹ガボガボの素面《しらふ》もいいとこ。

いつもなら博多駅では週刊誌か軽い読み物に、ダルマとかタヌキとか言う変な名前の黒い壜に、泡の出る缶を二、三本買い込む。これが博多、熊本間旅行時の三種の神器である。腹具合によってはこれに竹輪か、ゆで卵が追加される事になる。

これだけあれば快適な旅になること間違い無しで、終点熊本に着く頃には好い気持ちになっているのだが、この日は持ち物といえば書類封筒ひとつのみで、霊験あらたかな神器は無し。

つい先ごろまで肝臓の療養のために入院していて、退院したばかりの身には三種の神器はまだ早すぎたのである。

列車の中は段々と寒くなってくるようで、震えこそしないが指先から、脚の膝頭まで冷たくなり、喉の具合までおかしくなってきた。これはサービス過剰である。

昨年、悪名高い国鉄をJRと改称し、分割化して一年、各社とも増収増益である。

切符売りから改札係、車掌等職員の意識改革のために一般会社や、デパート、銀行などに研修に行ったり、古いSLの復活やテレビ付きの特急や展望車、はてはビール呑み放題の納涼列車等々のイベントで、大いに稼いで大いに結構。

一般の会社でも営業などでは、三パーセントの目標達成は難しいが、三十パーセントなら案外達成できるものだと言われる。

なぜなら三パーセントの目標だと今までの方法や体制のままで遣ろうとするが、これが三十パーセントの目標となると、現状のままではとても達成不可能であるために、根底から発想を変えて体制、組織、方法まで全面的に変更する。

そのために却って三十パーセントの方が達成し易いという。まるでそれを地で行っているのがJRである。

しかしこのJRというネーミングは一体何なのだ。アメリカの鉄道ではあるまいし、何ゆえ英語の頭文字を使わにゃならんのだ。かえって、以前の国鉄の方が実態を良く顕してしっくりしていた。

あれは国有鉄道であって、民間会社に成ったのだから国鉄という名前は相応《ふさわ》しくないという声もあるが、国鉄の歴史から見れば国民による国民のための鉄道だったのだから、国民鉄道、略して国鉄で良いではないか。

週刊誌を拾い読みしながら、寒さに対する八つ当たりでロクでもないことで腹を立てている。

最近は猫も杓子も英語さえ使えば高級になったような気がするのか、変な名前が流行している。

一寸古いが、NHKの天気予報のアメダス。初めて聞いた時には何だコリャと思った。おおかたの人なら天気はなるべく好いほうが良いだろうに、雨出すなどいったいどういう感覚のボケナスが作るんだろうか。

通路を隔てた席に座っている婆さんは、大きなバッグから毛布みたいな暖かそうな物を引っ張り出して、それにスッポリくるまって気持ち好さそうに眠っている。

今度からJRに乗るときは冬は扇風機、夏はラクダの股引が要るなと思いながら、やっとの思いで辿り着いた熊本の空気は美味かった。

喉のほうは念のためにカラオケで試したが、いつもと同じ美声が出て安心した。

小生、現在禁酒中である。

隠れて呑んでるんでしょうとか、少しは遣ってるんじゃないですかと言われるが、正真正銘マジな禁酒である。

しかしこれはあくまでも現在であって、未来永劫死ぬまで禁酒などと、そんなアホなことは考えていない。

今、消費税とか間接税などと税制論議の喧《かまびす》しい時に、税金のかたまりのような酒や、煙草を将来に亙ってまで止めようなど、そんな非国民的な発想は小生にはできない。

禁酒の原因は肝臓である。入院中、毎週月曜日採血して血液検査を行う。入院当初、栄養の摂取と休養で急速に病状が回復したにも関わらず、アルコールに関する数値だけが、ある線から一向に下がらないのである。

利尿剤の服用でパンパンに腫れていた腹水もとれ、体力が回復して元気ピンピンになっても、アルコール関係の数値が下がらないために医者は退院させてくれそうにもない。のんびりひっくり返っているようでも、病院という所はそう何時までも居たいと言うほど快適な場所でもない。

退院しておおっぴらに飲んだ方が気楽でいいかと一大決心をして、ある日を境にアルコールを止めたら、途端に数値が下がって退院となった。

肝臓の検査は三十項目あって、いずれも機械的に数字で現われてくる。

一生懸命やっているんです。私はこんなに努力してますと言ってもちゃんとデータに出てくる。誤魔化しは利かなかった。

真面目になったお陰で退院後、社の産業医で行った検査でも先生が驚くほど良い数字が出ている。しかし良くなったといっても、まだ二項目だけ健常者の数値に届いていない。アルコール関係の数値で、今一歩というところまで来ている。ここまで来ると完全に活してみようと思うのは人間誰しも考えるところで、只今禁酒真っ最中。

映画評論家の荻昌弘氏が、つい先だって肝臓が原因で亡くなった。

なんども入退院を繰り返しながら、好きな酒が止められず遂にダウンした。

禁酒にしろ禁煙にしろ周りがいくら煩《うるさ》く言っても本人がその気にならなければできるものではない。

また本人がその気になってみても、決意が長続きせず途中で挫折してしまうこともある。某課長のように固い決意が一週間ともたず、前にも増して煙を撒き散らしている禁煙者も居る。

大体自分の薄弱な意志も省みずに、周りに禁煙宣言などするから、みんなに冷やかされるのである。

その点、小生は先生にも周りにもはっきり言ってある。

一日も早く良くなって、一日も早く飲めるように禁酒していますと。

唄の文句じゃないけれど〝呑んで身体をこわすなよ、貴方一人の身ではなし〟

某氏から電話で言われたことがある。そのときの言葉は唄の文句のように甘ったるいものではなく、責任あるものが……の意であった。

傑作だったのがうるさ型の、カミさんの姉からの電話で「リョージがかわいそうでしょうが……」という。

リョージというのは中学三年の我が豚児。これが一人前になるまではクタバルナと言う。それも電話の度に真に迫って本気で言うのである。

そこでやっと読めてきた。どうやら本心は「あんたなんかどうなってもいいんだが、可愛い甥っ子が食えなくなっては困るから、自分で稼げるようになるまでは、給料を運んできて」と言っている。

まあ、これも親切心の言わせる言葉だと、素直にハイハイと返事だけはしておいた。

酒の功罪は昔から、それこそ山ほど言われているが、こんど酒を止めて良かったと思うのは、二日酔いが無い事である。

当たり前のことで酒を飲まなければ二日酔いになりようがない。頭ガンガン、舌はピリピリ、歯ブラシ咥えればゲーゲーというのがピタリと無くなった。

その他に食欲が出てきたとか、顔色がよくなったとか良いことは色々あるが、都合の悪い事も出てきた。

あの時は飲んでたからとか、酔ってて覚えが無いなどというゴマカシが出来なくなってきた。

今度からは歳の所為でボケてきたという事にしよう。

昨日は七夕、梅雨明け宣言も出された。今年の梅雨は雨が少なかった。各地の海水浴場はあちこちで海開きが盛ん。もうすっかり夏で、今日あたり曇り空だというのに暑い。

我が豚児、来年は高校受験でこの夏休みが勝負時、うまく言いくるめられてクーラーを買わされた。

なるほど二階は天井の熱気と、瓦の照り返しで熱い。

俺のご幼少の頃はナー……などと言うのは今時分通りそうにもないので、しっかり勉強しろよとクーラー付けたのはいいが、それから急に友達が増えたようである。

この前などなにかの拍子に、昼寝には丁度いいやとほざいていた。オトッちゃんは褌一つの裸で、ノンアルコールのビールを飲みながら扇風機の風で我慢の子である。

昭和六十三年七月

小型船舶免許

四級小型船舶操縦士免許を取ることにした。

総トン数五トン未満の船の免許で、小型の釣り舟などを操縦でき、食いっぱぐれたら漁師にでもなろうかという寸法。

理由は友人が取ると言い出したので、そのお付き合いである。


実はスキューバ・ダイビングをするにはボートで沖に出るのが手っ取り早く、ついでにそのボートの操縦も自分で出来れば言う事はないのである。

某月某日、学科の講習。暑い日曜日、一日中カンヅメでテキスト一冊分を駆け足の講習。友人と隣り合わせだったので、昼飯の後はお互い交代で寝ようヤ、と合理化を諮り永い一日を真面目にガンバッた。

それから二週間目に実技の講習。

前の夜パラパラとテキストを拾い読みして、松島のヨットハーバーに行くといきなり学科試験である。二、三日前に実際に行われた試験の問題だということで、五十問二時間の試験を三十分でやらされた。

結果は四百点。三三〇点が合格ラインだが、五十問中十問も間違っていた。少々ショックであった。学科で落ちるのは大体、十人中一人か二人だというが、下手をするとその選ばれた一人か二人の中に入る可能性はありそうである。

あんなのは馬鹿でも通るわい、と言った手前、万が一落ちでもしたら踊りあがって喜ぶ連中が大勢居るはずで、今からその連中の顔が眼に浮かぶようである。

学科の後は実技である。

最初はボートの点検から始まった。栈橋に繋留《けいりゅう》されたボートを、教官一人に講習生三人が一組になって乗船前の点検である。

まず外観点検から。小型五人乗りの海上を白波を上げて軽快に走るボートである。

点検の方法は、ボートを繋留しているロープを始め船首、甲板、舷側、船尾、スクリューなど一々指差呼称である。

例えばこんな具合。船首の舫いが確実に結んであり、長さは丁度いいか、ロープは傷んでいないかを指で指して「船首、舫いヨシ」

次は、船の前方から船首を確認して傷や破損が無いか、浮遊物などが引っかかっていないかを見て「船首ヨシ」。

指差呼称は安全、確実、迅速を要求される作業場では必ず行われている。

駅のホームでもよく見かける光景だが、つい先日踏切で大型トラックの運転手が、白い手袋をしてはっきりと指差呼称するのを見た。鮮やかな印象を受けたのでトラックのマークを見たら、やはり全国的に名の通っている運送会社だった。

自分の経験でも長時間の運転や、睡魔の襲ってくる明け方には、この指差呼称は事故防止に抜群の効力を発揮する。

家庭で行っても効果がある。

一家揃っての外出で、家を出てから電気は消したかしら、ガス栓は締めたかしら、玄関の戸締りはなどなど心配する奥さんも多いようだが、こんな事も一々指差し確認し、声に出して自分に納得させる事で、やったかどうかと後で悩む事も無くなる。

更に念を入れたければ、旦那か子供と一緒にダブル確認すれば言うことなし。

船体点検の後は、同じ要領でエンジンと操縦機能の点検。その後、エンジン始動してやっと海上である。

ボートの運転というのは、自動車の運転よりよほど簡単である。自動車は両手両足を使うがボートは手だけ。

右手はハンドル、左手は前進後退のレバーの操作をする。三人交代で運転してみたが案外簡単にできた。ところが実はそんなに簡単なものではない事が後でわかってきた。

まず前進して増速、エンジンの回転数を二六〇〇から二七〇〇の間に保ち、左と右にそれぞれ四五度の変針。九十度の変針から、百八十度のUターン。さらにボートから人が転落したとの想定でブイの投下と引上げ。五十メートル間隔で一直線に並んだ三個のブイの間を蛇行し、一旦停止ののち後退。

そして最後が離岸、接岸。離岸には前進離岸と後進離岸があり、接岸には右舷接岸と、左舷接岸がある。この操作を一通りやって昼の休憩。

午前中スムーズにいったので、午後から鼻歌気分で気軽にやったら途端に悪い癖が出てしまった。

自分では運動神経とリズム感は他人様より多少はあると自惚れていて、大抵の事は比較的覚えは速い。

ところがそこからがいけない。

生来の横着、大雑把、粗雑さが頭を擡《もた》げてくる。自動車の免許を取る時もそうだった。練習の時は一番優秀だったのが、イザ免許を取る段になったらなかなか上手くいかず、兵庫県の明石試験場へは確か三回か四回は通ったはずである。

自分よりよほど下手なのが大体二回目にはパスしていくのに、こっちはその倍はかかった。急発進、急ハンドル、急ブレーキ。自分ではスイスイ走っているつもりなのに、その時の試験官には暴走に思えたのだろう。

その二十数年前のクセが午後からの操縦の講習にもモロに出て、帰りに再講習を言い渡された。三人のうち幸いもう一人もお仲間になってくれたのでいくらか慰められたが、大抵の人は一日だけの講習で終了していくのである。

丁度この頃、東京湾で自衛隊の潜水艦と遊漁船との衝突事故が発生し、三十人の犠牲者が出た。陸上の交通法規に該当するものに、海上衝突予防法がある。これは船舶の航行に関して全ての海域に適用される一般法であるが、特に船舶の往来がはげしく危険な海域は、特別法として海上安全法が定められており、東京湾、伊勢湾、瀬戸内海で適用される。

東京湾内は浦賀水道航路、中ノ瀬航路と船の通り道は二つに決められており、船体の長さが五十メートル以上の船はこの航路内を十二ノット以内で右側を通らなければならないことになっている。

その他、多くの規則が定められているが、衝突を回避する方法として、船同士がそのまま進めばぶつかりそうな時は、どちらか一方が航路を譲らなければならないとしており、今回の事故は譲らなければならない潜水艦の変針の時期が問題となっている。

一方、優先権のある遊漁船のほうが左に変針しており（取舵）、これは保持船としては行ってはならない行動である。（保持船はそのままの進路と速度を保たなければならない）。

ところが（避航船の動作のみでは衝突が避けることが出来ない時は、船長の判断で最善の努力をしなければならない）とされている。

だから富士丸のとった処置がまずかったかもしれないし、やむを得なかったかもしれないという微妙なものになってくる。

汽笛にしても右変針の場合は短音一回、左変針は短音二回と決められてるが、潜水艦なだしおが接近してきたヨットを避けるため、右転舵の時に一回、さらに富士丸を右回避するために一回鳴らしたのを、続けてに二回鳴らして左変針するものと富士丸が勘違いしたという説もある。

いずれにしても海難審判で長期に亙《わた》って裁判が行われて結果が出るのだろうが、一部マスコミの感情的で一方的な自衛隊非難には引っかかるものがある。

ただ新聞の読者からの投書で、船に関係する人達のものは単なる感情論ではなく、海上法規や実際の経験からの意見で、頷かされるものが多かった。

一例として、ヨット同好会の人が、自分達は趣味と遊びでやっているのだから、自分に優先権があっても、こちらから先に避けるようにしているし、他の船の邪魔にならないように航路には近づかないように気を配っているとあった。


二度目の実技講習は自分の短所と性癖を充分に反省して慎重に、慎重に。

その所為か自分でもほぼ満足の出来だった。

難しいのは落水者の救助で、船から人が落ちたら直ちにエンジン・レバーを中立にして落水者に向かって急ハンドルを切る。

こうする事でスクリューへの巻き込みを防ぐわけである。そうして風下からゆっくり接近して救助するのであるが風と波を計算に入れておかないと、目標から遠すぎて届かなかったり、逆に目標に船をぶつけたりする。

接岸も同じで船にはブレーキが無いし、惰性がついているから潮の流れる方向、速さ、風向き、惰力を計算に入れて舵を操作しないと、岸に船をぶつけたり、遠すぎて接岸できなくなってしまう。

苦手なこの操船を確実に出来るようになったので、やっと自信を取り戻して、再講習してもらったことに感謝。

学科は一般常識から船舶概要、航海、運用、機関、法規の六科目。ほんの初歩であるが間口が広いし、読んでみるとなかなか面白い。

海図の読み方も覚えたし、灯台なども塗料の色と、夜間の発光色と発光の間隔で、それぞれ意味がある。

船同士の通信手段は無線や手旗信号が一般的だが、マストに掲げる旗や灯火によって自船の状況を他の船に報せている。

冗談みたいだが、長さが二十メートル未満の船では魚を獲るカゴをマストに挙げてもいいことになっている。これは現在漁労中という信号であり、他の船はこの標識を掲げている船を避けて通らなければならない。

学科試験の時は慌てに慌てた。

指定の場所に行ってみたら、それらしい影も形も無い。受付けに聞いたら知りませんと言う。主催社に電話で問い合わせると、会場が変更になったとのこと。

新しい会場を探しまわって、車は路上に抛りっぱなしで試験場に駆け込んだのが、試験開始五分前。

どうやら自分だけでなく、一部の受験者には変更の連絡がなされていなかったらしい。自分はOという会社に受験手続きを申し込んだのだが参加者が少なかったため、その会社がYという会社に講習や試験の手続きを委託し、そのため我々継子組には伝わらなかったという事。一応、名の通った会社のやることにしてはお粗末である。

こんなアクシデントはあったが、その日の身体検査と学科試験は合格。

七月三十一日、いよいよ実技の試験日。

松島の試験場には八時四十五分集合。時間に遅れたら一切受付けないということで、当日は早目の五時起床。

日曜日で海水浴には絶好の季節。交通渋滞を予想して五時半に出発。だが早朝のことであり道路は空いていて試験場には七時前には到着した。

車の中でたっぷり一時間仮眠して気分爽快。午前中の受験者は六名。小生は最後である。

二人一組になって操縦手、助手を交互に務める。まず船体から始まっての各種の点検、ロープの結び方、エンジンの始動、操縦、それが終ると最後に口頭試問。

天気は快晴、風力は一～二。波静かで絶好のボート日和《びより》。

浅黒く潮焼けしたどんぐり眼の意地の悪そうな試験官だったが、こいつの一存で合格か不合格かの分かれ目。

したてに下手にしおらしく穏やかに、慎重に慎重に、まるで処女の如しである。

おかげで万事卒無くこなして自分では九十点以上の悠々たる合格点。万一、俺が落ちたら皆落ちてるワイと自信満々。

発表は八日である。

合格したら、これからはキャプテンと呼んでもらおう。下を向いて廊下の端をひっそり歩いていたら、素知らぬ顔をしていて貰いたい。深く傷ついているはずだから。

諸君、海が呼んでいる。

昭和六十三年八月

一日一ヨイショ

世の中、サービス時代だというが、最近のガソリン・スタンドは車の丸焼きもやってくれる。給油中の注入口からは陽炎のようなものが立っているが、そのガソリンの揮発分に火を点けたら燃えるかどうかと、客に訊かれた従業員が客の言うままに実演したら、やっぱり火が点いたという。

客の車ばかりでなくついでに自分の所のガソリン・スタンドまで焼いてしまったんだからサービス精神もここまで来ると立派。やはり熊本は進んでいる。

十八歳の男だというが、高校出たての新米さんであろう。

例によって新人類のしでかした事であるが、こういう時彼の上司はやはり監督不行き届きとか、教育の不徹底という事で責任をとらされるのであろうか。

監督とか教育を云々されても、まさかガソリンの給油中にライターで火を点けないこと、などと真面目な顔をして言えるだろうか。

普通こんな事を真面目な顔をして言えば、言った本人の精神状態を疑われかねないが、言ってやらなければ平気で火を点ける者が出てくるのだから始末に負えない。

しかし、一面ではこの若者の好奇心の強さに感心する。多分、現場に配置される前の新人教育では、火気の取り扱いについてはクドイほど念を押されたはずである。

それを単に鵜呑《うの》みにすることなく客に訊かれたからとはいえ、実際に試したところが立派である。ボンという音と共に炎が上がった瞬間、納得！　と叫んだかどうか知らないが、その時の客と従業員の顔が見たかった。

地元の新聞もこのような立派な行為をした連中の顔写真ぐらいは大きく載せるべきである。そのスタンドも永く名誉として称え、顔写真を額に入れて客のよく見える所に飾っておくぐらいでないと、後に続く者が居なくなろう。


次男坊は要領がいいとか、生活力があって目端が利くと言われる。

それに較べて長男の甚六など、おっとりぼんやりしていて総じて要領がよくないようだ。

それもそのはず、長男がこのスタンドの従業員の役割をしているのである。

たとえば子供とお母ちゃんの関係。

イタズラをする時、どこまでお母ちゃんが許してくれて、どこからお尻ペンペンか境目が判らないから、長男はついつい破目を外してお母ちゃんを爆発させてしまう。

それを常日頃見ている次男、または次女はハハーン、イタズラも障子を破くのまではええんやな、けど襖《ふすま》やったらアカンのか。

壁に穴あけてしもうたらお母ちゃん爆発やな。危ないさかい、こっそり逃げ出したほうがええんやなとお母ちゃんと兄貴との関係を見て勉強している。

だから朝、お父ちゃんとお母ちゃんが喧嘩しよった。今日はお母ちゃん機嫌悪いで、と察すると三つの子供でも、今日はおとなしゅうしとこうと、静かに塗り絵などして遊ぶのである。

もっと積極的な子は、こんな時のお母ちゃんが何してやったら一番喜ぶか勘所《かんどころ》をちゃんと心得ていて、掃除の手伝いをしたり皿洗いの加勢をしたりする。

二つ三つの女の子が、お父ちゃんの晩酌《ばんしゃく》のビールを注いでやったりするのもその一つ。

オーオー可愛いなと目尻を下げたお父ちゃんの顔を見て、明日はチョコレート買ってもらおうかな、などと思っているかもしれない。

小学生のあるアンケートによると「うちのお母ちゃんは時々変です」というのが五六パーセントある。日によって同じ事に反応が違うというのである。

仮に算数の試験で七十点取ったとしよう。それを見たお母ちゃん「何やねん、こんな点数とって。あんだけお母ちゃんが勉強せえ言うたのに。ほんまにしょうのない子やで」とガミガミ。ところが機嫌の好い時は「マ、ええやないの。問題難しかったんやろ。もうチョット頑張れば八十点ぐらい取れるんちゃうん」と優しかったりする。

だから子供としては大いにマゴつく。水なら百度で沸騰するとちゃんと決まっているのに、お母ちゃんという人間は八十度で沸騰する時もあれば、百二十度で静かな時もある。

要領のいい次男は「お兄ちゃん、今度出たゲームソフト欲しいな。お母ちゃんに聞いてみよか」などと兄貴を唆《そその》かして交渉に行かせ、上手くいったら自分も分け前に預かり、お兄ちゃんがドヤされたら僕知―らんでと頬っ被りを決め込む。

うちの課長はお天気屋で困る、という声をよく聞くがお天気屋だからこそ扱い易いのではないか。天気が好ければ百度が百二十度でも爆発しないし、車の一台や二台ヨッシャ、ヨッシャと購入申請に判こを押してくれるかもしれない。

豚もおだてりゃ木に登る時代だもの、難しい話を持ち出す時には二、三日前からお世辞の三つや四つ、場合によっては五つでも六つでも大盤振る舞い。

お世辞とヨイショは本人に気取られないようにさり気なく擂《す》るのを上とするが、なに場合によっては露骨にやっても一向に構わない。

遇うなり開口一番「痩せたねー」「アラ、ホント？でもちょっと肥ったのよ」「嘘だろ、前よりホッソリ見えるよ」相手が相撲取りの小錦だろうが、大乃国だろうがここまで言われて悪い気のするはずがない。敵は出っ腹を精一杯に引っ込めて「ホント？」としな垂れかかってくるかもしれない。

そこで追い討ち「横顔が綺麗になったね」正面の顔は誤魔化しようがないが、自分の横顔を見るような女はそうは居ないはずだから、ついアラ、ホントかしらと思わせるところが味噌。女性の九十パーセントは自惚れ屋だから大抵この辺まででで宜しい。（この文を読んでいる女の人は残り十パーセントの賢い人たちです）

どこを探しても褒めようの無い女には「項《うなじ》が素敵だよ」うなじなんてものは合わせ鏡を三枚ぐらいしなければ見えないものだ。

言われた本人がその気になって「マー、イヤダワ」

豚が前足で耳の後ろを引っ掻くような身振りで君の膝の上に身を投げかけてきても、当局は一切関知しない。

「課長、今日のネクタイはいいですね」「ア、おニューの背広ですね」「いつも趣味の好いハンカチで」持ち物を褒めるのが一番手っ取り早い。

反面、禿にハゲテルと言ってはいけないし、デブに豚と言ってもいけない。短足に足が短いは禁句である。どうしても体の事でお世辞を言わなければならない時は、禿には「なんとなく、風格が漂ってますね」デブには「貫禄がついてきましたよ」短足には「地についた歩き方が素敵」カマキリ・トンボみたいな痩せっぽちには「スマート!」

本人が自惚れている処をチョコッと突付いてやると「今夜飲みにイコ!」と叫ぶはずである。

一番扱いづらいのが、機嫌がいいのか悪いのか見当のつかない男。

毎日同じ顔して、同じ声出して鼻が高くなるわけでもなければ、足が長くなることもなく、同じ図体して同じ歩き方してる奴。こういう相手には、瀬踏みが必要である。まず、朝の挨拶や、雑談などからご本人のご機嫌、風向きなどを細かくチェック。

敵の言語、動作などから「本日、沸騰度八十」と斥候《せっこう》の報告があれば、「実ワー」と金の掛かる話を切り出したり、「本日、百二十度」となれば、あの件の報告は後日にしとこうと日延べしたりする。

組織や企業というものは、個人の安易な感情によって左右されるべきものではなく、組織管理に於ける意思決定の在り方はなどとご高説を宣《のたま》う方にはかってにお喋り戴いて、われわれ褒められればおおいに張切るし、ケナされればたちまちシユンとなる凡人の集まりである。

お互い大いに誉めあってお世辞タラタラ、ヨイショヨイショヨイショと秋空高い木に登りマショ。

一昔前、テレビのコマーシャルで一日イチゼーンと叫んでいたオジサンが居たが、私はこう提唱したい『一日一ヨイショ』世のため、人のため、世界平和のために人の顔さえ見れば、お世辞タラタラ、ヨイショヨイショ。

前から後ろから、どこを探しても褒めようのない奴には頭のツムジを褒めてやれ。禿にツムジがあるかとお疑いの方もおいでだろうが、天眼鏡でヨクヨクご覧になれば、微かにその痕跡が発見されるはずである。

そしてツムジの位置を褒めるのである。右でも左でも、前後にずれていても構いはしない。仮に右にずれていたら「意思が固いんですね」左に傾いていたら「柔軟思考、視野がひろいんですね」口から出鱈目《でたらめ》、何でも好いのである。

わたしが一年坊主の時、前へならえで一番前に立った僕の頭を両手ではさんで「アラ、ナガシマ君ツムジが真中にあるわ。頭が良いのね」

何気なく言ってくれたあの美人の先生、今ごろどうしているかしら。タンタン。

昭和六十三年九月

秋深し

大阪の水は不味い。

大阪のある処で、カビの臭いのする不味いお茶を出された。

さすがドケチの大阪商人、茶までケチって二、三年前の使い残しの古い茶ァ飲んではるんやなと感心しながら、それにしてはあんまり儲かってないみたいやで、などと腹の中でブツブツ。

どう不味いといって、まず口元に茶碗を近づけるだけで、薫り高いお茶の香りどころか、カビの臭いが鼻を衝《つ》く。

口に含むと、これぞまさしく正真正銘立派なカビそのものの味である。

都会の水道の水はカルキ臭いとか、消毒薬の臭いが強いとかいうが、そんな生易しいものではない。

はじめはてっきりお茶が古いのかと思っていたが、食堂や料理屋のお茶も、ホテルの水までカビ臭い匂いがする。

これで最初の場所で出されたお茶が、亭主のケチの所為ではなかったと納得した。

しかし、不思議な事に水の不味さに誰一人不平を唱える者がいない。なかには、お茶を出してくれた女子社員に「美味しいお茶を淹《い》れてくれてありがとう」などとお世辞を言っているオジンもいた。

お世辞を言うのにも程があると思ってそいつの顔をよくよく見たら、お世辞が背広を着て歩いているような顔をしていた。

フーンこの手やなと心底感心した。

感心ついでに、もう一つ。

大阪は不美人が多い。街を歩いても、デパートに入ってもようこれだけ揃えたものだと思えるほどの不美人のオンパレード。

大阪には二日しかいなかったから、たまたま不美人ばかりにしか遇わなかったのかもしれない。

不美人については、私の個人的な見解だからひとまず措いておくとして、生活に欠かせない水が不味いのはそこに住む人にとっては大きな不幸だろう。

お茶、コーヒーはいうにおよばず、日々の食物など口に入れる物は殆どといっていいほど水の影響を受けている。いくら料理の腕が優れていても、素材が良くても水が不味ければ旨い料理をつくれる筈がない。

熊本の自慢の一つに水の美味さが挙げられる。特に水前寺公園の水は美味い。大阪の水とは月とスッポンである。水前寺の水でご飯を炊くと、水の違いがはっきり判る。ご飯の味がいっそう引き立つのである。

ちなみに我が家ではお茶や料理には、水前寺公園の水を使っている。週に一度ポリタンク二つぶらさげて公園まで水を汲みに行く。車で往復四十分ぐらいはかかるが、美味いものを飲んだり食べたりしようと思ったらこれくらいの労力はやむをえないだろう。

一度、阿蘇の垂玉温泉の湧水を汲んできたが、やはり水前寺公園の水のほうが美味かった。水前寺の水は阿蘇に降った雨や雪が何十年もかけて地表に湧き出る水で、充分にこなれていて甘く柔らかで喉越しも好い。それに較べると、垂玉の水は、美味くはあったが若いだけに味に荒々しさが感じられた。

不美人の多いのは、男にとって不幸である。ただ人間には、慣れというのがあって朝晩まずい物ばかり食って、四六時中不美人ばかり見ていると、次第にそれに慣れてきて不美人が普通になってくる。

そうなると人間の美意識や感覚が鈍化してしまって、しまいには無気力、無感動な人間になってくるのであろう。大阪の政治、経済の地盤沈下が叫ばれて久しくなるが、ひょっとすると水が不味いのが原因かも知れない。

なにしろ良水は美酒を造り、美女を産むという。

美味い水と、好い女。熊本には両方揃っている。たまに他所に出てみると、自分の所の好さを見直すというが、全くそのとおりである。


韓国のオリンピックも、二日無事終了した。

躍進する新興国の一方の旗頭として、世界百六十ヶ国から何千人の選手や役員を集め、十六日間に亙る大会を無事に乗り切った手腕は見事である。

昭和三九年の東京オリンピックを境に、日本がいわゆる世界の先進国の仲間として承認され、発展の原動力となったように、お隣りの韓国も大いに発展するはずである。

それにしても毎度の事ながら、日本のマスコミの騒ぎっぷりには恐れ入った。新聞を見てもテレビでも、美辞麗句、賞賛の言葉の羅列。特にマスコミの建前主義には畏れ入った。

オリンピックはスポーツの祭典、神聖極まりないものであり、その神聖なスポーツを政治に利用するなだと。

オリンピック発祥の国ギリシャでは、たとえ戦争の最中でもオリンピックの時には、互いに矛を収めて競技を競い合った平和の祭典である。

だから政治や外交の取引には使ってはならないと宣う。

なぜこんな単純な発想しか出て来ないのか。その休戦中に兵士を増員し、充分な休養をとらせ、武器弾薬を補充し、陣地の再構築などをしなかったというのか。

いかに古代の人たちが暢気《のんき》だったといえ、そんな為政者や将軍が居たらたちどころに更迭されていたはずである。

休戦中の頭が冷えた所で、政治的な陰謀や、権謀術策が練られていたであろう。

だから、オリンピックというのは立派な、政治の一環であり、国威発揚の場である。何故本音を言わないのか不思議である。

その国威発揚という点からみると、日本の選手団のお粗末なこと。いくら参加することに意義ありとはいえ、出ては負け出ては負けでは見ていられない。途中で全員引上げて来いと言いたくなる。

選手、役員が何百人とトコトコ出かけて、金メダルがたったの四個。東ドイツの水泳の女子選手など一人で金メダルを六個も取っているのに、日本の選手は全部併せてたったの四個。

こういうのを国費の無駄遣いという。日頃チョビチョビとケチって金を遣うから、このようなどっちつかずの中途半端なものになってしまう。

アメリカやソ連を見てミイ。韓国や東ドイツなど見習え。国威発揚、国の威信にかけて選手には惜しげもなく金を遣っている。

肝心な時にゃ、金どーんと出さにゃー。ケチったらあかん。飴しゃぶらさんと、犬や猫でも動きまへんでぇ。

最近、寒くなってきたら犬のロンが急に元気づいてきた。猫は背中を丸めて家の中の、暖かそうな所を捜し歩いている。まだコタツが出ていないので、呼びもしないのに膝の上に乗ってきたりする。秋、酣《たけなわ》である。

昭和六十三年十月

公務員

世の中には無礼きわまる奴が居るもので、ロクに挨拶もせず口の利き方も知らない横柄極まりないのが、ある日うちに舞い込んできた。

しかもそいつが税金で飯を食っている奴だから、なおさら腹が立つ。

急に木枯らしが吹き出して、年中出しっぱなしのコタツに冬支度でもさせてやろうかと、コタツ敷きとコタツ掛けを物置から引っ張り出している最中に、ピンポンピンポンと忙しない玄関のチャイム。

大体チャイムの鳴らし方で、来訪者の見当がつく。傍若無人なこの手の鳴らし方は、宅配便か郵便屋、それに柄の悪いセールスマン。

これがご婦人だとピンとポンの間に一呼吸あり、その呼吸の長短で人柄が判ろうというもの。

なかには玄関の戸をがらっとあけて、ピンポーンと口で言いながら遠慮会釈もなく入ってくる近所の奥さんもいるが、これはご愛嬌。こっちもソファにひっくり返って、新聞など読みながらラッシャーイ。

この忙しい最中にと思いながら玄関に出てみると、ブルーの制服を着た男が、玄関の上がりがまちに後ろ向きに腰掛けていて、首だけこっちに向けて「チワー」だと。

それに続けて「奥さん、居《お》らっさんと？」

「アー」と応えると「お金、預かっとらっさんと？」と言いかけて途中で「預かっとらっさんどか」と言い直した。

どうやら保険か何かの集金らしい。

さあ、ここまで来たら次の情景は自ずと想像は付こうというもの。

昔々、親父のところに来ていた借金取りだってもちっとマシな挨拶をして、お世辞の一つや二つ言ってから借金の取立てにかかっていた。こいつは借金取りでもないのになんという態度。いきなり尻を蹴飛ばしてやろうかと思った。一昔前なら遣り兼ねなかったろう。

他人の家に勝手に入り込んで座り込み、ろくな挨拶も無しで、カミさんはいないか、金は預かっていないかなど言語道断。

しかし、そこは温厚で柔和、紳士をもって知られている当方、軟らかくこう訊いてやった。

「貴方様は、どちら様でしょうか」と。

制服で判っていると思うのはそっちの勝手。先ずは身分と用件を順序だてて述べるのが筋というもの。

そっちは毎月来ているのだろうが、こっちは初めて。たとえ知っていたとしても「コンニチハ、毎度ありがとうございます。庭の菊が綺麗ですね」ぐらい言ったって罰が当たるわけではなかろう。

そうするとこっちだって「ヤア、こんにちは。毎度ご苦労さんですね、生憎《あいにく》カミさんが留守ですがお幾らですか」と金を立て替えてやろうかという気にもなろうというもの。

だが相手の出方次第でコロコロ変わるのが当方のイイトコロ。

気持ちでは「貴方様は、どちら様でいらっしゃいますか」と訊こうと思いながら、口から出たのは、「お前さん、何屋さんだい」まるで帝釈天で産湯をつかったフーテンの寅さんみたいな言葉が飛び出してきた。

敵はキョトンとした顔で「ハ?」と言う。「ナニ屋さんだと訊いてるんだ」

そこまできてやっと、少し様子がオカシイナ、少々勝手が違うぞと思い始めたらしい。

「○○局ですが」と来た。ワカットルワイ。充分判って訊いてるの。これからが本番よ。喧嘩を売るのにも順序があって、いきなり買ってくれ買ってくれと言ったって、そうおいそれと買ってくれる人は居ない。

そこは何事にも正しい手続きというのがあって、徐々に雰囲気を盛り上げていって、これからやるぞ、売ってるんだぞ、買ってくれよと双方阿吽の呼吸が合わなければ、喧嘩という難しい商いは成立しない。さてこれからが喧嘩を売る時のイチャモンよ。「ホウ、○○局ってのは挨拶もロクに出来ねえ、そんな教育しかしてねえのか」

それを聞いて敵はようやく腰を上げてこっちに向きなおり、不思議そうな顔でまたもや「ハ？」と言う。

それからは一気呵成「お前はそんな教育しか受けてないのかと訊いてるんだよ。なんだお前のその態度は、挨拶の仕方も知らないのか。その言葉づかいはなんだ。お前は誰に向かって喋ってるんだ。少なくとも俺は客だぞ」

知性と教養にあふれ、しかも上品を絵に描いたような小生、今思い出しても恥ずかしい。今まで口にした事のないような下品な言葉がつぎつぎと口から飛び出してしまった。

朱に交われば赤くなるというがやはり周りの影響かしら。

怒鳴るだけ怒鳴っていくらか気持ちもすっきりしたので、その無礼者を玄関に残したままさっきの仕事の続きを終え、コタツの温もりなど試していると、玄関の方で「アノー、ナガシマさん」の声。さっきの無礼者の声である。怒鳴ってから十分は優に経っている。

とっくに消えてしまっていると思っていたから「何だ、まだ居たのか」と出て行くと「お金、お探しじゃなかったんですか」とのたまう。

「何を仰っているんですか、そんなの探す訳がないでしょう。また、あってもあなたにお金はお渡しいたしません。出直しておいでください」と表現は違うが、相手に充分に納得できるように、印象深く言ってあげた。

たぶん、その集金屋さんは二度とうちの敷居をまたぐことはないだろう。

しかし、あの男「ヘンな奴、なんでいきなり怒り出したんだろう。世の中には馬鹿も居るワイ」となどとほざいているかもしれない。

あんな職員が居るようでは、あの○○局も民営化などまだまだ。とてものことに覚束《おぼつか》なくって見ていられない。

海の水が次第に冷たくなってきた。潜って一時間も経つと震えがくる。暖まるようにと、海のなかで体操なんかやってみるが、余り効果がない。鮑《あわび》、ウニ、ナマコ。

寒くなるが、これからがシーズンである。

昭和六十三年十一月

南の楽園

鮮やかなブルーの海、眼に沁みる白い砂浜、蘇鉄の群生、アダンの林が遠く続く遊歩道…なにもかも夢のように美しい南の楽園。

観光案内のパンフレットの謳い文句に誘われたわけではないが、南の島に行ってきた。鹿児島まではＪＲで陸路をたどり、鹿児島からはＹＳ―11で沖永良部島へ。

鹿児島空港を離陸、洋上に出て暫くすると、気流の関係で急に機体の揺れが激しくなった。いきなりスーッと下がるかと思うと、次にはグーッと持ち上がる。ジェット・コースターのように宙返りこそしないものの、激しい上下動の繰返し。

落ちる時はなんともいえず気持ちが好いが、せりあがっていく時には内臓が下に押さえられているようであまり気持ちの好いものではない。

鹿児島から一時間あまりで着いた島ははげしい雨。タクシーの運転手によると、二十何日かぶりの雨だという。

翌日逢った高校の先生が、開口一番「恵みの雨を連れてきてくれました」と喜んでいた。沖縄をはじめ南の島々は、いつもの事ながら水不足で雨には敏感なのである。

こっちにしてみれば、せっかく南の島まで来たのに、雨なんか降ってくれるなよと言いたいところ。

この雨が、南の楽園の行先を暗示していた。

《純真、素朴。豊かな人情と、旅人を温かく迎え旅情を慰めてくれる島の人々……》

その島の人達のサービスが、どんなに行き届き我々を慰めてくれたかを披露する。

あいにくの雨で外出もできず、おとなしくホテルの食堂で夕食。そこで飯を食うつもりがビールを二、三本飲んだら、腹が張ってきて食欲が無くなった。後で腹が減るだろうと、夜食の握り飯でも作ってもらうつもりで食堂のオバサンに頼んだら、ダメだと言う。

決して忙しいわけではない。食堂には我々の他には、地元の人らしい男が三人、酒を飲んでいるだけである。夕食は九時までとなっているが、今はまだ八時半。

ただ、麗々しく食堂の中央に鎮座ましましている大きな時計は止まったまんま。

ちなみに、翌日泊ったホテルの時計も止まっていた。これらの島では時間は止まってしまっているようだ。

なにしろＴＤＡでさえ徳之島から鹿児島行きの飛行機が四十分遅れで出発したが、空港では待ってる間、遅延のアナウンスは一回も無かった。こういう土地柄だから、長寿世界一が出るのかもしれない。

ところで、お握りの話だが、食堂のオバサン二人、早いとこ片付けて、休もうという魂胆がありあり。

「いいじゃないか、お握りにしてくれよ」重ねて頼むと、そのオバサンの一人がどうしたと思う。顔を斜交いにこっちに向けて、七三の流し目で当方を見ながらイヤイヤをした。

冗談じゃない。うら若い乙女が夜明けの太陽を一緒に見ようかと口説かれて、頬を赤らめながらの流し目、イヤイヤなら可愛くもあるが、イイ歳したバアさんの流し目など鳥肌が立つ。

押し問答の末にやっとお握りを作ってくれたが、ムシャクシャついでにビールのルームサービスを頼むと、さっきのバアさんどもが一本のビールを二人掛かりで部屋の前まで運んできた。こいつら、こっちを猛獣か何かと勘違いしているんではないだろうか。

翌日の奄美大島行きは天候不良のため飛行機は欠航。予定を変えて船で徳之島へ。

暴風雨の中、五千トンの客船は揺れもなく無事に徳之島に着いた。ところでこの船のレストランもラウンジも閉鎖中。沖永良部の出航も予定より大幅に遅れたが、一言の挨拶も無し。

相変わらずの雨で、島の見物などという気分にもなれず、タクシーでホテルへ直行した。ロビーでは、背広姿の客が五、六人たむろしてなんとなく騒々しい。

カウンターの五十位のオバサンが、開口一番我々に、土地の言葉でこんな意味のことを言っていた。

「今日は満室だもんね」いらっしゃませでも、お疲れ様でもない。文字通り開口一番である。

「予約していたでしょうが」「じゃあ、部屋は相部屋、ただし今その部屋は先客が居るので空くまで待ってて」否も応も無い。

何でもその日、農協団体の行事があって近くの島々から、大勢が来島していて満室らしい。

押し問答の末、なんとか部屋を獲得。風雨が強く、一歩も外に出られないまま、夕食は九時までだというので八時過ぎに食堂に行くと、さっきのオバサンが居た。

「飯、頂戴」と言うと「もう無いよ。どっかその辺で食べてきて」外を指差す。

外は、吹降りである。

満員の先客連中が食ってしまったんだろう。それならそれで「何かすぐに作りますから、ちょっと待ってて戴けませんか」

そんなことは、これっぽっちも思い浮ばないらしい。この辺の宿屋は、江戸のその又昔の遠い時代で止まっているらしい。

なにしろ琉球王朝から江戸時代にかけて、薩摩藩の苛斂誅求に泣かされてきただけに、本土人、ヤマトンチュには本能的な嫌悪感を持っていただろう。

その子孫が今、我々に復讐しているとしか思えない。その証拠には、他の店でも客商売とは思えないような応対をしてもらった。

後日、少し風邪気味だったので薬屋に入ったら、そこのオヤジが「一体、何しに来た。折角の考え事の最中に邪魔しに来て」というような不機嫌極まりない顔でヌーッと出てきたときは、なんだかこっちが悪いことをしに行ったようで恐縮した。

煙草屋のオバサンが、二、三回声を掛けたらやっと出てきて「イラッシャイ」と言ってくれた時は嬉しかった。

でも笑顔を見せてはいけないという法律でもあるらしくニコリともしなかった。

結局その晩は飯抜き。

これが、本土（？）なら、最初にカウンターのバアさんの顔を見た瞬間に、他のホテルに行こうとサッサと飛び出していたのだが、何しろ土地不案内の上に、離れ小島での暴風雨である。身動きもできず、下手をすると何日足止めされるかもしれないのだ。

需要と供給の関係で、今回はあっちの勝ち。負けたほうは、電話で酒屋から大量に取寄せたビールとおつまみで酒盛りとなった。南の楽園はいいものである。また是非来たいと思いながら、建付けの悪い雨戸が風雨でガタピシ鳴る音を子守唄に、安らかな夢路をさまよった。

翌日の昼過ぎ、鹿児島空港に降り立つと、薄日が差してきて青空も見えはじめ、やっと足が地に着いた感じがした。

今回の旅行は、初日の出だしからトラブル続きで、予定は変更のしっ放しだったが、結構面白かった。

離島まわりは初めての経験なので、面食らうことも多かったが、島の人たちには島の人たちの尺度があり、内地の我々の尺度では測れないものがあるのだろう。

南西諸島には、多くの島が点在しているが、島によって言葉から人情、気質などにかなりの違いがあるらしく、一例をあげると沖永良部は島民が勤勉で、言葉遣いも良く、またハブは一匹も居ないが、その隣りの島は全く逆で、人々は怠け者で博打好き。言葉遣いも荒く、ハブに噛まれて死ぬ人が未だにあとを絶たないなど興味深かった。

ただ、自然だけは何処も素晴らしかった。天候には恵まれなかったが、広々とした海と蘇鉄や檳榔樹《びんろうじゅ》、ハイビスカスなどの南国の植物、海に切立った深い断崖や、緑のジャングルの中にある鍾乳洞など、南の島を大いに堪能した。

離島の旅は、気候の良い季節に、テント一丁かついで野宿と決め込むのが一番のようだ。

昨日、久しぶりに海に潜った。

八ミリ厚のウェットスーツに、中チョッキ、十五キロのボンベに十一・五キロのウェイトを着けると歩くのもやっと。

だが海に入ると冷たい海水が心地良い。夏に較べると海水が透きとおっていて、透明度は抜群。折からの好天で海藻が太陽の光線を受け、その間を小さな魚が群遊している。

夏の海の喧騒とは違った静かな海の醍醐味である。


ここ数日、喪中につき年賀欠礼の葉書が届く。父が、母が、兄弟がなどなど、なかにはこちらが訃報《ふほう》を知らなかった人もある。

年々歳々花相似たり、歳々年々人同じからず。庭の紅葉も一陣の風に深紅、赤、黄色の葉が散っていく。今年も残り少なくなった。

庭は一面の落葉である。

昭和六十三年十二月

今年は春から

今年も元旦から三が日は穏やかな天候に恵まれて、静かな幕開けであった。

それが七日早朝の、昭和天皇の崩御によって一瞬のうちに正月気分は吹飛び、多くの国民が悲しみに打ち沈んだ。門松や注連飾《しめかざ》りが外され、替わりに半旗や弔旗が掲げられ、喪章が人々の襟や腕に付けられた。

天皇の遺徳を偲ぶ国民は、自らの意思で皇居や各地の記帳所を訪れた。

いまの日本の平和と繁栄が築かれたのも、あの温顔と、親しみのなかにも威厳を湛えられた前天皇無しには考えられないことである。

誠に恐れ多いことであるが、亡くなられた日時も国民のためを思われたかのような、土曜日の早朝、しかも仏滅という日であった。

政府が民間は二日間の服喪期間としたが、ちょうど土、日曜日にあたり、この間に年号の変更手続きや服喪行事の準備を整えることができたので、月曜日からは平常どおりの業務が円滑に進められた。

最後の最後まで国民のためを考えられたような前陛下らしい御最後だったと思う。

正月が明ければ七草粥である。我が家は一日延期して八日にした。

例年なら近くの田圃や畦道に生えているセリや野蒜などを採ってくるのだが、今年はスーパーで野草の詰合せを買ってきた。

ちょっと外に出れば、その辺りに幾らでも生えている野の草が、一パック二九八円也である。しかしこれを食べないと正月が明けた気がしない縁起物である。奮発して大枚をはたいた。

さてこのお粥だがテレビの料理番組で『モズク粥』というのを知った。酢の物でしか食べられないと思っていたら、意外や意外お粥にすると美味しい。

作りかたは簡単。米を生から土鍋でコトコト炊いて、いい加減なところで水洗いしたモズクを入れ、出来上がったらネギと生姜のみじん切りを散らすだけ。

味は塩味。隠し味に醬油をひと垂らし。ただし、水は水前寺公園の水に限るようで。

拙宅に来た客に出したら、皆旨い旨いと言っていたから旨いに違いない。

昔は、正月三が日は女房や女衆を休ませるために包丁を持ってはいけないというので、大量のおせち料理を作っていたが、いまは大抵の店が二日から店を開けるので、最近はあまりおせち料理を作らない家庭が多いようだ。

我が家も三人家族なので、極力大量には作らないようにしているが、気がついてみると何時の間にか冷蔵庫がいっぱいになっている。冷蔵庫が可哀相なので、なんだかんだと理由をつけては客を呼んで冷蔵庫の整理を手伝ってもらっている。

今年は元旦から二家族十人の来客があり、幸先の良いスタートを切ったので、冷蔵庫の掃除も順調に進み清々している。

とは言っても覗いてみると未だに頑張っている残党もいて、愚妻には買物禁止令を申し渡してある。その残り物のなかで気に入っているのが、牛タンで作った『コーンタン』。これは毎年正月料理の定番になっている私の手作り。

牛のタンを丸ごと水洗いして、汚れや余分な所を切り落とし、アイスピックで満遍なく突きながら塩を摺りこんでいく。充分に塩が回って軟らかくなるまでには、十分や十五分はかかる。

このときに要領があって、今年一年の出来事など思い返しながらやるといい。おもに東京の元赤坂あたりを思い浮かべてタンを突付くと、いつのまにか力が入る。

伴奏はどういうわけか、コンチクショウ、アノヤロー、馬鹿奴がとなるところが面白い。

軟らかくなったタンに玉葱、人参、セロリなどの香りの強い野菜をみじん切りにし、粒胡椒、る。これは我が家だけのルールである。親は後家下がり（五以下の手札）の左回り。このルールの意味がわからない人は勉強不足である。大いに自己開発に励んでもらいたい。

白熱した勝負の結果は火を見るより明らか。博打の天才、私メの一人勝ちである。

いかに私が博打に強いかというと、正月にうちに遊びに来て、二年連続で私にムシラレタ鴨どもが二度と博打の誘いに乗ってこない。鴨にはたまにアメをしゃぶらせるのを忘れて大勝した所為である。カミさんと息子からそれぞれ二千何百円かをガッポリ巻き上げてやった。白波五人男の直侍ではないが、今年は春からア、縁起が好いわいナー？

しかし、勝ちっ放しでは来年から相手にしてくれなくなると困るから、ご祝儀を奮発してやった。というわけで、負けたはずの二人の財布は勝負の前よりも重くなった。胴元は辛いのである。

今年は巳歳、年男である。二十四歳ですかって？　そんなに若くはないよ。四十八歳ですか…ムムッ、聞こえないフリ。三十六歳？…マ、そんな所じゃないの。

平成元年一月

酢と少量の醤油を入れて二、三日ネカセておけば出来上がり。

スルメと昆布の味が微妙に溶け合って、人参の香りと歯ごたえもよく、酒の肴にはもってこいの一品である。

その他に鹿児島名物の鰹の腹皮とか、同じく鰹の真子の塩漬けなども正月料理の常連で、どれも安くて旨いものばかりである。

ただし、いずれも少々ゲテの気があるので、客の中にはしげしげと眺め充分に点検したあとで、慎重に口を動かしている人も居たりして愉快である。

八日の夜は新年恒例の、大賭博の御開帳。お役人に踏み込まれないように戸締りは厳重にして、玄関には猛犬を番に置き、ひそかに賭場の開帳である。

花札ならぬトランプを使ってのオイチョカブ。テラ銭は碁石を代用し、顔ぶれは私とカミさんと愚息。見物は猫が二匹。

ご法度の賭け事は本当はやりたくないのだが、長年の我が家の正月行事なので善良な一市民としては非常に悩むのである。

役のルールは親のシッピン（四・一）子のクッピン（九・一）。これは倍付けで張った金額の二倍もらえる。アラシは三倍付け。親でも子でも同じカードが三枚そろえば、掛け金の三倍貰えタイム、オールスパイス、クローブなどのスパイスを混ぜて、ひたひたの塩水に重石をして二週間ほど漬け込む。

充分に味と香りが染み込んだところで、タンを取り出して水洗いし、水を張った大鍋をストーブに乗せて約四時間。この湯掻く加減がなかなか難しい。

湯掻く時間が短ければ塩分が残っていてしょっぱいし、長過ぎれば塩気も香りも飛んでしまう。最後に皮を剝いて出来上がり。

薄くスライスして、芥子醬油で食べるとその辺のレストラン顔負けの上品な味になる。ところがこの珍味を食べるのは、我が家では私ひとり。人間はおろか、猫にやっても匂いを嗅いだだけでソッポを向く。

去年から正月料理に加わった一品に、燻製がある。ドラム缶の中に、肉や魚を針金で吊るして桜のチップで燻《いぶ》すこと五、六時間。色といい香りといい素人とは思えない見事なもの。

去年は大量に作りすぎて、冷蔵庫に入りきれなかったので、今年はなるべく少なくした。材料は何でも、手当たり次第である。

生の烏賊、鮭、鰤《ぶり》の切身、それに先ほどのコーンタン。変わったところでタクアン。これが意外に好評で、珍味というか何というか、表現の仕様のない味。

松前漬も好評である。スルメと昆布をなるべく細かく刻んで、人参の千切りを加え、出し汁におせち料理を作っていたが、いまは大抵の店が二日から店を開けるので、最近はあまりおせち料理を作らない家庭が多いようだ。

我が家も三人家族なので、極力大量には作らないようにしているが、気がついてみると何時の間にか冷蔵庫がいっぱいになっている。冷蔵庫が可哀相なので、なんだかんだと理由をつけては客を呼んで冷蔵庫の整理を手伝ってもらっている。

今年は元旦から二家族十人の来客があり、幸先の良いスタートを切ったので、冷蔵庫の掃除も順調に進み清々している。

とは言っても覗いてみると未だに頑張っている残党もいて、愚妻には買物禁止令を申し渡してある。その残り物のなかで気に入っているのが、牛タンで作った『コーンタン』。これは毎年正月料理の定番になっている私の手作り。

牛のタンを丸ごと水洗いして、汚れや余分な所を切り落とし、アイスピックで満遍なく突きながら塩を摺りこんでいく。充分に塩が回って軟らかくなるまでには、十分や十五分はかかる。

このときに要領があって、今年一年の出来事など思い返しながらやるといい。おもに東京の元赤坂あたりを思い浮かべてタンを突付くと、いつのまにか力が入る。

伴奏はどういうわけか、コンチクショウ、アノヤロー、馬鹿奴がとなるところが面白い。

軟らかくなったタンに玉葱、人参、セロリなどの香りの強い野菜をみじん切りにし、粒胡椒、

お受験

昨日、損害保険代理店の初級試験を受けた。四月から熊本でも、損保代理店業務を開始することになったからである。

社からは営業マンを主に十七人の受験である。

試験会場は県労働福祉会館で、受験者は約七十人。二、三年前から保険の勧誘員は資格が必要になったために女性が多い。俗にいう保険のオバチャンであろう。

テキストは持ち込み自由で、時間は一時間、問題は二十問の五十解答。一問二点で七十点合格。

今までの例では受験者の九割は合格しているという。

試験前にロビーに集まった社の連中は、いずれも自信満々でどの顔も余裕綽々《しゃくしゃく》。

かくいうわたくしも自信満々のクチで、テキストを貰ってから二週間余り、毎日二時間ずつ勉強に励んで全て頭の中に入っている。

――はじめにこの試験を受けようと思った時はそうするつもりだった。

ところが、例によってところがである。本は貰った時にパラッとめくっただけ。講習もあったが、保険会社の人が受けなくても結構ですよと言うので欠席。その代わり受講した人にテキストに線を引いてもらった。

そしてテキストを人目につかないところに置いて、静かに熟成させること十日余り。五日の日曜日にテキストを読んでみたが、保険など全く専門外の分野で、初めて読むテキストは文字だけが上滑りして、頭の中には何にも入ってこない。

書類の斜め読み、飛ばし読み、拾い読みは得意中の得意。中でも滑り読みと言って、上から下まで眼を滑らせるだけで、実は何にも読んでいないという難しいことも平気でできるが、イザ何かを頭に入れようと丹念に読むと全くダメ。

眼は文書の上を滑っているので、内容も脳ミソの表面をツルツルとすべって、いっこうに脳ミソのヒダに止まってくれない。

仕様がないから、問題を解いてみようと二、三問やってみた。

テキストを読みながら解答できるのだから簡単だろうとタカをくくっていたら、これが容易ではない。

文章の（　）中に、下の字句の中から選んで入れなさいという問題など、テキストにはそのものズバリの文章は無くて、あっちこっちのページから拾い出さなくてはならない。酷いのになると三ページくらいからつまみ食いしなければならないような問題もある。

一問解くのに二十分もかかってしまった。

こりゃアカン、学問に近道無しと悟って、テキストを始めから読み直し。

よくしたもので暫くすると、脳ミソのほうも順応してきて、そうなると面白い。本腰を入れて勉強しようかと思ったら、日曜日はあいにく好天だった。

カミさんのお供で、緑のスーパーにじゃが芋の種芋買いに。そろそろ春蒔きのシーズンが近づいた。

ついでに晩飯は、オデンに決定。例のごとくついつい大量に材料を買い込んで大鍋にいっぱいになってしまったが、オデンをつくるのは私のお仕事。

晩飯のあとお勉強しなければと、テキストに目を通していちおうは問題集を終了した。

ビールをちびちびやりながらの真剣なお勉強である。あまり頭に入らなかったが、月曜日もあるさと思っていたら、月曜日は遠来の客があった。酒は少々控えめにしたつもりだった。

ところが試験場に入ったら黒板の字が、チラチラする。よく見るとどうも文字が躍っているようである。

皆さんはと周りを見まわせば、最後の追込みでテキストと睨めっこしている。こっちは決闘の前の剣士よろしく、静かに外の景色に眼をやって心気を落ち着かせた。

ではなくて、実はじっとしていると頭がゆらゆらと揺れそうになるので、必死に窓の外を睨みつけていたのである。

時間が来て試験開始。一通り受験についての説明がある。解答はマークシート方式で、一時間二十問だから一問を三分で解かなければならない。

試験が始まると同時に、一斉に問題をめくる音が沸き起こる。私は最前列だったので、他の人のやり方は見えなかったが、こんな時には一通り問題に眼を通して、易しい問題から手をつけていくのが良い。

判ってはいるが一通り眼を通すのも面倒なので、一問目からどんどん片付けていった。少々怪しいなと思っても、当てずっぽうに記入して、一通り終ったのが試験開始後二十分。これで一安心。合格である。落ち着いたところで、おもむろに再点検。すると間違っているのが三箇所見つかった。シメシメである。あと二、三ケ所怪しい所があったが、学生じゃあるまいし百点満点取ったところで誰も褒めてくれるわけでもなし、新鮮な空気を吸いたさに早々に退散した。

今日、聞いてみると偶然隣り合わせに座った社の連中は、麗しい同士愛を発揮したと言う。もっとすごいのは、初対面の隣りに座った女性のご援助を貰ったと言う。営業マンの鑑というべきである。本人は、百点満点間違い無しと言ってたから資格をとったら、さぞ優秀な損保代理店になるだろう。ただし、契約者は女ばっかりだったりして、この後家ゴロシ。

十七人のうち、何人通るかが楽しみである。落ちた時の予防線に、日頃の仕事が忙しいの、呑み過ぎてなどと今から言い訳をしている。

私も言い訳はちゃんと考えてある。

その一、受験番号のマークを記入しなかったような気がする。

その二、解答マークの鉛筆が薄かったんだな、キット。

その三、こんな試験に合格するような奴はろくな奴じゃない。…まるでヤツ当り。


試験といえば、愚息がやっとの思いで高校受験に合格した。

「ご免、お金掛かるよ」発表を見に行って帰っての息子の第一声である。

「イイッテ、イイッテ。少々金かかったって良いってことよ」なにしろ、浪人になるんじゃないかと心配していたんだから、学校と名が付けば何処でもいいのである。

この息子の勉強しないことといったら、表彰ものである。週に三回の塾通いはしたが、その他には勉強の形跡は全く見当たらない。

試験前の土曜日など、最後の追い込みでもやるかと思っていたら、ビデオを五巻も借りてきて、土曜日と日曜日にかけて皆見てしまった。英会話の勉強である。

二階に上がると、ジャリタレどものニューミュージックとやらをガンガン鳴らしている。音楽の勉強である。たまに静かだと、まさか勉強なんかしているんじゃないだろうな、などと心配で声を掛けてみる。

試験の前夜も音楽浸り、受験当日は六時前に起きたのはいいが朝から音楽である。

この有様だったから一回で受かるなどとは思ってもいなかった。第三志望も落ちたらラーメン屋の出前持ちやらせるぞと嚇《おど》していたが、これでどうやら一安心である。

息子の友達はまだ第二、第三の試験のために必死の追い込み中であるが、愚息だけはコーラ飲みながら、テレビを見てごろ寝である。しかし、ここのところ体重が三キロばかり減ったというから、あれはあれなりに頑張っていたのかもしれない。

庭の枝垂《しだ》れ梅は、いまが満開。ところが今朝からの雨で早くも花が散り始めた。

今年は暖冬である。

平成元年二月

竹富島

ただいま地方巡業中である。

七日に熊本を発って沖縄で一泊。八日、沖縄より石垣島を経て宮古島で一泊し、今日沖縄に舞い戻ってきた。

沖縄を本島とすれば石垣、宮古は離島だが、今回は更に欲張って離島のそのまた離島にまで足を伸ばした。合計六つの島を回ってきたが今回はスケジュールが狂うこともなく平穏な旅であった。

前回の沖縄の旅は、雨を連れてきてくれたと旱魃《かんばつ》に悩まされている島の人たちに喜ばれたが、今回は風と寒さを連れてきたと冷やかされた。

小雪の散らつく熊本を発って沖縄に着いたら、日本列島全体をすっぽり覆った寒気団の影響で、今年初めての寒さだという。

おまけに風速一四、五メートルの風。ついでに雨がながく降っていないために、六日から全島をA地区とB地区とに分けて、隔日給水に入ったばかり。

三人の弥次喜多道中だが、なかに精進の悪いのが一人いるらしい。私でないことは確かである。

沖縄の那覇から石垣までは四二九キロ、飛行機で所要一時間。ここから台湾までは二百キロ、ジェット機だと四十分。日本列島南端の島である。

沖縄より年間の平均気温は二度ほど高いと聞いて来たが、ここも相変わらず気温は低く期待はずれだった。ただ寒いといっても背広にワイシャツ一枚で外を歩いて一寸涼しいと感じるくらいだから、地元の人の言う寒いとは感覚が違う。

この石垣島の周辺には、小さい島がいっぱい散らばっているのだが、その中の竹富島に急に行くことになった。

竹富島にはたった一時間しか居なかったが、今回の島巡りで最も印象に残る島であった。

素晴らしい島である。百年前の沖縄もこうであったろうというような景色がそのままで残されていた。評論家風にいえば、現代文明に毒されていない最後の南海の楽園である。

石垣島より南西六キロ、目の前に平べったく横たわっていて、高速船で十分。

何にも無い堤防の船着場に出迎えに来てくれたのは、この島の民族博物館の館長さん。といってもまだ四十そこそこの人で、ワゴン車で走り出した途端に島の案内が始まった。

船着場の、島の入り口に西表国立公園の看板が立っている。この島全体が国立公園に指定されているという。

島民の意志によって国立公園の指定を受けたのだという。この館長さんの祖父が島の生き字引と言われたほどの博識な人だったそうで、島民の信望も厚く現在の島の基盤を築いた人だそうである。

島の周囲九・二キロ、民家百三十軒、島民二七七人、車五五台。

島の憲章は『売らず、壊さず、汚さず、そして自然を残して美しく生かそう』

島全体が国立公園だから、国の許可が無いと家の建替えは無論、改造も、石垣を組み直すことも、樹を切ることも出来ないのではないだろうか。

島全体の美しい自然と昔の姿をそのままに残すために、自分達の意志で敢えてこの道を選んだという。風の強いこの地方は、沖縄独特の赤瓦の屋根で、それを白い漆喰で固めてあり、その赤と白とのコントラストが南海のブルーにはよく似合う。

家の周りには、風除けのために珊瑚で積んだ石垣が人の背よりも少し低く連なっている。島の道は一切舗装無し。車の通る道は拡張されたらしいが、人の通る道だけは昔のままだそうで、薪や荷物を背負ってすれちがいの出来る広さである。

面白いことにここでも石敢当を見た。T型三叉路の、突き当たりの石垣には、必ず四、五〇センチぐらいの大きさの自然石が置いてあり、そこに石敢当と彫ってある。

敢当とは古い中国の想像上の強い力士の名前だそうで、魔よけの力があるとされており、那覇市内の近代的なビルでも大理石に石敢当と彫ってある壁を見ることが出来る。

ここでは自然石が何気なく置いてあり、よほど気を付けていないと見落とすかもしれない。中国では、魔物は道の真中をまっすぐに進むと考えられており、この石が魔よけの役をしていたのだと言われる。

昨日、宮古島の繁華街のビルでも、御影石に刻まれたのを二つ見つけた。

民家の庭にはブーゲンビリアや、名前は知らないが紫と白の混じった朝顔のような蔦が茂り、道端には野生のパパイヤが実を付けている。

館長さんが経営するお土産屋さんは、その前に立っても、ここですと教えられるまでは判らなかった。看板も何も無し。

外見は普通の民家とまったく同じである。極彩色の看板や提灯などは吊るしていない。自然との調和を壊さないための配慮だという。だが一歩なかにはいれば、そこは普通のお土産屋さんであり、その隣りの部屋が民芸博物館になっている。

失礼だが、ちょっと見にはガラクタを雑然と放り出しているようにしか思えなかった。

しかし仔細に眺めていくと、この島の昔の暮らしが蘇ってくるようだった。こういう民俗学的なものに興味を持っている人は、一寸覗くだけのつもりがついつい長居をしてしまうそうである。陳列品は千点以上はあるだろう。衣類から鋤、鍬などの農具、水がめや酒壺、茶碗などの生活用具などどれも珍しいものばかり。

特に興味を惹かれたのが縄文字であった。本などで読んだことはあったが実物は初めて。昔の読み書きの出来ない人たちは、縄を文字替わりにして記録として残していたのだという。

七、八種類の実物が架けてあったが、その一つに人夫篡というのがあった。

昔の税金は米、麦、粟、稗などの穀物や、この地方特産の芭蕉布のほか、人夫税という労働で徴収されることが多かった。

税は収入の七、八割も取られていたという。生かさず、殺さずの統治をしていたわけである。その人夫篡は労役の記録として使われていた物で、島民を幾つかのグループに分けてそれぞれに組頭をおき、その組頭が自分のグループの出欠を取ったときに使った物だという。

長さ五十センチ位の藁で編んだ縄に、三センチから十センチ位の藁スボが差し込んである。数は五、六十本はあろうか。この一本一本が人間を顕わしていて、一見子供の玩具のようにも見えるが、この藁スボの長短で人夫の出欠が判ったという。

頭に節が付いているのは男の藁スボで、一番長いのが働き盛りの二十一歳から三十歳、次が十五～二十歳、その次は三十一～四十歳と段々短くなっていき、その本数は構成員の数だけある。

女組のほうは縄の真中で男組と区切られており、節のない藁スボが同じように年代別に差し込まれている。

唐来纂の縄もあった。冠婚葬祭の戴き物の記録である。昔は他からの戴き物は、唐来物と言っていた。南蛮貿易の盛んだった頃は、唐から渡ってくる物は珍品、貴品が多かったので、他所から戴いた物は有難い物という意味で唐来物、あるいは到来品と呼んでいた。

この唐来物纂は縄に挟んだ藁スボに他の藁スボを結びつけて、誰から、何をどれだけ貰ったかをその並び方によって記録したという。送り主から、品物の名前まで驚嘆すべき智恵である。

家紋も見せてもらった。農家の家紋は、鎌や鍬、鋤などを図案化したもの。

船乗りの家系では日の丸の旗があった。日章旗を初めて使ったのは幕末の薩摩藩の船だとばかり思い込んでいたが、琉球王朝はそれ以前から日章旗を使っていたという。

船の舵を一本だけ立てた漁師の家紋もあった。内地で見ることの出来ない家紋が多い。

さっきの縄文字の研究で博士号を取った人も居るというから、この二つを見るだけでも、民俗学的にはどれほど貴重な陳列品が並んでいるかが分かろうというもの。

農機具では臼や竹製の笊などに混じって、籾摺機というのがあった。一メートル位の電柱大の丸太が土間に立ててあり、その中ごろが横に切ってある。上の丸太の頭部にはモミを注ぎ込む漏斗状の穴が空いていて、そこから二本の縄が天井に延びている。

向かい合った二人が、交互に綱を引いて上の丸太を回転させてモミを摺ったという。上下の丸太は、下の丸太から出ているヘソのような心棒で外れないような仕掛けになっている。

こうして昔は殆どの作業が人力で行われており、お互いに呼吸をあわせ労苦を紛らわすために、広まっていったのが労働歌だったという。

〝君は野中の茨の花よー、サーユイユイ〟

と唄う有名な安里屋ユンタ。ユンタとは労働歌という意味だそうで、一人が唄えば皆がそれに続いてサーユイユイと囃したのだという。

沖縄の信仰は殆んど先祖崇拝であるが、その祭りに欠かせないのが餅である。本土の餅とは大分違う。もち米を水に浸けて軟らかくしてから、臼で挽いてトロトロになった物を布巾で水気を絞ってから、芭蕉の葉っぱなどに包んで蒸篭で蒸したものが、この地方でいう餅だという。これとそっくり同じ方法で、餅を作っているのが、中国雲南地方の山岳地帯に暮らすメオ族。

日本人の先祖はアイヌと熊襲であるが、蒙古から北のルートを来たアイヌ系と、稲作を運んできた南方ルートに分かれており、この小さな南の島も稲作渡来の中継地だったのではないだろうかなど、お互いに興味があるので話しだすときりが無い。

帰りの船の時間も迫ってきたので、名残惜しく港に向かう途中異様な光景に出くわした。ワゴン車の助手席に座っていたら、珊瑚で作った垣根の上を、民家の屋根がゆっくりと動いているのを見た。赤と白の瓦に二頭の魔除けのシーサーが青い空を背景にして音も無く動いている。ながいい時間薄暗い所で、遥か古代の話に興じていたので、その続きの錯覚ではないかと思った。

「アリャ何ですか」素っ頓狂な声で、館長さんに聞いたら、館長さんは平然としたもので「遊覧車です」

なるほど、角を曲がったら黒い巨体の水牛に曳かれた牛車が、観光客を乗せてのんびりと歩いていた。石垣島へ帰る船からは、海の中を歩いていく牛車を見た。この風景はどこかで見たことがあると思っていたら、テレビのドキュメンタリー番組か、観光のコマーシャルで見ていた。

石垣島から竹富島へは牛車でも渡れるようになっていたのだ。こっちは高速船でたったの十分で着いたが、話の種に牛車に乗って海を渡ってみたかった。序でに釣り糸を垂れたら赤や黄色のグルクンが釣れたりして…。

平成元年三月

消費税

二日、熊本空港近くの通称、空港通りは晴天の日曜日とあって、満開の桜の下で家族揃っての桜の花見で賑わっている。

それを横目で見ながら空港へ。

空港の売店で、初めて消費税を払った。馬刺しの燻製を買ったら「畏れ入りますが、消費税がかかりますので」と千三十円払った。

別に畏れ入ることなどあるものか、ドンドン取ってくれと言ってやった。

どうやら、だれもかれもが消費税、即ち悪税だと思い込んでいるような気配である。

東京のホテルでその夜のニュースを見ていると、アナウンサーが消費税のスタートで、街のあちこちで混乱が起きていると言っているし、マイクを向けられた老若男女いずれも申し合わせたように悪税、悪法、竹下首相すぐ止めろと言っている。一人ぐらい消費税賛成ですと言う者が居ないものかと思って見ているが、消費税が施行されて八日目になるのに未だ賛成だという人は一人も見たことが無い。

新聞にしても然り。賛成している論調の新聞はN紙だけ。あとは押し並べて大反対である。

今にも消費税のために庶民の生活は圧迫され、弱者は苦しくて生きて行けなくなりそうな雰囲気である。

マスコミが騒ぎ立てるものだから、なにも知らない大衆は大変だと思い込んでしまう。

その反映がテレビのインタビュアーに対するオジサン、オバサンの声であり、新聞の読者の投書欄である。

よくもこれだけ理由があると感心するくらいに毎日が反対のオンパレードである。

勿論、なんでも反対の野党はこぞって反対。折からのリクルート疑惑と相俟って、竹下内閣打倒を叫び始めた。


このての政治状況は何回も繰返され、そして今また、消費税で同じことが行われているのである。

戦後の一般的な風潮で、時の内閣が立案した政策や法案を野党が反対、それにマスコミが追随して反対し、一般庶民、市民といわれる大衆が踊らされている図である。

古いところでは、講和論争がある。昭和二十五年、対日講和条約をめぐって、単独講和か全面講和かと、政府と野党とが真っ向から対立。これに進歩的文化人や学者が加わり、マスコミがこれを煽り立て、国民的論争に発展した。

政府は当時の冷戦の状況下では、単独講和が現実的であるとしたが、野党はソ連、中国など社会主義国を加えた全面講和を主張した。

全面講和しなければ日本は滅亡するとまで言った当時の東大総長を、吉田ワンマン首相が「曲学阿世の徒」と決め付け、論争はいっそう燃え上がった。

しかし、その後の日本の辿った径《みち》を振り返ると、この時の政府の選択は正しかったのである。

翌、昭和二六年に日米安全保障条約が締結されたが、その改定をめぐっていわゆる六十年安保闘争が起こった。

日本政府は、アメリカ側の片務的なこの条約を、相互防衛的な条約に改めようとして、アメリカ側に改定を提案した。

しかし、これによって日本がアメリカの世界戦略に組み込まれて、日本の再軍備、アメリカの軍事基地強化に繋がるとして野党が大反対。

政府は衆議院に警察官を導入して強行採決。これをきっかけに大規模な大衆運動が発生し、最高時には三十三万人が国会周辺をデモ行進し、内戦の様相を呈している中で条約は自然成立した。

沖縄返還も然り。

昭和四十六年に沖縄返還協定が締結され、翌年五月、沖縄は二十七年ぶりに日本に還ってきた。

この時も野党を始め、地元のマスコミは勿論、全マスコミが全面返還、米軍の即時撤退を叫んで大衆を巻き込んだ反対運動を行った。

過去の歴史に、戦争で国民の血を流して勝ち取った領土を只で還してくれた例があったか。

ソ連を見ればよく判る。二十年八月十五日、日本が全面降伏した後に臆面も無く入り込んで、略奪してしまった北方四島など未だに知らぬ存ぜぬでいる。

今朝発ってきた沖縄は、歳毎に発展していくのが手に取るようによく判る。

道路網は整備されつつあるし、那覇市など高層ビルが年々増えて、大都会の様相を整えつつある。県民所得も確実に上昇している。

野党の言うとおりにしていたら、いかにお人善しのアメリカでも返還には応じてくれなかったろう。

政府対野党の対立は常に与党が苦戦する。どういう訳か野党はいつもマスコミや一般大衆という世論を味方にしている。

時の政府は世論に袋叩きになりながらも、政策を通そうと頑張っている。

外野から見ていると、なにもそこまでやることはないだろうにと無責任なことを思ったりしてしまうが、政治家という人種は我々とはどうやら感覚が違うらしい。

善意に考えれば政権担当能力を持った政党が他にいないから、国のためには自分達がいやでも泥を被らなければならないと思っているのではないだろうか。

今度の消費税も世論から袋叩きである。しかし、私は消費税賛成である。

その理由はわたしの場合、税金が安くなるからである。今までの所得税、住民税が引き下げられて、年間約三十万円安くなる。その代わり毎日の買物などの支出には三パーセントの税金が掛かってくる。

仮に年間三百万円の買物をしたとして、消費税は九万円、四百万円として十二万円。差し引きするとサラリーマン所帯にとっては、大きな福音になるはずである。

今までは、直接税として給与から差し引かれていたので、納税感は余り無かったが、これからは支払いのたびに税金を感じることになる。

いったん自分の懐に入ったものは、少しでも余分に出すのはイヤというのは、子供の感覚である。

一方で日本の九割を占めるという中小の、事業者にとっては死活問題である。

なぜなら彼等は今まで税金を払ったことが無い者が大半だったからである。その辺の八百屋や魚屋が会社組織にして、父ちゃん社長、母ちゃん専務でガッポリ儲けていても節税という名の脱税で、税務署には赤字申告をして税金など一銭も払ってこなかったのだ。そのためにマルサの女が活躍するようになるのである。

芸能人も然り。都心の一等地にマンションを持ったり、別荘を建てたりして優雅に暮している のにどういう訳か高額所得者に顔を出したことが無い。

これも会社組織にして、税金逃れをしているからである。洒落た洋服も靴も外車も皆経費で落としている。

これらも今後は消費税で三パーセント払わなければならなくなる。

その他これに類する事例はゴマンとあるが、少なくとも国民の大多数を占める給与生活者にとっては、こんなに良い法律は無いんではなかろうか。私は消費税賛成のデモをしたい位である。

四八年のオイルショックの時、トイレットペーパーや洗剤の買いだめに走り回った人たちが居た。テレビや新聞が騒ぎを煽り立てたからである。連日大勢の人たちが、デパートやスーパーに押しかけている映像を見せられると、我も我もと駆け出すのが大衆である。

円高、円高といって貿易立国日本の輸出はガタ落ちするだろうとマスコミが騒ぎ立てて一、二年しかならないのに、今のこの景気の好さはどうだ。

今は景気が好過ぎて人手不足になり、嘘か本当か知らないが、沖縄では左官屋さんを一日四万円で内地の会社が引き抜いて行ったという噂もある。

日本人の英知と努力と勤勉さがあって今の日本の繁栄を築き上げたのである。

この消費税騒ぎも三ヶ月もすれば定着してしまい誰も騒ぐ者は居なくなるはずである。

そして一年もすれば野党もマスコミもすっかり忘れてしまうか、忘れたフリをするはずである。

四月からは給料も上がるし、時間短縮にはなる。おまけに消費税のお陰で実質所得は増えるし、言うことなしのわが世の春である。

平成元年四月

海

ゴルフがブームだそうである。

私も勧められるが、どうにも好きになれないので断っている。

根が貧乏性なのか、大昔の狩猟民族の血が残っているのか判らないが、遊びといっても獲物の無い遊びは興味が湧かないのである。

釣り、スキューバ・ダイビング、潮干狩りに蕨《わらび》狩りや、蕗《ふき》採りとすべて獲物が付いている。農協の貸農園にしても然り。

だからゴルフを勧められて断る口実は第一に「あんなもの、年寄りがやるものよ」第二「動かないボール打って何が面白い」最後は「あの穴の中に獲物でも入っていればな」と屁理屈を捏ねる。

天候が好くなってくると、海や山がしきりに呼びにくる。

前夜の十時頃に早寝して夜中の二時三時に眼が覚めると、戸外の天気が気になってくる。

風雨が無く朝の八時九時が満潮の大潮の時は四時頃からノコノコと起きだして、一路有明海へ直行である。

釣りのホームグランドはもっぱら大矢野の野釜島。

釣宿で貸ボートを釣のポイントまで曳いていってもらって、養殖の真珠棚に繋留してもらったり、アンカーを海底に打ち込んでもらう。

釣師を自慢する連中がチヌや黒鯛を狙うが一日に一枚か二枚、よく釣れて五、六匹しか釣れないが、辛気臭い釣りは性にあわない。

何でもいいから数多く釣れる忙しい釣りが好きである。

最近はコノシロが釣れだした。アミ籠を付けたサビキ鈎で疑似餌が七、八本付いており、竿を二本出しておくと両方の竿が同時にカタカタと鳴ったりして、しかも五、六匹掛かることもあり潮時には相当忙しくなる。

先日は二五、六センチから三十センチ位の良型のコノシロがちょうど二十匹釣れた。帰ってからうろこを取って内臓を出し塩を三十分、酢に一晩漬けて寿司のネタにした。

当夜の晩のおかずはコノシロの刺身に、コノシロの卵の煮付け、それにベラやスズメダイの煮

有明海、松島での釣り

付けと海のもの一色。酢に漬けたコノシロは押し寿司、姿寿司となって向こう三軒両隣り、ご近所の方々に喜んでもらうことになる。無論、私の手作りである。

その日は、コノシロが一段落したのでメバル、ガラカブ（カサゴ）狙いにポイントを移動してもらったら二時間の間一匹も釣れず。

おまけに途中から雨が降り出して、合羽は着ていたが素足だったために足が冷たくて参った。俺の人生は苦労の連続だなとしみじみ思った。

某日、ポイントを変えてメバル狙いで釣り糸を垂れた一投目、鉤が下まで届かないうちに当りがあり、上げてみると三本の鉤にメバルが三匹掛かっていた。しかも二十センチを越す丸々と肥った良型ばかり。

竿は三本用意していたが、次々に揚がってくるので忙しくて二本しか使えない位によく釣れた。これがあるから釣りは止められない。

今日はクーラーいっぱいにするぞ、どこに配ろうかと心配していたら、三十分後にパッタリ来なくなった。

おまけに何時の間にかアンカーが打ち込んであった岩から外れて、船が沖へ沖へと流されだした。

このまま沖へ流されたらどうしようか。食料は握り飯とテンプラがあったな。水はアクエリアスとウーロン茶があるから辛抱すれば三日は保つだろう。いざとなれば釣った魚を喰うという手もある。

風が急に強くなって、波が高くなったような気がする。沖合いに出たのでアンカーは全く用をなさなくなってしまった。仕方がないのでアンカーは船に引き上げた。

船にはオールなど無い。手で漕ぐにしてはかなりの船なので無理である。必死で考えていたら、釣った魚を生きたまま入れておく生簀《いけす》の蓋が眼についた。縦五十センチに横幅三十センチぐらいで、手で漕ぐのにはもってこいの大きさである。

それで漕いだ、漕いだ。陸に向かって潮の流れに逆らって、しかも船の片側ずつしか漕げないので、右舷で三十回、左舷で三十回と交互に漕がなければならない。

必然的に舳《へ》先《さき》が左右にぶれてジグザグになるが、それでも少しずつ前進してどうやら陸に近づきアンカーを打つことができた。

遭難を免れてよかった。

もっとも、私が必死で船を漕いでいる間に、二十隻近い漁船がすぐ近くを通って行った。変な遊びをしているなと思ったのではないだろうか。


その後も性懲り無くポイントを移してもらったが、波が高くなった所為か全然釣れなくなった。早起きしたし、さっきの重労働も堪えたので、船の舳先に寝転んでウトウトと波の揺れを楽しんでいたら、すぐ近くを飛んでいる黒い蝶を見つけた。

風速五、六メートルはあろうかという強い西風に向かって必死に飛んでいる。

この辺りは入り江になっていて、湾に囲まれているが、そこはちょうど湾の中央付近になっており、岸からは一キロ以上も離れている。

海上四、五メートルを風に逆らって飛んで行くのである。強い風が吹いてくると後戻りする。風には強弱があるからそうやって吹き戻されながらも、風の途切れた瞬間を見計らって少しずつ前進していくのである。

しかも一直線に飛んでいくのではなくて、風の影響なのだろう、進路が少しずつずれてゆき、やがて姿が見えなくなった。

あの黒い蝶はただ一頭だけで強い向かい風の中、何処を目指していたのだろうか。


某日、カミさんのお供で阿蘇へ蕗採り。

我が家では毎年野生の蕗を採って、一年分の蕗の佃煮を作る。それが一年分ではなくて、この前冷蔵庫を覗いたら去年のも、一昨年のもあった。食べてみたらまだ十分に旨かった。

大津の街を抜けてミルクロードを通り、菊池阿蘇スカイラインと合流する四、五キロ手前に人目にかくれるようにして、自動車道から少し入ったところに昔の参勤交代の石畳が残っている。去年蕗を採った所である。

ここからの眺めは素晴らしい。

急な坂道に江戸時代の参勤交代の時に使っていたといわれる石畳が一部ではあるが残っていてそこからは遥かに阿蘇の連山が望め噴煙が棚引いている。眼下には阿蘇内牧の温泉街や、赤水の盆地が見渡せる。

左上の切立った崖の上には今にも転がり落ちそうな巨大な岩が聳えている。

周りの藪の中ではウグイスが長閑《のどか》に鳴き交わしている。

去年採った所だったが、今年はまだ時期が早かったらしく蕗はまだ小さかった。

急遽場所変更で俵山へ行くことにした。

大津から新しく出来た空港線を通って、東海大学宇宙情報センター前を経て俵山へ。

昼時になったので田楽料理屋で田舎料理を食べた。二百畳近くある大広間に囲炉裏が十ばかり切ってあって、そこで芋、豆腐、シイタケ、ピーマンなどの田楽料理や、虹鱒の塩焼きを食べさせてくれる。

ついでに団子汁と粟飯もとったが、高森のほうが田楽は美味いという。

この日は、天気が良かったので俵山はワラビ採りの人たちで大賑わいだった。

我々は山と反対の林道を下って、川っぷちで蕗採りである。

ここは川のすぐ傍で湿気が多く、竹藪の中なので、蕗の成長が早く、太くて長く軟らかい。

藪の中、根を引き抜くと来年採れなくなるので根元から鎌で切って、重さにして二キロぐらいは採った。

道端に停めていた車の所へ戻ると、さきに車に戻っていたカミさんが暢気な顔をして、車の前がペチャンコよと言う。車の左前のスカートの部分がクシャンと引っ込んでいる。カミさんによるとさっきトラクターと小型トラックがここで離合していたという。

当て逃げである。これで俵山の印象はいっきに悪くなった。

話は変わるが、田舎の人たちは人懐っこい。その証拠に車と車がすれ違うとき、親近感の表れだろうが、グーッとこっちの車に近づいてくる。

思わずひやっとするが大抵中年のオバタリアンが平気な顔をして悠然と遠ざかって行く。

この夜のおかずは蕗の煮付け。佃煮はカミさんが二日掛かりで都合六、七時間かけて出来上がり。ご近所の評判も上々。カミさん得意満面である。


山の次は海である。潮干狩りに荒尾の海に行った。例によってアサリの佃煮も一年分作る。私は農夫も漁夫も板前もやるのである。「給料が少ないからこうやって喰ってるの」というのが口癖である。

カミさんと長洲の弟夫婦の四人で一人千三十円也を払って沖へ。昔は只だった。

沖合い一キロくらいの所で女どもを残して男連は更に沖へ。女性群は浅蜊《あさり》貝、男どもはもっと高価で美味い物を獲ろうという魂胆。この日は大潮で、最干潮の時には沖合二、三キロまで潮が引いた。

引いていく潮を追って赤貝、甲貝、平貝や蛸などを探すのである。対岸の雲仙がすぐ眼の前にある。

獲物を探すのはなかなか難しい。一見何も無いような砂浜でもよく見ると、微妙な変化がある。甲貝などは砂の中に潜り込んでいてほんの少し背中を見せているだけである。赤貝はこんもり盛り上がった所に居るし、平貝は、ほんの少し口を覗かせている。

この日の収穫は弟と二人で、ソフトボール大からテニスボール大までの甲貝を八十個。重さで十キロちかく、飯蛸《いいだこ》も四、五匹獲れた。カミさん連中は浅蜊貝を二十キロ位。今年は豊年だそうだが総じて小さい。

晩のおかずは甲貝の刺身、飯蛸の足の酢味噌に、頭の煮付け。

面白いことに甲貝の中に入っていた蛸をよく見ると、貝の中に卵を産み付けていた。米粒を一回り大きくしたような形で、卵を産んでいると知っていたら獲って来るんではなかったが可哀相な事をした。

しかし獲ってきたからには喰ってやるのが供養である。蛸の頭と一緒に卵の粒々を煮て喰ってみたら、昔食糧難の時代に食べたタイ米そっくりの味がした。旨かった。しかし美味い物を喰おうとすると苦労をするものである。海の真中で雨が降り出し、おまけに西風も強くなって風上に向う時は前傾姿勢をとらなければ歩けないようになった。

鼻の先から滴《したた》る滴《しずく》は雨水か鼻水か判らないようになった。ヨイショ、ヨイショの声を出しながら歩いた。

僕の人生は苦労の連続なのである。

平成元年五月

アジア太平洋博

福岡で開催中のアジア太平洋博覧会に行ってきた。

梅雨入り宣言が出たにもかかわらず、このところ雨の気配も無かったが、この日に限って雨になった。

だれが言い出したかすっかり雨男になってしまった。どこかに行こうとすると必ず雨になる。先日も、沖縄に行こうとしたら、沖縄からの飛行機が、雨のため熊本空港に霧が発生して着陸できずに福岡で降りたために、鉄道で福岡まで行ってやっと沖縄行きに乗ることができた。

こうまで雨に祟られると怒る気にもなれない。会社で傍に座っている男が「今日も雨ですね」といかにも嬉しそうに言っていたが、会場に着いた頃には雨はすっかり上がって暑くもなく寒くも無い絶好の見物日和。

この会場で面白い物を見た。

簡易潜水器である。我々がやっているスキューバ・ダイビングは、酸素タンクが十五キロの重さでこのボンベが一番持ち運びに不便である。

最近は女性ダイバーも増えたが重いボンベは非力な者にとって厄介な代物である。

ところがその日見た潜水器は小型で、見た目にも軽そうだった。口に咥えたマウスピースで呼吸をするが、シンプルな形で、直径四センチ長さ三十センチ位。筒状の酸素ボンベのカートリッジが付いており、これで約十分間の潜水ができるという。

マウスピースの付け根から左右二本のチューブが肩越しに背中を回って腰のベルトに伸びており、そこに五、六センチの箱型のエアフィルターがベルトで装着されている。

簡単な構造で、手にとって見てもせいぜい一キロあるかないか。これで平均十分間潜れるというから、慣れた者ならその倍の時間は潜れるはず。

ところが残念なことに、酸素の残量計が付いていなかった。

海の中では酸素の量によって行動が決められる。酸素の残量で沖合どの位まで行けるか、どれくらいの深さまで潜れるかを、潮の流れと速さと強さなどを考えながら潜っている。時計も持っているが、陸上と海の中では時間の感覚が違うので酸素の残量が分からないと不安である。

説明の人にその辺りを聞いてみたら、あくまでも簡易潜水器であり、せいぜい四、五メートルくらいの深さまでの岸近くに限るそうで、酸素が残り少なくなる五秒ぐらい前に警告音を発するという。

それにしても便利な物が出来たものである。これなら気軽に海底散歩が楽しめそうである。今は馬鹿でかいバッグに装備一式を詰め込んで、重い酸素ボンベを背負い込んでの難行苦行である。

それに較べると子供でも持てそうな小さなバッグに入る大きさの装備で潜れる。只一つだけ大きな欠点がある。装備一式七万五千円はいいとして、消耗品のカートリッジとフィルターが一回の潜水で二千五百円也である。

あと一、二年待ってみよう。性能も向上し消耗品の値段も半額にはなるはずである。何しろ去年の十月に発売になったばかりで、夏を迎えるのは今年が初めて。そう急ぐことはない。多くの人が使って改良に改良を重ねて、性能も向上し、値段も安くなってからゆっくり使っても遅くはない。

会場で見たのはこれだけ、あとはみんなと博多の夜を楽しんだ。実は屋台で焼鳥をパクツイタだけ。

中国情勢が混迷の度を深めつつある。

自由化要求と一部官僚の腐敗防止を要求して天安門前の広場に座り込んだ学生と、それを支援する民衆への軍隊の無差別攻撃で、死者は千五百人とも二千人とも伝えられている。国民を守るための軍隊が、自国の民衆を見境なく殺害したのである。

西側諸国首脳陣の反応は、明確で素早かった。中国政府の暴挙を非難すると同時に、各種の制裁を発表した。一方、わが国の首相は遺憾の意を表明するにとどまり、あとは口の中でモゴモゴといかにも歯切れが悪い。

中国は文化大革命の時も、五百万人ともいわれる自国民を殺害したことがある。あの時は毛沢東であり、今回は鄧小平の保守派と穏健派の首脳部の権力闘争のとばっちりである。

テレビでは、兵士を満載したトラックが、街の大通りをフルスピードで走りながら、銃を乱射している光景を映し出している。一言で言うと野蛮極まりない国である。

昨日の情報では、鎮圧軍と反戒厳令軍との内戦の可能性も言われていたが、今朝のテレビではどうやら保守弾圧派が実権を掌握しつつあるようだ。

北京を命からがら脱出してきた人たちは、口々に恐怖を語っていたが、この平和な日本のすぐ隣りの国で、今も多くの人命が自国の政府によって危機にさらされているのである。

あらためて日本に生まれ育った有難味を感じている。

平成元年六月

河口湖

夜の湖の静けさをはじめて知ったような気がした。

富士五湖の一つ、河口湖のほとりのホテルで飲み疲れて、酔いを醒ましに外に出た。

琵琶湖では三十年も昔のことになるが、春夏秋冬、四季折々にキャンプをしたり、ボートを漕いだり、湖畔から比叡山まで登ったこともある。

しかし、同じ湖といっても琵琶湖は大きすぎて風の強い日など大波が立ち水飛沫が飛んでまるで海のような感じがした。

それに較べるとこの河口湖は静かである。

風のないせいもあろうが波一つ立たない。対岸の家の灯が三つ四つ。岸辺の道路を走る車のヘッドライトが音もなく流れていく。

聞こえるのは岸辺の虫の声と、時折水面に跳ねる魚のポチャンという音だけ。

海が好きなのでよく行くが、海の夜は音も景色も賑やかである。

海辺の宿に泊ると、一晩中波の子守唄を聞くことが出来る。漁船のエンジンの音も夜通し絶えることなく、漁火はチカチカと瞬いて動いている。

海の夜は動、みずうみの夜は静だと感じた。海は男、湖は女。最近は逆か。


横浜博覧会に行った。

例のとおり雨である。どこかで「相変わらずの雨男だ」という馬鹿笑いが聞こえる。

雨の中、明治時代の横浜開港や古きよき時代の洋館や、その当時の服装をした人達が、土産物屋や喫茶店、ビヤホールなどで働いているのを見て歩いた。

あるパビリオンでは、スクリーンに写し出される映像に併せて、ステージや空中を人形や怪獣が飛び交うショーを観た。

会場を出ると、港にかって、『海の貴婦人』と呼ばれた帆船の日本丸が、長い現役を了えて静かに横たわっていた。

ホテルとレストランに生まれ変わったというが、あの優美な姿はいまだに損なわれていない。

雨に煙る横浜はしずかであった。

平成元年七月

お盆

今年の夏は暑い。連日二三度、三四度という日が続いている。

折角の日曜日、海に潜りに行きたいとは思うが、こんな好天の日には行き帰りの道路の混雑が予想され出足も鈍る。

息子はプールの監視員、カミさんはブティックのアルバイト。何もすることが無いので、心静かにオ勉強しましょうと殊勝な心掛け。

保険の勉強である。

この前、保険代理店普通資格の試験を見事に滑ったのである。いままで色々と試験を受けたが学科で落ちたのは後にも先にも今回が初めて。早くもボケがきたか、それともアルコールの所為か。

そのお勉強の最中に玄関でピンポーン。

出て見ると三十歳位の女性がにこやかに立っている。

近所の奥さんかも知れないので、当方もニコッと応じ、何かと聞くと「あのー、私ども原水爆禁止運動のショ名…」みなまで云わせず「ウルサイ」たったの一言。

一秒後には、その人の姿は無かった。

あまりの消え方の速さに驚いてしまった。

多分、さわらぬ神に祟りなし、変なヤツに関わっては後が煩いと思ったのだろう。

なにしろ真昼間というのに頭はボサボサ髭はボウボウ。どういう訳か眼は真っ赤。おまけにパジャマ姿で、「ウルサイ」などと喚くのだから、一刻も早く消えた方が無難というもの。

それ以上深入りすると、こんなセリフが出てくることになる。

「そんなことはソ連や中国でやってくれ。赤の広場でやってみろよ。十分後にはＫＧＢが収容所入りの手続きをやってくれるよ。中国の天安門広場では気を付けろよ。いきなり機関銃と戦車だよ」

まったくこのくそ暑いのに、そんな暇があったら家で内職でもしてろ。

うちのカミさんなんかブティックでアルバイトしてるんだぞ。もっとも帰りは行く時と違う服を着て「どう、似合うでしょ」なんて云ってるくらいだから、かえって持ち出しになっているとは思うが。

もうすぐ、旧盆である。市内では七月の新盆でやるようだが、地方では大抵八月十五日の旧盆にやる。

今年、新盆を迎えて、亡き人を偲んで悲しみを新たにされる家族もあるだろう。

「何でお前だけ先に死んだ。勝手に死んだお前は良かろうが、残されたわし等はどうすりゃいいんだ。この先どうやって生きていけばいいんだ。この親不孝者が」

悲しみの余り、死んだ人を恨む言葉も口をついて出ることもあろう。

かなりお年を召した方でも、心不全などで急にお亡くなりになると、後に残った家族は、せめて一週間か十日でも看病して遣りたかったと言われる。

それが事もあろうに、朝、元気で送り出した二三歳の息子が、見るも無残な姿で帰ってきた時のご両親の悲しみを思うと全くやりきれない想いである。

日曜日、朝八時半、交通量の少ない見通しの良い直線道路。信号が青に変わって飛出したオートバイが、猛スピードでジグザグ走行して、反対側の車線の外側に立っている、広告用の鉄塔に激突。十メートルほど飛んで地面に叩きつけられ若者は即死、オートバイは炎上。

コンクリートで固定されていた鉄柱の根元がずれており、衝突した部分が十センチ程凹んでいたというから、どのくらいのスピードを出していたか見当がつく。

前の日にたまたまバイクのタイヤ交換のため、勤務先の近くの整備工場でタイヤを替えてもらって帰る途中の出来事である。

この家庭、ご両親と二人兄弟の四人家族。年老いたご両親は共に病身、兄は体が不自由なため、弟の本人が跡取息子として自覚し、周囲の人たちも期待していたのだが、一瞬の事故が一家を悲しみのドン底に突き落してしまった。

悲しい初盆である。

自分も毎日車を運転しているから、絶対に事故を起こさないとは断言できないが、せめて事故の第一原因者にだけはなりたくないと思っている。

最近、身近で立続けに起こった事故は、いずれも起こるべくして起きたとしかいいようのない事故が多い。

父親と兄妹の三人家族の連続事故もその一例である。朝のラッシュ時、二一歳の兄の運転する乗用車が約束の時間に遅れると、平均六、七〇キロで飛ばし、前の車を追い越すために見通しの利かない道路の反対車線を走行し大型トラックと正面衝突。十八歳の妹は顔面裂傷、本人も入院。

その父親が、早朝出勤時、右折中に後方からきた直進車が左後部に衝突。相手車はひっくり返ったまま、タイヤを空に向けて二、三〇メートル滑って行ったという。

幸い、双方とも怪我は無かったというが、まかり間違えば親子三人病院のベッドの上で再会ということになっていたかもしれない。

言い尽くされた言葉だが、車は文明の利器であると同時に、凶器にもなる。

車なしの生活は考えられなくなった現在、我々は車とよりよく付き合っていく方法を常に模索していかなければならない。

だが、車なんていうものはハンドルを右に切れば右に、左に切れば左に行ってくれ、ブレーキを踏めば止まってくれる。

こんなに人の言うことを忠実に訊いてくれる自動車一台制御できないで、傍にいるカミさんや出来の悪いガキ、はては周りをウロチョロしている物わかりの悪い上司、ご同輩連中を御していける訳が無い。

仕方がないから、腕力でも鍛えるか。

平成元年八月

屋久島・種子島

屋久島では「弁当忘れても傘は忘れるな」

「月に三五日雨が降る」

子供の頃、大人たちがそんな話をしているのを聞いて、オーバーだなと思っていたが、それが決して誇張ではないことを実感した。

屋久島に一日半居たが、晴れ、曇り、雨、土砂降り、濃霧と一日のうちに何度も天気が変わり、平地では夏の太陽がカンカンと照りつけているのに、山の中腹から上は雨が降っているという面白い体験をした。

私はすっかり雨男にされてしまったが、今回は熊本を発つ時から快晴。鹿児島からプロペラのYS—11に揺られながら着いた屋久島も素晴らしい天気。

ところが間近に聳《そび》える高い山々は、いずれも中腹以上はすっぽり雲に覆われている。

九州最高峰の宮之浦岳、永田岳、安房岳など峻険な山々が、手を伸ばせば届きそうな程の近さに並んでいる。

この島では平地ではマンゴーやパパイア、ブーゲンビリアなどの熱帯植物が繁り、高い山上では高山植物が見られるという。

島の名物はなんといっても杉である。

島の高校を訪れた時、玄関の正面に直径三メートルもありそうな屋久杉の衝立が置かれていた。樹齢二、三千年は優にありそうな巨大な物だった。

屋久島で一番古い杉といわれている縄文杉は樹齢七千二百年だといわれている。

しかも、深い山の中は未だに人が足を踏み入れたことの無い所もあるそうで、もっと古い杉がある可能性があるという。

俗に猿二万、鹿二万、人間二万の六万ファミリーと言われているそうだが、ここもご多分に漏れぬ人口減少が続いて、現在の人口は約一万五千人くらいだという。

人にはあまり遭わなかったが、猿には随分お目にかかった。

車で走っていると、山道の道路端の空地などに十匹から二十匹の群れがあちこちに出ており、折からの激しい雨の中で、身動きもせずに通り過ぎる車をじっと眺めている。

特に濡れそぼった小猿が、石の上にちょこんと座っているのを見ると哀れを催す。

ついその気になって、山の中腹の売店でピーナッツを買って車の中から投げ与えたら凄いの何の。物凄い奪い合いで、それぞれピーナッツを殻ごと五つも六つも口に頬張って、しかもまだ手を出している。

窓から出した手に何か当たるから、変だなと思ってよく見ると車の屋根に登った猿が触っていた。

親猿、子猿はおとなしいが、血気盛んな若い猿など車のフロントや窓枠にまで乗って、人の手から平気で食べ物を貰う。

図々しいのになると、売店の近くに離れ猿が居たが、この猿はぶら下げていたピーナッツ袋をいきなり奪い取ろうとした。慌てて車の窓から中に放り込んだら、開いた窓から中に入りそうになった。

車の中に入ろうとする猿と、入れまいとする人間との睨み合いが続き、結局猿が引下がったが、歯を剥き出して顔面を真っ赤にさせて威嚇《いかく》するところなど、人間社会でも何回か見たことがあるような気がする。結局、その猿には何も遣らなかった。

帰路、標高九百メートルの山の中腹は雨、途中が霧、平地に降りると晴れ。その間、車で十分位。

平地も、海岸線に沿って走っていると、そのうちに見事な快晴になって、今まで雲に隠れていた山頂がクッキリと顔を見せた。今朝白波が立っていた海は、ベタ凪《なぎ》になっていた。ところがそれから小一時間もするとまた雨がぽつぽつと落ち始めた。昼の二時に島を離れるまで、この天候の繰り返しだった。

ただ雨が多いせいで、水には恵まれている。山に降った雨が大小無数の川となって海に注ぎ、島内には三十余の滝が在るという。

その中でも最大の「大川の滝」を見たが八八メートルのそそり立った山頂から落下する滝は、白い飛沫になって滝壷になだれ落ち、折からの風に霧になって周囲を濡らしていた。

屋久島から種子島へは、時速八十キロ出るという、今年七月から運行を開始したジェットフォイルで約五十分。心地良い揺れにウトウトするうちに着いてしまった。

この島は、私の生まれ故郷である。

四十八年前にこの島で生まれた。それから物心のつかない時に満州に渡り、幸い戦争孤児にもならずに、熊本の荒尾で終戦を迎え、それから暫くしてまたこの島に帰り、小学一年から六年の夏休みまでこの島で過ごした。

その時の小学校に行ったら、城跡壁に建っていた学校の石段や、榕城小学校と刻まれた石の門柱、二宮金次郎の銅像がそのまま残っていた。

この島には五、六年前にも来たことがあるが、子供の頃通った学校は何度見ても懐かしい。校舎は木造から鉄筋コンクリートに変わっているが、校舎の配置は四十年前と同じ。校庭の真中に在った栴檀《せんだん》の巨木が無くなっていたが、幹周り六、七メートルは在ろうかという槐樹が未だ健在だった。

ついでに、昔住んでいた家の跡を訪ねようと遠出することにした。下校中の白い半袖シャツに半ズボン姿の子供達と連れ立って歩く。

四十年前は雨が降るとぬかるんで何度も転んだ道も、舗装されて道幅も広くなり歩きやすくなっている。

見覚えのある所もあり、全く様子が変わってしまった場所もある。

見覚えのあるところは、人の手のはいっていない森や川や谷であり、見覚えのない所は人家や工場が新しく建った所である。

子供の足で一時間ぐらいかかっていたから、大人の足ならその半分ぐらいで着くだろうと思っていたら大間違い。四十分、五十分歩いてもまだまだ先は遠い。おまけに思いもかけないところに、新しい道路が出来たりしているものだから、二度も三度も道に迷って後戻りの繰返し。折りよく空のタクシーが来たので、それに乗ってやっと一息。

昔の住家だったと思《おぼ》しい辺りに行ってみたが、家に通じていた小道は夏草で覆われ、周囲の様子も一変して、わずかにあの辺りではなかったかと思われる方向を、木々の間から眺めただけ。故郷は遠くにありて思うものとはいうが、現実は住む人も少なくなって、小さな家がポツンポツンと数軒散在するだけの小さな集落になってしまっている。

「住む人絶えてなく」かと、四十年の永さを改めて感じた。

夜、偶々入ったスナックに、その桃園《ももその》出身の女の子がいた。七十幾つのお祖父さんが、その村の出身で我々の事を覚えているかどうか聞いてあげると言っていた。頼むよと云っておいたが、いまさら聞いてもらってもしょうがない。

父も母もすでに逝き、近くに住んでいた父の兄弟の伯父、叔父もともに亡くなった。遠い昔のことである。

高校はこの島の南種子高校に入学したが、始めの一学期だけで大阪に転校した。島の南、鉄砲伝来の地に近い高校で、今は周囲の景色も校舎のたたずまいもすっかり変わってしまって、当時の記憶のカケラも無くなっている。今回の旅は天気に恵まれた。

平成元年九月

行き当たりバッタリ

朝方の三時に一度眼を覚ました。冷蔵庫のウーロン茶を飲んでまた眠った。

次に目覚めた時は完全に眠気は消えており、もうこれ以上寝床の中に居るのは苦痛になっていた。

何しろ前夜は八時前には寝床に入っていたのだから、九時間以上は眠っていたことになる。

外の気配に耳を澄ます。笹の葉ずれの音も無く、軒を打つ雨だれの音もしない。

今日は大潮か。魚が待っているかもしれないと思うともう我慢できなくなった。

ノコノコ床から抜け出して、外に出て空を見上げると、風も無く空には星が瞬いている。

決定。出来るだけ静かに身支度をして、車に釣りの道具一式を放り込んで、いざ出発。起床から出発まで五、六分か。

朝方の無人の街道を過ぎて、東バイパスに出るとさすがに流通の動脈、大型トラック、トレーラーが地響きを立てて走っている。

それらの間をハンドル捌きも鮮やかに、ネズミトリとパトカーには充分に気を付けて、一路大矢野島へ。途中、釣具屋と弁当屋へ寄って、魚と自分用の餌を仕入れて、明け染めてゆく海を右手に見ながらひたすら走る。

二時間で現地着。予約も何もしていなかったので、チヌ釣りは先客でいっぱい。

それではと、得意の雑魚釣りにする。

小さなボートを沖合い五百メートルの、真珠棚に舫っての掛かり釣り。近くに先客の二人連れが居たがまだ釣れている様子は無い。

今日の狙いは鯵《あじ》。サビキ釣りでアミ籠の下に疑似餌を付けて、海中で上下させるとアミ籠の中のアミがパラパラと散って寄ってきた鯵が疑似餌に掛かってくる仕掛け。

上手くすると疑似餌の七本か八本の全部に掛かってくることもある。

鯵釣り用の竿を二本と、底もの狙いの竿を一本、計三本の竿を船端から出して待つことしばし、やがて竿先がピクピク動いて上がってきたのは十センチから二十センチのかわいい鯵が三匹。

海釣りには朝から夕方まで粘っても一匹も釣れないボウズの口もあるから、なにはともあれちゃんとした魚が掛かってくれたことは嬉しいものである。それからは鯵の入れ食いだったが、たんに鯵だけ。もっと格好のつく魚が釣れないと遠くまで来た甲斐がないと、粘ってみたがいっこうに釣れない。早々に陸に上がった。

もう少し粘ってみたらと船宿の人は云ってくれたが、こんな日は諦めがカンジン。

朝来た道をトコトコと引き返して、昼頃帰宅。そのまま直ぐ料理に掛かる。

魚は新鮮さが勝負。たかが鰺といえども、ついさっきまで海の中で泳いでいた魚である。生簀の中で泳いでいる鯛などより遥かに美味いはずである。

先ずは頭をとって腸を出してしまう。撒き餌を食っているから残念ながら塩焼きには出来ない。三枚に卸して皮を剥いて刺身が一丁。次は鍋に昆布を敷いて生姜醤油で三十分煮ると佃煮の出来あがり。

あとは、鰺を開いて中骨を取り、水で溶いた小麦粉につけて、パン粉をまぶすとこれは今夜の鰺のフライ。

シャワーを浴びてヨッコラショと座ったのが二時過ぎ。朝起きてからはじめての休憩である。とはいっても車の運転も、船の中の釣りも座ってやっているから、休憩ばかりじゃないかと言われれば、今日は休憩の連続である。

造ったばかりの鰺の刺身と佃煮で、軽く昼食。刺身は魚が小さいので身は軟らかいが新鮮さだけは抜群。佃煮は商売にしてもいい位に美味い。

一服して、次はカミさん孝行である。

今日の予定には無かったが、時間が空いてしまったので急に思い立った。帰りの車の中で、カーラジオが、今日は熊本市制百周年の記念イベントとして、熊本城宇土櫓の完成祝いと、城内の無料開放をするという。いろいろとイベントもやるというから手軽に楽しもうという寸法。ところが行ってみると、周辺の駐車場は満杯で長蛇の列。

それではと行先を変えて、紀ノ国屋書店へ。キノコの本を見つけようという魂胆。

先週の日曜日、弟夫婦と、珍しく息子も一緒に、小岱山へキノコ採りに行った。弟が先生で、キノコの種類をいろいろ教えてもらいながら採ったが、ほんの二時間ぐらいで随分沢山の収穫があった。そこで我が家でもキノコ採りをやろうと、先ずお手本をとキノコの本を探し歩いたが、そんじょそこらの本屋では売っていない。それもそのはず、熊本でも一、二を競う紀ノ国屋でさえ見つかったのは、随分古ぼけて表紙が擦り切れた本が一冊だけだった。

しかし、好天の日曜日だというのに、この書店の賑わってる事はどうだ。一階から三階までまるで縁日のような賑わいである。

カミさんが、本屋に居ると時間を忘れるねというが、しかし外は秋晴れの日曜日だよ。この混み様は異常だね。なにか変な感じ。

キノコの本を買って、ついでに写真集をパラパラめくっていたら、食欲をそそられる風景を見つけた。

こいつを一丁描いてみようかという食欲である。そろそろ芸術の秋でもあるし、今描き掛けが二枚あるがもうひとつピンと来ない。

ほかにも良い写真の載っている写真集があったのであわせて二冊買った。

さて、次はこれを描くキャンバスを買おうと下通りを歩いたが、ここも人通りが多い。こんな天気のいい日にわざわざ街の中などに出てくるなよ、自分のことは棚に上げて、文句を言いながらデパートへ。

文具売り場を覗いて見たがなんと貧弱な品揃え。ノートや鉛筆、鞄などがほんの申し訳程度に置いてあるだけ。勿論、油絵の道具など置いているわけが無い。

帰ろう帰ろうと、帰路についた。さいわい近所の画材店が日曜日であるにもかかわらず、開いていたのでキャンバスを買って帰った。

簡単に晩飯を済ませて、三脚の前に座り込んだ。まずは描きかけの絵の修正。

油絵というものは面白いもので、絵の具の合わせ方で思いがけない色が出てきたり、新鮮な色に出会ったりする。

しかも、失敗すればそのまま消してしまえるのだから気が楽である。

去年、社内展に出した二点のうち、一点は売れたが売れ残りの一点は、一年間押入れで眠っていた。つい最近、ナイフで削って消してしまい、全く違う絵にしてしまった。

最近は空に凝っている。空気の色といっていいか。

人物、動物、静物その他の細々した物を描くよりも、今は空の色オンリーである。

いまは、といっても去年二点描いて、今夜一年ぶりに描くわけだから、寡作の画家。描きかけの二点とも空ばかり。なにしろこれは楽である。

山を描いて雲があって、あとは空だけという至極簡単な構図である。この二枚にチョンチョンと手を入れて、新しいキャンバスに向かう。

昼間買った写真集の、画面全体が空ばかりというような、夕景の下絵作り。下絵の作り方もそれぞれ人によって作りかたが違う。

先ず、下地を塗ってそれが完全に乾燥するまで待って、ある種のオイルを塗り、それが乾いてからはじめて絵を描き始めるという本格派。これなど描き重ねる度に、絵の具の乾きを待たなければならないので、葉書大の小品でも完成までに一ヶ月は掛かるという。

ところが、私の遣り方は手抜きの極地。

何でもいいから、適当な色を下地にするために、キャンバスの布目に塗りこんで、乾く間もあればこそ手当たり次第ベタベタと絵の具を塗りたくるだけ。

何しろ、年に二点しか発表しない、幻の名画家である。自分で描いていても、一体どうなる事やら、一寸先は闇のバ家。

ついつい夢中になっている間に、犬のロンも猫も息子もカミさんも、みんな居なくなっていた。横に居てくれたのは、グラスがたったの二つだけ。白い泡のたっているのと、ウーロン茶色の液体の入ったグラスを相手に、気が付けば十二時をとっくに回って一時前。

今日一日、起きてから寝るまですべてが、行き当たりバッタリの成り行き任せで良い加減。

サ、寝よ寝よと寝床にもぐり込んだ。

平成元年十月

あんたがたどこさ

昨日は、模範的な亭主をした。

先ずカミさん孝行をした。息子に小遣いをあげた。そして良く働いた。我ながら感心した。

おそらく、ギネスブックに載るか、来年の春あたりモハン的亭主の鑑として、叙勲されるかもしれない。

カミさんより早く起きて自分でお茶を淹れ、朝飯は大根と油揚げの味噌汁をつくって、久し振りに家族揃って米の飯などを喰った。

九時ごろから、一家三人で我が家の大農場へ。珍しく息子が一緒だが、これはトレーニング・ジムの月謝代を稼がせてあげようという、優しい親心である。

じつは、息子に牛蒡《ごぼう》掘りの重労働をさせようという魂胆。ひと月ほど前に、カミさんと二人で畑の牛蒡を掘ったのだが、これがなんとも大変な重労働だった。五本ばかり掘るのに大汗をかいてしまった。

牛蒡はよくこれほど伸びたと思うほど成長していて、深さ一メートルぐらい掘らなければならない。土はこれまで一度もその深さまで耕されたことは無いのだろう。まるで誰かの頭のようにコチコチである。

我が大農場に栽培されているのは、大根、牛蒡、人参、トマト、里芋、小蕪、落花生に菊。手入れを怠っていたので雑草が我が物顔に蔓延《はびこ》っている。息子がせっせとシャベルを振るって土木工事に励み、カミさんと私は秋の実りの収穫をしながら、そばで草取りである。

落花生は葉が枯れかけてきたので、収穫することにした。

引き抜いてみると、栽培の方法も知らず肥料も適当にやっていたにしては、上々の出来である。

この落花生の栽培を思い立ったのは、昔の思い出から。

種子島にいた子供の頃、畑から採ってきたばかりの落花生を塩茹でにして喰うのだが、まだ成熟していない殻の軟らかいのは、殻を剥かずにそのまま食べる。

歯で噛み潰すと適度の塩気と、落花生の甘味が実の中からほとばしり出て、口中にひろがる。こんな味覚は、自分で栽培した者にしか味わえない特権である。

その感激は一ヶ月ほど前にすでに経験済み。

ところでこの落花生。花が咲くとそこから下に向けてほそい茎が出て、地面に着くとやがて土の中に潜りこみ、その先端に実が出来る。

だから、出来が良いかどうかは茎を見れば一目で判る。

よく実っている落花生は枝から無数の茎が地面にむかって伸びている。

うかつな話だが、それで落花生かとはじめて気が付いた。花が落ちたところに実がなるから、落花生とは、昔の人は粋な名前を付けたものである。

となりの畑のご夫婦とは、初対面だったがいろいろ教えてもらった。

牛蒡をつくった後の畑は、作物の出来が格段に良くなるそうだ。収穫する時に一メートル近くも掘り返された土壌は、充分な酸素を吸収して活性化するのだという。

根深ネギの作り方も教わった。溝を掘って植え付け、ネギが生育するにしたがって土を盛り上げていくのだという。

ママゴトのようだが楽しいですから、と根っからの熊本人らしい土地の言葉でその奥さんが言っていた。

我が農場の隅に二十本ばかりのネギが植わった。お隣さんのご好意である。

途中、息子がシャベルの手を止めて賃上げ要求。余りの重労働に音をあげたらしい。千円上積みの要求を、さらに五百円乗せてやった。理解ある経営者である。

この日の収穫は、牛蒡約十キロ、大根、蕪、トマト、落花生、里芋、じゃが芋。それに蕪の中に一緒に生えていた、なんだか美味そうな名も知らない葉っぱ。

一抱えの菊の花も切ってきた。三年前に鉢から地植えにした菊が、いちだんと大きくなり今を盛りと咲き誇っている。これをご近所やお知りあいに配るのはカミさんの仕事。

午後からは、収穫物の処理である。落花生は葉っぱを付けたまま陰干しにした。一週間ばかり乾燥させておくと、旨みを増すそうである。蕪は、葉は塩漬けにして、根の部分はスライスして酢漬け。大根もおなじく、葉は塩漬けにして、根は漬物に。

自分で耕し、種まき、草取り、肥料を撒いて四ヶ月、葉っぱ一枚捨てるのも惜しい。

夕食は、今日の収穫のオンパレード。なんといっても畑の物は採れたてが一番美味い。採れたての果物、採れたての野菜の美味さはひとしお。

裏の庭のトマトをヒョイと採って食べる。釣りたての小イワシを、指で割いて潮水で洗って口に入れる。こんなのが本当の贅沢というものである。

夕食の材料は里芋と牛蒡に、名も知らない葉っぱである。里芋と牛蒡は煮付けにした。

里芋の茎の酢味噌和え。これは根っこの白い部分を、捨てようとしたらカミさんが、美味しそうじゃないと言うので、湯掻いて水に晒して酢味噌にしたら乙な味がした。

台所ではカミさんが居る時には、カミさんがチーフ。こっちはもっぱら下回りである。鍋を洗ったり、野菜を刻んだり、ビールを飲んだりと下回りも結構忙しい。

飲物は途中でワインに替えたが、このワインは自家製。

造り方は至って簡単。超安売りの葡萄を、グチャグチャに手で潰して、壜に入れておくだけ。二、三ヶ月寝かしておいて、飲みたくなったら布で漉すと、立派な赤ワインである。

何も入れず、何もしていないのにうっかり飲みすぎると、チャンと酔うから不思議である。

以前知り合った、フランス料理のシェフが言っていた。「ワインの一滴は血の一滴です」。

この人はワインの勉強のために、フランスのブルゴーニュで、三年間、葡萄栽培を経験したことがあり、葡萄酒の本を書いたこともある、その方面では少しは知られている人である。

なるほど、遊びであるが実際に自分でワインを作ってみると、いかにワインが多量の葡萄を使っているかが実感できる。ワインの一滴は血の一滴だと思っているから、折角のワインが残されたりしていると、居たたまれない気持ちになりますと云う。壜に残された分は、従業員達の舌を磨くための、ありがたい研究材料だが、グラスの飲み残しはどうしょうも無い。

自分で葡萄酒造りに携わったことのある者でなければ、判らないでしょうねと云っていたが、その気持ちは充分理解できる。

自分で作ったものは、大根の葉っぱ一枚捨てるのも惜しい。ただし、あくまでも自分で作った物という注釈が付くが。

蕪の間に生えていた美味そうな葉っぱは、喰えるかどうか味見してみようと、湯掻いて醤油をかけて喰ってみたら、歯ごたえもよく、サクサクしていて美味かった。来年は植えてみようかというほどの良い味。そこで残りを全部湯掻いて、油揚げと一緒に煮浸しにしたらこれがまた美味かった。

食後は、面白いテレビも無いので絵描きである。

ところで、驚いたことに私の絵が売れたのである。それも一面識も無い人にである。

カミさんが勤めているブティックに、私の絵を三枚飾っていたら、お客さんが知り合いの新築祝いにプレゼントしたいと、一枚買ってくれたのである。

今日、カミさんが言うには、その絵を貰った人も喜んでいたという。

去年、社内の展示即売会の芸術展で、私の絵を買ってくれた人は、いわば仕事上の仲間内のようなもので、ご祝儀半分という気分があった。

今回は義理も何も無い人が、絵だけを見て買ってくれたのである。ありがたいと同時に淋しくもある。

皆さんが気に入ってくれるものは、当然自分でも気に入っているものであり、それが手元を離れていくのは、一抹の寂しさを感じる。

我がアトリエと称する場所には、描きかけの絵が六枚ある。これらを塗りたくって遊ぶ。

薄くうすく、丁寧に、透明に描いているのもあるし、ベタベタと女性の厚化粧みたいに厚く塗りたくっているのもある。あるいは、ペインティング・ナイフで直接絵の具を塗り重ねていく場合もあり、昨夜はまだ素面のうちにその絵を完成させた。

どうやっても気に入らなかった空の色が、やっと出てきてくれたのである。

夕景の阿蘇根子岳。二ヶ月ほど掛かって、やっと自分の気に入る作品になった。厚いところでは絵の具が五ミリばかり盛り上がっている自信作である。この画家は絵の具は厚ければ厚いほどいいという変な画家なのである。

残る五枚はまだ塗り重ねる必要があるので、気が向いたときに色を重ねていくだけ。

ついつい、傍らに控えているグラスに延びる手数も多くなる。

面白いことに酔って描くと、前日は完成寸前だと思っていたものが翌日見ると、まるで滅茶苦茶になっていたりする。

ところがそうやって、試行錯誤を重ねていくうちに絵に深みを増していくこともあり、油絵というのは楽しいものである。

そのうちに、風呂から上がってきたカミさんが、髪をカットしてくれという。

お安い御用。床に新聞紙を敷いて、椅子をすえれば臨時美容室の開店である。そこで、カミさんの髪を十五センチばかり切ってやった。

我が家は美容院にも、理髪店にも行けないような生活を二十年近く続けているのである。

コリャ一体誰のせいや、と言ったりして。カミさんのヘヤーカットは上々の出来。我ながら上手くいった。

そこでまた絵筆とグラスを交互に持ちながらの色遊び。

そしてつくづく考えた。

俺の、この落差の激しさは何なんだ。

素面のときの勤勉さ、酔っている時の無頼さ。二日酔いの時など、縦の物を横にしないどころか、足に触れたものなど蹴飛ばして振り向きもしないのに、素面の時のこの働きようはどうなっているんだ。

ジキルとハイドではないが、俺という人間の中に、勤勉実直の見本のような二宮金次郎と、その反対のフーテンの寅さんとが同居しているみたいである。いま流行の自分探しの旅にでも行ってみるか。肥後の民謡にあるように「あんたがたどこさ」と洗馬橋あたりまで。

ところで、昼間息子が悪戦苦闘して掘りあげた牛蒡は、ちょっと変わった代物である。二太いものだと直径が十センチはある。中にはスがはいっているが、これがこの牛蒡の特徴。二センチぐらいの輪切りにしたとこなど、まるで薪を食っているようなもの。

しかし、これが何ともいえず旨い。軟らかくホクホクしていて、普通の牛蒡とはまるで別物である。

この牛蒡は大浦牛蒡という名前である。昨年うちの畑の傍らに生えていたのを、好奇心で掘りだしてみた。

今まで、見た事も無い異様な太さに四、五年は経っているんではないかと、バカなことを言いながら例によって喰えるか喰えないかと試してみた。ところがこれが見かけとは裏腹に、軟らかくて甘くて旨かった。牛蒡の名前はテレビが教えてくれた。ある日、ぼんやりテレビを観ていたらこの大きな牛蒡が写し出された。その料理は多分、東北地方のものだったと思うが、やはり薪ザッポウのような輪切りの煮物で、お祭りや祝い事には欠かせない縁起の良い食べ物だと言う。

面白いことに、本家本元、隣りの畑のご主人もこの牛蒡の名前を知らなかった。

平成元年十一月

大根葉の漬物

庭の紅葉の葉が黄色から真紅に変わり、おりからの風にハラハラと舞い落ちる。縁側のすぐ傍にある椛（もみじ）の古木は、あと三日もすると落葉してしまうかもしれない。毎年のことだが、この紅葉が風に舞う様を見ると、今年も終わりに近づいたなという気になる。

落ち葉というと、一昨日大阪御堂筋の銀杏並木を歩いた。梅田から心斎橋まで一直線の銀杏並木は、歌に唄われているくらいに見事である。

北の梅田から、南の難波まで六キロ近くはあると思われるが、梅田から中之島にかけては歩道も広く、ゆったりとした感じで都会の喧騒を和らげている。

昔からこうだったかなと、三十年程前に梅田で本屋のアルバイトをしていた頃のことを、思い出そうとするがどうも記憶がはっきりしない。

多分、十代のその頃は、まわりの景色など眼に入らなかったのかもしれない。

十二月にしては珍しく、よく晴れた小春日和のなかを、ノンビリと同行者と無駄話をしながら歩いた。

道は一面に散り敷いた黄色い紅葉の絨毯である。並んで歩いているのが、背高のっぽのこの男でなく、ハイヒールを履いた小柄な髪の長い人だったらいいだろうな、などと思ったりした。行先が、仕事場でなければもっと良かったろうに。

ジングルベルが街に流れるようになると、忘年会のシーズン。一年の締めくくりの行事としては、なくてはならないものになった感があるが、皆さん飲んだら足元には充分にご注意を。

昔、ある酔っ払いがいつものとおりふらふらと繁華街を歩いていたら、滑って転んで酷い目にあったらしい。なんでも三足千円もする高級サンダルを履いていて、雨にぬれたタイルに足をとられ、見事に尾骶骨《びていこつ》から着地したそうである。

その後、三週間はまともに椅子にも座れなかったそうで、多分、尾骶骨にヒビでもはいったのではないだろうか。医者から聞いた話だが、骨にヒビがはいっても本人が気付かないうちに治ってしまっていることもあるそうで、後になってレントゲンで骨折の痕が見つかることがあるらしい。

ある会社の中年の課長さんが、某夜ひとりで街へ飲みに出たそうである。(この、一人と言うのが怪しい）。うっかり、階段から足を踏み外して（これも怪しい。髪の長いのを追いかけていたのではないかという噂もある）気がついたら、片方の足がクルッと一回転して後ろを向いていたそうである。

足のつま先と踵《かかと》が逆になっていたというから、さぞ見ものだったろう。当然、ピーポーピーポーのお世話になり、今ごろは入院先の看護婦さんをからかっているに違いない。

新聞か何かで読んだ記憶があるが、年齢に関係なくカルシウムの摂取は必要だそうで、これを書いている今、縮緬雑魚《ちりめんじゃこ》と大根の葉っぱの漬けた物を、混ぜ合わせてビールの肴にしている。

皆さんにぜひお勧めしたいのが、大根の葉っぱの塩漬け。正確に云うと大根の茎の塩漬けである。葉の部分は千切ってしまい、残った茎を好みの塩水に漬け込んで、重石をしておけば約一週間で出来上がり。

私の場合は、ちょうど海水ぐらいの濃度の塩水をヒタヒタになるぐらいまで入れて、河原から拾ってきたゴロタ石が重石になる。

前回作ったときは、漬け込んでいたのをすっかり忘れていたが、十日たって喰ってみたら、これまた結構なお味で、ご近所の評判も中々のものだった。

我が家では大根の葉っぱ飯をよくやる。炊き立てのアツアツのご飯にこの漬物と、縮緬雑魚を混ぜ込んで食べる。美味である。

大根の葉っぱの漬物は、お裾分けした人たちによれば、そのまま醤油を垂らして食べた人、油炒めにした人、握り飯の中に入れたなどと様々だが、マヨネーズ和えで旨かったという若い人もいた。

ただ残念なことに最近の八百屋は、大根の葉っぱは落としてしまっているから、店で手に入れるのは難しい。

車でドライブ中に農家の人たちが、大根の収穫をしている所に行き当たったら、一声掛けて見るのも一法。千円も出せば、車のトランクいっぱいに分けてくれるかも。

ただし、充分なお世辞を添えての話だが。

平成元年十二月

天才画家

年が明けたとたんに寒波が襲来し、すっかりコタツと仲良くなってしまった。首までコタツ掛けをすっぽり被り、ボケーッとテレビなど眺めていると、すっかりお年寄り気分である。

去年まではこの時期、海の底で鮑やナマコなど探し回っていたのが嘘のようだ。早いもので、昨日日曜日は七草。外はポカポカと暖かい日差しで、風も無く文字通りの小春日和。

あまりの天気のよさに誘われて、七草粥の芹でも摘みに行こうかとカミさんと二人でドライブ。去年フラワーショウの会場になった井芹川に行ったら、鴨が十羽ばかり泳いでいた。番《づかい》だろうが大きな鴨が二羽とその半分ぐらいの小鴨が三、四羽、二家族に分かれて上流と下流で遊んでいた。

のどかな風景である。

年配の女の人が、川岸で何かを採っていたので、我々も探してみたが芹は無かった。

そこで、むかし熊本に来たすぐの頃に住んでいた家の近くに行ってみた。その家は新築そうそうで、幹線道路から三百メートルほど入り込んだ山の中の一軒家だった。

崖の上に民家が一軒あるだけで、辺りは竹藪と雑木林、下の方に田圃が見えた。

永い間の東京暮らし。カミさんは東京生まれの東京育ち。

よくいえば大自然、悪く言えばド田舎の生活は珍しいものずくめで、庭先を鶉《うずら》の夫婦がヨチヨチと横切って行ったり、鼬《いたち》が走り抜けたりすると喜んでいたものである。

野蒜や芹を摘んだり、清流でクレソンを採ったりするのも楽しみの一つだった。

家から五百メートルばかり降りた所に小川があって、その近くの休耕田に芹の群生しているのを見つけたことがある。

一年程で、市営の団地に引っ越した後も、よくそこに行ったものである。

ところが四、五年振りに行ってみたら、川の様相が一変していた。

以前は自然のままの小川で、石を積んだ洗い場があり、農家の人たちが、採り入れた大根や白菜、芋などを洗ったりしていたのが、周りの竹藪は切り払われ、川はコンクリートで固められている。

深く浚渫《しゅんせつ》されているので、農作物の洗い物など出来なくなっており、芹を洗っている最中に足を滑らせて、寒中水泳をした洗い場など跡形も無い。

これは改良ではなくて、自然破壊ではないか。よっぽど金が余っているに違いなかろうが、なにも山の中の小川にまで手を付けることはない。

おまけに芹の生えていた田圃は、長い間の休耕で背の高さほどにもある葦が一面に生い茂って見る影も無く、芹など探しまわってやっと二、三本生えているだけ。

仕方なく諦めて帰ってきた。


帰ったら、烏賊《いか》の塩辛作り。

マツ烏賊の新鮮なのを買ってきた。ワタを抜いて胴体は開いて皮をむき、ワタと胴体を別々にして、酒と塩を振って一晩冷蔵庫で寝かせる。

翌日、胴体を刻んでワタと混ぜ合わせ醤油、味の素で味付けをして出来上がり。さらにユズなど摺ってやると上々である。

ここまでが普通の遣り方だが、うちでは耳と足の部分も塩辛にする。ただし、耳と足は別々にしなければならない。

胴の部分がレギュラーだとすると、足は噛めば噛むほど味わいが深くなり、耳はコリコリとした歯ざわりが何とも言えない食感である。

ところがカミさんに言わせると、耳と足は塩辛のうちに入らないそうで、私は食べないという。これ幸いである。

田舎者は可哀相なもので、蟹の味噌も食べない。仕様の無いやつだなと困った顔をしながら、こっちは珍味を独り占めである。

自慢じゃないが、我が家の烏賊の塩辛は絶品である。これを食べたら市販のものなど不味くて食べられなくなる。

食べ物の話のついでに、新顔を御紹介しよう。正月料理のニューフェースである芥子蓮根《からしれんこん》ならぬ明太芥子蓮根。芥子の中に明太子を入れるのである。

ボイルドエッグの黄身と、ほぐした明太子に溶き芥子をたっぷりと入れて混ぜ合わせる。これを蓮根に詰め込んで、卵黄を入れた天麩羅粉で揚げると出来上がり。

はじめて作ったときは涙が出た。感激の涙ではなくて、芥子を入れすぎたのである。

ところで皆さん、蓮根にどうやって芥子を詰め込むかご存知か。

箸でいちいち押し込むのではないかなどと、思う人がいるだろうが無理からぬことである。

じつはわたしもそう思っていた。ところがコロンブスの卵である。

ボールに入れた芥子の表面を、輪切りにした蓮根で叩くのである。蓮根の穴の大きい方を下にして、芥子の表面にトントンと軽く打ち付けてやると、面白いように芥子が蓮根の穴に入っていく。あらかじめ湯掻いておいた蓮根に芥子を詰めて、低温でじっくり揚げる。揚げたての熱い芥子蓮根など食べた人はそうは居ないのではないか。

日が翳る頃から画家に変身。

普通の画家は昼間の明るいうちにセッセと絵を描くが、この画家は一寸変わっているのである。しかもコタツにはいって描くのだから、相当ヘンチクリンである。日本広しといえどもコタツで絵を描く画家など、そう居るものではなかろう。

しかも、お馴染みの二つのグラス付である。

ほぼ完成しているが、一寸気になっていた所を手直しして、ゼロ号と一号の出来上がり。もうこの二枚には手を付けないと決めた。画なんてものは見れば見るほどアラが目立ってくるもので、手直ししているうちに段々ひどくなって、そのうちに放り出したくなる。だからいい加減なところで妥協しないと際限が無くなる。

大分の九重方面から、遥か遠くの山々を望んだ夕景にも手を加えた。これもほぼ完成。もう一息である。

六号の根子岳雲海に手を加えたが、これだけは手を入れれば入れるほど酷くなっていく。

隣りに居るカミさんに「どうだい」と聞くと「まるでアニメみたい」「なんで」さらに聞くと「だって漫画みたい」だと、なんという正直な言い方。

途中で諦めて、秋の田園風景の中に聳える根子岳にとりかかる。

これは、はじめ晩秋の名月に照らされている根子岳を描きはじめたのだが、二ヶ月余りいろいろ手を尽くしてみても、どうにも夜の色が出なくて、急遽《きゅうきょ》刈り入れの終わった田んぼの夕景に変更したもの。その気になって見れば、根子岳も夕暮れの感じがよく出ている。

この画家には執着心、絵に対する執念のようなものは毛頭無い。融通無碍《ゆうづうむげ》のいい加減な画家なのである。

だから僅か二時間のあいだにチョコチョコと五枚もの絵にチョッカイを出す。

針仕事をしているカミさんに再度絵の批評を乞うと、「銭湯の絵」だと宣った。湯舟の上の夕イルに描いてあるお馴染み富士山や、海岸の松林に帆掛け舟だと言う。理由は「ケバケバし過ぎる」「それを言うならキレイだと云え。絵は綺麗でさえあればいいんだ」とは云ったものの、よくよく見るとなるほど銭湯である。

「なるほど、そう云えばそうだな」と納得した。「でしょう」とカミさんわが意を得たとばかりに笑って尚も云う。「お風呂屋さんから注文がくるわよ」「坪、千円ぐらい呉れるかいな」と聞くと「さあ、どうでしょうね、せいぜい稼いで頂戴」と涙をこぼしながら、腹をかかえて喜んでいる。忙しい奴である。

「お前らアートのわからん奴は困ったもんだ」と嘯《うそぶ》いてせっせと画業に励んだ。

これもいい加減で抛りだして、四号のキャンバスに風景画を描き始めた。

真新しい白い布にはじめて筆を入れるときは、ほんの少し緊張するものである。キャンバスに絵の具が馴染むように、はじめは下塗りだけである。

欲張って、もう一枚買い置きの四号を出してきて、これにも下塗り。

一晩でなんと七枚ものキャンバスに手を入れたことになる。

いかなるプロの画家といえども、わずか四、五時間のあいだにこれだけの絵をこなす人は居ないだろう。

弟などセミプロ級の腕前だが、一枚の絵を仕上げるのに三年も四年も掛かっている。

それに較べれば、この大量生産の画業は一種の天才ではなかろうか。ただし、絵の出来は別にしてである。

そろそろ、手元も怪しくなってきたので本日の作業終了。

今年も先が思いやられる。

平成二年一月

冬の寒さかな

冬寒や　片手で洗う　顔一つ

「評」

立春を過ぎたというのに、このところの寒さは相変わらず厳しい。寒い冬の朝、庭の井戸から釣瓶で汲み上げた水で、顔を洗っている情景が活写されている、写実的な秀句である。清々しい——と書いてくれる、間抜けな選者はいないだろうな。

実のところは冷たい水にさわるのが厭さに、水道の水を右手で一寸受けて、二、三回眼の周りをこすって、それで一丁上がりという怠け者の洗顔風景である。

先週は関東地方を寒波が襲い、東京では何十年ぶりの大雪だったという。

たしか昭和四十三、四年頃大雪が降った。東京の国分寺に住んでいた頃の事で、三日ばかり降り続いたと思うが、首都圏の交通網が大混乱を起こした。あれ以来の大雪だという。そして相変わらずの交通混乱と、歩行者の転倒事故で、怪我人が何百人も出たという。

雪国の人たちに較べて、東京の人たちは足が弱いせいで転ぶのかと思っていたら、北国の人たちは雪が降っても滑らない靴を履いているという。

皮底の靴など一番滑りやすい。

熊本では雪が降っても積もる事はまずないが、冬の街に出るときには、ゴム長は無理としても、ゴム底のできれば滑り止めの付いた靴を履いたほうが良い。

東京ではゴム長靴が、店頭から消えてしまったと電話で話していた。

滑る話のついでにもう一つ。

二十年以上前、いま東京のウォーターフロントと言われている所はまだ埋め立ての最中で、当時塵捨て場で悪名高かった夢の島に、塵が舞っていた頃のことである。

冬、深夜の東京は車の通りも絶えて、快適なドライブウェイ。夕方ちょっと小雨がパラついたが、いまは満天の星で道路も乾燥しているから、スリップの心配はナシ。

ところが、心配はあったのである。銀座から新橋を通り勝鬨橋の上で、タイヤがスリップし斜行した。

とっさにブレーキを踏んだら車は停まってくれた。

ただし、その場でクルッと百八十度綺麗にターンして、晴海に向かっていた車首が、銀座の方向に向かっていた。ほかに車が居なかったからよかったようなものの、すんでのところで大事故を引き起こす所であった。調べてみると、橋の上の路面だけがアイスバーン状に凍結していた。夕方降った小雨が、風通しのいい吹きっさらしの橋の上だけ、濡れたままで凍ってしまっていた。だから寒冷時の橋の上は、一般道路とは状況が違うということを頭に入れておかないと、飛んでもない事になる。

最近、テレビに向かって毒吐《どくづ》くことが多くなった。

いまや終盤戦にはいった選挙演説。「消費税絶対反対」……いいこと言うが、財源は何処にある。

「米は一粒たりとも外国から入れません」……もうとっくに入っているよ。焼飯やピラフになってね。

「リクルート疑惑」…古い話をもちだすね。

まるで討論会である。

ただこっちがいくら毒吐いても、テレビの向こうは知らん顔して喋っているのが気に食わない。横でカミさんが笑っているだけの締まらない話。

人にはそれぞれの考えがあり、生き方がある。同じ赤い色を見ても綺麗だと感じる人も居れば、毒々しいと思う人も居るだろう。

右は自民党から左は共産党、言葉は悪いが雑党まで。

自由社会のいい所は、なんでも思っている事が言える所。


資本主義社会に対峙《たいじ》してきた、社会主義の本山、ソ連が大揺れに揺れている。

五月現在では憲法六条、党独裁の排除という見出しが、新聞の一面に並んでいる。

五年前ゴルバチョフが火を点けたペレストロイカは予期以上のテンポと展開で進んで、去年暮れのベルリンの壁崩壊から、ルーマニアの大改革、アゼルバイジャン共和国の内乱など火を点けた本人が驚くような燃え上がり方である。

我々自由社会の住民から見れば、ガンジガラメの岩のように固い組織と、厳しい思想教育で少なくとも今世紀はおろか、後百年は自由社会と対峙し続けるだろうと思っていたが、騒ぎはじめて僅か三ヶ月で、共産社会の本家本元のソ連共産党が脱皮を図ろうとしている。

いまは新聞が面白い。


むかし、某所で実際にあった話。

冬の寒さかな

村会議員に立候補した某氏。人気が悪くて開票結果は自分の入れたたったの一票。ハテ、奥さんや二十歳を過ぎた子供達は一体誰に入れたやら。

もっと面白いのはこんなのもある。

やはり村会議員の選挙。開票してみるとなんとゼロ票の立候補者が居た。

前代未聞の椿事に、新聞記者が早速インタビュー。

候補者いわく。「自分は絶対通ると思っていたので、ほかの候補者に投票してやった」

お時間が宜しいようで。

平成二年二月

受験生

損害保険代理店の普通資格試験に、三回目でやっとパスしたらしい。らしいと言うのは、東京海上の担当者が模範解答書を持ってきてくれたので、自己採点をした結果である。

去年の四月、初級試験にチャレンジ。暇つぶしの遊びにはちょうどいいワイと思って受けてみた。

試験当日、問題用紙に書いてある文字がチラチラ躍って、それを読むのに一苦労した。

前日、東京から遠来の客があって、寝たのが多分三時か四時。

この時はどうやら合格。

その次は、普通資格。その前日も来客である。

一応、一週間ちかく勉強はしたのである。

わたくし、根が大雑把で無頓着な性なので、いつも書類は流し読み、飛ばし読みをやるが、試験ともなると身を入れてテキストを眺める。

そうすると何十年か前の、幼かった子供時分に戻ることができた。日頃のチャランポランが、勉強好きだった頃に帰った気がした。

みんな笑うかもしれないが、子供の頃は勉強好きだったのである。

種子島の人里離れた一軒家、家とは云えない掘っ立て小屋の片隅に、親父から買ってもらった小さな机の前に座って、いつもボーッとしていたよとは後でお袋から聞かされた話。

家から学校まで歩いて一時間。よく本を読みながら帰ったものである。

もっとも何時もそうだった訳ではなく、夏は途中の池で泳ぎ、四季折々の山野に稔る木の実や、果物、季節になると馬車から落ちた砂糖黍が喉を潤してくれた。

南国の野生の木は時期になると、たわわな実りを人々に与えてくれる。

子供達はその実りを存分に味わうことができた。

こんどの試験を受けるために、一週間ばかり昔に帰って勉強した。勉強しながら、いいもんだと思った。たまにこんな機会でもないと、本当に身を入れて物事を考えることも無くなっている事に気付いて、楽しませてもらった。

そして試験当日は、またまた二日酔い。なんで俺が真面目にやろうとすると、みんなで寄ってタカって邪魔するのやと悩んだりして。結果は見事に不合格。一緒に受けた何人かが通った。

二回目、出張から帰ると「明後日、試験です」と知らされた。一晩かかって、大急ぎで三冊のテキストに眼を通した。

資料持込みといっても、何処に何が書いてあるか、判らないくらいだから合格する訳がない。

このとき、女性全員が合格した。

そこで考える。あいつ等、頭はよくないくせに、ペーパーだけは上手いものよ。（こうなると完全なやっかみである。）

そして今回が三度目。基礎障害の十問はパーフェクト。火災は十問中一問不正解。最後の自動車は十問中五問正解。ひどいものである。よって自己採点は七六点。

勘違いもあるかもしれないので、今回も落ちた可能性大。

ただし次回チャレンジする時は、多分百点取るはずである。

親がチャランポランだから、息子もチャランポラン。つい先日、武蔵塚駅で自転車を盗られてしまった。

訊くと、自転車に鍵を掛けていなかったと言う。それを聞いて親子やっぱり似ているなと思った。

こいつも親の血を引いて、上から下まで大雑把。

去年、某私立高校に入ったが三ヶ月で辞めた。理由は、「校風があわない」。なんだか、芸能人が離婚する時の決まり文句の、「性格があわない」に似ている。それを両親が揃いも揃って「いいよ、いいよ」だから始末が悪い。

ここに高校浪人が誕生した。来年、希望する高校を改めて受験するという。そして真面目に勉強するかと思いきや、昼間は予備校に通ったが、帰ってくると友達がわんさか集まってくる。そのうちに友達も来なくなり、静かになったと思っていたら、今度は何を思ったか歌を唄い始めた。今風の、我々中年にはどうにも理解に苦しむようなヘビメタの歌。

多分、有り余る活力を何かで発散させようという気持ちだろうと、夜だけは大目に見る事にした。

ある晩、わが息子、レコードのボリュームを最大に上げて十二時半まで唄っていた。聴いているとどうしようもない衝動を持て余して、自分で自分を制御出来なくなっているみたいである。

その気持ち充分わかる。オヤジも通ってきた道だから。

十分にガナリ疲れた頃を見計らって、二階に駆け上がり、百雷が落ちたような大音声で怒鳴り上げてやった。

久々の親らしいお説教である。ところが、自分が説教されるのが大嫌いときているものだから、いい加減で止めにした。

有難いお説教は短くても利くのである。多分一、二分で終ったろう。

そんな事があっても、息子には一向に危機感ナシ。相も変らぬ平和な生活を送っている。

連休の時には、親子揃ってビデオ鑑賞。夜は親子が向かい合って絵を描いている。

こいつの絵が素晴らしく上手い。カミさんが言うには「パパの絵が下手すぎるので、僕が描いてみようか」と言ったらしい。

こんな暢気な受験生があるかいなと思いながら、こんな馬鹿息子が一人ぐらい居ても良いんでないかいとも考える。

親がポンなら、子供もポンよ。それも結構面白い。

平成二年三月

居眠り防止

例年より一週間早く咲いた桜も、土曜日夜の風雨ですっかり散ってしまった。

夜中に風の音に目覚めて、こんな言葉を思い出した。

今を盛りと咲き誇っている桜を見ながらこう呟くのである。

「……花に嵐の喩もあるぞ、サヨナラだけが人生だ」

満開の桜も何時散ってしまう運命か分かったものではない。人生とは所詮そんなものだよ。多分小説で読んだか、映画の一場面だったかもしれない。

昨日、日曜日はさらに追討ちをかけるように、県下に強風波浪注意報が出され、ほんの少し残っていた桜は完全に散ってしまった。

そして今日九日は一斉に入学式。

桜は散ったが代わりに今は、緑が一番美しい。

この緑の若葉マークが各職場にも配属されてきた。四月は出会いの季節である。この出逢いを大切にしたい。

ただ幸と不幸は紙一重。一昨日の地元紙には、初出勤の少年が単車のスピードの出しすぎで、駐車中の車に衝突して死亡したと伝えていた。

高校を卒業し、新しい職を得て入社式に向かう途中の出来事であり、ご両親の嘆きはいかばかりか。

それより、死者には悪いが狐に抓まれた気がしたのは採用した会社の方だろう。人手不足の折、ようやく採用した新人が、初出社してきたのは本人ではなく、事故死の電話だったなどと、ブラックジョークにしては出来すぎである。

高校では生徒のオートバイの運転を禁止している学校が多く、卒業したとたんに大っぴらに乗りまわせる嬉しさの余り、ついアクセルを踏み込みがちである。

車だけではない。生活全般にまだまだ一年生は若葉マーク。

校則や、先生の呪縛から解き放たれた反動で破目を外す若者が多い。

なにしろどこかの大手企業の初任研修では、入りたての女子社員が休憩中に煙草を吹かす風景があちこちで見られたという。

残念ながら、新人諸君は学校より企業のほうが怖いという事を知らない者が多い。

居眠り防止

今日の日中は風も無く、好天を絵に描いたようないい日和。

これから居眠りの季節である。何時間も面白くも無い話を聞いていると、眠くなるのはよく判る。

昔から、睡魔といってわざわざ魔の字を宛てるくらいだから、こいつに魅入られたらなかなか逃れられない。

ついウトウトと睡魔に引き込まれて、遠くの話し声が心地の好い子守唄に聞こえてくる。

しかも前夜飲み過ぎたり、寝不足だったりするとこの誘惑には抗し切れない。

某社では、会議で居眠りするものが後を絶たないために、思い余った社長が、ある会議のときに、密かに持ち込んでいた日本刀を壇上でギラリと抜いて叫んだそうである。

「真剣にやれ！」恐ろしい会社があったもので、そんな会社に勤めていなくて良かった。

その会社の会議は一日がかりである。昼食休みが四五分間で、三時に十五間分の休憩があるだけのハードスケジュール。

特に午後の二時三時は魔の時間だが、その話を聞いた後は居眠りする者は居なくなったそうだ。

そのかわり、それぞれにみなさん工夫を凝らしているようである。

まるで、居眠りをしないようにするためにはどうすればいいのかのテーマで、会議が必要ではないかと思うくらいである。それぐらい会議や、研修で居眠りは大敵である。居眠りなどしたら、まるで演壇で喋っているお偉いさんに、お前の話など聞いていられるかと、喧嘩を売っているのも同然。

午後からの居眠り防止策は、まず昼飯は腹いっぱい食べない事。腹の皮が突っ張れば、瞼が重くなるのは当然。昼飯の後は缶コーヒーでも飲むとか、水で顔を洗うなどしておく事である。最近発見したテクニック。退屈してきたら、机の下で靴を脱いで足首の運動にはじまり、敵の隙をみては足の土踏まずをトントンと叩く。親指を引っ張る、揉む、ほぐす。

これは効果はあるが、後ろの席に座れるかどうかの運に左右されるから、あまり実際的ではない。

手軽に出来るのが、手首から先のマッサージ。親指からはじまって、時間はたっぷりあるから指を一本ずつ丹念に揉みほぐしてやると、不思議に眠気が消えていく。

それでも眠くてたまらない時は、顔面に皺《しわ》をよせて、後ろのドアから出る事である。外で深呼吸でもして、煙草の二、三本も吸えばいかな眠気でも吹っ飛んでいく。

誰かに見つかればヤバイことになるが、それも眠気覚ましの内。

考えようによれば、会議で居眠りをして怒鳴られたりするのは好い方である。車の運転中の居眠りは、即事故に繋がる。

体調の思わしくない時は、無理をしないで休む事。休むのに遠慮なんか要らない。場合によっては、休む事が周囲に迷惑をかけないことかもしれない。無理をして病気を長引かせたり、入院してしまうよりは早めに休みをとることも大事である。

万一、病気になったり、怪我でもして入院するような破目になったら、天から与えられた好機だと思って、大いに頑張って休んでしまう事。

かねてからの私の持論。人間の身体も精神も、三年や五年に一回ぐらいリニューアルすべきであると考えている。

入院の必要の無い人は、欧米に倣《なら》って長期休暇など取った方が良い。

人手不足の折ではあるが、お互いに融通しあって余暇を創り出すべきである。

四月一日から週二時間の時間短縮となった。余暇の時間をいかに有効に利用するかが、今後の大きな課題になるかもしれない。

厭な会議や研修でも、せいぜい目を見開いて聞いている振りをしているだけでも、あいつはよく頑張っているなどという、おめでたい上司が出てくるかもしれない。

縁側で日向ぼっこの居眠りは、八十、九十のご老人になったら幾らでも出来る。

それまで居眠りは我慢しときましょう。

平成二年四月

ゴールデン・ウィーク

ゴールデン・ウィークが終った。あまり天候には恵まれなかったが、晴れた日の行楽地は大変な賑わいだったという。そしてこの期間中の交通事故死者三百七人、海や山での事故も続出した。ゴールデン・ウィーク前だったが、荒れた海にボートを出して、子供達を死亡させた事故も記憶に新しい。

ボートの免許取立ての二人の男が、家族連れで九十九里浜まで来て、海が荒れているのも構わずに、折角来たんだからと買ったばかりのボートを出して転覆、子供達を水死させた。

当日は海が荒れて漁師でさえ出航していなかったのに、免許取立ての海の素人が出航したのが事故の原因。

この附近の海域は流れが複雑で、地元の漁師たちも天候が悪化すると、細心の注意を払って操船するという。

五トン未満の船の操縦は小型四級免許で出来るが、あまりにも簡単に免許が取れるのでこんな事故が起きるのだという新聞記事もあったが、こんなのは免許以前の問題である。

私も船舶免許を取るための講習を受けたが、荒海に船を出すなというような事は、テキストには一行も書いていなかったし、教習官も言わなかった。常識の問題である。

海や山などの自然は機嫌の好い時は、優しく人間を包んで遊ばせてくれるが、一歩間違うと荒々しく牙を剥き出す。自然が暴れだすと人間などひとたまりもない。自然と親しむには、まず自然の恐ろしさを知る事が大事である。

随分前のことになるが、人吉の球磨川上流で鮎釣りをしていた。余りに暑いので水浴びをした。初めは川岸でパチャパチャやっていたが、深場で泳ぎたくなって川の中央に出てみた。

川の表面は穏やかで波もなく危険な気配など微塵《みじん》もなかった。

のんびりと川の中ほどまで出てみたら、いきなり水中に引き込まれた。穏やかな表面と違って、水中は球磨川独特の急流が複雑な流れで、渦を巻きながら流れていたのである。

ガキの頃から川の水には慣れていたのが幸いした。慌てず騒がず、そのまま呼吸を止めて、体の力を抜いてゴロゴロ川底を転がされ二、三十メートル川下の澱《よど》みでやっと浮き上がった。時間にして二分ぐらいだったろう。

川の恐ろしさを改めて認識した。川面はやさしく穏やかに見えても、その底流では想像も出来ないような速い流れと、渦が牙を剝いている。

海でも怖い思いをした事がある。

沖縄で潜った時のこと。スキューバ・ダイビングの器具一式を抱えて行ったので、沖に白波が立っていたが、折角来たのだからと潜水を強行した。

岸から百メートルほど平らな岩礁地帯を歩いて、波高二メートルぐらいの海中へ。

波が荒い時はなるべく深く潜る。浅瀬で波に揉まれていると船酔いを起こす。海中で船酔いとは変な話だが、実際に船酔いに似た症状を起こす。

波は高かったが、波の間を縫うようにしてスッと海中に入り、深場でゆったりと海中散歩を楽しんだ。相当波の荒い時でも十メートルも潜りこめば波の影響はほとんど受けない。

一緒に行った後の二人はとうとう潜れずじまい。波が荒すぎて入れなかったのである。

しかし、潜ったのはいいが、上がる時に一苦労した。荒れたときの波の力は恐ろしい。うっかりすると、波の力で岩に叩きつけられて、大怪我を負う恐れがある。

小さい波の来るのを待って、タイミングを見ながらどうにか海から上がることが出来た。

これから天候が好くなり、水の季節になると子供達の犠牲者が日曜ごとに報道される。

二ケ月程前になるが、面白い光景を見た。

弟一家が遊びに来たので、オデンでも食べようと、空港の先の西原村まで足を延ばし、オデンを喰ったり、囲炉裏《いろり》で虹鱒、玉葱、ピーマンなどを焼いて食べた。

禁酒中だったので食べるのも飽きて、一人外に出てぼんやりと、駐車場や辺りを見回していると、小型の乗用車がいきなりバックしてきた。

右ドアが開いており、そこに三十過ぎぐらいの男が必死にすがりついて、運転手に向かって何か叫んでいる。

ところが男が叫ぶたびに車の速度は速くなり、多分店の玄関にぶつかりガチャーンと音がするだろうと思っていたら、案に相違してグァンという鈍い音とともに車は停まった。

車は店の玄関横に鎮座していた大甕に当っていた。運転していたのはどう見ても十五、六歳にしか見えない女の子。車から這うようにして出てきた女の子は、しゃがみ込んで泣きじゃくっている。男の人は呆然と立ちすくんでいた。

女の子が車の位置でも変えてやろうかと、軽い気持ちで運転し、ブレーキとアクセルを踏み間違えたようだ。

男の人が何か叫ぶたびに速度を増していたから、ブレーキだと思って必死にアクセルを踏んでいたのだろう。

近所の奥さんが、前進とバックのギアを間違えて車を大破させたことがある。

その時、やっぱり女はダメだなーと思った。中国の諺にこういうのがある。
『天の半分は、おんなが支えている』
女が馬鹿だなんて思っても、決して口に出しては言ってはいけない。

平成二年五月

禁煙

世界禁煙デーとかいうのがあって、その日のテレビに何処かの事務所らしい所で、一斉に灰皿を片付けているシーンが写しだされていた。馬鹿バカしさを通りこして呆れてしまった。たかが一日煙草を吸わない日をつくるというのも馬鹿気ているが、それに仰々しく世界などと大袈裟に名付ける者の気が知れない。

煙草の害はこれまで散々言い尽くされて害があるのは百も承知。吸っている者は判っていながら吸っているのである。ただし煙草を吸わない人には、はた迷惑である事も事実。副煙と言って、煙草を吸う人より、傍にいる人のほうが身体に悪い影響を受けているという説もある。

思わず、ウッソーそんなバカなことある訳ないだろーと言いたくなるが、真からそれを信じ込んでいる人も居る。

某紙に、読者による賛否両論の投書が載っていたが、喫煙の害の他に、煙草を吸う時のマナーの悪さを指摘する声が多かった。

一昨日、熊本市内で中学校の倉庫から出火した。ボヤ程度ですんだが、どうやら生徒の隠れ煙草が原因らしいと報道されていた。

煙草の火の不始末が出火原因のトップを占めている。火事を出さないまでも、吸殻の投げ捨ては何とかならないものか。

歩きながらポイ、電車やバスの停留所でポイ、一番頭にくるのが我が家の門の近くで吸殻を捨てる奴。車で来て、サテと吸いかけの煙草をポイと捨て、すまし顔でゴメンクダサイと入ってきた連中の顔を思い浮かべる。

そうか、あいつだったか。何であいつの吸殻を俺が拾わにゃならんのや、とブツクサ文句を言いながら吸殻を拾っている。

六月一日、玉名事務所開き。

この日は生憎《あいにく》の雨。その前日までは晴れ続きだったのが、よりによってこの日に雨とは。それも小降りなら可愛くもあるが、所によっては豪雨注意報が出るような憎ったらしい降りかたである。

どこのどいつが言い出したか、やっぱり雨男にされてしまいそうである。出張のたびに苦労する。

沖縄にはすんなり行けたためしがない。皮肉な事に、出張の予定が、都合で行けなくなった時に限って、沖縄地方はこの上ない好天に恵まれたりする。

東京行きも、この前は随分苦労した。熊本空港は濃霧のため全便欠航。朝の十時から夕方の五時まで待った挙句、翌朝も運行しないというので、汽車で博多まで出て一泊し、翌朝一番の空席待ちでやっと東京に着いた事がある。

そういうことで天気のほうがこっちを揄《からか》うのなら、こっちだって対抗手段を取らざるを得ない。その手段とは、旅行だとか出張の予定を事前に立てない事。天気が好い時を見計らってスッと出かけるのである。後で気が付いた天気が、あわてて雨を降らそうとする頃には、こっちは涼しい顔をして帰ってきているという寸法。これを無計画主義という。

今日は梅雨の中休みで一日中曇り。予報によると、明日は降水確率0。海上の波の高さ五十センチ。

サテ、明日は一日寝て過ごそう。

魚用のクーラーは今のうちに車のトランクに入れておくか。

平成二年六月

月下美人

七月一日深夜の二時、けたたましい電話の音に眼が覚めた。

眠い眼をこすりながら反射的に時計を覗くと、午前二時十五分。夜中の電話で好い報せがあった事は今まで一度もない。

それが、よりによって七月一日の夜中と来た。警備事故だろうか、車をぶつけたかと考える。そして事故が起きたとすれば、十二時前だろうか、後だろうかと心配になる。

六月三十一日が期末である。午前零時を境に、会社の年度が分かれる。十二時前だともう前期になってしまったが、折角一年間の無事故記録がオジャンであるし、十二時過ぎであれば、今期は出鼻を挫かれたことになる。

ここ二年、苦い目にあっている。去年も無事故記録を達成しようと一年間頑張ってきて、最後の一週間という所でドカンと一発やられたことがある。いずれにしても、無事故記録が樹立できるかどうかの瀬戸際である。

これが事故の報せなら、漫画だなと思いながら受話器を取ると、か細い女の声。なにか取り乱しているようで、はっきり聞き取れない。よく聞いてみると、なんとか動物病院を教えてくれと言っているらしい。

電話の応答を聞きつけて、カミさんが起き出して来たのでバトンタッチ。よかった二五期は無事故達成したと一安心。やれやれと胸をなでおろして再び布団にもぐりこんだ。

翌日、その電話の用件を聞いて吹き出した。

以前、同じ団地に住んでいた近所の奥さんの、新築した家の庭に近所のメス犬が入り込んで、その家の愛犬と愛情の交換。ところが何時間経っても離れないため、気が動転したその奥さん、動物病院に詳しいうちのカミさんに電話したというもの。

その夜、動物病院の先生、往診したかどうかは聞き忘れた。


七月二日の豪雨による災害は、日を追うにつれて拡がっていくようだ。

県内の死者は十六人、負傷者二十七人、家屋の全壊一〇一戸その他の被害総額五九一億円。被害が一番多かった阿蘇郡一の宮町では、住民百二十人が未だに公民館や学校で避難生活をしているという。

我が家で月下美人の花が咲いた。握りこぶしほどの花が一輪、夕方から咲き始めた。時間を追うにつれて開いていき、十一時頃には満開になった。翌朝は完全に萎《しお》れていた。一年にただ一度、真夜中に一夜だけ開いて枯れていく花哀れ。まるで私みたいと言っているのはダーレダ。

平成二年七月

鰹釣り

先日牛深沖で鰹を釣った。

友人一家と民宿で一泊。一行六人、それぞれ息子を一人連れている。

翌朝六時、牛深港より出航。港を出ると前夜の強風の影響でうねりが高い。

船は外洋を走るので、内水の有明海を走る船に較べると船体も大きく喫水も深い。六、七メートルの波にゆったりと揺れながら進む。

三十分ばかり走ったところで、アンカーを打ってエンジンを止め、大量の撒餌を船尾から流す。

撒餌はオキアミを解凍したもので、間断なく撒きつづける。餌も同じオキアミ。

竿は、前夜買ったばかりの新品。釣具屋の船頭さんに見せたら、私の持っていった竿は皆落第。

腰の強い頑丈な竿でないと折れると言われて、言われるままに買ったもの。

仕掛けは道糸十二号、ハリス十号。釣りの経験者には判るだろうが本格的な大物釣りである。

暫く釣っていたら異変が起こった。友人の高校二年生の息子がいきなりバタンと伸びてしまった。奥さんもしゃがみ込んで青い顔。ときどき船端から顔を突き出してゲーゲー。そのうち「死にそう」と言い出した。

カミさんにドウダと聞くと「ジェットコースターに乗ってるみたいでいい気持ち」だと言う。友人は船酔い止めの薬を二錠も飲んだ割には顔色が好くない。こっちは全く平気。なにしろ前夜はビール二本とポケットウイスキー一本しか飲んでいない。節制の賜物《たまもの》である。

時間が惜しかったが、友人の奥さんに死なれては困るので、いったん帰港して奥さんと息子さんを降ろして再び漁場へ。漁場には五、六隻《せき》の遊漁船が舫っている。

アンカーを打って船を固定させ、オキアミを絶え間なく打ち続ける。浮き下を竿二本にして流していると、いきなり浮きが海中に消しこんだ。すかさず合わせると強い引きが来た。リールをフリーにして魚とやりとりをしようとしたら若い船頭さんが「巻け巻け」と言う。大丈夫かなと思いながら、ポンピングして強引に巻き上げると、さすがに道糸十二号、ハリス十号は強く、タモに入ったのは優に一㌔半はありそうな三の字。

二、三年前、西海岸のダイビングで散々追いかけまわした魚である。

この魚、釣ったのは初めてだが、こんなに釣り味が好いとは知らなかった。なにしろ食い付いたと思ったら途端に下に向けて奔る。グイグイと引きこむ。その力強さは鯛にも匹敵する。

そのうち友人にも三の字が掛かった。

やがて、船頭さんが「来ましたよ」と叫んだ。見ると船尾のはるか向こうの海面が、四つ五つと水脈を作りながら盛り上がってこっちに向かって走ってくる。

ガツーンと当たりが来て竿が弓なり。船頭さんに言われたとおり巻きに巻くと見事な鰹が揚がって来た。タモで掬って大きなトンカチであの世へ送って氷漬け。

テレビなどで観ると、物干し竿のようなぶっといやつでぶり揚げているが、なるほどと実感。なにしろ友人の竿が三つに折れたぐらいに引きが強い。

友人の竿が曲がって、来た来た、引け引けとリールを巻いていたら、上から三分の一ぐらいの所でポキン。それでも巻いていたら残った竿の中ほどでまたポキン。しかし道糸十二号のおかげで、糸を握って引揚げた魚体は約三キロ。まるまると肥った見事な鰹である。

午後二時までに鰹四匹と三の字四匹。

西海岸でもう一泊するという友人一家と別れて、三時間半かけて帰宅した。

その夜食べた鰹の刺身は旨かった。普段、カツオなんてとバカにしていたが、鰹がこんなに旨いものだとは知らなかった。

鰹にも増して旨かったのが三の字。薄切りの刺身にすると鰹以上に旨かった。旨いものは旨いうちに楽しんでもらおうとご近所にお裾分け。

味を占めて再度牛深へ行った。今度は男ばかり四人。私と息子とは前夜から一足先に先乗り。友人とやはり釣キチのＭさんとは、翌朝釣具屋で落ち合う事にする。

前夜の飲みすぎで、モーローとしながら車を運転してやっとの事で牛深へ到着。

息子と二人だけで小さな大浴場？に入り、夜の海を眺めながら夕食。狭いツインルームで枕を並べて就寝。

翌朝六時、大量の撒餌を積んで四人で出航。ところがこの日は台風の後で魚が散ってしまったそうで鰹は一匹も上がらずじまい。船頭さんはあちこちと場所を替えてくれるが、当たりは一切無し。四度目に場所を替えたところで船頭さんが鯛を揚げた。退屈して寝転がっていた息子の竿である。その後も船頭さんは一キロちかい鯛をはじめ、計四匹揚げてくれた。友人とＭさんはそれぞれ小物を揚げていた。とくにＭさんは小物専門に二十匹は揚げていたろう。

ちなみにこの日の私の釣果はカワハギ一匹、息子はゼロ。この釣行の最大の収穫は、息子と枕を並べてなんでもない話をしながら眠った事。

ある日、カミさんが心配そうな顔で舌の奥のほうに何か出来ていると言う。触ってみてというので、触りたくはなかったが触らないと何を言われるか判らないので、恐る恐る触ってみると確かに固いしこりがある。

その時からカミさんの苦悩が始まった。

考えはごく単純である。舌に異物が出来た。異物はガンである。舌に出来たから舌ガン。舌ガンは舌を取られてしまう。舌を取られると喋れなくなる。

だから息子に言ったそうである。「私は舌が無くなって喋れなくなるから、あなた手話を習いなさい」息子の返事は至極簡単。「イヤ」

そのあと考えたのがいかにもカミさんらしい。舌が無くなると味覚が失われるから、手術前にいっぱい食べ歩きしましょうだと。

なにはともあれ緒方先生に診てもらおうということになった。先生は私の命の恩人である。レントゲンであるかないか判らないような小さな食道の異物を見つけ出して、そのときはなんでもなかったが、半年後に気になるからと再度精密検査してガンを発見。すぐに入院して手術、命拾いした。その先生に診てもらったら笑われたそうだ。大体舌癌というのは舌の表面ではなくて、裏側に出来るそうであり、舌の奥には大抵の人が出来物を持っているもので、指先で触るとでこぼこしているらしい。

昼頃、一階の緒方先生から安全宣言を受けて、三階の事務所まで上がってきたカミさん、箸を付けたばかりの私の弁当を奪い取ってみんな平らげてしまった。現金なものである。

平成二年九月

体育の日

十月十日は体育の日。暑さも過ぎて秋空は高く澄みコスモスの咲き乱れる高原で軽やかに走る爽快さ。運動でかく汗は爽快である。

北京で開催されていたアジア大会も終ったが、メダルの数が少なすぎるとの声もある。どうも日本民族はいざという時に気負いすぎて、つんのめってしまう傾向があるようだ。

そんな事は専門家に任せておいて我々の運動は、健康と気晴らしのためにほどほどにやればいいのだ。

昨日は、十分すぎるほどの運動をした。おかげさまで足腰、腿の筋肉が少々痛む。阿蘇の高原を走ったのではない。ごくごく近場で間に合わせた。それも決して我が意志から出た運動ではない。日頃から怠けに怠けている私が、自発的に運動などやろうと思うはずが無い。やむなくやらざるを得なくなったのである。何事にも動機がいるものだが昨日の運動の始めもしかり。

昼頃、カミさんと買物に出かけたら、帰りに畑に寄って行こうとカミさんが言い出した。瞬間不味いなと思った。ここ二ヶ月ばかり畑を覗いたことがなかったのである。

農協から借りている例の農園で、八月頃伸び放題に伸びていた草を一日がかりで取り除き、綺麗にしたところで後は抛りっ放し。

畑に行って見ると案に違わず草が伸び放題で、畑と言うよりは牧草地と化していた。折角植えた里芋は、雑草の陰に隠れて申し訳無さそうにショボショボと顔を出して、隅のほうでは根深ネギがヒョロヒョロ、菊の塊だけは元気に青々としている。

この畑はもともと地味がいい上に、肥料をたっぷりと施しているから草の育ちも抜群に良い。ことになんという名前か知らないが根元の直径が三センチほどにもなっている、高さが一メートル、茎に鋭い刺のある草は始末が悪い。うっかり触るとちくりと刺される。

カミさんが宣言した。昼から草取りしましょうだと。我が家ではカミさんの一言は天の一言である。勿論二つ返事で賛成した。運動代わりにちょうど良いや、と呟きながら。

運動であるからには、やはり服装からビシッと決めなければならない。スポーツウエアにゴム長で正装して、手には鎌と鍬、ポケットには大根、カブ、高菜の種袋。

折から絶好の農作業日和。どういう天気が農作業に向いているかと言うと、照ってはダメ、雨は論外、少々の薄曇に風はそよそよ、気温は高からず低からずが宜しいようで。

来るぞ来るぞといいながら、いつもすっぽかしてくれる台風は今回も当地を避けてどこかへ行ってしまった。その台風の余波で天気は曇り。風はそよ風でおまけに昨夜の雨で地面は湿っており、農作業にはまたとない天気である。

近くの小学校で運動会をやっていて、マーチや応援の声がスピーカーにのって流れてくる。

一口に草取りというが雑草といえどもこれだけ立派になると、草との格闘という感じになる。素手で素直に抜けてくれるような可愛いのはまれで、根元近くに鍬を打ち込んでエイヤッと掛け声をかけて引っこ抜かなければならない。草を相手に悪戦苦闘しながら考えた。商売だって黙っていてもこんなに伸びてくれたらどんなに良いか。

しかし、面白いもので見る影も無かった草ボウボウの畑が、少しずつ綺麗になっていくのを見ると、いつの間にか愚痴も忘れて夢中になってくる。大物は私が鍬で格闘し、小物はカミさんが相手。草を除ってみると貧相に見えた里芋も案外大きくて茎なども堂々としている。ネギもなかなかのもので色といい艶といい立派。菊は小さな蕾をいっぱいに付けてこれからが楽しみ。

ひとわたり除草したところで、今度は耕作作業。これがまた大変。終わる頃にはあの軽かった鍬が重く感じられる。息切れがする。農耕民族が鈍重な理由がよく判った。狩猟民族は動く動物が相手だから一瞬のチャンスを捉えて素早く行動しなければならないが、お天道様と土を相手の農耕民族が、四六時中機敏に動いたんでは息切れがして倒れてしまう。

黙々と息ながく労働に耐える農耕民族のほうが、案外しぶとく長生きするのかもしれない。それが証拠に日本が今一番繁栄している。

日頃の運動不足からくる息切れに、変な理屈を考えながら耕し終えて、畝《うね》を作り、持って来た種をみんな蒔いてしまって作業終了。

十坪はあろうかという広大な我が農園がきれいに化粧直ししたのを眺め回して至極ご満悦。サゾ、ビールが美味しいでしょうね、というカミさんに、「お前そんな事を考えながらやっていたのか」と言ってやった。

実は、このわたくし運動する前からその事ばかり考えて厳しい労働に耐えていたのである。シャワーを浴びた後の一杯は勿論旨かった。一本だけ引っこ抜いてきたネギを薬味にして蕎麦を食ったが、ネギがまた旨かった。

何でもいいが、我が物が一番いいのである。

平成二年十月

天高く

夜寝ていると、布団の中にまで菊の香りが漂ってくる。家の周りには菊の花が今を盛りと咲き誇っている。毎年、菊の盆栽、懸崖《けんがい》を買ってきて花が散ってしまうと地植えにしたり、ロクに手入れもしないで抛って置いた花壇の鉢植えが季節を忘れずに咲いてくれる。

モーローとした頭で、この香りは縁先の菊の群れだろうな、優雅なものだと思いながら翌朝起きてみたら、布団の横の床の間にちゃんと菊が生けてあった。どうりでよく匂うと思った。

十一月にはいると急に季節の変わり目を感じる。今日は雨。秋雨がシトシトと降っている。今朝の出勤は車で一時間二十分近くかかった。普段なら一時間足らずで着けるのに三十分ばかり余分にかかった事になる。月曜日の雨の日と同じくらいのラッシュである。

これからは通勤ラッシュの季節。天候のいい季節に自転車やオートバイで通勤していた人たちが、乗用車に乗り換えるのだろう。

それにしても東京のラッシュ振りは凄いだろうと思う。十二日の天皇即位式に向けて、三万七千名の警察官を動員、東京は只今厳戒態勢の最中である。

極左過激派は皇居、神社、警察関連、ＪＲ東海、はては一般市民の住居まで文字どおり無差別テロの対象としている。

しかもその手段は卑劣で、一度爆発させて人が集まってきた所で、二発目三発目を爆発させる。人家の場合は玄関と裏口に爆薬を仕掛けて、ガソリンで焼殺するという残虐さ。

即位の礼に来日する外国の元首、要人に万が一のことがあれば国際問題にまで発展する。二十二日の大嘗祭までの厳戒中、都内の交通は多分麻痺状態になるだろう。

通勤時間が二、三十分余分に掛かった所で、文句など言うまい。

しかし、うっかり油断をしていると、いつ熊本にも飛び火してくるか判らない。現に大分の竹田では二日ばかり前に放火と思われる火事で、神社の門が焼かれたばかりである。

最近の爆発物は殺傷能力が向上しているので、十分な用心が必要である。

昨日（八日）イラクに人質になっていた人たちと、イラク在留邦人七四人が帰国した。しかし、イラクとクウェートにはまだ二三九人の邦人が残されているため、テレビで観ていても帰国した人達はそれぞれが複雑な表情。

主要な軍事施設の近くに拘留され、戦争が始まれば真っ先に死ぬ運命にあった人たちである。日本に帰ってきて生命の危機は去ったものの、同僚や知人を現地に残してきた人たちには口に出せない事情があるに違いない。出国許可のリストに名前が載っていながら、自ら帰国を辞退した商社の支店長や、事務所長の方々の勇気には頭が下がる。

貿易立国日本を築き上げるために、商社員を先頭に企業戦士として多くの企業が、世界一六七か国に三十数万の人たちを送り込んでいる。その人たちはいつ国と国とのトラブルに巻き込まれるか判らない運命にある。

今回の帰国者リストに上がった人たちは、年配者か健康に不安のある人が主だったというが、辞退した四人はそのほうの心配はないのだろうか。戦火こそ開かれていないがイラクは戦場そのものである。戦場にある兵士としていつでも覚悟ができているというのなら、戦士の鑑である。

「私が帰国すれば現地の従業員が動揺するから」と商社の支店長は語ったそうである。

それにしても気の毒だったのは六七才と六十歳の老夫婦。クウェートに侵攻して来たイラク兵に全財産を略奪され、文字通り裸一貫の帰国である。三十数年の努力は水泡に帰したといえる。

秋が深まって朝夕の寒気が厳しくなると、食べ物が旨くなってくる。

まず第一は青物、特に白菜が美味しくなる。これからは鍋物の季節。鍋に白菜は欠かせない。

手近なところでは湯豆腐、豚や牛の薄切りシャブシャブ、牡蠣鍋などもよろしい。昆布と鰹でとった出汁に鯛などの魚をブツ切りにしていれ、白菜、生シイタケ、豆腐、春菊など入れれば食が進むこと請け合い。

しかし、なんといっても鍋の王様は猪鍋。猪と聞くだけで毛嫌いする食わず嫌いが居るが可哀相な人たちである。味噌仕立てにして牛蒡のササガキを入れると、臭みが消えて美味この上なし。

豚肉と較べるとシコシコした歯ごたえがあって、じんわりと染み出てくる脂の具合が何とも言えず旨い。猪と豚と比較するのが失礼である。どだい食べ物からして雲泥の差がある。豚は人間の食べ残しや、配合飼料などという得体の知れないものを食っているが、猪は山の柿や栗はもとよりトウモロコシ、芋、はては米まで食っているのである。稲などあの牙を使って、実に器用に穂を梳いて食っているそうだ。そのおかげで害獣にされているのだから皮肉な話である。

猪肉をよく見ると、分厚いゼラチン質の皮の部分に黒い毛が残っている。猪鍋の通はあの黒く残った毛が、飲み込む時にキュッと喉を撫でて行くのが何ともいえない感触だという。十一月十五日から来年の二月十五日までは狩猟解禁。いまから鍋を洗って待っておこう。

平成二年十一月

暖冬

気の早い所にはとっくに門松が飾られ、商店街やテレビではジングルベルが流れている。しかしこの暖冬では季節感が湧かず、師走に入ったとは思えない。例年なら木枯らしでとっくに散っている庭の紅葉は未だ真紅の葉が散り残って、朝降った雨の滴を穏やかな冬の日差しに光らせている。

地球の温暖化がいわれて久しいが、本当に昔に較べると冬が暖かくなってきたようだ。長洲に住んでいた中学の頃は、真冬になると一日中震えていたような気がする。但し、日本中が未だ貧しかった三十数年前のことだから、家はガタピシして隙間風が吹き込み、朝起きると布団の襟のところにうっすらと霜が降りているようなこともあった。暖房もコタツに練炭火鉢ぐらい。一日のうち寒さから逃れられるのは、銭湯に入っているときぐらいだったような記憶がある。

この温暖化が自然破壊の結果でなければ良いのだが、温度の上昇が続けば自然の生態系の破壊が進み、多くの陸地が水没するといわれる。人間の英知はそこに行くまでに、何とかして食い止めることが出来るはずである。それにしてもこの暖冬で打撃を受けている人たちが大勢いる。また逆に恩恵を受けている人たちも多かろう。暖冬の所為で冬物衣料、暖房器具の売れ行きはサッパリ。一方ではビールやアイスクリームが例年より好調だそうである。

地上だけでなく海の中も変わったようで、海温が平年より二、三度高かったために、夏には牛深沖で鰹が大漁だったし、もうとっくにシーズンが終っている鯛も未だに釣れているそうである。ただ海苔の生産者は困っているだろう。良質の海苔は昼夜の寒暖の差が大きくないと出来ないそうだが、高温続きでは赤腐れ病が心配される。ただ技術の進歩で冷凍網の使用が比較的簡単に出来るようになったので、不作にはならないだろう。

さっきまで薄日が差していた我が家の庭に、気がついたら小雨が降っている。

愛犬ロンは玄関で寝そべっているし、三匹の猫はストーブの前に二匹と、そこから少し離れた椅子の上でそれぞれ、物思いにふけったり転寝《うたたね》したり。息子は二階、カミさんはコタツでお昼寝中。田舎の夕暮れは静かなものである。こういう静かな時は少々気が早いが、一年を振り返ってみるのも一興。

世界の十大ニュース方式で行くと、トップニュースは何と言ってもイラクのクウェート侵攻。

八月、戦車を先頭にクウェートに侵攻したサダム・フセインはクウェートはもともとイラクのもの、それを取り返して何が悪いと居直った。

怒ったアメリカは米軍を先頭にサウジをはじめとする湾岸諸国、英、仏、伊などの同盟軍でイラクを封鎖。封鎖されたフセインは人質を小出しに釈放しながら、有利な取引をしようと模索していたが、イラク攻略の国連決議案が出ると、一転して全人質の釈放となった。

全面解決までには紆余曲折《うよきょくせつ》はあろうが、この事件でも日本の政治的な未熟さをさらけ出す事になった。国連平和派遣軍を出すか出さないかなどの議論は笑止の限り。戦場に行くのに小火器を持っていくか行かないかで議論をしているようでは、世界に相手にされまい。日本は湾岸諸国から七十パーセントの石油を輸入している、一番利益を受けている国である。その国が金だけ出して後は素知らぬ顔をしようとしているのだから、そのうちに仲間はずれにされるかもしれない。

しかし、湾岸諸国で最強の軍隊を作るのに手を貸したのが、いまイラクを取り囲んでいる諸外国の売った武器だから皮肉なものである。

最初にクウェートに侵攻するときに使った戦車はソ連、中国、英国製。対地、対空、偵察用にはフォークランド戦でイギリスが使用したエクゾセミサイル装備のミラージュF1戦闘機。

ほかに中国製爆撃機、ソ連戦闘機、アメリカ製のヘリコプター。ミサイルはソ連の独壇場らしい。なにしろ開戦当時三千人のソ連軍事顧問団がイラクの技術指導に当たっていたというから、中東の世界は奇奇怪怪である。ソ連のゴルバチョフがノーベル平和賞を受けることになった。確かに国際社会では彼の主導したペレストロイカが引金になって、東西ベルリンの壁崩壊、ドイツ統一、東欧諸国の自由化、米ソ協調による世界平和の機運は高まってきた。但し、彼の国そのものの実態は年々酷くなっていくようである。今日の読売新聞には、ソ連の医薬品不足が大きく取り上げられている。見出しは『薬入手二ヶ月かかった』『善意待ち望むソ連国民』『一粒でも多く、一日でも早く』記事ではチェルノブイリ原発事故をはじめ、アルメニア大地震、相次ぐ鉄道事故などで薬の需要は高まっているが、薬を作る化学工場が環境汚染の原因となって、次々に閉鎖されたためだという。

だがあの国では以前から病気治療のために注射したら、かえって病気が重くなったという話など日常茶飯。なぜなら日本では常識になっている使い捨ての注射が出来なくて、同じ針を何回もまわし打ちしている。錆びた注射針が病気を重くしている事が起きている国である。

今年、ソ連のじゃが芋は豊作だったそうである。それでも市場の値段は下がらず相変わらず古いものしか庶民の手には入らない。じゃが芋を収納する倉庫がない。あっても輸送手段が整っていないから、折角の収穫物はみすみす野ざらしにされて腐ってしまう。そして責任を取るものは誰も居ない。マルクス、レーニンがつくりあげた共産社会の現実である。

平成二年十二月

飲むべきか

未年も無事に開けて、今日ははや七草。

街もすっかり平常に戻って、活気のあるいつもの表情。今日は七草粥だが、どういう訳か我が家はマーボー豆腐。息子は焼肉。

息子も高校生にもなると親離れしてしまって、四季折々の家庭行事にも遠ざかった。親のほうもすっかり忘れて、いまやクリスマスなどケーキのケの字も無くなった。

唯一の年中行事らしいものといえば、元旦の朝、屠蘇《とそ》を祝うぐらいのもの。その屠蘇が今年はワインとなった。

御節《おせち》料理も最近は出来合いのものを買う人が多くなって、今年は三万円ぐらいのものがよく売れたそうだ。共稼ぎや仕事の都合で時間の無い人は別にして、御節料理を作る事その事が、正月の行事のなかに含まれるのではないだろうか。こんな考えはもう古いのかもしれない。

我が家は今のところ、ほとんどが手作りの御節である。大根と人参膾《なます》の、大根は畑から引っこ抜いてきたもの。蒲鉾は知合いが自分で釣ったグチを持ってきてくれたので、それをミンチにして、シャケの細切りを包んで蒸すこと三十分で天下の珍味の出来上がり。混ぜ物一切なし、味付けは塩だけ。

タクアンの燻製も作った。昨年まではスペアリブをはじめとして、カマボコ、ゆで卵、生のイカ、肉の塊などその辺に転がっている物は手当たり次第に煙で燻したが、今年は評判の好かったタクアンだけにした。

芥子蓮根は作るも涙、食うも涙の物語。一年ぶりの製作で作り方を間違った。芥子の中に味噌を入れるのを忘れたのでカライの何の。自分で食って飛び上がった。芥子の余りにも辛いのを食うと、胸が痛くなるのをはじめて知った。苦しかった。

いつものとおり、折角作るなら飛び切り美味いものをと粉芥子一袋に、ほぐした明太子をたっぷり入れ、湯掻いておいた蓮根に芥子を詰めていくのだがこれが大仕事。

涙ポロポロ、鼻水滂沱《ぼうだ》である。知らない人が見たら、過ぎ去った一年間の悪行への悔恨と、みんなの恨みを一身に背負った反省と悔悟の念の現れと見るかもしれない。

ただし、これを食った客のうちの何人かが、余りの美味さのせいだろうが、ハンカチで眼を拭っていたから仇は討ったか。

元日の初日の出は拝めなかったが、午後からは見事な青空。家から一番近い三之宮神社参拝も以前からの慣わし。この神社を選んだのも単に家から近いという理由。昔は元旦の参拝客も閑散としていたのが、今は繁盛している。駐車場も手狭になって、近くのラーメン屋や、空地を借り上げて臨時の駐車場にしている。小さな参道には玩具屋、イカ焼き、焼き栗屋などが出て景気を盛り上げている。

鳥居をくぐると正面に本殿があり、多くの人たちがそれぞれ新年の願いを込めて拍手を打っている。小生も百円玉一個だけ投げ入れてそれだけ。神仏は信じない事にしているし、たかが百円玉一個で願いを叶えてくれるほど神様も甘くはあるまい。

例年の事ながら今年はああしよう、こうしましょう、こうなりたいなどと殊勝な心掛けなど一切なし。カミさんのお供でくっ付いて来るだけ。息子はと探したが、影も形も見えない。親に輪をかけた不信心者である。

思わず笑ったのがお祓いの神主。本殿では例年のように、古顔の神主さんがお祓いをしている。その本殿の左のほうに真新しい拝殿が出来ており、マイクでピーヒャラ、ドンドンと派手な音を出していて、新顔の神主がお祓いをしている。ところが、馴染みが無いせいか、本堂でお祓いを受けた人たちの大半は、新築の拝殿は見向きもしないで帰っていく。

その神主は手持ち無沙汰で格好がつかず、両手で捧げ持ったご幣はむなしく宙をさまよっていた。もっと傑作なのは、多分新年だけのアルバイトではないかと思われる、二人の若い男が、その神主の横で物々しい衣装をまとっていながら、やる事が無いと見えて立ち話をしながら笑っている。ここで忙しいのはお守り売り場。例年どおり破魔矢と車のお守りを買った。今年はそれに息子のバイクのお守りも追加した。息子は年明け早々バイクの免許を取ることになっており、バイクを買わせられた。勿論学校には内緒である。学校は相も変わらず取らせず、持たせず、乗らせずの三無い主義。ところが一昨年あたりから青少年のオートバイ事故の防止には、三無い主義よりも安全運転の指導を徹底するほうが事故の減少には効果的であるという意見が多くなりつつあり、学校独自で安全指導を行っている所も多い。息子の通っている学校は、お役所主義のガチガチ。法律で免許取得を許可しているのに、学校で禁止するのは法律違反になりはしないか。

バイクを買わせられたが、息子のやり方も上手かった。ふだん寄り付きもしないのが、焼酎で上機嫌の時を見計らって、免許とバイクの話を持ち出し、小生からOKを取っていたのである。

小生すっかり忘れていたが、カミさんが証人。酔った上での約束でも、約束は約束。

この社会で車と運転免許の無い生活は随分不便なものである。いずれ免許を取ることになるのなら、運動神経が発達し、反射神経も最高であろう若いときに取って、早い時期から経験を積んだ方が永い目で見ると、安全運転に繋がるのではないか。

学校にバレたらもちろん校則違反。停学だそうである。マ、どうにかなるさ。

年賀状がドッサリ来た。ところが困った。何処の会社か知らないが、去年の暮れに社内での賀状交換、贈答品廃止の通達が出ていたのである。それまでは『虚礼』では無くて『実礼』だなどとほざいて年賀状をあちこちに出していたがこう具体的に出られるとサラリーマンとしては従わざるを得ない。これを真に受けてほんの数人の親しい友達にしか出していなかったのである。

例年の事ながら年賀状とは嬉しいものである。年に一度だけのお互いのご無沙汰伺いで無事を確かめ合っている友人も多い。

その中に通達を出した本社連中の賀状があった。「コラ、アカン。すぐ年賀状書こう」

上役が出しているのに、下役が出していないのは失礼千万。どこの馬鹿があんな通達出しやがった。

元旦早々、書初めをする破目になってしまった。しかし、本来は新しい年を迎えてから書くのが年賀状であるから、これが正当。

宛名書きは小生、新年挨拶の本文はカミさんである。合計百二、三〇枚書いた。

表と裏の文字の余りの落差に驚いた人が多いかもしれない。なにしろカミさんは十何年も元手が掛かっているのに、こっちは年に一回筆を持つか持たないかという違い。

しかし、我ながら良く書けた。一枚書くごとに「ウーン、上手い！　なかなか味がある」

「この枯れた所がなんとも言えん」自分で自分をしきりに褒めた。自己暗示にでも掛けないと、新年早々やってらんないよ。この字を笑う人が居れば、もっと凄い字を見せてやりたい。小生の知人だがそれこそ鬼気迫る、踊り狂っているような字を書いてくるのが居る。あの字に較べれば小生の字など、手習い習字の手本にしてもいい位のものである。

驚いた事に今夜は十一時近くになろうというのに、ビールもウイスキーも一滴も口に入れていない。節酒にしようか禁酒にしようか、今迷っているところ。

節酒だ、禁酒だなどと殊勝な事を考えたのも、理由は簡単。最近酒量が目立って減ってきた。どうやら肝臓がお疲れのようである。だから先ず肝臓を元通りに元気にして、元のとおりに飲みたいから。次は遊びたいからである。去年は海にも山にも余りご縁が無かった。今年は体力を付けて大いに遊ぶつもりで居る。

小生目下の悩みは「呑むべきか、呑まざるべきか、それが問題だ」

平成三年一月

女性兵士

三日節分、四日立春、今日は一時小雨がパラついたが暖かい穏やかな日和。

先日、家庭菜園の草取りのついでに、枯れてしまった菊の茎を刈り取ったら、菊の中から梅が植えてあるのが見つかった。その梅に早くも花が咲いていた。

元気の無くなった鉢植えの梅を、養生のために地植えにして三年、そのまま忘れていた。生憎菊の群生している所だったので、背の高くなった菊に隠れて見えなくなっていた。

ところがそれが幸いして、菊の群れが冬の寒い風を防いでくれたのだろう、ほかの梅に較べて随分早く花が咲いた。

鉢植えのクロッカスが咲き、庭の沈丁花《ちんちょうげ》の蕾も赤い花弁が日ごとに膨らんでいく。

穏やかな日々である。目下テレビで騒いでいるのは、東京都知事選挙のこと。

八十歳にもなろうかという現職の御大が、折角自分が建てた日本一高いビルに入りたいというが、その馬鹿でかいビルを建てたばかりに「贅沢だ」「勿体無い」と都民の顰蹙《ひんしゅく》をかってしまった。老体に鞭打って、舞台の上で柔軟体操などのパフォーマンスなどやっているが見てられない。いい加減に若い者に道を譲らないと、無様な老醜をさらけ出す事になろう。

自民党は現役のアナウンサーを担ぎ出し、元プロレスラーもイラクに出かけたとき、ちょうどタイミングよく日本人の人質救出の機運に巡り合わせ、一部のマスコミがスター扱いをしたため、今度は都知事選に出馬する。

未だにもたついているのが社会党。いろんな候補者が出るがお互いに足の引っ張り合いで出ては消え、消えては出て、はては土井委員長ご自身が出るとか出ないとか。

その土井さん率いる社会党、先日の全国大会でシャドウキャビネットを作ると言っておられた。直訳すると『影の内閣』。イギリスやフランスなど西欧諸国では、このシャドウキャビネットは実際に機能しているそうだ。

野党が実際の内閣そのままの組織を作って、いつでも政権交代に応じられるようにしている。日本のように自民党だけの永久政権ではなくて、アメリカなどでは民主党と共和党が交互に政権を担当しているが、このような国では、野党といえども何でも反対などと駄々を捏《こ》ねているわけには行かないのである。

ところで社会党が影の内閣を作ったところで誰も相手にはしてくれないだろう。

今度の湾岸戦争に対しても戦争反対、九十億ドルの金出すな、難民移送の自衛隊機も出すなと反対の一字。戦争は無残で残酷。人と人との殺し合いを好んでいる者は、フセインくらいのものだろう。

アメリカは世界の平和と秩序の維持のために自分の国の若い兵士の血を流しているのである。そのアメリカに向かって戦争反対、資金援助反対、後方支援も反対。日本人としても見ていて恥ずかしいこのような政党が日本の政治を司るようになったら、世界中から爪弾きされるのは眼に見えている。

皆が大汗かいて必死になっているときに、邪魔ばっかりして、都合のいいときだけ仲間にしてなんて言っても誰も鼻も引っ掛けるものか。

それにしても自衛隊に一言。難民移送の乗組員達の言動には落胆した。一部のマスコミの伝えるところだから定かではないが、「行きたくない」「怖い」「逃れたい」といった声も出ているそうだ。一昔前の日本男児とは思えないような言葉を、平気で口に出すような風潮になってしまった。

昔も今も恐ろしさに変わりがあるものか。

骨の髄まで凍りつくような恐怖に耐えながら、祖国のため両親のため、妻や子、後から来る人々のために死んでいった人たちのお陰で今の日本がある。

平和ボケの日本では、平和、平和と唱えていれば平和が来ると思っているボケが段々多くなってきているようだ。

湾岸戦の只中、砂漠に立っていたアメリカの女性兵士がこう言っていた。

「私は今、物資輸送のヘリコプターの操縦士だけど、いつでも攻撃用のヘリに乗る準備は出来ている」。もう一人「私はボディバッグ（死体収容袋）で帰るかも知れないけれど世界平和のためにいつでも戦う用意があるわ」

平成三年二月

税金

昨日啓蟄《けいちつ》、永かった冬もいよいよ終わりに近づいたようだ。庭の枝垂れ梅も一斉に花を開いて馥郁《ふくいく》とした香りをあたり一面に漂わせている。

ただ、去年の暮れ、蕾の時に雀が連日やってきて、上のほうの蕾を啄ばんでしまったので、上のほうの花は一輪も無い。

花は中ほどから下にいくにつれて密集しており、人間に例えれば天辺《てっぺん》ツルツルのバーコード頭にそっくり。

昨晩のテレビのローカルニュースで、江津湖の記念碑の除幕式が行われていた。蛍の生息する江津湖を広く人々に知ってもらい、清らかな水資源を守っていくための石碑だそうである。

熊本の水の美味さは格別である。その清らかな水に棲む蛍は豊かな水の象徴である。そのため、去年、県では『蛍百選』という、県内で蛍の生息する川や池など百箇所を選んで、保存に乗り出したそうだ。

そこまでは上々だったが後がイケない。

その選定した百箇所全部に同じ形の記念碑を建てるという。テレビで観たが、幼稚園児の除幕した石碑はどんなに安く見積もっても、百万円は下らないだろう。百万円かける百万円は一億円である。場所によっては土地も購入しなければならないだろう。無駄である。無駄どころか邪魔である。

江津湖の石碑にしても、広場に建てるのであるから、その分子供達の遊び場が狭くなる。固い石に子供達がぶつかったら怪我する事もあろう。誰が責任を取る。

熊本の役人達は、無駄金を遣うのがよほど好きなようである。去年は何とか会館の落成式に百万円分の風船を飛ばしたといって批判されていたがまったく同感。

風船を飛ばして喜ぶのは子供ぐらいのものである。大の大人がたった一回のセレモニーのために百万円もの無駄をして、その後のことを考えた事があるのだろうか。飛んでいった風船はやがてガスが抜けて落ちていくのである。役所が塵をばら撒いているのである。それを鳥が食うかもしれない。

魚が食べるかもしれない。発泡スチロールを飲み込んだ亀が海に潜れなくなって死んでいくこともある。こんな無駄な事をする役所には税金を払うのはよそうと思ったが、考えてみればこっちは郡部の田舎住まいだったから、熊本市役所に文句を言う筋合いは無かった。但し県には文句が言える。

県の御威光を嵩に、圧力をかけることが出来ないだろうか。

石碑一億円分、実の成る木でも植えたらどうだ。りんご、スモモ、桃、梨など何でも良い。春になれば花が咲き、季節になれば実が熟す。それを誰でも自由に獲って食べれるようにすれば良い。鳥が食べれば一石三鳥である。それでなければその一億円僕に頂戴。

それにしても町中の道路という道路、飽きもせずに良く掘り返すものである。予算消化のために三月中に使い切ってしまおうという、お役所仕事の魂胆がアリアリ。

役所の仕事は実績主義である。今期の予算を遣い残せば来期の予算が削られる。予算獲得も連中の腕の見せ所であるから、金を使い切るのに必死なのである。

工事が一時期に集中すると、業者の数は限られているから、当然工事費は高くなろう。

高くなるが連中は、自分の懐が痛むわけではないから平気なのである。百万円が一千万円になろうと知った事ではないのである。

お役人は三日やったら辞められないというが、こんなところにも原因があったのかもしれない。

平成三年三月

馬齢

小生、今日で五十歳になった。本人は綺麗に忘れているのに、周りが何だかんだと歳を思い出させてくれる。男は三十も過ぎると誕生日などというものは忘れている。いわんや誕生祝などやってもらった日には、身体中こそばゆくって転げまわってしまうだろう。

それにしても良くここまで生き延びたと、我ながら感心する。

小生はなぜか子供の頃から、四十歳になるまでには死んでしまっていると、思い込んでいた。理由は無い。ただそう思い込んでいた。だから四十歳を過ぎてもまだ生きているのがなんだか拾い物をしたような気持ちだった。

小生は今までに三回死にかけている。一回目は幼児の頃、小児麻痺に掛かって高熱で生死の境を彷徨《さまよ》ったらしい。あの時はもう駄目だと思ったと母親がよく話してくれた。

多分その後遺症だろう。物心ついたときから頭が悪くていつもボーッとして、人の名前を覚えられなかったり、数字を見ると眼がチラチラしてくる。

次が十五年ばかり前、回《かい》腸が腹の中でパンクして七転八倒、救急車で病院へ担ぎ込まれ即手術。後一時間遅れていれば手遅れだったと先生が言ったそうだ。それまでには相当な痛みがあったはずと言われたが本人に自覚が無かった。実は三日三晩呑み続けて痛みに麻痺していたのである。

三回目はちょうど五年前の食道の手術。悪性腫瘍で、手術に十時間三十分かかった。あれからもう五年経つから危険な時期は過ぎた事になる。産業医もう大丈夫だと太鼓判を押してくれた。


馬鹿は風邪を引かないと言うが、とうとう小生も風邪を引いてしまった。ここ四、五年風邪らしい風邪を引いた事が無く、事務所の半分以上の連中がコンコンやっているのを見て、精進が悪いからだと笑っていたのが先週の末あたりから調子が悪くなり、週末は完全な風邪。

俺も人並みに風邪を引いたと喜んでいるが、それにしては時期がずれている。みんながコンコン言っている時は知らん顔をしていて、咳がおさまった頃に一人だけ咳をしているのだから、ちょっとバツの悪い気がしないでもない。

今回の風邪はウイルス性だそうで、なかなか治らないらしい。そのウイルスはどうやら東京から貰ってきたようで、先週東京で付き合った連中が悪かった。

赤坂で一杯やって帰ってすぐホテルで寝ればよかったものを、興に乗ってホテルで呑み直しをした。その時のメンバーがイケなかったみたい。備え付けの冷蔵庫のアルコールを飲み尽くした後、ルームサービスを三回ぐらい頼んだ記憶がある。

翌日のチェックアウトの時、ちょっと驚いた。赤坂の火事で有名になったホテル・ニュージャパン並びのホテルだったが、二泊した宿泊料より、飲み代のほうが高かった。

それにしても、古い友人と馬鹿話してオダを上げるのは楽しいもんだ。しかもお土産まで貰った。このお礼はそのうちにたっぷりさせてもらおう。

今年の桜はいつもより長持ちしそうである。開花時期が例年より遅かったせいか、一昨日の風と強い雨にも負けずに、まだ見事な花を咲かせている。

家から歩いて五、六分の所に町民センターがあり、そこが花見の名所になっている。樹齢三十年ぐらいの桜が、広場をぐるりと囲んでおり、その木の下で色んなグループが思い思いに楽しんでいる。家族連れや婦人会、敬老会に職場の仲間と思しき連中が弁当をひろげたり、カラオケで歌ったり、なかには七厘《しちりん》を持込で焼肉の香ばしい匂いをさせているグループも居たりする。

その町民センターと隣りのファミリーゴルフ場の柵沿いの桜が、百メートルぐらいに亘って見事な花のトンネルを作っており、その下を通るのが楽しみである。

空も見えないくらいにピンクの花びらが重なり合って頭上を覆い、時折の風に絶えず散っていく花はなお更に美しい。そこで瞑想に耽りながら一句となると、サマになるのだが、そんな風流など何処にも無い。一様にみんな盛り上がって、呑めや歌えのドンチャン騒ぎである。そんな人たちを見ながらやっかみ半分、

「アイツ等、真っ昼間から赤い顔して、下手な歌ガナリやがって恥ずかしくないのかヨ」

自分が今まで散々やってきたことは棚に上げて他人のする事には一々ケチをつける。

それにしても今まで色んな所で花見をしてきた。古いところでは上野の山のドンチャン騒ぎ。あそこは花見なんてもんではなく、満員電車の中の酒盛りといった按配。押し合いへし合い、只ひたすら飲んで騒ぐだけだった。

熊本では昼間から、熊本城の西ノ丸公園広場でのんびりと日向ぼっこをしながらやったこともあるし、城内月見櫓の横で夜風に震えながら冷たいビールでなお更冷えた事もある。水前寺公園も良かったし、雨に降られて花岡山の茶店で車座になったこともあった。菊池神社の境内で、家族三人だけで楽しんだ事もある。

桜はなんといっても日本人の心の花。桜の蕾が膨らんで春の近いのを知り、咲いて春の来たのを知り、散りゆく花を見て春たけなわを知る。

平成三年四月

柱の傷は……

今年の連休は非常に良かった。何が良かったかというと、何処にも行かなかったのが良かった。「この仕事は連休だとか、盆正月が一番大事なんだぞ」と言ったかどうか、ズーッと自宅待機していた。

海にも山にも温泉にも、それこそ何処にも行かず。行ったのは畑の草取りと、蕗採りに、近所の買物だけ。カミさんが釣りに行こうといっていたが、海の情報では今はまったく駄目だというので取り止めにした。

テレビで各地の交通渋滞の情報を見ながら、阿呆共がヨウ行くわいとセセラ笑ってこっちはごろ寝。

経験者は先刻承知のはずだが、なにごとも習慣。いつも釣りに行く人は雨が降っても、真冬でも時間ができれば行きたくなるし、スキューバやる人はそれこそ真冬でも、波が荒くても潜りたい。

競輪、競馬、パチンコ、麻雀。ギャンブルに一度でものめりこんだ事のある人は、身に沁みて判るはずである。

それと同じで、出不精が続くと出かけるのがついつい億劫《おっくう》になって、終日テレビのお相手をする事になる。カミさんも息子も同病に罹《かか》ったらしく、大人しく小生とお付き合い。

そんなある日、息子が畑に行きたいと言い出した。魂胆は明白。懐具合が淋しくなると、洗車か、草取りか、台所の換気扇の掃除その他もろもろ。

こっちも退屈していたし、たまには身体を動かしてカミさんの点数を稼いでおこうと、一家三人で畑の草取りとなった。文字通りの五月晴れで、時は五月の五日。ついつい「柱の傷は、おとしの……」と口ずさみたくなったが、五十男がいまさら童謡でもなかろうと、声には出さず頭の中で唄っていた。


五十歳で思い出した。先月二十三日の東京日比谷公会堂で行われた入社式での事。

式も一段落し煙草でも吸おうかとロビーに出たら、多くの人たちがあちこちで談笑中。

その中で一際目立つ集団が居た。五、六人だが、声が大きい、体が揃ってでかい。態度はそれこそでかすぎる。人相は皆揃って凶悪。

気の弱い小生、とっさに柱の影に隠れようとしたが、時すでに遅し。連中の一人が小生を見つけて「チョーさん、こっちこっち」と手招いた。小生、通称チョーさんで通っている。ここで聞こえない振りをすれば、後でどんな災難が降りかかってくるか判らないからイヤイヤながら連中の方へ行くと、待ちかねたように「チョーさん。座ってよ、座ってよ」と来た。皆は立ったままで小生一人がソファーに座らされた。ほかから見ると暴力団に嚇されているように見えたかもしれない。

おどおどしながら「どういうことだい」と聞くと、なかの一人が「チョーさん。五十歳でしょ。年寄りでしょ。定昇ストップでしょ」だと。

それに被せるように「私もストップですよ」ほかの三人が声を揃えて口々に言う。

三月末日までに五十歳になった社員は、定期昇給はストップする事を言っているのである。

そこで大笑いしてやった。「残念でした。俺の生まれは四月の九日よ」

あと十日早く生まれていたら、今年の定期昇給は無かったのだが、たったの十日違いで危うくセーフ。ハハ、ザマー見ろ。

一人の男が言っていた。「額はたいした事は無いですけど、気持ちの問題ですよね」その通り。

それにしても首都圏のあの連中、日頃何して遊んでいるのだろう。俺の歳まで数える事も無かろうに。

話は元に戻って、草取りをしながら五月五日の背比べを、頭の中で唄いながら考えた。「柱の傷は、おととしの〜〜」随分乱暴な子供が居るもんだな。柱に傷をつけるのか。うちには猫が三匹いて、壁をガリガリやっていて仕方がないと思っているけど、柱に傷をつけるのは考えもんじゃないの。

特に新築の家だと釘一本打つのも気を遣うよ。アパートなんかだと引越しする時に、修理代を取られるんじゃないか。

「チマキ食べ食べ兄さんが、計ってくれた背の丈…」チマキというのは竹の皮に包んであって、その皮を剥きながら食べなければならない。多分片手には柱に傷をつけるために小刀を持っていたんだろうが、そんな格好で正確に背の高さを計れるんだろうか。だいいち危ないね。

「きのう較べりゃなんのこと。やっと羽織の紐の丈」またしても考えた。羽織の紐の丈だったか、背の丈だったか。

さまざまに思案して、永年の疑問がヤット解けた。何という迂闊《うかつ》。

羽織の紐は左右二本足しても四十センチそこそこしかないのである。羽織の背丈だと一メートルかもう少しあるかもしれない。四歳から六歳位の子供の歌詞にはちょうど合う。

こんな簡単な事でも、何にも考えなければ単に馬齢を重ねるだけになる。

さて、これは有名な話。同じく童謡の「赤とんぼ」。「夕焼け小焼けの赤とんぼ、おわれてみたのはいつの日か」

著名な文学者の随筆に、子供の頃からこの歌をよく唄ったり、聞いたりしていたが、こんなに歌の意味を取り違えていたとは驚いたとあった。「おわれて」、のところを、「追われて」と感違いしていたという。本当は背負うの「負われて」だったのである。

平成三年五月

柱の傷は……

あわび、来い来い

今、熊本が灰色になっている。道路には灰が積もり、この季節にはみずみずしい新緑のはずの木々の緑も白っぽく、ビルの窓は白い粉を吹いたようになっている。雲仙の影響である。

三日午後四時過ぎ、市内にいるとドーンという遠雷のような音が聞こえた後、暫くして黒い雨が降り出した。

普賢岳の火砕流発生から三十分位で、火山灰が熊本市上空に達した事になる。

改めて地図を見ると、雲仙と熊本の近いのに驚く。しかも途中は遮《さえぎ》る物の無い有明海である。

一七九二年、眉山が崩壊して島原を埋めた《島原大変》では、島原住民一万、地震に伴う津波の発生で、有明海沿岸、主として肥後の住民五千人が亡くなっている。

今回は火砕流の発生のみで、地震が無く津波は起きなかったが、地下のマグマの上昇は続いており、果たしてこの状況が何時まで続くのか、いつ火山性地震が発生するのか予断を許さない。

火砕流の犠牲者は、消防、警察、多くの報道関係者である。

火山から流出するのは溶岩流、土石流、火砕流の三つがある。土石流はすでに何回も発生しており、今回も降雨に伴う土石流に注意が向けられていたようで、もっとも大量の死者を出した地区は、小高い岡の上にあり、安全な前線基地として報道陣の足場になっていたという。ところが実際に発生したのは、火砕流で溶岩片、灰、ガス、熱風の混じった大きな雲状の泥流が秒速百から二百メートルのスピードで三、四キロも滑り降りたのである。七、八百度といわれる高温は一瞬のうちに全てを焼き尽くしている。車のタイヤなど跡形も無く消えていたそうである。

亡くなった方々のご冥福を祈るとともに、五千人とも七千人ともいわれる、避難生活を強いられている住民、またいつ危険地区と指定されるかと戦々恐々とした生活をしている、附近住民のご苦労をお察しする。

我々熊本の住民も対岸の火事として暢気にしていないで、地震と津波対策に本腰を入れて取り組むべきである。

雲仙で津波が発生すると十五分で熊本に届くそうである。

今回の遭難者の遺体収容には、自衛隊が活躍している。地震、水害の後始末や、復旧工事には自衛隊が派遣される。しかし、今回はいつまた火砕流が発生するかもしれない状況下での、文字どおりの決死の収容作業である。二次、三次の災害が発生しないように、十分の注意を払って無事に作業が終了する事を祈っている。

「ボカー幸せだなー」の昔の若大将。いまはにたにた笑いながら鼻の頭ばかり掻いてはいられないようだ。

原因は父親の離婚。十五年前、六六歳で三十幾つか歳の違う嫁さんを迎えて、サスガーと熟年男どもを羨ましがらせ、さらには二人も子供を作って唖然とさせた天下の二枚目も今年は八一歳。寄る年波には勝てず、収入は途絶え、ボケも始まったそうで、嫁さんサッサと家をオン出て、テレビで言いたい放題。他人の不幸は蜜の味。面白くはあるけれど、杖を頼りによろよろ歩く往年の二枚目を見ていると可哀相でもある。

それにしても女は怖い。その女、こんな事を言っていた。馬鹿なアナウンサーが「十五年間の結婚生活は苦しみの連続だったんでしょうね」の質問に「そうとって頂いて結構です」そりゃ無かろうヨ。

誕生パーティーか何かのお祝いで、世の中の幸せを一身に集めているような、笑い顔のフィルムがテレビに映っているよ。

その質問には、多分こう答えるだろう。「実はアレ、演技でした」

女の図々しいのを、つい最近間近で見た。安売りで有名な某スーパー。カミさんの言い付けで犬と猫の食料の買出しに行った。ところがどのレジも三十人近い人の列。よく見ると皆さん申し合わせたように食器用の洗剤と洗濯用の洗剤の箱をお持ちである。どうやらこの二つが半額のサービスデーになっているらしい。

行列が長いので買物を止めようかと思ったが、手ぶらで帰ればカミさんに何を言われるか判らない。仕方がないからじっと待つ事三十分。やっとレジに近づいた。小生の前の幼児を抱いた若奥さん風の順番になった。

二人居たレジの男子店員のほうが、洗剤は一人一本ですからと言って奥さんの持っていた二本の洗剤のうちの、一本を横に除けようとしたところ、その奥さんいきなり怒り出した。抱いていた赤ん坊をゆすり上げながら、この子も一人じゃないですかだと。イヤ、その子は赤ちゃんですから、と従業員。それじゃ、前の奥さん二本持って行ったじゃないですか。イヤ、そんな事はありません。それじゃ、行って確かめてきなさいよ。

そうこう言い合いをしていると、レジの女の人が、良かったらどうぞお持ちください。奥さん、当然という顔つきで「相手を見て物の言い方を変えるから頭にくるわ」と捨て台詞を残して行ってしまった。

一体、台所の洗剤など幾らぐらいするものなのか見当がつかないが、幾らもしないだろう。その一本を売るか売らないかで、あれだけ真剣になれるとはゲに強きものは女なり。


久し振りに食べ物の話。

カミさんが考え出したんだから、たぶん我家のオリジナルではなかろうか。

名づけて《あわび飯》。作り方はいたって簡単。生きたあわびに、油揚げ、戻したシイタケをそれぞれ小さく刻んで醤油で煮込んで具を作り、それを炊き立てのご飯に混ぜるだけ。歯ごたえを楽しみたければ、竹の子を入れれば宜しい。

ご飯は産地直送のコシヒカリがよろしいようで。さらにあわびはあまりケチらないほうがよろし。

あわびの代わりにサザエでも、あるいは甲貝でも代用できる。これにハマグリの吸い物など加えたら言うことなし。

どこかから、あわびが来ないかな。

平成三年六月

諏訪湖

今年の梅雨はよく降る。

熊本地方が梅雨入りしてから昨日で約一ヶ月、連続降雨の記録だったとテレビが報じていた。ことに昨夜は断続的な吹降りと小雨との繰り返しで、枕もとの窓は網戸だけで開けっ放しにしていたので、激しい雨音と、強風にゆれる竹の葉ずれの音に度々眼を覚まされた。起きて窓を閉めればいいのに、わざわざ起きるのが面倒くさくて、風雨の静まるのをひたすら待つばかりだった。

今日は久し振りに午前中から薄日が差して、梅雨の中休みというところ。

雲仙の被災地や警戒区域で避難生活を送っている住民の人たちの気持ちは、普賢岳の噴火、土石流の恐怖に加えてさらに水害の心配も加わって大変だろう。

全国に一万六千箇所もあるといわれる水害常襲地帯。山崩れ、崖崩れの危険地帯の人たちも、この降り続く豪雨に眠られぬ夜を過ごした人も多いだろう。

先月、沖縄方面を廻ってきた。出発の日は朝から集中豪雨。雨と霧に弱い熊本空港、欠航になるのを覚悟で家を出た。

途中の道路は、急な豪雨に水がはけ切れず、団地のパチンコ屋の前の道路は、まるで川。そこに信号で止まっていた女性運転の軽乗用車がエンスト。

マフラーから水が入り込んだのだと思うが、それを見ていた若い男が三人、ズボンをたくし上げ裸足になって雨の中を飛出してきて、水の無い所まで車を押し上げてやった。

九時半を過ぎていたから、パチンコマニヤがよく出る台を狙って並んでいたのだろうが、感心した。

パチンコをする奴にも、なかにはまともな男も居るものだと見直した。

こういう道路状況で空港に行くと、沖縄行きは飛ぶという。

沖縄に着いたらほとんどの人が半袖シャツで蒸し暑い。天気は薄曇。沖縄は梅雨期の最中であるが、六月十日着いたその日から夜間断水になった。梅雨入りしてから雨らしい雨が降っていないという。

翌々日、石垣島に行ったらここは真夏のカンカン照り。しかも水不足は沖縄本島より深刻だぞうで、一日二時間の給水制限だという。

四日間の沖縄滞在中熊本は連日の雨、こっちはたっぷり日焼けして帰ってきた。


六月二十五日から二十七日にかけて長野へ。

この朝も豪雨。どっちみち飛行機は飛びそうにも無いので、新幹線で名古屋へ。道草を食いに寄り道である。

この日は長靴が欲しいくらいの雨脚だったので、途中の着替えにズボンと折畳み傘を鞄に詰め込んだ。小倉駅でどう見ても堅気には見えない人相の悪いのが乗り込んできた。長野までの道連れである。

名古屋までの道中、あそこはドケチの土地柄だからロクナ酒も出ないだろうと、新幹線の車内で飲んでいく事にして、ついでに見晴らしでも楽しもうと二階の席に替えてもらった。

のんびりとビールを飲みながら名古屋に着いたら、雨はきれいに上がっていた。

その夜は、五、六人の男どものせいで名古屋の中日ビルや、テレビ塔の近所が少々騒がしかったそうな。なぜだか知らない。

翌朝は快晴。

近畿、中部圏の連中と連れ立って、名古屋から中央本線で御嶽山をはるかに望みつつ、上諏訪で下車。

諏訪湖のほとりのホテル泊まり。暑い。南国熊本は大雨で信州諏訪は真夏日だった。


この夜の記憶がまるで無い。六時からの会食で、隣りに座ったのが酒を一滴も呑めない下戸。もう片っ方は堅物。正面に居る男もウーロン茶で飯をパクついている。

こんな連中とでは酒が不味くなると、サッサと席を変えて悪童連中の中に潜り込んで、ギャーギャー騒ぎながら、誰彼の見境無く棚卸しをしたのまでは覚えている。

つぎに意識が戻ったのは、それから四、五時間たって少し酔いが覚めた頃らしい。ホテル内のクラブでドンチャン騒ぎの最中。次は周りがやけに静かになったと思ったら、残っていたのはほんのパラパラ。

のん兵衛はどうしようもないな、と思いながらそのなかの一人と話し込んで、結局最後まで粘ったらしい。

その後、酔い覚ましに大浴場に行ったら、またまた引っかかって長話。聞いてくださいよ、と言うから聞いてやった。浴槽から出たり入ったり。終いには二人とも湯舟の淵に腰掛けて、お粗末なものをぶらぶらさせながらの長談義。

一夜明けたら、そのとき何を喋ったのかまったく覚えが無い。但し、妙に意気投合したのは間違いない。だって昔から裸の付き合いと言うもの。

会議が終って昼食は幕の内だと言うので、小生だけ一足早くホテルを出て、近くの蕎麦屋へ入った。遠路はるばる長野まで来て、蕎麦を食わないのは地元の人に義理が立たない。ここで食った蕎麦が不味かった。そば粉だけで打った麺だから三、四センチの長さしかなく、しかもパサパサして不味いのなんの。

駅前に行って普通の食堂の蕎麦を見たら、長くて普通の麺で美味そうだった。

新宿で降りて羽田から飛行機でのんびりと戻ってきたが、とうとう雨は降らなかった。

鞄の替えズボンと、折畳みの傘がやけに重かった。

平成三年七月

西船橋

今、千葉にいる。

千葉県西船橋、庶民の町である。駅の周辺を見廻すと五、六階建てのビルが六軒か七軒、おおかたのビルは二、三階建て。

薬屋があり、花屋があり、喫茶店、ヘヤーサロン、そのほか諸々。ちょっと車で走ると空地が点々として、まだこれから開発の余地は十分にある、郊外の町である。

傑作なのは一般住宅と、風俗営業店が混在している。駅から小生のアパートまで歩いて六、七分しかかからないが、その間の店の看板が面白い。『只今サービスタイム二千円。追加料金ナシ』同じく四千円の所もあれば、タレントクラブの店もある。

アパートの窓からは、どでかい連れ込みホテルのネオンが一晩中点滅を繰返している。

この周りは飲み屋とキャバレー、連れ込みホテルに飲食店に空地、その他諸々の小さな雑貨屋が按配よく配されていて、生活するにはこの上なく便利な所。

初めてこのアパートに着いた夜、附近を歩き廻った息子が「ベンリーッ、便利、便利すぎる」その後続けて「僕と替わろう」。

まず部屋が気に入った。外観はボロッチイ建物だが、中は洋間の六畳が二部屋にキッチン。勿論バス、トイレ付きで全面改装してあり、冷房完備。

周りの人たちに、その日からすぐ生活できるように、テレビや冷蔵庫などなど手配してもらい感謝。

翌日、家族三人で周辺を歩いてみると、五分以内のところに、二四時間オープンのコンビニエンス・ストア、クリーニング店、朝六時から開店の吉野屋、和洋中華の何でもレストラン。

ご当地についた夜、そのレストランで夕食をして、美味い、美味いと生ビールを呑みながら好きなもの食って勘定したら五千円したとカミさんがボヤいていた。

東京は住みやすい。但し、条件がある。第一に健康であること。体の弱い人には東京の空気は汚れすぎている。

第二にそこそこの金を持っている事。金さえ出せばそれこそ大抵の物は手軽に手に入る。

それにしても東京ではよく歩く。熊本ではドア・ツー・ドアで日によっては一キロ歩くかどうかというような日もあったが、ご当地ではそうはいかない。

小生の場合、家から駅まで六、七分。西船橋駅は東西線の始発駅なので、少し待てば必ず座れるから助かる。しかし、乗換の大手町の地下道はかなり長い。そして、赤坂駅で降りて会社まで約十分。

地名どおりこの街は坂が多い。ご丁寧に会社は坂の一番上ときている。

最初の出勤日、道案内の若者はサッサと歩いていくが、運動不足の当方、いささか息が切れた。初出勤以来今日まで六日しか経っていないが、熊本の一か月分は優に歩いた。田舎の運動不足が大都会で解消されるとは冗談のようなホントの話。

仕事は当然忙しかったが、それに輪をかけるように呑むほうも忙しかった。移転手続きも面倒だった。住所変更、印鑑登録、所轄署での銃の移転届。おまけに狩猟用免許の手続きもやった。

二十年振りで通勤定期も買った。

皆廻りの人たちがやってくれた。こっちは二十年ぶりに田舎から出てきて何にも分らないから、頼むよと言うだけ。

歓迎会の挨拶で、嫌いなものは酒と煙草ともう一つのものと言ったら、みんなハナで笑っていた。どうやら、バレバレらしい。

連日の挨拶回りでいい加減くたびれている所に持ってきて、夜勤が忙しい。

五時に事務所に帰ってみるとお客さんがお待ちかね、応接室で話していると呑助がやってきて遠くからニタッと笑っている。

そうこうするうちに、キューバ大使館に出向中のI君から電話で、二ヶ月間の休暇で今東京に来ていると言う。その夜は赤坂で合同の飲み会となり午前二時帰宅。

カミさんと息子は、今日熊本に帰る。朝の出発が早いので、夜はカミさんの姉の家に一泊。ついでにカーキチの甥の運転で、横浜ベイブリッジまでドライブ。

三百台以上は収容できそうな駐車場は、音の洪水。若者達がアンプを積んだ車のトランクを開けて、精一杯のボリュームで音を撒き散らしている。

それを電線に止まった雀のように大勢の若者が眺めている。横浜ベイブリッジが若者に人気のある理由が少しは判ったような気がした。


思えば上京の際、熊本から千三百キロ、東京までの車の旅は楽しかった。熊本から九時間かけて岡山に到着。翌日は瀬戸大橋と、倉敷美術館を見物。

瀬戸大橋なんて天草五橋に毛の生えたようなもんだろうと、タカをくくっていたら、その大きいのに驚いた。

五橋を十個ぐらい纏《まと》めても、おっつかないような壮大な橋である。はるか下に見える瀬戸の海では、漁船が釣りの最中。海は凪《な》いでいかにも魚が釣れそうな雰囲気が漂っている。「歳をとったらここに住もうか」とカミさんに言ったら、ＯＫだと。そんな、良い所だった。

息子は、倉敷美術館で大満足。

翌日は、京都の鴨川のほとり、先斗町《ぽんと》の川面に張り出した桟敷で夕食。どこからか舞妓さんが現れて「おいでやす」なんて言ってくれないか。そんな道草を食いながら、どうやら東京まで辿り着いた。


今日は、千葉県の射撃場の場所を確認がてら、太平洋岸まで足を延ばしてきた。

南房総国定公園まで二時間、熊本の本渡に行くより早く行ける。海水は澄んでいた。潜るのが楽しみである。

平成三年八月

診察

明け方近くフッと目を覚ました。

その後がなかなか寝付けない。枕もとの時計は四時半。耳を澄ますと戸外は雨。明日は休み。こんな時はノコノコ起き出して冷蔵庫の扉を開けることになる。

そしてコップが二個目の前に並ぶ。前夜、殊勝な事に、アルコールを断とうと、一滴も呑まなかったのが、夜半の目覚めの原因である。その原因を今すぐ断とうと、飲み始めたわけ。ついでにやる事も無いので、後世に残る名作を世に問おうとこの駄文を捻くりまわしている。暇つぶしである。

小生の住まいは静かである。大通りから一本裏に入っただけだが、車の走る音がほとんど聞こえない。

金曜日の夜などたまに気の狂ったとしか思えない連中のバイクの音が聞こえる時もあるが、思考や安眠を妨げられるほど煩くは無い。さっきまでは耳を澄ましても、それこそ物音一つ聞こえなかった。

今、四時五五分の電車の通過する音がした。この辺の始発は何時だろうか、そんな事もまだ知らない。

それにしても独り身とは良いものである。田舎にいた頃は、夜中に眼が覚めて眠れない、ちょうどこんな状態の時は、そーっと、そっと物音が聞こえないようにするのは勿論、喉を鳴らす音まで聞こえないようにしたものだが、いまは大っぴら。電気を皓々《こうこう》と点けて下手な文を書きなぐっても、誰も文句を言うものは居ない。

気楽なものだが、そのうちにあの連中もこっちに出てくることだろう。あの連中とは、今熊本でのんびり鼾《いびき》でもかいて寝ている連中の事である。

我が家には扶養家族が多い。カミさんと息子とロン（犬の名前）。猫が三匹に植木鉢が多数。猫や植木はカミさんの趣味。小生、金は出すが口は出さない主義。勿論、手も出さなかった。犬を買う時も、朝夕の散歩に食事の世話、その他諸々、何でも俺がやるよと言って買ったが、それが三日も続いたか。あとはカミさん任せ。

男っちゅうもんは、そんなもんでないかい。それで、あの連中が引っ越してくる時は、連中を収容できるような大きさの家や良好な環境でないと駄目。コレ、カミさんの条件。

引っ越して来ると一口に言うが、経費が馬鹿にならない。人間の分はしょうがないとして、犬一匹に猫三匹、金魚はご近所の人に面倒を見てもらうとして、運賃だけでも犬が九万円、猫一匹三万円、植木鉢一個が幾ら。考えてみると恐ろしい。あいつらズーッと田舎に置いといたほうが良いみたい。

話は変わるが、東京の水は飲めない。口に含んだだけでかび臭い匂いがする。この辺りの水は、荒川水系の水で特に不味いそうだ。

昔、小金井や中野に住んでいた頃は何気なく飲んでいたが、あそこには桜上水が通っていたから美味い水を飲んでいたことになる。三十年近く経って気がつくなんて相当にトロイかも。

そういうことで飲み水をはじめ、炊飯、味噌汁、煮物などにはミネラル・ウォーターを使うことになる。これが安月給の身には案外馬鹿にならない。

昨日、まとめて十本とったら下駄箱の上から千円札が何枚か消えていた。ご承知かどうか知らんが、拙宅は広いのでいちいち立って行くのが面倒。そこで何時も下駄箱の上に金を置いといて、「そこから取っといて下さい」という事になる。見事な省力化。

しかし、酒屋さんは「何とズボラな呑ん兵衛」と思っているかも。

そこでつらつら考えてみるに、東京への赴任者にはウォーター手当てというのが要るんではなかろうか。昔から、日本は水と安全はただなんていう話があったが、現にミネラル・ウォーターが売れているんだし、警備業という職種も盛んになっている。

今度、本社に稟議《りんぎ》してみよう。名目は『清涼飲料水手当支給要望』本社には頭のいい人ばかり居るから、案外理解してくれるかもしれない。

ことのついでに、狩猟免許にも手当てが付かないか。アメリカやヨーロッパでは、ガードマンはピストル、現金輸送車の乗務員達はショットガンやライフルを携帯している。連中はそれぞれライセンスを持っているから、当然手当ては付いているはずである。小生は今度、狩猟免許も取ったから、手当てを受ける資格は十分にある。

わが社には実にさまざまな手当てがあるから、素知らぬ顔して稟議書を潜り込ませたら、月々一万円くらいの手当てが出るかもしれない。

会社のクリニックで人間ドックの検査を受けたら、医者に散々嚇された。このままでは肝臓ガンになる危険性大だそうである。

「ガンが怖くて世の中生きてゆけるか。こっちはとっくに経験してるワイ」と腹の中では思いながら、表情だけは真面目な顔を作って、医者の脅しを聞いた。

このあたり、小生役者である。だいたい医者の話をいちいちまともに聞いていたら、人生味気なくってしょうがなくなる。真面目一方で長生きをしてなにが面白い。

結局要治療ということで、何とかという名前の医院に行った。なんでも巷《ちまた》の噂によるとほんの少しでも、どこかが悪い人が居るとこの医院に送り込むそうである。

受付けを済ませて待合室で待っていると、「ナガシマさん」と呼ばれた。返事をして立って行くと婦長さんらしい年配の人が実にきびきびと、「採血室に入ってください」と言う。待つ事しばし、やがて試験管一本分の血液を採られた。

次は、体重、身長測定。ベッドに横になって上半身裸、ズボンを捲り上げての心電図。「心臓の動きが少し早いですね」と言う。昨日の酒がまだ残っているらしい。

お次は視力の検査だという。さすが東京の病院はやる事が細かい。何から何まで検査してからでないと、治療を始めないんだな、と感心していたら、受付けの女の子が足早にやってきて、小声で婦長さんに「人違いですよ」と囁いた。

いくら小声で言ったってこっちは地獄耳だ。会議や講習などではなぜかあんまり聞こえないが、内緒話や自分の悪口だけははっきり聞こえる。婦長さんは、エッ、そんな事、と言っていたが、そこは海千山千。さり気なく小生に言った。「先生の診察がありますから、そこで少々お待ちください」

心電室で待っていると、婦長さんがきつい声で患者さんに言う声が聞こえた。「呼ばれた時にアナタなんで来なかったんですか」若い男がボソボソとこういうのが聞こえた。「行こうと思ったら、隣りのオジサンが先に行っちゃったんですよ」

オジサンだと！クソー。もともと高血圧なのに、病院に来てますます頭に血が昇った。考えてみればもう立派なオジサンではあるが、自分の事を、自分の耳でオジサンと聞くのは初めてである。

「馬鹿たれが、手前がボヤーっとしているから、こっちは血を採られ、胸や足になんだか変なベタッとするやつを塗りたくられて、大迷惑だ。このボケナス！」上品な小生に似合わない乱暴な言葉を口の中で罵《のの》りながら、じっと我慢の子であった。

聞いてみると、そのボケの名前はナガハマ。ハとシの一字違い。結局この日は院長不在で、勤務医がほんの形だけ胸や腹を触っただけ。二日後に改めて診療を受ける予約をしたが、その日をすっかり忘れていた。

それからもう十日以上経つ。そのうちに気が向いたら行ってみよう。今度は心臓を取られたりして…。

平成三年九月

綺麗好き

小生は生来の綺麗好きである。清潔を何よりも好む。出社して一番先に何をするかというと、人差し指で机の上をスーッと撫でる事である。机の配列がゆがんでいるのも気になって仕方が無い。職場だけでなく自宅も同じである。

いまの私の部屋をみんなに見せてやりたい。テレビやサイドボード、時計や本、その他もろもろが、あるべきところにきちんとあり、部屋の中はチリ一つ無い。

重ねて言うが綺麗好きである。その点、この前見た某氏の部屋はひどかった。某氏はどこかの会社の、ソームカという所の課長さんだとか言ってたが、ある所で偶然出会い、どういう訳かその人のマンションに行くことになった。タクシーを降りると堂々たるマンションで、それも出来たてのホヤホヤらしい。部屋に入ってビールを飲んだ所までは覚えているが、それから後の記憶がまるで無い。

それが良かった。小生が正気でその部屋の実態を観察していたら、即刻その部屋を飛び出していただろう。翌朝、眼が覚めて余りの部屋の汚さに、腰を抜かさんばかりに驚いた。

はじめは塵箱に寝ているのかと思った。寝ていた布団が斜めに敷いてあった。敷いてあるというよりは、抛ってある布団の上にゴロンと転がっていた事になる。小さなテーブルの上にはビールの空き缶、焼酎ビン、食べかけのおつまみ、グラスに湯呑み茶碗、そのほかいろんなものが山積して、まるで塵の集積所。某氏の名誉にかけてこれ以上、部屋の汚さの実態を暴くのは止めておくが、一言でいえば、部屋全体もテーブルの上と同じだったとだけ言っておこう。この事を、熊本で待っている某氏の奥さんに通報したものかどうか、悩んでいる。

この部屋を見て思い出した。

昔々、二十年以上も昔の話である。二四、五歳の若い男が中央線の小金井に住んでいた。大家さんははじめ、ヤの字の付く商売をしているとでも思っていたらしい。その男の人相が、あまり芳しいものではなかったらしく、婆さんと爺さんは路地の奥の家からあまり表に出てこなかったみたい。

二軒長屋の四畳半、申し訳ていどの流しに便所がついて、一応玄関のようなものもあり戸締りはできる様にはなっていたが、その男が居る間、鍵は一度も使われる事が無かったそうで、ドロちゃんが入っても持っていく物が何も無かったという。

その男が無類の綺麗好きで、休みの日には窓という窓を開け放って、部屋の隅々、畳から床、はては便所の中まで見ていて感心するぐらいに掃除していたという。

ところが、その男の友達の話。それも四、五人が同じ話をしてくれた。その男は無類のズボラ者だったと。

その男の部屋は、入っても座る所がなかったらしい。なぜかというと部屋中埃だらけ、畳の上にはまるでこの時期北海道に降る雪のように、白くホコリが積もっていたという。部屋の真中には布団が敷いてあって、その枕もとから便所に通じる小道が獣道のように畳の上にクッキリと通じていたらしい。

小生は、この話を聞いて感動した。この男の心根のやさしさ。たかがホコリに対しても折角苦心して積もったんだから、そのままにしてやろうという心の温かさ。

今は、世間全体からそんな優しさ、思いやりの精神が次第に失われつつある。その男、友達が来ると二つの方法を取ったらしい。

その一、「その辺歩きまわるなよ、ホコリが起きるから」と言って、布団の上で酒盛りをやったらしい。ここでもこの男の優しさが出ている。「ホコリを起こすな」などと並の男の言えるセリフではない。

その二、来客が三人以上になると仕方なく、ちょっと待ってろと客を待たせて、箒でホコリを掃きだしたりして、そんな時には、男の口から誰にもわからないように、ゴメンヨと言う声が漏れていたという。
マ、実態は四、五ヶ月に一回、どうにも汚くなって堪えきれなくなってから、大掃除をしていた訳。
その頃の、もう一つのハナシ。

新宿辺りで四人で呑んで、終電車で帰って呑み直し、いい加減腹が減ってラーメンでも作ろうかということになったが、鍋が無い。何故かというと、何日か前に酔ってラーメンを作ろうと、コンロに鍋をかけたまま寝込んでしまって、気が付いたら部屋中は煙だらけで鍋は黒焦げになり使い物にならなくなっていた。

聞く所によると、その男はなんでも近頃流行りの、人様の命だとか財産をどうとかするという仕事をしているということだったらしいが、自分の大事な鍋一つ守れないようで、他人の世話までやけるのだろうかと、心配する声もあったとか無かったとか。そんな男を使っていた会社もたいした会社ではなさそうだった。

話は元に戻って、ラーメンを作るのに鍋が無い。そこで何を使ったかというと洗面器を持ち出した。昔の洗面器はアルマイトという金属で出来ていたから応用が利いた。

その洗面器で顔を洗い、靴下、猿股、シャツなどを洗っていた。その洗面器で作ったラーメンは一際旨かったそうである。みんなうまい、美味いと言って食っていた。その美味さは一言では言い尽くせなかったそうで、ラーメンの味に加えて靴下、パンツ、肌着その他諸々の味が染み込み、そこはかとない石鹸の香りがしたりして。

同じくその男の話。その男が掃除のために、三ヶ月ぶりに布団を上げてみると、畳の上に見事な青いキノコが生えていたという。

そんな馬鹿な話があるかと本人に聞いてみたら、そのとおり、キノコだけではなくて布団の下に、ヒトガタのコケが畳一面にびっしりと生えていたという。夏の暑い時期、その男の汗が布団を透して畳に染み込み、極彩色の綺麗なコケを培養していたのである。

小生が西船橋に来て二ヵ月半、毎朝ネクタイを選んでいるが大半のネクタイがシミ、カビにやられている。クリーニング屋に持っていくと一本四百円だという。その日は十七本持って行ったが、クリーニング屋の奥さんに言われて一本だけ捨てた。ネクタイには色んな思い出があったりして、簡単に捨てられないものが多い。

某月某日、ふと気が付いたら部屋の余りの汚さに驚いた。一大決心をして半日かけて部屋中の掃除をした。

その前夜、カミさんに電話したらカミさん曰く、絨毯やカーペットの隙間にダニが湧いて、それが人間の健康に害を与えるんだと。

そんな事は知らないから、目立たない塵さえなければいいだろうと、適当にやっていたがどうもそれだけでは駄目らしい。

カミさんが、偉そうにこんな説教をしおった「不健康な生活をしているとアナタも不健康になるのよ」どこかで見ているような事をいう。

それで半日かけたわけ。

掃除機を取り出すために押入れを開けたら懐かしい物がビッシリ。東京に来て二ヶ月過ぎても自分の部屋を見廻した事も無かった。何処に何があるかも知らなかった。

掃除機を使うのも初めて。この前泊まっていった博多チョンガーの経験者が、一度この部屋を綺麗にして呉れて以来の掃除である。月に一度でもいいからああいうこまめな奴が来てくれると助かるが、行きます行きますと口ばかりで一向に来る気配が無い。

嫌いな掃除をしないで済まそうとこれでもずいぶん研究して暮してきた。

なるべく部屋を汚さないように生活していた。まず、できるだけ足音を立てないように歩いた。どすどすと音を立てて歩くと、ホコリが立つ、頭の毛が抜ける。いままで気が付かなかったが、抜け毛というのが案外多い。

そこで連想したのが、某支社の某課長、あいつは歩き方が悪いからあんな見事なバーコードになったのかな、と。

だから部屋の中を歩く時にはソーッと足音を忍ばせて歩くように努力したが、やはり二ヵ月半も経つと、ホコリは溜まってくるもんだと納得した

掃除をしながら二十何年か前のことを思い出して布団の底をひっくり返して見たら案に違《たが》わず付いていた。布団の底に《カビ》が。

それから大活躍したのが、布団乾燥機。布団の裏表、マットに座布団、その他諸々。その辺にある物を全部やりたかったが、機械がヒートしてはいけないと思って途中で止めた。

昨日、五日ぶりに風呂に入ったら、キタネーと風呂が呆れていた。俺だって出来れば毎日風呂に入りたいよ。ところが家に帰るのが、十二時、一時ならいいほうで、昨日など家に来た客が帰っていったのが午前三時。三時から風呂に入ったら、完全にひっくり返るわな。

最近は夜間勤務が応える。夜勤手当を貰いたいよ。

平成三年十月

帰省

熊本に帰ってきた。

三ヶ月ぶりである。最初に熊本ラーメンを喰った。腹が減っていたせいもあるが、美味かった。熊本のラーメンのスープは白い。豚の骨から出汁を取るからである。その名もずばり『豚骨ラーメン』というのもある。

一種独特の匂いがする。この地方の人たちは、その匂いが何ともいえないと言う。ところがこの匂いは、東京の大半の人たちは多分顔を顰《しか》めるだろう。「あの匂いだけはどうもね」と言うのを何度か聞いた事がある。

逆に九州地方、もっと言うなら関西より南の人たちは、東京のラーメンは人間の喰うものではないと言っている。

醤油色の黒いスープに抵抗を感じるのである。人間の味覚というのは、視覚も大いに作用しているのがよく判る。

ちなみに小生はどっちが好きかと聞かれると、どっちも美味い。どっちも好き。何しろ今は東京で食わせてもらっている身だし、一方熊本には二十年の恩義があるから、あちらを立てればこちらが立たず。本当のことが言えない身が辛い。

その点、うちのカミさんははっきりしている。「私は東京ラーメン」。千住生まれの品川育ちだから、迷いも何にも無い。単純である。

午後の三時過ぎに家に帰り着き、最初の出迎えは犬のロン。犬は喜びの表現を『尻尾を千切れんばかり』に振るというが、文字通り尾っぽを振って歓迎してくれた。

植木に水遣りをしていたカミさんは、さして嬉しそうな顔もしないで、「お帰り」。もっとひどかったのは猫共。三匹ともニャンとも言わず笑顔もナシ。チエなど頭をなでてやろうとしたら驚いて飛び跳ねた。「手前コノヤロー、放り出すぞ」と怒鳴ったが、よく考えるとこの猫は仔猫の時から臆病だった。

唯一嬉しそうな顔をしたのは、高二の息子。それはそうだろう、小遣いが向こうからやって来たんだから。念のため聞いてみたら「僕の財布、風邪引いてる」。

その夜の睡眠時間は合計して三時間位。夜中の二時に迎えに来てくれると言うから、コタツに潜り込んで転寝。目的は釣り。

本来の計画では、飛行機から降りて家で着替えたら、その足で天草の民宿に泊まることになっていたが、それではいくら人間が出来ているカミさんでも、何か一言あるに違いないと怯えた小生が予定を変更してもらったから、こういう強行軍になったのである。

一時半起床、二時出発。それから先の事はほとんど記憶に無い。行きは車の後部座席で、毛布に包《くる》まって眠った。船の上でも只眠っただけ。文字通りの小春日和、初冬とはいえ風ひとつ無く波は穏やか。ゆったりと揺れる船の上で暖かいお日様の光を浴びながら、時々眼を覚ましてはこういうのを本当の贅沢というのではなかろうかと思った。

東京から熊本、熊本から天草、そして今は鹿児島に近い船の上で釣り糸も垂れないで、居眠りである。

昨日の今ごろは西船橋のあの清潔なマンションで布団に包まっていた。今は空気清浄、天井は高い、空は空色しているし電車の音もないし、車の音も聞こえない。

聞こえるのは船端を叩く波の音だけ。唯一、不満だったのは鯛が釣れなかったこと。

誰かが一匹でも釣上げたら、俺も釣るかと思っていたが最後まで誰の糸にも鯛は掛からなかった。だから小生はせっかく天草まで遠征しながら、一度も釣り糸にも触らずじまい。残念でした。

我ながら傑作だったのが福岡でのこと。熊本まで帰ったついでに、福岡まで足を延ばして一泊した。当然、一杯ということになり、その日は虫の居所が悪くて悪酔いしてしまった。

心配してくれた二人の若者がホテルまで送ってくれた。それがまるで電柱に捉まえられたような格好になってしまった。この連れて行ってくれた二人の背が高かった。並の高さではない。連中と立って話をしていると、まるで二階と話しているような按配で、首が痛くなったほどである。それにしてもこの二人の思いやりの無い事、まるで荷物を運ぶように両側から、しっかと捕まえてぶら下げるようにして歩いた。以下はそのとき感じたままの言葉で書く。

こいつら俺を荷物のようにぶら下げて歩きやがる。俺もコンパスは長いけど、こいつ等の足の長さはケタが外れている。しかも力が強い。俺は自分で歩こうとするんだが、この二人がそうさせてくれなかった。

両側からシッカと腕を抱え込んで放してくれない。まるで操り人形のピノキオみたいな扱いをしてくれた。ピノキオは糸で操られていつもピョンピョン跳ねてるが、この時の俺もそっくり。たまに自分の足で歩こうと、地面に足を着けようとするが、足は空しく空を引っ掻くだけ。でもはっきり覚えているのは、この二人は俺を五、六百メートルも無駄に歩かせやがった。道に迷ってあちこち連れまわしたのである。今度逢ったら、あの時の親切な扱いに深くお礼を言っておこう。

熊本には未だに台風十九号の爪あとが生々しく残っている。瞬間最大風速四六メートルだったとかで、根元から倒れている樹があるし、幹の中ほどから折れている松の木もある。

あちこちの屋根に青いビニールシートが被せてある。瓦が紙のように飛んだという。

屋根の修理をしようにも、瓦が払底しており、瓦職人も手が足りないという。

ビル街の住人の話では、窓ガラスが物もぶつからないのに風圧で一枚割れたそうで、他の窓も風が吹く度に内側に膨らんでくるので、みんなで押さえていたという。

ビルの下の、国道の標識がバタバタと倒れていき、白川河原の大木が目の前で倒れていったと言う。

風速四十メートルを超えると、人間の歩行も出来なくなるそうで、歩道に倒れたまま動けなくなってしまった人もいて、助けに行こうにもこっちが危なくて只見ているしかなかったが、他の人が助け起こして連れて行ったそうだ。タクシーの運転手も、車が飛ばされそうになって一時運転を停止したと言う。

小生宅は郊外にあるせいで、四日間停電した。電柱が四、五本まとめて倒れたため、復旧に手間取ったようだ。それでローソクを使い果たし息子がバイクで走り回って、遠くの仏壇屋からやっと手に入れる始末だったという。四日目に電気が点いた時はほっと人心地ついたそうで、その節色々親切にしてくれた人がいて、人の心の温かさを改めて知ったという。

十四日の夜、またもやお誘いの電話が掛かってきた。それをカミさんに言ったら、途端に頭のなの」

天辺から黄色い声を出した。「アナタ、何しに帰ってきたの。たまにはゆっくり家に居たらどう

そう言われれば、帰ってから家に居たことは一日もナシ。反省！

しかし、男には男の義理がある。何が何でも行かなければ男が廃《すた》る。そこで一計……「どうだ、お前も行かんか。連中喜ぶぞ」根が嫌いなほうではないから「そーね」と簡単に喰い付いてきた。女騙すにダイヤは要らぬ。舌先三寸でイチコロよ。その夜は多勢で大いに楽しんだ。

十五日は自宅謹慎。なんだかんだで家で親子三人で揃って飯を喰ったのはこの一晩だけ。

日曜日、熊本空港出発。この日も麗《うら》らかな小春日和。今度の熊本滞在中、一滴の雨も降らなかった。風も吹かず、季節が初冬と春を間違えたんではないかと思ったくらいである。小生が行く所はいつも、何故か晴れである。たまには雨に遭いたいものだ。

空港ではカミさんに、セーターを買わされた。ロクに家に居なかった罪滅ぼしである。

西船橋に帰って、ほっとした。やはり一人が気楽で良い。

平成三年十一月

西船橋（二）

東京の冬は寒い。

外を歩いていると、自然にポケットに手が入っている、肌着とワイシャツの二枚だけでは寒いので、釣りの時などに着ていた上下繋ぎの防寒用の下着を着たら、これが案外イケる。それから連日着用である。

俺も歳かなと思ったり、東京と九州の温度差の所為だよと思ったりする。事実、天気図を見ると東京のほうが二、三度低い。

小生、コートも持っていない。九州に居る時、もう使う事も無かろうと他人に上げてしまった。まさかこんな寒い所に飛ばされるとは思いもしなかったから、考えが足りなかったか。これから当分の間、コートを買うか買わざるべきかようく考えてみよう。結論が出た頃には、春になってたりして。

上州の空ッ風と言うが、関東の風の強さには驚いた。都内、特に赤坂周辺は高層ビルが林立しているから、空ッ風に加えてビル風が吹く。今、背高ノッポの俳優が風に飛ばされそうになって歩いているコマーシャルがあるが、現実にああいう感じになったことがしばしばある。

そういう時、ふと思う事がある。こんなときには、バーコード頭はやっぱり頭を押さえながら歩くんだろうか。

みんなにこっそり教えておく事がある。うちの会社には、西船に住んでいる者は居ないだろうから内緒で耳打ちしておく。

西船は棲むには絶好の環境である。交通の便は東西線の始発駅であるから、少し待てば必ず座れる。周辺の景色も駅から五、六分も歩けば畑が散在している。よく気をつけて見れば、どういう訳か枝ぶりの良い松があちこちに見られる。由緒ありげなお寺や神社の境内にあることが多い。永い歴史を感じさせる街である。縁あってこの街に棲むようになったことに感謝している。

只一つ二つ気になることがある。関東の空ッ風が吹くと、西船の街中をゴミ、ホコリ、チリ、芥が舞い踊っている。どんな物が舞っているかというと、新聞、ちり紙、カップラーメンの容器、ダンボールや発砲スチロールの切れっぱし、こんなのが町中舞っている。黒沢明の用心棒シリーズの宿場町で、空ッ風が吹くのは風情があるが、自分の棲んでいる町でこんな風に吹かれたんでは、はなはだ迷惑である。

小生がこの街に来て、まず気がついたのが匂いであった。臭いのである。暑い盛りの真夏の悪臭は慣れるまでに、かなりの時間がかかった。それまで空気の澄んでいる所にいたから、余計に応えた。

この街には未だに排水設備が無い。家庭排水は道路の横の排水溝に垂れ流し。臭いしドブ特有の汚さが街中に溢れているのである。

こんな汚い、臭い街に棲めて本当によかったと感謝している。


今、窓が赤になった。もうすぐ青になるだろう。すぐ近くのホテル何とかの巨大なネオンサインが、一晩中窓に反射するのである。

金曜から土曜の夜にかけては、オートバイの暴走族が千葉街道をひっきりなしに走る。あいつらも大変だな。夜勤手当なんて貰っているのかな、などと思いながらウトウトしている。

雨の日、西船橋の駅の階段を上りながら考える。国鉄が民営化してサービスが良くなったと言うが、眼が行き届かない所も多いなと。普段は気が付かないが、雨が降ると階段の縦の面にこびりついているゴミだか、埃の塊だか分らない、コケの生えたのが濡れて目立つのである。

下から階段を上っていくとイヤでも目に入る。たわしでこすり落とせばサゾ気持ちよかろうなと思いながら、階段を昇っていく。

もう一つこの街のイイトコロを思い出した。食堂に入ったら、五十近くの婆あが出てきて「ナニ」。何になさいますか、を省略しているらしい。チャーシュー麺を頼んで待つ事二十分。厨房ではさっきの婆あと、もう一人が店内に響き渡るような大声で無駄話をしている。

あいつらの唾、全部料理の味付けになるんだなと思うと、食欲も怪しくなってきた。出てきたチャーシューはほんの申し訳ていどの物だった。食の細い小生にとっても少ない貧弱なチャーシュー。不味い、少ない、変梃《へんてこ》りんな物を喰わされた。

西船は良い所です。なにしろ街のど真ん中に藁葺き屋根の家があるんです。ハートマークの銀行の隣りに建っています。もうないかと探してみたら、千葉街道沿いにもう一軒ありました。軒の傾きかけた立派な家が。西船橋はそういう素晴らしい街です。

こんな素晴らしい街にはそう何度も棲めるものではなかろう。そう思うと一日一日とこの街に愛着が湧いてくる。今度転勤になって、この街を離れる時にはさぞや分かれ難くなっていることだろう。

皆さん西船橋に住みましょう。

平成三年十二月

関東の空ッ風

一九九二年、今日十五日は成人の日。全国で男女合わせて百九十九万人が、大人の仲間入り。

今年の正月は天気もよく平穏な幕開けとなった。熊本でのお宮参りも、今年からはカミさんと二人だけとなった。去年まで一緒に神社までついて来ていた息子は、三一日の夜から元旦の朝方にかけてカラオケの歌いっぱなしに行った。ご帰還は朝の五時である。

ついこの間までパパ、ママと言いながら、百円、二百円でキャッキャ喜んでいたのが、今では自分のバイクとカラオケ代などの小遣い稼ぎにセッセと、家庭内アルバイトに励んでいる。小生を空港まで迎えに来ると、車にガソリンを満タンにして、お迎え賃としてプラス五千円。家の窓拭き、庭掃除、台所の換気扇、風呂場の掃除もアルバイトの対象になっている。

今年は正月明けから珍しいものを、続けて二つ見た。

真ん丸い虹と、嘴《くちばし》の動く珍鳥である。熊本から羽田への空路は阿蘇山上を越えて九州を横断し、大分の豊後水道上空を通過する。その豊後水道上の、切れ切れにかかっている薄い雲の上に、見事な丸い虹が描き出されていた。たまたま左側の窓際に座っていたので、その見事なショーを見る事が出来た。

新聞を読みながら、ふと眼下に広がる雲海を眺めたら、その薄い雲に円形の虹と、その虹の中心に自分の乗っている飛行機のシルエットが鮮明に映っていた。

虹というのは、夢の架《か》け梯《はし》というくらいだから、半円形の橋の形をしているものだが、丸い虹は初めて見た。しかも虹の中心のジェット機の影は、雲の濃淡につれて消えたり、現れたりしながら、大分湾の濃紺の海の上をついて来るのである。暫くの間見惚れていた。

西船橋に帰った翌日、冷蔵庫に食料が無くなり、ショッピングストアに行こうと、一日に二、三時間しか陽の差し込まないマンションを出たところで、初めて見る鳥に出会った。

ちょうどその鳥が電線に止まる所に出くわしたのだが、なんとその鳥、赤と白の段だら模様の大きな嘴をしていて、しかもその嘴が上下左右に動いている。鳥の形は鴉より少し小さめで、その割に胴体が太く肩を怒らせている感じ。

あまりに面妖な鳥の姿に近づいて、よくよく見たら嘴だと思ったのは、その鳥が咥えている魚だった。まだ生きていて身体を必死にくねらせていた。その魚は、体型から見て和金だったと思う。

和金は鮒《ふな》を改良して金魚や鯉のように着色したものだが、金魚に較べると体型が細い。金魚や鯉はもともと鮒のような色をしていたものを、長い年月をかけていまのカラフルな色に改良したのである。その体長十センチ程の魚を鳥は飲み込もうとするのだが、嘴の大きさに比較すると魚が大きすぎるようで、なかなか飲み込む事が出来ないでいる。

そんな様子をボケーッと口を開けて五、六分も見ていたろうか。勝負がつきそうにも無いので、買物に行って戻ってきたら鳥はもう居なくなっていた。

狩猟読本で調べてみたら、この鳥はササゴイ。嘴は黒、体毛は胸部が白、翼部が黒と白。だから遠くから見ると、灰色に見える。狩猟してはいけない鳥である。

それにしても、東京の寒さは凄い。北海道の人が、東京のほうが寒いと言うのがよく分かる。関東の空ッ風が吹くと体感温度は三、四度は下がる。

特に、昨日行った元赤坂周辺は寒い寒い。向こうから来る三人連れの娘さんが、鼻の頭を真っ赤にして風に向かって歩いてくるのを見ると、〝ご苦労さん〟と声を掛けたくなるほど寒い。ことに第二何とかビル辺りは要注意。小生が昨日、その行きたくもないビルに入ろうとしたら一陣の突風。押し戻されそうになりながら、やっとＩＮの標示のドアから中に入れた。そのビルの中で行われた会議の長かったこと。それでよく判った。会議というのは、出席者の合議を尽くすのではなくて、永い時間をかけて皆に言いたいだけ言わせて、疲れた頃を見計らって、自分達の作った案に落ち着かせる事。それが出来なければ、原案になるべく近い線で収めること。

会議なんていうシステム。独裁者の考えた、民主主義という名のゴマカシだということがよく分かった。

平成四年一月

猫坂

東京の人はせっかち。皆歩くのが早い。地下鉄の乗換の時など競歩レースかと思った。

自慢じゃないが、田舎暮らしの永かったこちとら、いたって足が遅い。何処に行くのも車で移動していたから、足を使うのは事務所の階段を昇る時位。四階建の古ぼけたビルで、二日酔いの時など四階まで昇るのが億劫で仕方なかった。

ところが今思うとあんな階段は、階段のうちに入らないことがよく分かった。

東京は地方に較べると野蛮な所である。都会のジャングルとはよく言った。何しろ頼りになるのは、自分の二本の足だけ。家から駅まで自分の足で歩き、階段を昇って降りて、場合によっては満員電車では立ちずくめ。

乗換駅では半ば駆け足。昇って降りて、また電車。

赤坂駅の階段を昇ってようやく陽の目を見たと思ったら、猫坂の急坂。この猫坂では毎晩丑三つ刻になると、何処からともなく大勢の猫が集まってきて、集会を開いているそうである。朝早く猫坂を通ると会議の後片付けを終ったばかりと思われる猫の集団が、不審な人間が居ないかそれとなく、チェックしているらしい光景をよく見かける。

だから少々遠回りになるが、坂の勾配の穏やかな三分坂を通る事にしている。

おかげさまで、東京に来て足が丈夫になった。歩くのも少しは速くなったような気がする。何しろちょっと前までは、ノタクリノタクリ歩いていても良かったが、東京でそんな事をしていたら、蹴飛ばされ踏み倒されかねない。

一月三一日から二月一日にかけて、東京地方に寒波襲来、大雪に見舞われた。

その残雪の消えやらぬ四日、小田急線を乗り継いだ東京近郊の小さな町で、仲間の葬儀が営まれた。法人営業部長、享年五一歳、病名は癌。

二年前に胃を摘出し、昨年再発、入院しようとしたが都内の病院では何処も受け入れてくれず、岡山で入院。この岡山の病院は、専門医が見放した人が多勢再生したというので有名な病院だったらしい。

入院中は、仲間がそれぞれ見舞いに行ってくれたという。小生は本人と一緒に仕事をした事は無かったが、同じ古い仲間同士、たまに会えば「ヨウ！」、それだけで通じる連帯感があった。

その仲間がまた一人逝ってしまった。

葬儀は準社葬で参列者が引きもきらず。お焼香だけで一時間かかった。焼香の列に並んで、寒風に揺れる竹林を見ながら思った。

死んでいく奴はいいよな、死んでしまえばそれでお終い。残された人たちの悲しさ、淋しさ、苦しさも知らずに逝ってしまうんだから。

ご遺族は奥様と一六、七歳位の息子さんに中学生ぐらいの娘さんの三人家族。奥さんと息子さんは、お焼香の皆さんに一々頭を下げられていたが、最後まで涙を流されなかった。多分、流すだけの涙は流され尽くしていたのだと思う。


うちのドラ息子から手紙が来た。「車が腹減ってるって、だからガソリン代頂戴。酒、あんまり呑むなって」

うちのドラ、今、車を乗り回すのが楽しくってしょうがないようだ。朝も夜も、明け方まで走っているらしい。仲間と一緒にヨタ話をしながら、車を走らせるのもいいもんだ。青春っていいもんだ。なんでも出来るような錯覚をして、何にも出来なくって、一生懸命足掻いて、あちこち迷って、途方にくれて。そんな苦しみがそのうちにキット来る。

今のうちに楽しんでおけ。

「酒、あんまり呑むなって」の「て」は横からカミさんが言ったから、伝言で「て」になったと。
二、三日前、酔って電話で息子と何か真面目な話をしたらしい。今日カミさんに、その話を息子から聞いているかと電話したら、カミさんこう答えた。
「何にも聞いてないわ。大事な話は私を通さなくてはダメヨ」

平成四年二月

三日酔い

《ふる里の訛りなつかし停車場の
　人ごみの中にそを聞きに行く》

昔も今も上野駅は、東北地方から東京への玄関口である。田舎から上京して故郷が恋しくなると、上野駅へ故郷を偲《しの》びに行ったという石川啄木の歌である。

時は変わって現在の上野駅界隈は、東北ではなくて、外国の言葉が飛び交っている。それも多国籍語である。上野駅から公園に通じる階段周辺には、色の浅黒いイラン人の一団がテレホンカードを持って、巧みな日本語を操っている姿が眼につく。

アメ横を歩くと、韓国、台湾、中国、フィリピン、タイなどひょっとすると、日本でありながら、日本語のほうが少ないのではないかと思われるくらいに、外国語がハバを利かせている。

上野で手短かに東南アジアの雰囲気を味わいたければ、格好のビルがある。アメ横のちょうど中ほどのビルの地下で、ガラス戸を押して階段を降りると、真っ先に眼に入るのがスッポンの山である。手足を縛られて網の袋に入れられて、動いているスッポンを、買った人にはその場で料理してくれて、生き血も飲ませてくれる。見ていると、買う人は顔は日本人そっくりだが、色が浅黒く外国語を早口で喋っている。その他、店内には、木の桶に泥鰌《どじょう》がおり、生きた鯉や鰻《うなぎ》が泳いでいる。

人だかりを覗いて見ると、山盛りの豚の足。それを手掴みで袋に入れている人が居る。豚の耳、尻尾、無念の形相よろしく首から上の豚の顔。心臓、蜂の巣状の肺、レバーがあり、ひも状の腸がとぐろを巻いている。いかにも美味そうなので、生唾を飲み込んだりして。

売り子の日本語さえなければ、ここは完全な東南アジアの一角。海外旅行はしたいが金と暇の無い人には、この地下を推奨する。

医は仁術といわれるが、医は感情でもあるということを実感した。

先日、具合が悪くなって病院へ連れて行ってもらった。千葉の何とか中央総合病院というご大層な名前の病院で、受付をして待つ事二時間、診察室に呼ばれて「どうしました」「えー、一寸もごもご…」実は強烈な三日酔いでふらふらで、食欲もなく、あわよくば二日酔いの注射というものがあれば、それをしてもらおうと思っていたのである。

威張っていえる症状でもないので、口の中で適当に誤魔化していると「それじゃあ、診てみましょう」と眼、口の中、首の両側を手で触って、ベッドに横になって腹を押さえてそれでお終い。「栄養剤の注射か点滴でもしてください」と言うと、鼻で笑って、そんなもの必要ないだと。そして付き添って来てくれた連れの男になにやらゴチョゴチョ言っていた。「アーア、酷いもんだ」医者の扱いが余りにも雑なので、聞こえよがしにボヤいて診察室を出てきた。入ってから出るまでたったの三分、検査も薬も何にもナシで、初診料だけぶったくられて病院を出た。

おかげさまで病院に入るときより、出るときのほうが気分が悪くなっていた。

馬鹿タレ、藪医者、屁古希虫、悪態をつきながら、翌日になって何故医者があんな扱いをしたのかに気が付いたのである。

それは当方の人相、風体に起因していたのである。人相そのものは高貴、気品に満ちた貴公子然としているのだが、その様子がいかにも酷かった。

髪はボサボサ、髭ボウボウ、素足にサンダル履きはまだいいとして、よれよれのパジャマ姿だった。入院患者なら頷《うなづ》けるが、外来の初診者がこんな格好で来たんでは、いかに温厚な医者でも気分を害するはずである。しかもあの医者、一寸意地悪そうだった。腹部の診察の時にもわざと強く押さえて、痛いですか、痛いですかと乱暴に押さえていた。こっちも意地で痛くない、痛くないと答えていた。

ところで、そのヤブがもう少しパジャマのズボンを下に下げていたら、事態は急変していたはずである。多分、その医者はその場で立ち上がり最敬礼をして、尊敬の眼差しで小生を見つめたはずである。家を出るとき、余りに急かされたんで、肝心なものを履いてくるのを忘れていた。


東京の若者はよく勉強する。小生、もっぱら地下鉄を利用するので、地下鉄での事しか知らないが、とにかく良く勉強している。昼間の電車の中でも必ず一車両に二人か三人は、わき目も振らずに勉強している。それも、とっくに大学など卒業した、背広のサラリーマンがである。ホームの立ち読みはもとより道を歩きながらの二宮金次郎スタイルも居る。

こういう光景を見ていると日本の将来は安心していられるなと、心丈夫になる頼もしい若者達である。その読んでいる本も並みの本ではない。厚い。二センチから三センチ位の厚さはあるだろう。しかも色が付いていて、離れた所からでもはっきり分かるような大きい文字が踊っている。

「ギャオー」「どすッ」「バキューン」。

昔は、このての高級な本は、子供が読むものと決まっていたのだが、田舎に居る間に社会が進歩したらしい。白昼堂々と一丁前の大人が人目もはばからずに読んでいる。

中にはセールスマンと思われる男も結構いて、目的の駅に着くと漫画を鞄にしまいこんで電車を降りていく。

こんなセールスマンは、客との応対の最中でも頭の中では「ドッスン」「パカーン」「イヤーン、止めて」なんて文字が躍っているんではないだろうか。


ゴミ箱を漁るのは、そのテの人だとばかり思っていたら、ネクタイを締めた人たちが平気でやっているのを見て驚いた。

電車のホームでその光景を初めて見た時、何をしているのか思ったが、ゴミ箱から引っ張り出しているのが新聞で、なんとなく釈然としないながらも納得した。それにしてもあまりみっともいいものではない。女房、子供に見せられる図ではなかろうに。

汚い物ではあるまいし、経済的だと反論されそうだし、他人がとやかく言う筋合いのものではないが、要は美学の問題である。

最近、気付いたが、ホームの所々に青い大きな籠が置いてあって、そこに読み終えた新聞紙だとか、週刊誌を放り込むと欲しい人はそこから新聞なり、週刊誌などを取っていく。これだと見ているほうも、余り抵抗感が無く見ていられる。一番、抵抗感が無いのが、網棚の上の新聞などをヒョイと取って何気なく読んでいる人。

これだと小生でも出来そうだが、未だにやった事は無い。人間は周囲に染まりやすい。網棚からが、青い籠になり、ゴミ箱から極彩色の部厚い本を引っ張り出すようになるかもしれない。
そうならないように、精々格好つけていこう。

平成四年三月

天草の釣り

最近は、ウィークエンドになると決まったように天気が崩れる。昨日、日曜日も案の定雨。食料が底をついたので外出したが、寒かった。

ところが熊本からの電話では、好天で汗ばむほどだという。一方、鳥取の米子、スキーで有名な大山には未だ残雪があるそうで、只今北上中の桜前線は岩手県辺りまで上がったそうだ。

南北に長い日本列島は、地域によって気候風土はもとより、住む人の気質もそれぞれに異なる。その全国各地から新入社員が集まってくる。いろいろな気質が集まり、それぞれの特色を良いほうに発揮して、より良き社会生活のスタートを切ることを期待しよう。

今朝の電車での事。三人掛けのシートの真ん中が空いていたので腰をおろした。両隣は中年のサラリーマン風。二人とも新聞を読んでいたが、真ん中に座った小生の窮屈な事。足を揃えて両手を膝に、肩をすぼめてまるで叱られてる猿みたい。

それが、電車が動き出し五分十分と時間が経つにつれて、段々楽になり、乗換の大手町に着く頃には、長い脚を組んでもよさそうなくらいの余裕が出来ていた。お互いはじめから肩肘張らずに体の力を抜いていれば、余分な力を使わないで済むのにと思った。

子供の頃、中学、高校と進学したり、新学期にクラス替えがあったりすると、暫くの間賑やかだった。校庭の端や、便所の陰辺り、先生の目の届かない所で、ドスの利いた声や派手な音がしていた。

だが、それも一時の事で時が経つうちに静かになっていった。言ってみれば、猿山のボス争いのような事が、何かの移動の度に起こっていたのである。

うちも当分は賑やかになるかな。ならないかな。

小生が釣りを初めて二十年、川釣りから始まって海釣りをやったら、川の小魚を相手にするのが馬鹿馬鹿しくなり、海釣り専門になった。海釣りも最初は堤防や岸壁からだったが、磯釣りになり船釣りになった。

磯釣りを止めたのは、浪の荒い日に船から岩に飛び降りた時、タイミングを誤って右手にぶら下げていた、黒くて丸い壜を岩に打ち付けて割ってしまってからである。

お神酒ナシの釣りで釣れるわけが無い。海神様がお怒りになってボウズだったし、こっちは呑みそこなったモノを思って、喉が鳴って仕方がなかった。

それともう一つ、いくら釣れなかろうが迎えの船が来るまでは、ひたすらその場で待たなければならないこと。だから自由に場所を変わる事の出来る船釣に替えた。

その船釣りも、釣れる時と釣れない時があるから、ボンベを背負って海の底まで潜るようになった。

今回は、初心に還って堤防釣りにした。常識では魚の喰いのいい朝まずめと、夕まずめを狙うのだが、わざと常識を度外視して現地に着いたのは昼すこし前。

小さい漁港の堤防の突端から第一投。投げた途端にグ、グーッと来た。二度目の引きに合わせて、竿を立てると強い手応え。しかも、底に向かってグイグイ引いていく。大物である。自慢のカーボンロッドの竿は弓なりに撓っている。

道糸三号、ハリス一・五号の小物用の仕掛けだから無理をしてはいけない。リールをフリーにして、魚とやりとりをした挙句海面に顔を見せたのは、なんと真鯛。相棒がタモで掬い上げたのは、一キロ近くはあろうかという大物。まさか、堤防からの釣りで真鯛がこようとは思ってもみなかった。

ところが、その後がもっと凄かった。鯛が二匹続けて来た。八百と九百位。入れ食いである。

一寸喰いが止まったが、根気良く撒餌を打っていると二、三〇センチぐらいの雑魚が五匹か六匹。

そろそろ帰ろうかなと話をしていると、又もや凄い引きが来た。しかも相棒にも同じ当たり。これが右に左によく動く。このての引きはブリかハマチ、カツオなど青物である。二人の糸を絡ませないように、ようやく引揚げたのがブリ。二匹とも一キロを出るか出ないかの小物である。「こんなに釣れたら面白くない。帰ろうや」と言っていると、竿に何やら妙な当たり。動きも何もなくて只ずっしりと重いだけ。上げてみるとタコだった。タコまで釣れるとはやはり天草の海は小生を待っていたようだ。

感激した。うちだけでは食べきれないので、ご近所の人たちに「東京土産です」と言いながら配って歩いた。

釣りは一年振りだったが、腕は衰えていなかった。小生の釣りの腕は東京辺りでも十分通用するはずである。

しかし、東京の釣り場の近くの帰り道に、生簀で生きた魚を売っている店があるだろうか。トロ箱に氷詰めにした新鮮な魚が安く手に入るだろうか。「お客さん、安くしとくよ。持ってきな」なんて店があると、こんな釣りキチの夢のような自慢ができるのだが。

平成四年四月

山中湖

社員旅行で富士山を見に行こうと、衆議一決し、雨の中を一路山中湖の別荘を目指した。金曜の夕方、仕事の都合で一行より一時間ばかり遅れて赤坂を出発した。

霞ヶ関インターで高速に乗ったが、金曜日の夕方のラッシュにぶつかってしまった。車はノロノロ運転どころか、前へ進んでくれない。

ご同輩の運転で、ボーッと助手席に座っていて、四、五〇分も経った頃、車の外を見廻すといつもの見慣れたビルが左右に立っている。

「ここは何処だい」と運転しているご同輩に聞くと、赤坂見附の交差点の上だと言う。

「何！　俺んとこから見附まで歩いて十五分しか掛からんのに、ナンジャこりゃ」。

今夜中に着けるのかなと心配したが、首都高速から、東名高速に入ると次第に車のスピードも上がって、やがて御殿場インターで降りた。

途中のサービス・エリアで夕食を摂った時、嬉しい事があった。腹いっぱいになって宿に着いたら、楽しみのビールが美味くなかろうと、ビーフ・カレーの「ご飯を、半分にして頂戴」というと、元美人だったらしい店の人が、生卵をポンと割ってカレーの上に載せてくれた。「ご飯の代わりよ。気は心だもんね」ホントに嬉しいね。

その夜の宿は、今時こんな宿があっていいだろうか、というような酷い宿だった。テレビなどでよくみる宿場町のうらぶれた木賃宿そっくりで、当然のことながら隣りの部屋との仕切りは襖《ふすま》一枚。こんなのを『山中湖の別荘』などと呼んでいるのだから、まるで詐欺である。女子社員も居たが、皆平気な顔をして無邪気に騒いでいる。

何度も来ているらしく、廊下が軋《きし》むのも、裸電球が暗いのも気にならないらしい。臆病者の小生は、ぐっすり眠り込んでいるところに誰かが入ってきたらどうしようかと心配だった。

そんな旅館だから、ご同輩連中と酒など飲みながらワイワイ、ガヤガヤやっていたら何時の間にか他の部屋のお客さんも、一緒になって騒いでいた。我々一行二十七人の他に、何人の人が合流したか覚えがない。

なにしろ入れ替り、立ち替り三十人を越す連中が、部屋の間の襖を取り払っての大宴会だから賑やかな事この上もない。

そのお客さんの中で、一際面白い連中が混じりこんでいた。北海道から来たという若い三人組で、札幌の薄野《すすきの》でなにやら怪しいお仕事をなさっていた事がおありだそうで、酔っ払いを見つけてはいいカモにしていたらしい。アクション混じりでしきりに「ズコーン」とか「バコーン」と叫んでは座を盛り上げていた。声に合わせて腰を前後に振っていたから、何か面白い事をしていたのかもしれない。

そのうちに何を思ったのか、三人並んで「気を付け」「敬礼」などの基本動作を始めた。声は大きくて気合十分、動作は……これは様になっているのは、かろうじてそのなかの一人だけ。これだけ酔っていても、時間外でも任務に忠実というか、ふざけているというか、ひょっとしてこの方たちは、自衛官か消防士、或いは警察官かもしれない。だがどう見ても今年入りたての新米さんとしか思えなかった。

延々と続いたデモンストレーションだったが、三人とも元気だった。気の良い若者だった。〝袖摺り合うも、他生の縁〟というがこの連中に逢えて良かった。楽しかった。

「オイ、寝ようや」と言ったのは丑の刻。正確には午前三時十五分。バタン、キューでぐっすりと寝てしまった。同室のほかの連中は、鼾の凄いのが一人居て、その騒音で寝不足だったと言う。こっちは熟睡してそんな事は全然知らなかった。

三時間近く寝た頃、階下の若々しい声で眼が覚めた。山中湖まで皆で朝の散歩に行ってきたという。若さは一晩ぐらいの徹夜はなんでもないようだ。

大広間で、皆車座になって朝飯を食べた。みんなの顔を見ながらの朝食は良いもんだ。朝から豆腐の味噌汁をご飯にぶっ掛けて、チャンと一膳食った。馬鹿馬鹿しいような話だが、朝から普通のご飯を食べるような、普通の生活というのも良いものである。

小雨に煙る富士の裾野を走り、河口湖の瓢箪型《ひょうたんがた》の一番くびれた部分に掛かっている橋を、金二百円なりを払って対岸に渡った。雨が降っているというのに、湖にボートを出して釣り糸を垂れている人が多勢居る。湖岸にもカラフルな雨合羽《あまがっぱ》に身を包んだ人々が、ずらりと並んでいる。聞いてみるとブラックバスを釣っているそうで、釣れたらリリースするというのだから、釣れた魚はなんでも食ってしまうという主義の小生にしてみれば、何とも殺生な話に思える。

ヘラブナにしろブラックバスにしろ自分が食べもしない生き物を、遊びの対象にするのは最も嫌悪する所である。自分の釣った魚は、頭の先から尻尾まで綺麗に食べてあげる。それが供養というものだ。

河口湖畔から青木ケ原樹海の端にある氷穴洞にも足を延ばしてみた。この氷穴洞というのは一年中氷の溶けない天然の冷蔵庫になっていて、江戸時代、冬の間に近くの池から切り出した氷を、この室に貯蔵しておいて、夏になるとはるか彼方の江戸城の将軍に献上していたという。

現在の天然の冷蔵庫には、デモンストレーションで単なる切り氷を積んであるだけであったが、金網で囲われた向こうの穴には天然の氷柱が五、六本天井から下がっていた。

この洞窟の唯一の自然は、天然で出来た巨大な氷の柱だけであった。

五分ほど穴の中を通って地上へ出ると、外は相変わらず霧雨が降り続いている。穴のすぐ左に胴回り五、六十センチはあろうか思われる松がある。木に付けてある名札を見たら『姫小松』とある。こんなに大きい松に姫小松とは昔の人は粋な名前を付けたものである。そこからは、小雨に煙る緑を愛でながらゆっくりとドライブを楽しんだ。小雨に洗われた若葉が綺麗な緑を競い合っていた。赤松、杉、楢《なら》、楓《かえで》、椚。

八重桜は今が満開だった。紅薔薇も赤く咲き誇って、紫色のテッセンも綺麗。黄色い山吹も可憐に咲いていていた。

五月の静かな雨に洗われて、緑がみんな美しく見えた。

平成四年五月

横浜

六月七日、北部九州から関東地方まで一斉に梅雨入りした。午後から降りはじめた雨は、翌朝まで強い風を伴って降り続いた。

翌八日、薄日の差すお昼過ぎ、猫坂を歩いていると足元に黒いシミが点々とある。上を見ると繁った桜の葉の間に、サクランボが生っている。それが昨夜来の風雨で、落ちたらしい。かなりの数である。

その二、三日後、同じ坂で今度はピンポン玉のような黄色い実がいくつも落ちていた。枇杷《びわ》の実が枝もたわわに実っている。東京のど真ん中にも、季節は確実に巡ってくる。

東京は緑が少ないというが、それは先入感である。大都会で東京ほど緑の多いところはない。人口比の公園の面積を調べてみれば面白い結果が出るはずである。現に赤坂周辺だけでも、昼休みの散歩で歩いていける緑の多い所は、氷川神社、山王神社、高橋是清旧邸跡の公園などがあり、その間に各国の大使館や広大な屋敷などがあって、広い敷地には鬱蒼《うっそう》たる木が繁っている所が多い。

困った。小生、今夜は大いに困っている。野球の社内対抗試合で勝ったのである。今日の十時から始まった事業部の野球大会で優勝してしまった。

それは良いのだが、勝ち方に問題がある。二試合して二試合ともコールド勝ちしてしまった。しかもホームランを二本も打った。

勝つのは良いが、少しは手加減、手心を加えてもらいたかった。初戦の相手はこちらにとっては、一番怖い人が居て、おまけに上部組織の権力をちらつかせる小姑が多勢いる事業部である。これを相手に、徹底的に勝ちまくった。遠慮会釈無しである。

優勝戦はお隣りの、日頃からお世話になったり、お世話したりの間柄の青山支社。今思うと、今日の監督は小生がすれば良かった。

野球にド素人の小生にでも、三回戦か四回戦もすれば相手の力量は分かる。それを、あれほど木っ端微塵に粉砕する事もなかろうに、コテンパンにやっつけてしまった。

どっちみちこっちの勝ちだと分かった試合なら、後は遊び心で左投げの投手に右投げをさせてみたり、ベンチウォーマーを入れ替り立ち替り起用する。場合によっては応援に来ている女子社員に投手をさせて遊んであげる。そして相手が必死で振り回したボテンヒットでもわざとエラーしてあげたり、死球で歩かせて満塁にしておいて、次のヒットで懸命に駆ける走者をホームベースすれすれの処でタッチアウトしたり。

こんなことを二回か三回繰り返してあげれば、連中も残念会で口々に言っただろう。「もう少しだった」「うまくいけば勝てたかもしれない」。

小生、これから当分の間、五反田、青山方面に行くときにはボディー・ガードを頼もう。電車のホーム、歩道橋などは危ない。ビルの上からも何が降ってくるか分からない。

この後、毎年恒例の全国柔道大会があるが、その時事業部と対戦したらわざと負けてあげよう。相手が背負いできたらその背中にヒョイと乗ってあげる。脚払いできたら自分から倒れてあげよう。そうして負けてあげないと、野球であれだけコテンパンに伸ばされた事業部の面子は立たないだろう。柔道の選手諸君、君等が勝つのは火を見るよりも明らかであるが、ワザと負けてあげるのも時には武士の情け。

アホ、バカ、マヌケ。まったく信じられないようなバカなことをした。横浜でパーティーがあり、その夜はいい気分で酔ってしまい、ホテルで寝たのは午前三時頃。翌日は土曜日の気楽さで、呑兵衛と二人横浜駅の地下街のとある店で、迎酒と洒落込んだ。

大ジョッキ三杯ほど飲んだところでネーチャーズ・コール。用を足して元の店に戻ろうとしたところが、その店が無くなっていた。無くなったと言うしかないような消え方で、そこら中を探し廻ったがどう探しても見つからない。

それにしても横浜の地下街は広い。二時間探し回ってもその店は見つけられなかった。捜査？が難航したら、原点に戻れの鉄則に則《のっと》り、地下道に入ってきた駅ビルの入り口まで行って地下街に入っていくのだが、その入り口が幾つもあって、しかも朝の八時と昼近くになってからでは周りの景観がまるで違っている。

よく歩いた。半年分を一日で歩いた気がした。とうとうそのままで帰ってきた。友人と背広は店に置きっぱなし、ズボンのポケットに千円札が数枚あるだけ。もう横浜には二度と来ないぞと誓った。

その帰り、東横線で渋谷に出て、山手線で東京駅に出てしまった。東京駅で素直に地下鉄に乗ればいいものを、何をトチ狂ったか八重洲口から外に出て、地下鉄の駅を探しに、歩きに歩いて新川二丁目まで行った。結局、日本橋から地下鉄に乗って無事帰館。

マンションの鍵は背広に入れたままで置いてきたから、わざわざ寮長に電話して開けてもらう羽目になった。

もう横浜方面は懲り懲りである……とはいうものの、横浜で良い事もあった。

その前夜、パーティー会場に入っていくと、多勢の人の中から遠くでこっちこっちと手招きしている人がいた。懐かしい顔である。二十年振りぐらいの再会だが、挨拶も何も無し。いきなりその時話をしていたどこかの社長を紹介された。まるで昨日の続きみたいであった。そのジイさんとは二次会まで付き合ったが、その後、またどこかで呑んで、翌日の迷子事件に発展したという次第。

ここのところ横浜でのパーティーが多い。

横浜の同じパーティー会場で、二度も定期券を無くした。

一度目は、パーティーの開会を待つ間にソファに座っていて、背広の名刺入れから落ちたのをホテルの人が気付いて持ってきてくれた。二回目はパーティーが終った後、同じソファに腰をおろした時、座席と肘掛の隙間にまたしてもポトリ。

何故そこに落としたのに気がついたかというと、その時のスナップ写真を見た横浜の名探偵？が推理してくれて探し当てた。

この定期券は余程脱走したかったのか、置いてけぼりにされた背広から出てきて、一安心してその辺に置いたはずだが、何時の間にか行方不明になってしまった。部屋中何処にも無い。外に出した覚えが無いのに、煙のように消えてしまった。足の速い定期券である。

平成四年六月

定期券

七月九、十日は梅雨の中休みで日中は初夏の陽気だった。東京モノレールの競馬場前で降りて、徒歩七、八分の所にスポーツの森公園がある。

野球場二面とテニス・コート二面があり、長距離走ができるコースもある。広大な芝生の所々に木陰があって、都民のスポーツの広場になっている。都心の近くにこんなに素晴らしい運動公園が出来ていたとは知らなかった。

その公園のグランドで社内対抗野球大会が行われた。先日の試合で優勝したために、勝ち上がって今度は、事業部対抗に出ることになった。その始球式で珍しいものを見た。やおらマウンドに上がった某部長、気合を込めて思いっきり投げたら、球は捕手の方へは行かず正確に左側へ飛んで、一塁側のダグアウトへ転がっていった。東京では今まで見たことも無いような珍しい光景に、お目に掛かることが出来る。

第一試合の相手の監督は、最近改名した禿井、英語名はＭｒ、バーコード。たまにしか逢わないが、逢うごとに髪が薄くなっていく。若かりし頃は、豊かな髪で庇《ひさし》をつくっていたものだが、最近では庇は跡形も無くなり風が吹いても髪が散らないように、整髪料でしっかりと固めてある。その努力を評して禿井と命名してあげた。

ネット裏に座って、ハンディ・トーキーで本部と連絡をとり合っているのが、御本社のソームカチョーとかいう偉い人で、この間まで田舎で田圃のあぜ道をフラフラと歩いていた。このカチョーと禿井に小生の三人が、ハナのお江戸で鉢合わせしようとは思いもよらなかった。ついこの間まで、三人とも九州の同じ所にいたのである。

試合開始は十時三十分。

我が方の選手の意気込みは凄かった。打つわ、走るわ。投手は球をブンブンとブン投げ、キャッチャーはしゃがんだままの姿勢でセカンドへダイレクト送球し、盗塁を何人刺したか分からない。この連中、仕事の時もこれくらいの迫力があればなと思ったが、考えてみれば仕事の時間は永いやな。四六時中この調子では、すぐにバテるに違いない。

第一試合でホームランが二本。一本は左翼の高いフェンス超えの堂々たるもので、もう一本は相手のエラーに乗じて、キリンのような長い脚を生かしたランニング・ホームラン。

規定で一試合七回戦になっていて、三回までにこちらのコールド勝ちが明らかになっていたのだが、あまり点差が開くと面白くないので、一寸遊んで五点呉れてやったり、代打を出したり。この代打、常識ではピンチの時に出すのが普通だが、こちらの場合、これなら絶対勝ちと決まってからの代打。弱冠四五歳の湘南ボーイが尻をチョコンと突き出して見事に三球三振。子供の頃からやっていたと言うだけあってユニホーム姿はバッチリ。背広姿よりよほど似合っていた。

午後からの優勝戦は南多摩支社との対戦で、本部席のテントの下で涼しい風に吹かれながら観戦。一回戦と違って調子の出ないうちに試合終了となったが、その試合でせめてもの一矢《いっし》を報いて意地を見せてくれた。

まるで映画かテレビドラマのようなシーン。最終回の七回、ツーアウト・フルベース。カウント二—三から強烈な三塁打。走者三人がホームベースを踏んだ。これでやっと溜飲が下がった。

ところでバックネット裏が面白かった。みんな揃ってこっちを応援してくれたのはいいが、可愛さ余って憎さ百倍と言うとおり、当方の選手がエラーでもすると顔を真っ赤にして、下手くそー、バカヤロー、引っ込め間抜け。なんだかこの支社の前々支社長が一番ガナッテいたみたい。

その夜呑んだビールは美味かった。野球も少しは良いものだと思った。つい最近家庭の事情で郷里の岩手支社に転属して行った、新夫婦からも激励の手紙と寸志が届いていた。前の支社長からも結果を問い合わせる電話があった。みんな気にかけてくれている。有難い事である。

世の中には、珍しい商売を考え出す人が居るもので、その名もファミリー・レンタル。家族を貸し出そうというのである。要するに家族ごっこ。テレビで面白おかしく報じていたが、初老の夫婦の所に娘夫婦が孫を連れて里帰りしたと言う設定。それぞれがもっともらしく役割を演じて五時間で十五万円だという。帰るときに手を振って若夫婦に扮した一家を見送る老夫婦のバカ面を見ながら、そんな無駄な金があったら、俺に呉れよと言いたくなった。俺なら三時間で十五万円全部呑んでしまう。そして二日酔いで翌日はウエウエと言っているんだろう。其の方がよっぽど有意義である。

先月消えた定期券が出てきた。

ある日、背広を着替えたら、なんとズボンのポケットに隠れていた。それも日頃滅多に着ない背広である。既に新しい定期券を使っていたので、払い戻しに行ったら、残日数が一ヶ月以上無いと払い戻しできませんとのこと。あと二日早ければ良かったんですがね、と言われた。最後の最後まで、憎ったらしい定期である。思いっきり叩きつけてやった。今ごろどこかの誰かが廃物利用で使っているかもしれない。

ところで、定期券が何回も脱出した訳が今ごろになってやっと分かった。定期券を入れていた、背広の名刺入れのポケットが浅かったのである。

平成四年七月

大掃除

世の中には迷惑千万な女が居るもので、ある日突然やって来て小生の高級マンションの快適な生活環境を散々ぶっ壊して、フイッとどこかへ消えてしまった。

ある晩、マンションに女を引き入れた。小生だってまだ少しはモテル。女と子供を騙すのは簡単。只ひたすらに褒めれば良い。

折角連れ込んだのに、部屋へ入ったその女「クサーイ、何よこの匂い」そうかい俺には良い香りに思えるがね、と思いつつ

「まあ座れ」立ったままでは口説き難いので、座らせると「アラ、まだコタツ使ってるの」コタツは冬のまんま。

「イヤ、使っとらんよ」とは言ったものの、実は七月のその時も使っていた。

クーラーが効き過ぎて寒くなると、コタツのスイッチを入れて足を温めるのである。

昔から頭寒足熱という。合理的である。次にその女、辺りをキョロキョロ見廻していたかと思うと、「アラ、カビが生えてるわよ」ときた。

生えてるんじゃないの、生やしてるの。栽培している最中なの。この女に何を話しても無駄だから当方は無言。そうしたらその女、いきなり立ち上がって台所掃除を始めた。

「何するんだ」と聞くと「匂いの元を断つの」昔、テレビのコマーシャルで見たことのあるようなセリフを吐いた。〝臭い匂いは元から断たなきゃだめ。シャット、シャット〟台所の生ゴミ入れから始まってゴミ缶三個を洗い、流し台を磨き、果ては掃除機まで使い始めた。

夜の十時半である。止めろと言ったって聞きそうにも無い女だったから好きにやらせておいた。

翌朝は朝から大変だった。窓を開け放して掃除機とハタキでバタバタガーガー。小生寝ぼけ眼で呆然と眺めていた。

快適な生活環境が無残にも破壊されていく。貴重な研究標本が次々に潰されていく。

小生の言う快適な生活環境とは、いったん座ったらトイレに立つ時以外は、座ったままで何でも用の足せること。だから小生の周りには大抵の物は置いてある。

それらは一見乱雑に見えるかも知れないが、実はきちんと計算されて寸分の狂いも無く整理されているのである。それらが手の届かない所へ分散されていく。

カビは畳から家具、果ては大事に仕舞い込んでいたガスレンジの、魚焼き器の受け皿に見事に育っていた奴まで根こそぎ取られてしまった。

布団はクリーニング屋が持って行った。それらは全て永い時間をかけて培養しつつあった大事な研究資料だったのである。

研究のテーマは「室内における臭気の発生原因とその拡大過程、ならびに人間の臭覚との関係」「密閉した室内でのカビの発生原因とその生育状況」「敷きっ放しの布団の湿気、並びにカーペット下のカビの状況変化観察」ちなみに布団下のマットレスには背中にあたる辺りに、赤だかピンクだか形容し様の無いカビが美しい模様を描いていた。

そして布団の下のカーペットはかなり湿気っていた。せめてこれらの事実をこの眼で確認できただけでもヨシとしなければなるまい。小生の嘆きも知らずにその女、「これで少しは綺麗になったでしょ」だと。

そして遠慮も何もあればこそ、三度三度飯喰ってビール、ウイスキー、焼酎など散々飲み散らかして四、五日したら「ジャアね」と帰って行った。

確かあの女、名前を聞いたらニヤッと笑って「イニシャルはNよ」なんて言ってたな。

そしてその女、置き土産を残していった。野良猫である。近くのゴミ集積所の袋を漁っていた猫を連れてきて、買って来たキャットフードで餌付してしまった。

その時子供を身篭っていたが、小生が熊本に帰ってから戻ってきたら、お腹がペッチャンコになっていた。何処かで生んだのだろうが、その猫だけが朝の五時半か六時に朝食に来る。感心なことに必ずニャオニャオと挨拶する。ドアを開けてやると身体を摺り寄せてくる。ニャン相もすっかり柔和になった。

さっきも朝食の後、一時間ほどして又戻ってきて開けっ放しの玄関で長々と寝そべっていた。今は台所の板の間で気持ち好さそうに昼寝している。

外は青空、真夏の太陽、今日は彼岸の中日である。

七月末、一足早い夏休みをとって熊本へ帰ってきた。いつも感じるが空気と水が旨い。短い休みを精一杯に楽しもうと、山へ海へとよく動いた。

阿蘇の麓の垂玉温泉で、山と峡谷を眺めながら、風に吹かれてのんびりと野天風呂で湯浴みした。阿蘇のグリーンピアで遊んで、西原村で焼肉と田楽。ドラ息子の運転だから大っぴらに呑めるのが嬉しい。

射撃、泳ぎ、釣り。

釣りは船釣りだがよく釣れた。その日は大潮だったが、潮の干満に関係なく釣れた。キス、グチ、コチ、鯛が四、五匹にタコ。鯛は桜色の鱗《うろこ》を煌めかせて揚がって来たが、このところ鯛にも飽きてきたのでみんな逃がしてやった。実を言うと揃って七、八センチしかない可愛い当歳子だったのである。
四、五年後に逢おうなと、キッチリ男と男の約束をして放してやったから、今度逢う時は一キロ近くには成っている筈である。
待てよ。アイツ等みんなオスだったんだろうか？

どっちにしても海はいいね。海は良い。釣りも潜りも良いが、船の上で何にもしないで大の字になって、浪にゆったりと揺られているのもいい。

眼に沁みるような夏空と入道雲が動いて行くのをぼんやりと眺めているのは格別である。何もかも忘れる。

「アー、いいいな」なんて独り言を言いながら。

平成四年八月

南伊豆

隣家の無花果《いちじく》が美味そうに熟している。柿の実も微かに色付きはじめた。

本格的な秋も近い。昨夜などタオルケット一枚で寝たが、夜中は寒いくらいだった。


先週の土曜日に南伊豆に釣りに行った。着いて見ると台風の余波で波が高くうねりもあったので、小生は海に出るのを止めた。

同行の四人は強行したが山でも海でも、遭難するのは大体こんな時が多い。折角来たんだからだとか、休みがなかなか取れない等の理由で無理をして、もう二度と来れないようになってしまう。四人は沖に出ることは出たが、波が荒くて釣りにはならず途中で止めて帰ってきた。その間小生はぐっすりと心地好い睡眠をとった。

正午近くになって眼が覚めて、辺りを見廻して驚いた。何ともいえない古風な家に寝ていたの代に舞い戻ったような錯覚を覚えた。

である。まず、天井が無い。屋根の裏が丸見えである。古ぼけて煤けた部屋で、明治、大正の時代に舞い戻ったような錯覚を覚えた。

起きて狭い家の中を探検すると、電気の配線は裸で張り巡らせてある。窓は板で作ってあって、開ける時は下から突っかい棒で支えていなければならない。昔の蔀戸《しとみど》の一種であろう。

歩くと古ぼけた畳の下が、ギシギシと泣き声を上げる。外の風を入れようと縁側の板戸を引いたが、押しても引いてもびくともしない。よく見ると、木製の巧妙なカンヌキが付けてある。まるで木で作った知恵の輪である。苦心惨憺《さんたん》の末やっと開いた。砂地の狭い庭が粗末な竹垣で区切られている。玄関を開けると目の前は海。秋の日差しを浴びた生垣の向こうに真っ青な伊豆の海がゆったりと波打っている。

東京を夜中に発って、三時間ぐらいでこんな綺麗な海と空気があった。

すっかり眼が覚めて、サテと思ったが何もすることが無い。こんな時はビールに限る。

隣りの船頭さんの奥さんに頼んでビールを持ってきてもらった。よく冷えたビールと潮の匂いのするそよ風と、古ぼけた家と……。「好いな、好いな」を連発しながらついついビールが捗《はかど》った。

今月初め、とても好い事があった。

失くした手帳が戻ってきたのである。手帳の裏にかなりの金を挟んでいたので半ば諦めていた。金は惜しくは無いが手帳のメモや電話番号などの記録が無くなったのが残念だった。失くしたのは例によって例の如しで、タクシーから降りる時に落としたらしい。

ところが日曜日の昼過ぎ二十ぐらいの娘さんが家まで届けてくれたのである。好い気持ちで昼寝の最中に、ブザーの音。小生宅のブザーを鳴らすのは新聞の集金か、物売りに決まっている。こういう時には最高に不機嫌である。ウオーウオーッと二声、唸り声を上げて「何方?」と訪ねると「手帳を持って来ました」と可愛い声。

まさかと思ってドアを開けると、綺麗で若々しい女の子。手には懐かしい黒革の手帳。これは有難いと御礼を言って、名前を訊いたら「イエ、結構です」と翔ぶように帰って行った。

何で走って帰ったのか気が付かなかったが、よく見ると暑かったので、パジャマのズボンだけで上半身裸だった。娘さんが来ると分かっていれば、髭など剃って髪もセットして背広くらいは着ていたものを。

タクシーから降りる時に落としたのだろうが、昨日の深夜か今日の早朝に拾ってくれた近所の娘さんだろう。小生西船の悪口ばかり言っているが、満更でもないと思い直した。

あの娘さん、容姿といい、心根といいまさに掃き溜めに鶴である。

平成四年九月

金木犀

ある日、某氏と話をしていると「私の所、今朝の温度は三度ですよ」と言う。

この課長の所、一度だけ通ったことがあるが、東名高速で東京から二時間ばかり走った所の、まるでリヤカー置き場のような小さな駅がぽつんと建っている山の中である。

人家はパラパラで日が暮れると人間よりも、狐やタヌキのほうが多くなりそうな、オーバーにいえば、人跡未踏、不毛の山間僻地。それはそれは田舎の田舎、ド田舎である。

それに較べると、西船は都会だよな、多少汚いが大都会だよな、などと変な優越感に浸りながら、西船橋の大都会に帰ってきたら寒いの何の。

急遽《きゅうきょ》コタツを出すことにしたが、ハタと困った。部屋を見廻すとホコリだらけゴミだらけ、一大決心をして大掃除の開始である。

夜だというのに窓を開け放ってバタバタから始まって、掃除機をぶん回した。雑巾でそこら中を拭いて廻った。便器の裏側まで磨き上げた。

それにしてもうちの掃除当番なかなか来ない。顔を合わせれば行きます、行きますと言うが口ばかりである。あんなのは温泉の湯という。その心は「いうばかり」。


一寸前の話だが、麗らかな小春日和に誘われて、TBS前の一ツ木通りから、円通寺通りをのんびりと登っていくと、懐かしい匂いが漂ってきた。見廻すと人の背丈より少し高いくらいの金木犀が一本、黄色い花を付けていた。懐かしい香りである。この日はたまたま鼻が利いたから気が付いたのだが、この辺りは結構金木犀が多い。

一ツ木公園にも大きな金木犀が馥郁たる香りを放っている。


小生の田舎の庭にも金木犀を植えていたが、大きくなりすぎたので隣家に差し上げた。今ごろは樹の高さが四、五メートルくらいの大きさになっているだろうが、植えてある所が小生の家との境目。そこでどういうことになるかというと、隣家がせっせと一年中手入れして、こっちは季節になると、隣家から漂ってくる良い香りを楽しむということになる。別にこれは当方の陰謀ではない。

ここ一週間ほど雨が降り続くが、雨後の金木犀の風情も又一入。風雨にうたれて濡れた地面に一面に散り敷いた金木犀の花は、金粉を振りまいたようで、地上にも花が咲いて其処だけが一際華やいで見える。

赤坂という所はブラブラ歩きにはもってこいの処で、超高層ビルや近代的なインテリジェント・ビルの通りから、少し横道に入れば大小の公園や、昔ながらのしもた屋風の家が建て込んでいたりして、息抜きの出来る処である。そんな民家の中でも、贅沢極まりない一軒屋がある。場所は国際新ビル横の公園の道路一本挟んだ所で、工事中のTBSの下になる。

先月、南伊豆で見たあばら屋とどっちが古くて貧相かを、競い合っているような木造の傾いた民家で、道路に面して生垣があり、人の気配が感じられない。狭い庭に植木鉢が十個ばかり転がっており、手入れの形跡は全く無い。雀が群れて餌を啄《つい》ばんでいる。

この周辺は坪何千万円か。こんな贅沢はそう真似のできるものではない。

平成四年十月

蓄音機

つい最近、蓄音機を聞く機会があった。現代の音の再生は、CDカセットが主流だが、その前はレコード。それ以前は蓄音機と呼んでいた。戦時中は鉄不足で、レコードの針は竹を削って代用にしていたという。

動力は電気ではなく手巻き式で、歌など聴いていると次第にテンポが遅くなってきて、そのままにしておくと、最後にはウオーンウオーンという音になり止まってしまう。だからレコードの回転が遅くなると、急いでハンドルを回す。すると昼行灯の誰かさんに、ビールか焼酎の水割りを注いだように元気づいてくる。

その夜、小生が聴いたレコードは、語りあり、手拍子付きの歌あり、殺伐たる怒鳴り声ありで賑やかだった。

さあ、寝ようと思って横になったのが十一時。枕もとで鳴り続いている蓄音機は、通りがかりのアンティークショップで只同然で持って帰ったモノだが、どういう訳か自動式で、しかも二元放送というか、ステレオタイプというか、耳元で立体感たっぷりによく響くのである。

その決して心地いいとは言い難い音でも、長時間のアルコール摂取作業の疲れでウトウトしかけると、時間が経つにつれて次第にボリュームが上がってきて、遂には最高音まで達することもしばしば。

それも機械にガタがきているものだから、いきなりとんでもない所に針が飛んだり、同じ事を何度もリピートしたり、言葉遣いも言い回しもそっくり同じでホトホト感心した。

このステレオは各々自動給油装置になっていて、ウイスキーのダルマを一本空けたので、もう止すだろうと安心したのが甘かった。右側のが「サア、寝る前にもう一本呑もうかな。壜じゃ多すぎるから缶にしよう」と言って暫くすると、同じセリフで二缶目。三回目に冷蔵庫に立った時、ポンという音がしたみたいだが、アレは何の音だったろうか。

左側のは、又もやウイスキーを探し出してきて、メートルを上げている。この家の住人よりも何処に何があるか知っているようだ。

メートルが上がるにつれて、手拍子入りの歌謡曲や民謡が飛び出したり、一転してシンミリとした人情話になったり。耳元一メートルの臨場感は応えられない感動である。

話の合間には、テーブルにドーンとコップを叩きつける擬音も入ったりして、眠気覚ましにはもってこいの蓄音機だった。

その翌日から、自宅近くでは肩を落として、伏目がちで歩いている。裏を開けると一面に田圃が広がる田舎と違って、当オンボロアパートには、二階と三階があり隣近所は密集している。

今、テレビを消していると、小さな道を隔てて向いのアパートのテレビの音がハッキリと聞こえてくる。それが、生の音でボリュームを最高にして、朝方の三時半まで鳴り響いていたのだから、音源の住民としては一寸辛い。


休みの日には、よく銭湯に行く。

広々とした浴槽に手足を伸ばしてゆったりと浸っていると、気持ちまで伸び伸びしてくる。高い天井の窓からは、樹の梢の揺れているのが見える。

大きな浴槽のほかに、四種類の日替わり温泉の小さな浴槽があり、効能書きにはリューマチ、神経痛、肩こりなどが書いてある。その温泉の浴槽には薬草を入れている袋が、浮かんだり沈んだりしている。本当に効きそうである。

風呂場に付き物の壁の絵は、富士に松並木ではなく駒ケ岳で、アルプスらしい白銀の山並みに、変な格好の山がピョコンと飛び出している。槍ヶ岳のつもりらしい。手前には湖があって湖の中に小島があり、そこに立っている人物と、遠くに浮かんでいる遊覧船との遠近のバランスが全く合っていないのがご愛嬌である。

銭湯に入るようになったきっかけは、おんぼろアパートの風呂釜が壊れたからである。先ず、ボイラー部分と浴槽を繋ぐ管が破れて浴槽に水が溜まらなくなった。二、三日後に工事業者が来て一応直ったが、今度は点火しなくなった。

一週間後に又業者が来て、部品を取寄せますといって帰ったが、帰りしなに「メーカーも判んない、今どきこんな古いのは珍しいですね」と言って帰った。メーカーが判らないのにどうやって取寄せるのだろうと思っていたら、案の定駄目だったらしく、待つ事二週間、ボイラーをそっくり替えていった。

その間に銭湯の良さを改めて見直した次第である。

何でもお任せしてあるので知らなかったが、最初の継ぎ目の管がバーストした時、修理代として四千円、二度目のボイラーの取替えの時には月々の家賃を値上げしたそうだ。幾ら上がったか聞いたがすぐ忘れてしまった。どうせ来年の二月までしか此処には居ないのだから御勝手にどうぞ。それにしてもこっちの連中はセコイ。

只今節酒中。決して禁酒ではない。小生、十八歳になった時、固く誓った。これからは、酒を飲むぞ。煙草も吸うぞ。十八歳になるまで、煙草は吸ったことが無かった。酒は高一の時台所にあった二合壜をラッパ飲みして、フラフラに酔ってしまい、若草の萌える草っ原にひっくり返った。それ以後呑んだことがなかった。いたって真面目な少年だったのである。

継続は力なりと言う。十八歳の固い誓いを途中で覆すような軟弱な意志は、持ち合わせていない。

去年の人間ドックの時、クリニックの所長が良い事を言っていた。こんな意味だった。「酒を馬鹿呑みして早死にするより、適量を楽しみながら呑んで、長生きしたほうが良いでしょう」。

全くその通り。だが判ってはいるが、適量で止められれば世の中平和。それが出来ないから悩みがつきないのである。

我が肝臓も、十八の時から酒の洗礼の受け続けで三十四年、相当ご苦労したようで四年前にダウンして、アルコール稼業を半年休業した。

今回は自主規制である。どうもいまいち、体の調子が思わしくない。疲れ易いし、食欲が無い。一番応えたのは、散髪に行った時床屋さんが頭の地肌が黄色くなっているのを見つけて、黄疸《おうだん》が出ていますと教えてくれた時である。

言われてみれば、眼の白い部分がこの頃黄色くなったな、と思っていたのでピーンと来るものがあった。

そこで、節酒を思い立ったのである。我が肝臓さんには暫しのご休息をいただいて、充電してもらい、元気になったら又ガバガバと活躍して貰いましょう。

最近は、鍋物に凝っている。先週はスキヤキから始まって、鮟鱇鍋を二回した。鍋は野菜たっぷりだから身体にも良いだろうと、しおらしい事を考えながら喰っている。スキヤキでも鍋でも、翌朝が楽しみである。残りの鍋にご飯を入れて雑炊にしたり、煮込みうどんにしたりでこれが結構旨い。只、鍋というのは仲間とワイワイ騒ぎながら食べるのが一番旨い。

只今、食欲旺盛。

平成四年十一月

珍商売

年の瀬も押し詰まって、なんとなく気忙《きぜわ》しくなってきた。二十一日は一年中で昼が一番短い冬至。この日北半球では太陽の位置が最も低くなる。ついこの間まで暑い暑いと言っていたのが、今はバッチリ長袖シャツに股引である。

これから冬本番だが、最近は歳を重ねる毎に寒さが身に沁みるようになった。おまけにバブルも弾けて日本中が震えあがっているようで、街に流れるジングルベルも心なしか元気が無い。

こんな寒さの夜は鍋でも突付きたいなと思っていたら、裏日本の方から鮟鱇がやってきた。このアンコウは鍋にすれば飛切り美味い。九州辺りでは魚屋でもあまり見かけないが、東京ではよく売っているので、今年は随分楽しんだ。但し、普通に売っているのは切身ばかりである。多分、理由は二つあると思う。一つは、丸ごとのアンコウは身がブヨブヨしていて、掴み所が無くおまけに気味の悪いヌメリがあるので、一般の人には料理し難い。

もう一つは、器量が悪い。それも思い切り悪い。テレビで河岸の人が言っていたが、昔は売り物にならず蹴飛ばして歩いていたそうである。初めてこの魚を食べた人は余程勇気のあった人ではないだろうか。ナマコ、タコにナマズにアンコウなどどれも不器量である。

みんな面相が悪いが、中でもアンコウは飛び抜けて悪い。言葉に出来ないほどまずい顔である。たとえて言えば、おたまじゃくしの顔を思い切り大きくして、顔の真ん中にへの字を書き、ギザギザの歯を剥き出しにしている形を想像してもらうと、当たらずとも遠からず。

早速、料理してこれを昼と夜、二度続けて喰った。食べてもらう相手には原型が判らないように、切身だけにしておいて素知らぬ顔で鍋にした。昼と夜のお客様は違ったが、それぞれ二組とも美味い美味いと食べていた。料理する前に写真に撮っておいて、食べる前に見せたら果たして食べただろうか。

しかし、この魚、何処かで見かけたことがある。よくよく考えたら、毎日逢っている者の中にいたような気がする。

アンコウの顔を思い出しながら、小生もいくらか自信が持ててきた。「男は顔じゃないよ、ハートだよ」……とは言うものの、そういう奴に限って、ハートも顔も両方悪いと相場は決まっている。

東京で珍しい商売を発見した。

一緒に見ていた連中も初めて見たといっていたから、最近開発された新商売かもしれない。好奇心旺盛で、暇のある方は行って見るとよい。場所は東京の六本木近く。溜池から地下鉄六本木へ通じる上り坂の、三車線の左側。時間は夕方の六時過ぎから、朝方までであろう。多分バーやクラブ、スナックなど酔客の駐車場を確保して時間幾らで稼ぐ商売である。

その男、背広にコート。マフラーなど巻いて、遊び人風。近くで見れば頬に傷跡でもあろうかという感じ。片手をポケットに突っ込んで、路肩に駐車していた車が出て行く度に、空いた所に道路工事の時に使う赤いポットを立てていく。私設駐車場の出来上がりである。

夕方のラッシュ時でこっちの車が動かなかったので、その仕事振りをとっくりと見せていただいた。商売の種は何処にでも転がっているものである。『夜の駐車場』勝手にネーミングした、珍商売である。

もう一つ、面白いと思ったのは、松ボックリを売っていた事。明日、明後日とクリスマス騒ぎが続くが、そのクリスマスのデコレーションに、金粉銀粉で化粧をした松笠が飾ってある。又、デパートの紳士服売場で、ダチョウの卵ほどの大きさの松笠が鎮座ましましているのを見た。

それぞれ、場所を得顔でそれほど奇異に感じなかった。東京では何でも売っている。

十二月には師の坊主も走るというが、大阪の地下街で本当に走った坊主が現れた。警察に捕まったその坊主は、今年はお布施が少なかったので生活に困り、女性のハンドバッグからお金を引ったくって逃げたという。三六歳の寺持ちの住職が、貰いが少なかったから、他人の物を失敬しょうとは末世である。

それにしても、十二月という月は忙しい。やれ、何々の納会だ、送別会だ、忘年会だと。二十四日はクリスマス・イブに、明日はクリスマス・パーティー。二十九日は大掃除に仕事納め。三十一日は年越しで、歳が明ければ仕事始めに、年賀の挨拶回り。よりによって年末年始の忙しい時に、わざわざやらなくてもよさそうな事が多すぎる。しかも大抵アルコールが付いている。小生のような、アルコール性アレルギーの持ち主にとっては、最も苦手な季節である。

早くこの季節が去って春にならないかと思うが、春になると花見酒か。夏になると、ビアガーデン、秋は味覚の季節で日本酒を一杯と……。今まで気が付かなかったが、男も女もよく飲む。飲む理由もよく次々と考え出すものである。ボイラーの火入れ式などというのは、初めて聞いた。ビルの暖房が始まる前に、火の神にお神酒を供える慣《ならわ》しがあるらしい。勿論、その後たらふく呑んで酔っ払うのは人様のほう。

あんな変な不味い味のするものを呑んで、赤い顔してワーワーやっている奴等の気が知れない。今日など、錦糸町の駅のホームで昼間から真っ赤な顔をして、大声を張り上げていた三人組のオッサン連中を見たがオー、イヤだイヤだ。酔っ払いは嫌だ。しかも昼間から酒を飲むなんて。

昨日今日と二日続きの好天に誘われて、散歩のついでに日本橋のデパートを覗き、少々腹が減ったので蕎麦でも食べようと食堂街に行ったらどの店も行列が出来ていた。普段ならがら空きのはずの午後の三時である。こんな好い天気の日に、わざわざ街中の人込みのデパートなんかに買物に来なくてもいいのにと、悪態をついていた。

その帰り、錦糸町で途中下車した時に見たのが、先ほどの酔っ払いの三人連れだった。

そう云えば今月の初め頃、この街で早々と忘年会をした事があるのを思い出した。あの時は相当好い気持ちだったような気がする。確か、変な誓いを立てる前だったような。

平成四年十二月

遺伝

月日の経つのは早いものだ。

年明け早々から妙な話だが、一月も末になると今年ももう十二分の一が過ぎてしまったかと思う。こんな感じは今度がはじめてである。それほど世間の動きが激しく、それに気をとられているうちに、ついうかうかと無駄な月日を過ごしているのかもしれない。

国内では皇室の御めでたい話があり、海外では米英仏軍によるイラクへの攻撃、大型タンカーの座礁による環境汚染、アメリカ新大統領の誕生などなど。

アメリカ大統領夫人はファースト・レディーと呼ばれるが、今度のファースト・レディーは有能な現職の弁護士として名声が高く、能力は夫のクリントンを凌ぐかも知れないと言われている。

新大統領は一番の相談相手としてヒラリー夫人を挙げており、閣僚会議にも出席させるそうだ。

どんな資格で出席させるのか知らないが、日本の閣僚会議に首相の奥さんが、偉そうな顔をして座っているのを想像するだけで笑ってしまう。

しかしよく考えると笑ってばかりはいられない。アメリカ大統領は世界情勢に重大な影響を及ぼす実力者であり、その政治力は計り知れない。世界の政治政策が、大統領とヒラリー夫人の寝物語で決められたのではたまらないと思う。

中国の古言曰く、『雌鳥が時を告げる時には世が乱れる』

「日本の首相、団栗《どんぐり》みたいな顔をして、何時もニタニタ笑ってばかりいて気持ち悪いから、替えてしまいましょうよ」などと、田中元首相の首を挿げ替えたロッキード事件を再現することも考えられる。

業界での四方山話。某署のある課長、皇太子妃内定の日、自宅の玄関に入ったところでポケットベルが鳴り、署からの非常呼集。「只今」「行って来ます」だったという。

その人の日常はそんな事の繰り返しで、現在のポストについて三ヶ月間は一日の休みも取れなかったそうである。去年、赤坂の高台から皇居に向けて向けて発射された砲弾は未だに発見されていないそうだ。たまたまその人の当直の日で、通報を受けて真っ先に現場に駆けつけたそうだ。その砲弾は今までに無い新型爆弾で、極左の技術も発達して、着弾と同時に爆発する新型爆弾を発射できるまでに進歩してきたという。乗用車のトランクから二発発射しており、後の二発は不発だったそうだが、調査の結果判ったのは、証拠隠滅のためにロケット発射後は、乗用車ごと爆発炎上する仕組みになっていたそうである。更に、時限爆弾装置も今までは普通の時計に連動して爆発する仕組みになっていたので、時間設定は十二時間が限度だったが、ＩＣを使用する事によって時間の設定が自由に出来るようになったそうである。技術的なことは判らないが、一週間後、一ヵ月後、或いは一年後などという設定も可能なのではないだろうか。

今年の正月は西船橋で過ごした。元旦の雑煮は、大晦日に蕎麦を食べるのを忘れていたので、餅入りの蕎麦にした。合理的。おせち料理を食べた。数の子も食った。どっちも自分の手料理。

暮れに築地の河岸に見物に行ったら買い物客でごった返していた。

上野のアメ横に廻ったらこれが又凄い。ラッシュの満員電車より始末が悪かった。電車の中では立ったままでいいが、此処では歩かないといけない。下手に抵抗すると疲れるから、人に押されるままに流されていった。警察のスピーカー、「道で立ち止まらないで下さい」。立ち止まらなければ、買物は出来ませんよ。数の子一箱買った。上野駅近くまで来たら、ご老人が呟いていた。「弱ったな」ヨタヨタと必死で歩いているのだが、人波に押されて一向に前へ進めないのである。

上野駅で不味い立ち食いラーメンを啜っていると、自動ドアが開いていきなりドーンという音と共に、人間が転がり込んできてコンクリートの床の上で大の字。後から入って来た連れも大分ご酩酊の様子。ラーメン屋のオバサン、その連れに向かって「外に連れてってくださいよ」まだ、夕方の四時過ぎ。上野には色んな人が居る。

うちのバカ息子は今年が大学受験。願書提出の期限間際になって、まだ何の手続きもしていない事に気が付いた。どうやら滑り込みで間に合ったが、受験生を抱えているにしては暢気な親子ですねと近所の人に笑われたそうだ。

少し前の話になるが、息子がカミさんに聞いたそうだ。「お袋は学校の頃、数学出来た？」「駄目だったよ」と答えたら「ジャ、親父は？」自慢じゃないが数学だけは駄目だった。数学もと言ったほうが正解か。今でも、数字を見ただけで頭が痛くなる。カミさんが、「駄目だったみたいよ」と答えると、息子は大いに納得したそうである。

「親父とお袋の子だもんな。僕が出来ないのは当然だよね」開いた口が塞がらないとはこのことである。

平成五年一月

見てご覧、ほら、あんな青空

西船橋のアパートから、東横線の新丸子の社宅に引っ越した。

二月二日に完成したばかりの、まだ湯気が立っていそうな八階建ての新築ビルである。

四階に入居した。家族用の三ＬＤＫは八畳くらいのリビングに六畳の和室。洋間は六畳と五畳くらいの部屋が二間。三畳ぐらいの倉庫室があり、洋間、廊下にはそれぞれクローゼットが取り付けてあって、収納スペースはたっぷりある。

台所は勿論自動給湯で、ガスコンロは大中小火力の違う三基があり、風呂は完全自動式。浴室には温風ヒーターが装備されて、洗濯物の乾燥室にもなる。洗面所の三面鏡は曇り防止が施してある。

南向きのベランダの手摺は幅が四十センチはありそうで、眼下の庭園には樹が程よく配されている。日当たりも良好で、晴れた日にはリビングと六畳の和室には一日中陽が差し込んでいる。

同じ敷地内の独身寮を覗いてみたが、ビジネスホテルのシングルルームの雰囲気で、ベッドにシャワーが各室に備え付けてある。

一階には、ワイドスクリーン・テレビの備えてある談話室、一度に五十人位収容出来そうな食堂、大浴場は二十四時間使用可能でサウナ付き。和風のゲストルームもある。独身寮としては気の利いた設備である。

立地条件も良く、駅まで歩いて五分ばかり。生活にも便利なようで、日常の買物は駅構内のショッピング・センターから始まって、寮までの道筋には本屋、焼き鳥屋、ブティック、花屋などが軒を連ね鰻屋、和洋中華の何でも食堂もある。

散歩コースは、駅と反対側に歩いて五分ほどの近さに多摩川が流れている。

多摩川は、東京と神奈川の境界になり、川幅七、八〇メートルのゆったりした流れで、広い河川敷にはゴルフの打ちっぱなしとパターの練習場もあり、対岸の河原には巨人軍と日本ハムの練習場もある。

土手の上はサイクリングコースになっていて、ウォーキングしている人も多い。河岸には、鯉を狙う釣り人がいて、低い堰では少年達がルアーを振っている。

川崎というと反射的に、空の汚れた工場群を思い浮かべるが、新丸子は工業地帯からかなり離れていて、感覚からいえば東京都民である。東横線で渋谷から急行電車だと十八分、田園調布までは五分で行ける。

この立地条件の良さと、新築なったばかりの高級マンション風の建物に、相応しくないのが二つある。その一つは家族用の部屋には冷暖房設備が無い。今時、新築のビルに冷暖房設備が無いなど、信じられないような話である。社宅であるから入居者はほぼ三年周期で交代する。これからこのビルに入る人たちは、冬はストーブを使うとしても、夏の冷房は欠かせない。余分な出費を強いられる事になる。

二つ目は、ビル敷地の入口に立派な門があるが、そこに麗々しく会社名の下に《新丸子社宅》とある。

社宅には違いないが、もっと気の利いた命名は出来なかったのだろうか。社宅というのは、昔炭鉱で栄えた三井、三池の雨漏りのするような棟割長屋を思い出す。
二、三日前、縄のれんで隣りあった人にこの話をしたら、こんな返事が返ってきた。
「お宅の会社のエライサン、官僚的ですな。社長さんが社員のため思うて折角立派なビル建てはったのに、最後の処で心が通いませなんだな。お偉いさんに官僚上がりか、元銀行屋さん居てはりますやろ」関西訛りのその人の感想である。ついでにこんな事も言っていた。「接待受けて、一次会だけで帰されたようなもんでんな。いま一つもの足りん」

息子が受験で上京した。よく喰う。

食費に金が掛かるようになった。エンゲル係数などという言葉を思い出した。小生にも覚えがあるが、若いときは肉食が好き。ステーキやスキヤキでは脂身が美味かった。

最近は、肉食から離れていたが息子に釣られて、ついつい肉食になっていた。はじめはお決まりのスキヤキだとか、シャブシャブにしていたが、毎晩の事で面倒になって、息子にステーキの焼き方を教えたら、自分で作って美味い美味いと食っている。

そこで大失敗をしてしまった。ある晩、ほろ酔い機嫌で帰宅して、腹が減っていたのでステーキを焼いて喰ったら、いい加減酔っていたもので、ついつい肉を丸呑みしてしまった。そしたら肉が喉に痞《つか》えてしまった。

熊本で喉の手術をした後、食道が閉じてしまって水も飲めなくなった事があったが、そのことをうっかり忘れていた。相変わらず、喉の通りは悪かったのである。

翌日は、虎ノ門病院行き。

急患扱いで検温、注射、麻酔薬にレントゲン。若い医者が二人掛かりで、内視鏡を喉に十回位出し入れして、三十分間悪戦苦闘して取り出したのはかなり大きな肉の塊。

久し振りの大学病院で、病人の気分になった。たまには病院も良いものだ。

息子が熊本に帰ったので、一人暮らしに戻った。三ＬＤＫの部屋は一人で住むにはチョット広すぎる。おまけに広い窓には、まだカーテンも付いていないので、向かいのビルの窓から見透しである。だから勉強しているようなポーズをして、格好つけている。

東京新聞に、こんな句が載っていた。良いなと思ったのでそっくり写させて貰った。

『人の世の苦しみに泣いたおかげで
　人の世の苦しみも心から笑える
打たれて踏まれて唇をかんだおかげで
　生まれてきた事の尊さが分かる
醜い世の中に思わず立ちあぐんでも
見てごらん　ほら　あんな青空』

ある伝道句集より

平成五年二月

春

人生がこれほどに辛く、厳しいものだということを初めて思い知った。これも自分の選んだ結果なのである。誰に訴える事も、救いを求める事も出来はしない。

今のわが身は、まるで監獄の囚人である。看守はうちのカミさん。

小生の一家眷属《けんぞく》を挙げてこちらに引っ越してきた。犬と猫、ついでに息子はまだ良いとしてカミさんが煩《うるさ》い。

「オーイ、お茶」「煙草」と言うと、スッと目の前に出て来るのは至極便利。今までの一人暮らしでは、幾ら怒鳴ってもチリ一つ動かなかったのに較べると、便利な事ではあるが、こいつが一々口を利くのである。

煙草を取ってくれるのはいいが、「チョット立てばいいでしょ」とくる。「立つのが面倒なんだよ」。その後の、敵の口封じのために「煩い、煩い。ウッセ、ウッセ」と囃子をつけて連呼しなければならなくなる。

「アルコール類は、午後の五時までは一切駄目」小生、もともと本質的にアルコールは好きなほうではないので、それは一向に構わない。

ただ、例外の事態が生じる事もある。昨夜飯を喰った後で、急に睡魔に襲われて九時に床に就き、眼が覚めたのが夜中の二時。喉が渇いていたので、ビールでも呑もうかと思ったが、これが辛い仕事になった。

なるべく音を立てないように、室内のライトは消したままで、静かにシズカに。

まるで居候《いそうろう》の気分である。深夜放送の『００７』を音を小さくして観ながら「西船の頃は誰に気兼ねする事も無くてよかったな」と思いつつ、ビールとウイスキーを飲んでいたら、猫が箪笥《たんす》の上からカミさんの枕元にストンと飛び降りた。その音で目覚めたカミさん、寝惚けた声で布団の中から一言。

「あまり呑まないでよ」ガラスの心臓の、繊細な神経の持ち主としては大いに傷つくのである。だからビールは二本で止めた。ウイスキーはたったの三杯にした。人生とは堪えるものだということを、つくづく思い知った。

小生は熊本に二十年居た。カミさんは一年半遅れで東京に帰ってきたから、二十一年と半年居たことになる。こっちに皆で出て来る事になったとき、熊本まで迎えに行った。地元に帰るといつものように、呼び出しが掛かる。呼び出しが無い時には、こちらから呼び出す。どっちにしても殆んど毎晩外出である。

そんな夜のこと。熊本との別れが悲しくて、一晩街を彷徨った。郊外に出て夜明けの高原で星を見て、それが黎明に消えてゆき、阿蘇の山並みから朝日の昇るのを、尽きせぬ感慨をもって眺めていた。

高原の夜明けは寒い。寒さに負けないために歩いた。歩きながら考えた。仕事について。人生について。自分の生きかたについて。陽が昇りきってから、ようやく家に辿り着いた……などと言うと格好も付こうが、実を言うと、呑みに出て家に入ろうとしたら、玄関に鍵が掛かっていて家に入れずに外をウロウロしていただけの事。

小生が呑みに出た後、夜中に外出から帰った息子が知らずに玄関の鍵を掛けてしまったらしい。小生が家に辿り着いたのが二時半。いつもは開いている玄関の戸が開かないので、ドンドン叩いたが中から応答なし。

ショウガナイからタクシーで市内に戻ってスナックに入り、閉店の四時まで呑んで家に帰り、再びドンドンしたが相変わらず応答なし。これもイイヤ、イイモンダと草っ原を歩き廻っていたのである。

すっかり夜が明けて、七時半になり三度目に戸を叩くが答えは無し。ふと横を見るとチャイムのボタンがあった。

それを押したら寝惚け顔のカミさんが戸を開けてくれた。一晩中外を歩き廻った当方としては、怒り心頭に達している。

「このヤロー」と喧嘩を売ろうとしたが、カミさんはケロッとした顔で、「リョージが閉めたんでしょ」と息子の名前を言い「チャイムを押せば良かったのに」。

小生、照れ隠しとカッコ付ける為に、ロンを散歩に連れ出した。この散歩は相当応えた。一晩徹夜して、相当量のアルコールを入れて、さらに犬の散歩である。人生の辛さを身に沁みて味わった。カッコ付けるというのは辛いものである。

こんなどたばた騒ぎをしながら、一家を挙げて川崎へと引っ越してきた。

一家というのは親子三人に、犬が一匹、猫三匹に植木鉢が三十ばかり。これを纏めて家族というのである。

一軒家に永く住んでいると、色んな物が何時の間にか溜まっているもので、はじめ大型トラック一台で済むだろうと思っていたが、途中でもう一台追加になった。熊本では随分処分したつもりだったが、当地に来て更に処分した。最初はケチっていたが、段々面倒くさくなってきて、人に上げたり古い品は捨てたりした。

熊本に居る時は、社員の仲人をしたり結婚式の出席も多かったので、引き出物も随分溜まっていて、使い古しの食器類や鍋など入れ代えた。うっかり仕舞い込むと、又引越しする時まで陽の目を見ない事になる。

引っ越して二週間以上になるが、カミさんはまだ荷物の整理中である。


日曜日、ポカポカ陽気に誘われて、カミさんの姉夫婦と一行五人、ロンを連れて散歩。カミさんが東京に帰ってきて一番喜んだのが、カミさんの姉である。子供の頃はよく喧嘩をしていたというが、今は仲が好い。

多摩川の河原沿いに二キロばかり遡って、左に堤防を越え道路を横切ると等々力公園がある。かなり広いスポーツ公園で、サッカー場や野球場、陸上競技場もある。広場では何やらイベントをやっている。周囲一キロはありそうな釣り池では、太公望がズラリと竿を延べて暇を釣っている。

小川では子供達が、小さい竿でクチボソを釣って遊んでいる。その傍の芝生の上で持参のお握りをぱくついた。

帰りは水辺を下った。心地良い日差しを浴びながら、ロンも嬉しそうに走り回っている。背の高い枯れた葦の茂ったモトクロス場では、ライダー達が自然につくり上げたらしい凹凸のあるコースを、縦横にバイクを操っている。女性ライダーも爆音をあげていた。青空高くラジコン飛行機が舞い、小さなヘリコプターがハチドリのようにホバリングしている。

芝生の上ではキャンピングカーからテントを出し、日差しの下でテーブルを広げてバーベキューを楽しんでいる人たちも居る。

川岸には竿がズラリと立ち並び、小石で囲んだ水溜りには、釣上げられた鯉が二匹窮屈そうに泳いでいる。

野鳥も多く、いきなり足元から飛び立っていく。

土筆《つくし》と、野蒜を採って夕食に食べた。春の香りがした。

平成五年三月

さくら

桜の季節もおわり、いまは新緑が眼に沁みるようである。今年は寒の戻りで桜の散るのが遅く、おかげさまで東京の目ぼしい桜の名所は、たいてい観ることができた。

赤坂一ツ木公園での夜桜の宴にはじまって、靖国神社で幾多の戦いに散っていった英霊に手を合わせ、桜を見ながら屋台で一杯。靖国神社はこの季節は、参道いっぱい、両側に屋台が並ぶ。桜を見ながらのビールは喉に沁みる。

坂を下って、皇居のお堀の水面を埋め尽くす、白い花の波を眼下に、千鳥ケ淵を半蔵門まで歩く。

乃木神社、東郷神社にも行った。乃木神社ではちょうど神前結婚式が行われていた。

社殿右手の枝垂れ桜は見事だった。少し離れた乃木邸では、外廊から夫妻が自害した部屋が、当時の情景のままで残されているのを見ることができる。二人の座布団が置かれていた。

明治神宮では、舞楽殿の大造営が行われており、来年完成の予定。瓦屋根の下に敷く銅板を一枚寄進した。明治天皇を祀《まつ》る社殿の屋根に、私の名前を書いた銅板が敷かれるのである。五十年後か百年後の改修工事のときに、自分の名前が陽の目を見るかもしれないと思うと、愉快である。

上野公園では、西郷さんにごあいさつ。アクセサリー売りや、路上で愛嬌たっぷりに動くねずみの玩具に綿飴屋さんに昔懐かしい丸いキャンデー売り。

桜はとっくに散っていると思っていたら、境内奥の美術館の前あたりは、今を盛りと咲き誇っていた。不忍池では、地下鉄のポスターにある、メトロ切符と同じ桜と葦と弁天堂のアングルを見つけてご満悦。

日比谷公園へは、TBSあたりで昼飯の蕎麦を喰べ、日枝神社から国会議事堂の表を通るか、裏にするかでちょっと迷い、尾崎記念堂の高台から眼下の皇居の森を望見。三宅坂を登って国会議事堂前へ。正面入口の前を左へ折れて、テクテクと坂を下れば左側は日比谷公園。都心部の桜はこの辺が中心である。

郊外では深大寺の植物園、川崎の等々力公園、多摩川河畔の多摩川台公園。

『願わくば花の下にて春死なん
　　その如月の望月の頃』

たしか西行だったか、詩も詠みびとも違っているかもしれないが、桜にはそんな気にさせる何かがあるのかもしれない。桜は三分咲き、五分咲き、満開とそれぞれによし。ハラハラと散るもよし。風に舞う花吹雪は、なおさらに風情がある。できれば自分もこんなにありたいものだと、出来もしない事を考える。

「あなたは、夜中にふと目を覚まして、その時のことを思い出すと、恥ずかしさのあまり、ワーっと叫びだしたいような記憶はありませんか」

屋台で隣りあった人がそう話しかけてきた。そう聞かれるとあるある。生永ければ恥多しというが、私の場合も片手の数ほどはたちどころに思いだす。

その人の話は、ウッソーと言いたいようなおもしろい話だった。

東京から川一つ隔てた所のマンションに住んでいるらしいが、天気の好い日曜の朝、愛犬を連れて散歩に出たという。遠くから見ると白く長く盛り上がって見える、多摩川台公園の桜に誘われて、県境を越えて東京都内まで足を延ばしたそうな。

前夜、少々呑みすぎたようだが、かえってそういう時のほうが足取りが軽くなるという。さんざん歩き廻って、マンションのエレベーターに乗り、我が家のドアを開けて「タダイマー」と言った途端、猛烈な便意に襲われて玄関横のトイレに直行。

便座に座りながら、土足の愛犬の足を拭いてもらおうと「オーイ、オイ」と家人を呼ぶが返事無し。さっきまで二人居たのに変だなと思いながら、開け放したドアの前の壁を見るといつもと感じが違う。「ロン、足を拭いてもらうまでは、そこで待ってろよ」と犬に話し掛けながら、その辺を見回したそうな。

いつもは油絵が掛かっている廊下の壁に、女が後ろ向きに座っているジグソーパズルがある。息子の奴何時の間に替えたんだと思いながら、そういえばこの便座何時の間にウオシュレットからカバー掛けに替わったたんだろうと思い、右手のタオル掛けに可愛い袋があるのをしげしげと見直して、やっと自分の置かれている状況に気が付いた。

それからの男の動きは素早かったそうである。スポーツウエアのズボンを上げるのももどかしく、スニーカーは手に持ってドアを開け、愛犬の名前を呼んだが、その時に限って外に出るのを嫌がる様子。さんざん歩かされて疲れていたのだろう。低い声で何度も「オイデ、オイデ」と呼んだら、やっとのことでしぶしぶ出てきたらしい。

無事に自分の部屋に駆け込んだら、堪えていた笑いがこみ上げてワーっと笑い出したそうである。

他人の家に勝手に入り込めば、「家宅侵入罪」という犯罪が立派に成立する。しかも、その家でトイレを使い、ペーパーと水洗の水を勝手に使うと、なんという罪になるのだろうか。

それよりも、開け放したトイレに座っている男を、その家の人が発見したらどんな騒ぎになっていただろうか。

その場面を想像すると、今でも尻のあたりから背筋にかけてむず痒くなるそうだ。

こういうのを恥ずかしいと思わないで、ほかに恥ずかしい事が何処にある。

その人が言ってた。「今日は呑み過ぎて、つい喋ってしまいましたが、恥ずかしいから他の人には言わないで下さいね」

だから、この話は誰にもしないでおこうと思う。

平成五年四月

テンプラ

東京湾でフカを釣った。

釣り歴二十余年、いままで色んな魚を釣ったが、フカとのご対面は、初めてである。

鯛ねらいで川崎から出船して約一時間、東京湾入口の館山沖辺りまで出て、釣り糸を垂れた。

波は穏やかで日差しは暖かく、着ている物を一枚ずつ脱いでいってついにはシャツ一枚になった。うとうとと半分眠りかけた……ということは、それだけ暇だった。

今日はボウズかと諦めかけていた時、隣りの人から、引いてますよと教えられた。

見ると、竿先がツンツン動いている。竿を立てると重い。リールを巻いていくと、素直に上がってくる。

当たりや引きでおおよその魚の見当はつくのだが、この時ばかりはフカが海面に顔を出すまで判らなかった。

家に持って帰って、念のために計ってみたら六三センチあった。フカは子供の時から食べているから手馴れたものである。三枚におろして皮を剥いでいたら、新鮮な魚には目の無いトムが、流しの下まで来てニャーと鳴く。ブツにした切り身をやると、三切れも四切れも喰う。ロンにやるとパクッと零点何秒の早業で丸呑み。

試しに薄切りで、刺身にしたら美味かった。フカ特有のアンモニア臭も無く、歯ざわりもシコシコして鯛のような味がした。その夜は湯引きしたフカに酢味噌で、キューッとビールが喉に沁みた。

猫は身軽だというが、それを実感した。

ある朝起きたら猫が一匹居なくなっていた。家中捜してもどこにも見当たらない。念のために、ベランダを覗いてみても異常なし。前の夜はベランダの窓を細めに開けて寝たらしい。

カミさんは二度三度と近所を見て廻り、息子もチャリンコで捜索に加わったが発見できず。居なくなったナナはベランダの手摺に乗って、いつも下の庭や周囲を高みの見物と洒落込んでいた。最近は、ハトが来ていたというから、ヒョイと手を出した拍子に落ちたのかもしれない。手摺から地上まで十メートルはあるだろう。

空に浮かんだ瞬間、ナナは何と思ったろうか。「シマッタ」だろうか、やっと狭い家から脱出

できて「ヤッタゼ」と快哉を叫んだろうか。あの猫、長毛で毛がフサフサしていたから、ひょっとしたら空中遊泳を楽しんだかもしれない。

日中探しまわって諦めきれないカミさんが、念のためにと夜の九時過ぎに外に出たら、すぐに帰ってきて「居たわよ」。腕の中にはナナがチョコンと抱かれていた。

外に出て「ナナ」と一声呼んだら、待ちかねていたように、「ニャー」と返事をして隣家の車庫の屋根から降りてきたそうだ。

猫は夜行性だから、昼間はどこかに潜りこんでいて、夜になると外に出てくると言うカミさんの推理がピッタリ当たったわけである。

ナナはこの高いベランダから落ちても、怪我は無かった。ただ口の辺りに小さなかすり傷が一つあるだけ。

面白い事にはそれから一週間ほどは、ベランダには出ても、手摺には乗ろうとしなかったそうだ。よほど怖い思いをしたのだろう。

猫の話ではもう一つある。

このたび皇太子殿下とご結婚される雅子様と、畏れ多くも繋がりがあるのだ。

こっちに引っ越して来て二、三週間経った頃からチエの様子がおかしくなった。餌を食べた後ですぐにもどすのである。

そこで二十四時間、何時でも受付けてくれ、医者の数も多く、最新設備で有名な動物病院に連れて行ったら、原因が判明するまで入院となった。

入院して念入りに調べてもらうと、レントゲンでは身体には異常なし。医者の診断では『神経性胃炎』と落ちついた。最近の猫は、生意気に、人間さまの病気だった神経性の病気にまで罹《かか》るようになってしまった。

そこで雅子様との繋がりだが、カミさんがある日テレビを観ていたら、ニュースで雅子様の愛犬ショコラが、入院したのがチエの入院したのと同じ病院で、担当したのも同じ医者だという。その医者がショコラを抱いてニュースに出ていたという。

ただそれだけの話だが、小生にとってはあまり思い出したくない話だ。なぜならチエの退院の時、その医者に、ウン万円という、小生の約一ヶ月分の小遣いをふんだくられたからだ。何だかイマイマしい。


クローバー、オオバコ、ヨモギ、タンポポ、桜、桑、柿の葉っぱ。これナンダ？　答、テンプラの材料。

二十三日、お客様が我が家においでになる。そこでハタと困った。金が無いのである。

二十五日の給料日まで後二日、折角来てくれるというお客さんに、二十五日以降にしてくれと

はいい難い。

カミさんと三日三晩考えた。考えに考えた挙句ヒョイと名案が浮かんだ。

いつも散歩している多摩川の河畔に料理の材料があったのである。土曜日、ロンの散歩がてら材料を調達した。テレビの食べもの番組では、料理長が直接買出しに行くというのが売りになっているが、こっちはその先を行った。

料理長自身で材料を採取してくるのである。タンポポにしろ、クローバーにしろ新鮮そのもの。春になって芽を出した、若くて、新鮮で、生気溢れる葉っぱだけを厳選するのである。

当日、お客様は二人。「これは何？」「これは？」質問の連続で、結構いい宴会だった。

しかし我が家の食生活、原っぱのペンペン草を喰べたり、フカを喰ったりと、貧しい限りである。こんな貧困な状況を誰か知ってるのだろうか。

世の中、辛い事ばかりである。

平成五年五月

友を選ばば

日光鬼怒川に行ってきた。

日光は昔から、東照宮と共に温泉で有名な街なので、さぞ俗っぽかろうと思っていたが、案外いい所だった。

ホテルの露天風呂からの眺めは、折からの梅雨雨が対岸の山々の緑をひときわ濃く鮮明に浮かび上がらせていた。沸き立つ温泉の蒸気が、薄靄をつくってところどころ霞んでいた。

眼下には鬼怒川の清流が浅瀬に白い波を立て、深い淵は青々と鎮まりかえっていた。夕暮れ時、部屋で一人ビールを飲んでいると、川向こうの巨大ホテルが一斉に明かりを燈した。その右手のホテルでは、ライトを点けたエレベーターが二基しきりに上下していた。

翌日は、見事な晴天。

鬼怒川上流の、昇竜峡で遊んだ。葛折《つづらおり》の急な崖を降りると、目の前の対岸に高さ二十メートルばかりの滝が、昨日の雨で水嵩を増して見事な飛沫をあげていた。飛沫の裾の方には、虹が架かっていた。『虹見の滝』とある。

澄み透った水に手を入れると冷たくて心地良い。濡れた手で顔を一撫ですると、折からの涼風が水分を拭取ってくれた。

川の中に目を凝らすと、魚の姿が多い。

メダカより小さな魚から、ハヤ、山女《やまめ》などがしきりに藻を食べている。久々に峡谷の気に触れた思いで、熊本の五家之荘を思い出した。缶ビールの一個でも持ってくればよかった。

最近、記憶喪失気味である。この時のことが、はっきり思い出せないでいる。如何して、誰と行ったのかしきりに思い出そうとするのだが記憶が途絶えている。

なんだか多勢の人が居て、その人たちが矢鱈に賑やかだったことだけは覚えている。なかに二人か三人、何時も酔った人が居たような気もする。

朝の九時過ぎに赤坂の豊川稲荷前を出発、首都高速から東北道を、愛車で快適にぶっ飛ばし、着いたところが日光江戸村。

此処の俗っぽさといったら、並みの俗さではなかった。その名のとおり、江戸時代を人工的に造り出した、映画のセットのような安っぽいもので、入口には馬鹿でかい門があり、中では江戸時代の装束をした連中が右往左往しているだけ。

町並みは、江戸時代の旅籠《はたご》、番所、南町奉行所、吉原の遊郭などが並んでいる。

ここで唯一面白かったのは、斜めに傾いで建てられた家。土台から大きく右に傾いているから中に入ると感覚がおかしくなってしまって、自分では真っ直ぐ立っているつもりでも、家の右側に吸い寄せられる奇妙で面白いことになる。

その日は素面だったにもかかわらず、妙な感覚を味わった。こういう時に酔っ払っていたらどんな事になるかいなと思いながら歩いていると、向こうのほうから騒がしい一団がやってきた。あつらえ向きに酔っている。

面白い所があるから行ってご覧と、勧めておいた。この連中、昼のバーベキューの時、ビールをキューキューやっていたから、あの建物に入ったら、ギャーギャーと騒がしかったに違いない。

今回の旅行では、読書が大いに捗った。なにしろこの連中に合わせようとすると、何かにつけて待つ事が多い。一様にスローモーなのである。

しかし、この時の私は雇われ運転手で、愛車の持込み。旅行の前日、幹事役から「今夜は、早くお休みください」だと。

言外に、「今夜は、呑んだらあかんぜよ」と言っていた。だから前日は、ほんの少々のアルコールで我慢して、運転手役に徹する事にしていた。運転手としては、皆さんの行動にいちいちイチャモンをつける訳にはいかない。

旅行が終り、渋谷で同乗者を降ろし、一人で帰路についた頃になってはじめて、今回の企画立案した連中の深謀遠慮に感心した。

まず、時期的にこの梅雨の最中を選んだ事。これは、小雨に煙る木々の緑、分けても鬼怒川を隔てた対岸の大きなビル群と、その後ろに連なる山の緑を見せたかったに違いない。

わざわざ雨の中を、あの俗っぽい江戸村に連れて行ったのは、翌日の好天の緑に染まる昇竜峡の効果を上げるための前段だったのだ。

鮎の塩焼きも美味しかった。焼いて十分に時間の経った、香りも味もきれいに無くした湿っぽい鮎を初めて経験した。不味いのを我慢して喰って、失礼させてもらって一眠り、又露天風呂に浸かって、隣りの煩い馬鹿話を聞きながら読書を楽しんだ。

それにしても、あいつ等に持っていかれた、ブランデーが勿体なかった。ナポレオンとカミユだ。呑んでる本人は気づいていないだろうが、二、三ヶ月前新婚旅行の土産だといって拙宅に持ってきた物である。それをご当人が日光なんぞで呑んでいるとは、ブランデーも回り道をしたものである。

今度、あの連中と何処かに行く時には、文庫本の三冊も持っていけばいいか。

世の中には妙な男が居たもので、少し酔いが廻ってきた頃、「私は、あの人を恨んでいるんですよ」と上座を顎で指した。

「うちの家内があれからズーッと口利いてくれないんですよ」と言う。そんな男のグチなんか聞きたくもなかったが、相手が聞いて欲しそうにしているので、促してやるとこれが面白かった。

その男が、深酒をして酔っ払い、夜も遅くなったので『ブチョー』さんの家に泊めてもらったらしい。らしいと言うのは、日頃からその男の素行には疑問が多々あったからで、この男の話は何処までが本当か判らない。

その三日後に、社内の運動会が行われて、その男と奥さんがテントの中で観戦していると、ブチョーさんが通りかかった。

その男、ブチョーさんに挨拶したそうである。「一昨日は有難うございました。ご迷惑をおかけしまして……」その時の、ブチョーのきつい一言。「ヤ、どうも。今日は、そういうことで話を合わしておきましょう」そう応えると、ゆうゆうと立ち去っていった。

横を見ると、奥さんがキーッと男を睨んでいたそうだ。それから暫く、口を利いてもらえなかったという。

「先輩、やっぱり付き合う人は選ばんとイカンですよ」と言いながら、舌の根も乾かないうちに「しかし先輩、僕は先輩の弱い所握っていますからね」とぬかしやがる。

今から二十年も前の事を言って、暗にこっちを嚇しているのである。もうとっくに時効の話だが、こんな事を言う奴は金輪際家には呼ばない。

つい先だって、家に泊まっていった奴など、小生が転寝をしている間に、カミさんにある事ないこと喋っていったらしい。

西船の家が、いかに汚くて不潔だったか、それを私やSさんがいかに苦労して掃除したか。「本当にあの時は苦労しましたよ」とまで言ったらしい。嘘つけ、たまに来ても酒ばかり食らってろくな掃除もしなかったくせに。

こんな奴は二度と家には泊まらせない。

ヤッパ、友達は選ばんとイカンな。

平成五年六月

夫を語る

私は夫を尊敬しています。感謝しています。夫ほど私を理解し、何事につけても黙って許してくれる人は居ません。

結婚して二十何年、一人息子も来年は成人式を迎えるまでになりました。

長い間には色々ありました。東京で知り合って、熊本で結婚しましたが、夫と私の間では「お前が追っかけてきたんだ」「あなたが無理やり迎えに来たから」と、いまだに解けない謎があります。

息子を出産、夫の入院、家を建て、家庭菜園を楽しみ、苦楽さまざまありましたが、辛い事、悲しいことを乗り越えてこられたのも、夫の優しさと励ましがあったからこそだったと思っております。

我が家の一日は、夫が私を起こしてくれる処から始まります。

私が起きるまでに夫がお茶を淹れ、朝食は一人で済ましております。せめてものお返しに、お出かけ前の髪のセットぐらいはしてあげております。

ちなみに夫の散髪は私の仕事です。

夫は酒はほとんど飲みません。翌朝の八時九時に帰ってきたなどという事は、一度もありませんでした。

言葉使いも荒々しいところは一つもなく「アホ」「バカ」「ウルサイ」などと、いちどくらいは聞きたいなと思うくらいです。

私は夫を信頼していますので、給料やボーナスの明細など長い間一度も見たことがありませんでした。今年になって夫が見ろ見ろと勧めるので、仕方なくチラッと見ただけです。

私は夫に満足しておりますが、注文をつけるとすれば、もう少し酒や煙草ぐらいは楽しんだほうがいいのではないかと思うくらいです。帰宅も毎日定時ではなく、たまには御前様になって欲しいものです。

夫の料理の腕はなかなかのものです。機会があれば遊びにおいでください。但し、犬と猫の毛が付きますので必ず普段着でおいでください。

＝注＝ご夫人の急用により、この稿ご主人がお書きになりました。《編集部》

平成五年十月

ヘリコプター

ヘリコプターで熊本まで飛んだ。

ヘリは悪天候に弱いと聞いていたので、前夜からの雨でどっちみち飛ばないだろうと思いながら、念のために電話したら飛ぶという。慌てて新木場のヘリポートまで駆けつけたら、ヘリはローターを回して待っていてくれ、小生が乗り込むのと同時に飛び立った。

東京タワーを掠め、多摩川を越えて横浜のランドマークタワーを眼下に相模湾をひとっ飛び。

高度七、八〇〇から千メートル位で海も山も街の上も一直線に西へ。

オートジャイロでヘリの位置、方向が常に把握できる。刻々と変る地図は鉄道、高速道、河川が鮮明に写し出されて、ジャイロと足の下に見える景色とを見比べながら、ホウ、似てるな、そっくりだなどと、当たり前の事に感心。

神戸で給油、昼食、休憩。

午後は、瀬戸内海の澄んだ海の上を淡路島、小豆島。右手に岡山の萩、左手遥かに瀬戸大橋。二時間ほどして国東半島から、やっと九州入りし、耶馬溪を越えると、斜め左手遠くに一際高く九重山が聳え、そのまま九州連山へと続く。阿蘇の煙が見えて熊本へ帰ってきた実感が湧く。菊地のサーキット場の上を半周して、我家の辺りをカメラでパチリ。

熊本飛行場に着いたのは、三時半頃。ヘリも便利ではあるが、長距離フライトは少々疲れる。前夜のビール一ダース、ウイスキーのがぶ飲みが応えた。

ヘリは飛行機に較べて音が煩い、揺れる。トイレは無いし、なによりもサービスが格段に悪い。コーヒー、紅茶は出ないし、新聞や週刊誌も置いていない。こんなサービス精神の無いヘリなど二度と乗ってやるものかと決めた。

帰りはANAで熊本空港から新装なったばかりの羽田へ。新ターミナルは、飛行機からボーディングブリッジで、直接場内へ入れるようになっている。ターミナルビルは中央が巨大な吹き抜けになっていて、憩いの広場には噴水が…あったかな?

東京から持ち越した二日酔いが、熊本の下通りあたりで三日酔いになって、いまだに頭が痺れている。熊本の焼酎はよく利く。

平成五年十一月

アルゼンチン・タンゴ

ある昼下がり、親子三人顔を見合わせて「暇だね」。久し振りの好天に誘われて「富士山でも見に行こうか」ということになった。国道二四六から東名川崎で高速に乗り、二十分ぐらい走って海老名SAで休憩。高速で少々緊張気味の神経を此処でリラックスさせて、これから先の長い高速走行に備えるのである。

一時間半ぐらい走って、御殿場で降りるところを右側に見える富士山を話題にしていたら、うっかりしていて駒場インターまで行ってしまった。

富士の裾野のススキの原を走っていると、阿蘇の高原を走っているような錯覚に襲われる。富士山を見ながら裾野を半周して、角度によって次々に表情を変える山容に満足。

路傍の看板に誘われて鶏牧場へ行った。此処では放し飼いの鶏の産んだ卵が、取り放題、食べ放題と書いてあった。

ところが看板と実体とは大違い。入ったのが夕方の五時近かったので、閉門間近だと急かされて、卵を拾いに行ったらなんの事は無い。鶏の一羽も居ない金網囲いのススキの空地に、五、六個ずつ卵がかたまって置いてあり、客は一人十個ずつ拾ってくるだけ。喰い放題も土、日曜日は駄目。アホらしゅうて、アホらしゅうてとボヤキながら、御殿場あたりで給油した。給油中に、なんで俺はこんなに貧乏なんだろうと、一万円札をひっくり返して驚いた。

オスとメス、雛の番である。何ということ。それではと千円札の裏を見ると今にも飛び立とうという鶴の夫婦。これでは金が貯まる訳が無い。一万円札にも千円札にもお足が生えて、今にも飛んで行きそうな図柄である。これで金持ちになるのは諦めた。

日本のお札を使っている限り、金儲けはダメだ。念のために五千円札を調べてみたら、これは富士山と山中湖だった。ほんの少し気休めになった。

六本木のサントリー・ホールでアルゼンチン・タンゴを聴いた。

演奏は、シンフォニックタンゴ・オーケストラ。皆さんかなりのご年輩で、平均年齢は六十歳はゆうに超えていらっしゃるご様子。背の曲がった白髪の指揮者は七十歳ぐらいか。バイオリンマスターはそれより十歳は老けて見えた。ステージに上がる足元も、半分ぐらいの方が、ヨロヨロノタノタ。この連中大丈夫か？　と思っていたが、一曲目のラ・クンパルシータの演奏が始まると、その素晴らしい音の調べに場内から感嘆のどよめきが起こった。

カミニート、チケ、エルチョクロ、ウノ。コンサートの時は眼を閉じて音だけ聴くものだと誰かが言っていた事を思い出して、眼を瞑《つむ》っていると若かった頃が浮かんでくる。隣りに座っていたのがカミさんでなければ、手くらいは握っていたかもしれない。

ダンスも唄も好かった。ダンスは二十位の若いカップルと、もう一組は中年組。中年の男のほうは、髪をポマードでテカテカに固め、肩はコッテ牛のように盛り上がり、その上にいかつい顔を乗せている。パートナーは豊満な肢体のブロンド。美女と野獣の組み合わせが面白かった。タンゴは肢で見せるというが、見事な肢の動き。タンゴの持つ独特の情熱と華麗さ、時には激しく、時にはコミックな仕草で笑いを誘う。

ソロの男性歌手は三十歳ぐらいだろうか、くたびれた普段着のような背広姿が、何とはなしに様になっていた。マイク無しで、あの広いホールいっぱいにある時は激しく唄い、ある時は優しく語って、言葉は判らなかったが、情熱と哀愁の気分だけは充分に味わう事が出来た。

柄ではないが、たまにはコンサートもいいものだ。一緒に聴く人がもっと若ければ、もっと好かったろうに。

平成五年十二月

春高楼の

春たけなわ。

今年の桜は長持ちした。今が満開。例年ならこの時期、花に嵐で無粋な風が一夜に吹いて、折角の花を散らしてしまうのだが、此処のところ天気も穏やかで風も吹かず、雨も降らない。おかげさまで毎日桜を楽しんでいる。

下の町民センターの桜が、小生の部屋の中からチラッと見える。自分の家の中から、チラととはいえ花見ができるなど風流な話である。そのうちに、門の前に去年植えた八重の枝垂れ桜が花を付けたら、居ながらにして花見ができようという寸法である。阿蘇西原村の一心行の桜を観にいったときに買った若木である。八重の枝垂れ桜で、一目で気に入った。一心行の桜は、樹の高さ二五メートル、枝の張りが三十メートルぐらいはあったろう。遠くから見ると、こんもりとした白い丘のようである。残念なことには、すっかり観光地化されて桜の樹の周辺はむきだしの土が踏み固められて、まわりには屋台まで出ている。だがすぐ近くにある菜の花の黄色と、薄紅色の桜とのコントラストが鮮やかな春の色を演出していた。

むかしから、桜が好きである。こどものころ、山の中で桜の木に登ってサクランボを食った記憶が忘れられなくて、裏庭の狭いところにサクランボのなる桜を植えていたが、去年切り倒した。大きくなりすぎて落ち葉が雨どいを詰まらせるようになったのと、毛虫がつくようになったからである。木も生き物であるからかわいそうだと思うが、桜にはこんなむざんなことを何度もくりかえしている。二十年ほど前に、長崎の雲仙に生えていた桜のちいさな木を取ってきて裏庭に植えていたら、みるまに大きくなった。青みがかったはなびらの山桜で、毎年きれいな花を咲かせてくれたが、若葉のころになると毛虫退治の殺虫消毒に苦労した。

その桜も十年程前の東京転勤を前に切り倒した。よほどの暇人でなければ、桜の木の世話はできないだろうと思ったからである。木を切り倒した後で、裏の住人から「惜しいことをした」と言われた。裏の家は一段高くなっていて、家の桜は、その家の庭続きのようなところにあったので、縁側から眺めるのにはちょうど手ごろな見ものだったのである。なんのことはない、裏の住民のためにせっせと桜の手入れをしていたことになる。桜を庭に植えるのにはそれ相応の覚悟がいるようである。それをわかっていながらまた植えてしまった八重の枝垂れは、か細い枝の下から順にかたい蕾のふくらむ気配を見せ始めている。最近の朝の歩きは、もっぱら桜探しの旅である。雨さえ降らなければ、毎朝近所を歩き回る。時間にして一時間から興がむけば二時間。距離にして五、六キロ。健康のためと腹を減らすためである。文字どおり朝飯前の散歩である。桜が咲き始めたこのごろは、結構歩数も伸びて六、七キロ歩いていたりする。

先日はカミさんの言い付けでカメラ持参の歩きとなった。

町民センターの桜を撮ってこいとの仰せ付けである。折角カメラ持参ならと、遠回りして貸し農園の畑を覗いて、キヌザヤの花を水菜の黄色い花と一緒に撮り、さらに足を延ばして桜のあるところを手当たり次第に撮った。ちかくの小学校の遠景は桜が盛り上がるように見えるので、近景に農家を入れて撮っておいた。もちろんお言いつけの町民センターもいいアングルで撮れた。その前にあるゴルフ場の金網越しの桜も、見事なトンネルを作っている。去年はもっと茂っていたのだが、枝を剪定したので今年はいささか淋しい感がしないでもない。昼間も桜探しである。近所の公園は行き尽くした。桜は……明日ありと思う心の仇桜夜半に嵐の吹かぬものかわで、一夜の雨や風で散ってしまうことがあるから忙しい。見たいと思ったらその日に見ておかないと、明日はどうなっているか保証のかぎりではないのである。武蔵塚、竹迫城址、合志公園などなど。町民センターの桜は固い蕾から、散り初めまで克明に見続けてきた。今年は好天に恵まれてどこの桜も満足げに咲いている。気の早い桜は、あらかた散ってしまったのもある。昨日見た日本たばこの、道路際の桜は散っていたが、塀の中の桜はまだ満開だった。道路に近い桜の散るのが早いのは、自動車の排ガスの影響であろう。おなじ土地の同じ種類の桜でも、今が満開なのと早くも半分ぐらい散ってしまったのとある。そこで例によって、下らないことを考える。花が咲く時に五分咲き八分咲きがあるなら、散る時にも二分散り三分散りがあってもいいのではないか。そのデンで行くと今日見た桜はそれぞれ、三分散り、四分散り、早いので五分散り。下の町民センターのはまだ一分散りで、当分は楽しめそうである。センター並びの道路沿いにある広い屋敷跡の桜もずいぶん楽しませてくれた。はじめ山桜が咲いた。樹の高さが二十メートルはあろう巨木であるが、三月の中ごろに花をつけた。染井吉野がまだかたい蕾の頃で、ほかの桜にさきがけて一本だけが白い花をつけた。冬枯れの木々の中ではそこだけ白い桜は艶やかであった。その花が散って萌黄色の若葉が出てくるのにあわせるように、となりの大きな染井吉野が花を開いた。いまは山ざくらの萌黄色の若葉を背景に、薄紅色の花が研を競って咲いている。

今朝の読売新聞に写真入りで『400歳の美・熊本白水村、一心行の大桜』が載っていた。近所の人の話では熊本の地方紙にも載っているという。念のためにインターネットで見ると、高さ二二メートル、胴回り九・四メートル、枝の差し渡し三十メートルとある。何れの数字も新聞よりかなり大きい数字が並んでいるのが、ご愛嬌である。今年も行ってみようと思っている。

桜は、昼よりも、夜桜の方が好い。一昨日、車を運転していて気が付いた。街道の車の行き交う道端で、ライトに照らされた桜が綺麗に見えた。昨日、夕暮に町民センターまで降りてみた。

毎朝見ているのだが、夜の桜はひときわ鮮やかである。桜の薄紅色が浮き上がって見える。樹から樹にわたしてある提灯の所為かと思ったが、そればかりではない。夜の暗さに白い花が良く似合うのである。颪の強弱にあわせて花が散っていく。漂うように、地面に吸い込まれるように、たわむれるように、一枚いちまい、あるいはみんなで連れ立って散っていく。なぜ、こんなに桜に惹かれるのかわからない。年毎に惹かれていくようである。歳の所為かなとおもったりしている。

平成十三年四月

お手々つないで

幼い子供たちが、学校の行き帰りやお遊戯などで手を繋いでいるのを見るのは何とは無い微笑を感じさせるが、大の大人が毎朝手を繋いで歩くのを見せられるとうんざりする。

手を繋いでいるのはかわいい子供ではなくて大人の男と女。男の方は日本人を殺した男だとなると見せられるほうの感情は複雑なものがある。過ちだったとはいえ九人の男を死に追いやった原因を作った男である。遠洋航海中の『えひめ丸』を沈没させた米原潜グリーンビルのワドル前艦長。二月九日、ハワイ近海を航海中の『えひめ丸』をいきなり浮上した米原潜グリーンビルが直撃し、見る間に沈没させてしまった。その後現場に停止したグリーンビルは、海に投げ出された『えひめ丸』の乗組員を救助することなく、拱手傍観するのみであった。現場海域の波が高くて潜水艦では、救助活動は困難だったというが、果たしてそうだったのか。この元艦長の言うことには、どうにも信じきれないものがある。それは事故後の彼の言動からである。ハソイで査問会議が開かれたが、毎朝の出頭の時に彼は奥さんと手を繋いで出頭するのである。彼らが定時に出頭してくる光景が会議場の表で待ち構えているテレビに映しだされるのだが、決まって奥さんとしっかりと手を取り合っている。見ているとただ手を握りあっているのではなく、おおきな幼児が母親の手にすがり付いているような感じを受ける。白い海軍の軍服を着たこの前艦長は、かなりいい体格をしている。表情の緊迫感は当然のことだが、軍服姿の艦長たるものが、公の、しかも事故を調査している会場に夫人同伴もどうかと思われるのに、公衆の面前で手をにぎりあっているのである。この光景はどうにも日本人には馴染めない。言わせて貰えば、言語道断、ふざけるなである。査問委員会の調査が進むにつれて事故の原因が徐々に判明してきた。事故にはさまざまな要因が絡まっている。当日は、原潜のデモンストレーションのために、民間人が多数乗艦していて司令室に詰め掛けており、乗員の通常の任務が行い難い状況にあった。そもそもこの状況が事故の第一要因ではないかと思われるふしがある。ソナー担当者は、『えひめ丸』の存在に早くから気が付いており、艦長に報告する義務があったにもかかわらず、民間人が居たために報告し難かったと言っている。艦長の前面にある、ソナーの映像を映し出す装置の故障。浮上前の潜望鏡での確認も、潜望鏡を充分に上げて確認していなかったとか、波が高くて、確認時間が短かった。本来なら十三人の所を九人しか配置していなかった。などなど、探せばもっと出てきそうな感じになってきた。さらには浮上時に、排水バルブと浮上レバーの操作を民間人にさせていたという。乗務員が手を添えていたというが、それが本当かどうか確認の仕様も無い。

総合して考えると、どうやら酔っ払い運転ではないかと思える。これは永年車を運転してきた経験者としての勘である。多分この勘はあたっているはずである。民間人との昼食時のビールかワインの飲みすぎで、気が大きくなった艦長がドルフィン・ジャンプとかいう、イルカが海面にジャンプするのを真似て潜水艦で遊んだのである。酔って好い心地で、民間人にイイトコロを見せようとして破目を外したとしか思えない。そのときの艦内の情景が目に浮かぶようである。たぶん指令塔内は、急上昇や急降下する原潜の動きに感激した民間人の歓声や、口笛で沸きかえっていたに違いない。

三月二十一日の査問会議で、前艦長は証言台に立った。それまで、免責を認められなければ証言しないと言っていたのが、方針の転換を図ったのである。証言の内容は「事故の全責任は自分にある」。そこまではよかったが、後は部下への責任転嫁。自己責任の回避。逃げの姿勢見え見え。広辞苑で『三百代言』を引くと、——代言人の資格無しで、他人の訴訟や談判を請合う者。または弁護士の蔑称、転じて詭弁を弄すること、または人、とある。この前艦長に付いた弁護士が、まさにこの三百代言を思わせる弁護をしている。先の査問会議での突然の戦術転換にしてもしかり。査問会議のなりゆきで、機を見るに敏な弁護士が、免責条項の適用を受けられないとふんだために一転して証言台に立つ戦術の転換をしたのである。有能なこの弁護士が、悲嘆にくれている『えひめ丸』の船長に、こんな質問をしている。「船から脱出する時に、乗組員の人数を確認したのか」この質問の意図が判らない。身一つで脱出に精一杯だった船長に、人員点呼の余裕などあるはずがない。法廷での戦術の一つだと言うかもしれないが、何という無神経な質問か。暗に船長としての責務を難じているとしか思われない。ところで、例のお手々つないでの光景だが、話によるとこれも弁護士先生の入智恵だそうだ。アメリカ人は家庭を何よりも大切にするそうで、つい最近も大統領が言っていた。「家庭の愛こそが人類を救う」。なるほどなるほど。納得である。アメリカの離婚率は多分世界の一、二位を競っているはずである。高い離婚率を誇るアメリカの家庭愛の象徴として、多勢の人の同情を買うために、毎朝手を繋いで査問委員会にご出勤になるのである。しかし、見ているこっちは、前艦長の姿は、頑是無い子供が「ママ、こわいよ。助けてちょうだい」とママならぬ奥さんに縋りついているようで、それこそ見ていられない。ここに、日米の文化の違いを見る思いがする。なにごとによれ家庭第一主義のアメリカは、大統領夫人をファーストレディーと呼んで政治にも参加させる。どこに行くのも一緒である。たいてい手を繋いでいる。国民に家庭愛をアピールしているのである。演説で「家庭愛こそが、世界平和の基本である」というのである。一ヶ月間キスをしなかったという理由で、妻が夫を訴えるというようなお国柄である。日本の夫の何割がこの訴訟をクリアーできるだろうか。それはそれとして、昔から船長は船が沈む時には船と運命を共にするといわれたものだが、どうやらこの連中にはそんな気は毛頭無いようである。船乗りが、愚か極まりない操船で、九人もの命を奪っておいて、言い逃れに終始するようになったのは何時からだろう。海軍の不名誉事件の当事者として、腹掻《か》っ捌《さば》いてお詫びするなどと言う感覚は、毛頭無いらしい。アメリカ海軍の名誉のためにも、こんなおろかな事態は、この男とこの男に付いている弁護士だけの特性だと思いたい。軍事法廷が開かれるかどうかは、太平洋艦隊司令長官の判断にゆだねられるそうだが、是非納得のいく決着を期待する。アメリカの名大統領の一人に数えられるケネディは、第二次大戦中太平洋で魚雷艇で勇敢に戦っていた。栄えある米海軍の一員として、偉大な先人の名誉のためにも、潔い軍人の姿を見せて欲しいとこの元艦長に望むものである。

平成十三年四月

一心行のさくら

花日和である。どんなのが花日和かというと、照りもせず曇りでもなく、風は無く、暑くも無く寒くもない。去年見に行った一心行のさくらが気になってしかたがない。新聞には、一心行の大桜の写真入り記事に「ここ二三日が見ごろでしょう」と書いてある。インターネットを覗いてみると、三日に撮った写真が映っているが、六分か七分咲きのようである。案内の文句には「南阿蘇白水村の樹齢四百年を越す山桜の大木とある」種類はエドヒガン。天正十四年（一五八六）島津に滅ぼされた宇土矢崎城主の菩提樹で、落城後故郷の白水村に帰って、戦に散った武士達の霊を弔うために、一心に行を納めたところから現在の地名になったという。

天気はあつらえたような花ぐもり。今日は絶好の花日和とばかり、カミさんと花見としゃれこんだ。花見といっても、別に仕度はなんにも無い。ただ寒いといけないから、一枚余分にシャツを持っていくだけ。ジーパンにサンダル履きのいつもの正装である。

家から一時間ほどで着いた。一心行のさくらはいままで見た桜のなかで、いちばん大きい。遠くからでもひとめでそれとわかる。街道左手のなだらかなのぼり勾配の畑の中に、忽然と現れる。街道からさくらの近くまで新しい道ができていた。去年きたときは、向こうからきた車との離合もむずかしい畑の中の農道だったのが、幹線道路からさくらの樹の近くまで、りっぱな車道が出来ている。まだ工事中らしく、路面は砂利を敷いてあるが来年はアスファルト舗装になっているにちがいない。係員の誘導で、普段は牧草地らしい空地に駐車する。駐車料金は五百円である。駐車場の立て看板に八番とあったが、みまわすとあちこちに駐車場が散在している。平日だというのに、見物人は多い。このさくらが見栄えするのは、まわりいちめん樹が一本もないせいもある。なだらかな段々畑のなかに、一本だけ立っているのである。すぐ脇にこぢんまりとした祠《ほこら》があるが、樹の陰になっているような感じで、よくよく気をつけてみないと見落としてしまいそうなほどの祠である。前面に、菜の花がこれも今が盛りで、さくらには黄色がよく似合う。背景は雄大な阿蘇の山である。春霞に駘蕩としてたたずんだ阿蘇を背景に一心行の大桜がそびえている。樹の高さは二二メートルだというが、近くで見ると見上げる感じになる。胴周りが九メートル。根元から四本か五本に分れている。樹下には五、六基の墓と塔が建っている。伝説のとおりならそこにある墓や塔は四百年前のものだろうが、見たところそんなに風雪に晒されたようには見えなかった。しかし、桜には墓はよく似合う。梶井基次郎の詩に、〝桜の木の下には屍体が埋まっている……〟という一節があるが、このさくらの樹の下には墓がある。想像をたくましくすれば、昔は土葬だったから屍体が埋まっていてもおかしくはない。

さくらを見ると、一昨年まで住んでいた東京を思い出す。正確には川崎なのだが、東京とは多摩川を一つ超えただけの、新丸子に住んでいたので記憶はほとんどが東京である。新丸子から多摩川にかかる丸子橋を渡ると、多摩川台の公園がある。桜の時期には、遠くから見ると公園全体が桜の花で盛り上がって見えた。さくらの季節、天気の好い日には、ロンを連れてよく対岸まで遠征した。不思議なことだが、多摩川をはさんで、川崎側の河原や岸辺の公園には桜の樹が無く、東京側には多摩川台公園をはじめとして岸辺の遊歩道沿いに見事なさくらがあった。丸子橋と六郷側の橋との間隔がながいので歩くにはかなり遠まわりだったが、さくらを見ながらの愛犬との散歩にはちょうどてごろな道だった。

丸子橋をわたっての東京への遠征をやめたのはロンが死んでからである。血液のガンで死んだ。三月三日、桃の節句の日であった。池上の動物霊園に遺骨を安置し、それから毎週土曜日のお参りは、いちども欠かさず熊本に帰るまで五、六年続いた。霊園から東急池上線の線路を超えると、少し上った高台に池上本門寺がある。ロンのお参りがおわると本門寺に廻るのが習慣になった。東京のお寺さんの例にもれず、池上本門寺にも鳩が多かった。本堂の裏手にある駐車場に車をとめて、正面の門にいくと鳩が群れている。たいてい餌をやっている人がいて、そのまわりには鳩

一心行のさくら

が集まっている。すぐそばに線香や蝋燭などを売っている所があって、鳩の餌も売っている。まとめて五個分買って、一個はカミさんに渡し、あとの残りは大きな器に入れてもらったのを一気に撒き散らす。こうすると、そのあたりにいる鳩全部に餌がいき渡り、餌にあぶれるハトはいない。そばで見ているカラスが鳩の餌を漁ろうとするのだが、鳩の餌の雑穀は小さすぎてカラスの口では食べられない。そこで門のちかくの土産屋さんから、ポップコーンを買ってくる。カラスの餌である。カミさんが一つずつ投げてやると、器用に口でキャッチする。はじめのうちは警戒していたが、慣れてくると石垣の上に行儀よくならんで、投げてやるポップコーンを順番に咥えていく。要領のいいのは五、六粒くわえて喉を膨らませながら飛んでいく。自分の巣に持っていくのだろう。子供でもいるのかもしれない。かしこいカラスも居た。カミさんが、目の前に並んでいるカラスにばかり餌をあげていたら、ズボンの裾をつついたカラスがいる。「自分にも頂戴」と、催促していたのである。よく見るとそのカラスは嘴が変形していた。下の嘴がねじれているので普通に餌を啄ばむにはハンディがあるのだ。ほかのカラスより小柄だった。充分な栄養が摂れていないのではないかと思われた。そのカラスには、何度かあったが、そのうちに姿が見えなくなってしまった。いつものこの行事が終ると境内の散策である。四月八日、ちょうど今日は潅仏会、お釈迦様の誕生日の花祭りである。甘茶を頂いたこともある。境内は桜の花盛りである。五重塔周辺はことに見事な桜が咲いている。カラスがいたずらでやるのか虫でも捕っているのか、桜の花をしきりに突いて小さな枝を落とす。墓のあいだに落ちた桜の小枝を拾って持ちかえり、コップになどに入れておくと、萎れていた花が生き返って、部屋の中でちいさな花見が楽しめた。

一心行の花見のついでに、あちこちドライブをしていたら、道に迷いかなりの山奥まで行ってしまった。途中で道端に切り倒した桜の枝をつみあげてあるのを見つけた。若木を間伐したらしく、花を付けている。手ごろな花の付いた枝をもらってきた。「うれしい」とカミさんは、ご満悦である。いま、その花が、すぐそばの濡縁で大きな花瓶に活けてある。盛りの過ぎた花瓶の花は下の町民センターの桜に合せたように、散っていく。

昨日は小萩園に行って好いものを見つけた。うろ覚えの道を十何年ぶりにたどり、雑木林の中の径を通って園内に入った。十メートルほど行くと視界が広がった。径の両側に桜の若木が植えてある。その数は百本ぐらいあろうか。そのなかに大きな桜が何本か、みごとな花を咲かせている。桜の木には白い名札がつけてある。

白雪、胡蝶、御殿匂、桐ケ谷、紅山桜。桜の種類など吉野桜か八重桜ぐらいしか知らなかったが、ここは桜の展覧会場である。しかも見物人は満開の花の下で酒盛りをしている中年の男女二人だけ。あとは小鳥の声だけの静けさ。あわてて車に戻ってメモ帳を取ってきた。白い名札には桜の種類と花の形状、色が記入してある。胡蝶は、一重、大輪、淡紅色。桐ケ谷は大、淡紅色、一重。メモをとりながら広大な園内を夢中でまわった。桜の大木もありそれぞれ花を咲かせているが、新しく植樹された若木が多い。どうやらいろいろな桜を植えて研究している様子である。広い園内は土曜日の午後だというのに、人影はすくない。自然のままに近い人里はなれた所だから、訪れる人もあまりない様子である。それでも奥のほうに行くと、小さい子供連れが居た。三歳ぐらいの男の子が歩き疲れたのだろう、おかあさんにダッコしてくれとせがんでいる。お父さんが抱いてやろうとすると「おとうさんじゃイヤ！」と泣いている。そのうちに、おかあさんが

「綺麗な花ねー、おかあさんみたいでしょ」と言ったが、坊やの返事はきこえなかった。地形がすり鉢状になっているので会話はよく聞こえる。

さらに奥の水道のある所で、中学の三年生か高校一年生ぐらいの男の子と女の子が三人ずついたが、彼らにカミさんが何か話しかけている。どうしたのかと聞くと、七輪に火を熾《おこ》そうとしているのだが、炭にライターの火をしきりに押し付けていたという。「小枝から燃やしつけないとダメヨ」と言うのが聞こえたが、そういう訳だったのかと納得。七輪と、炭と、団扇までそろえてきて、かんじんの火の熾し方をご存じなかった。カミさんの教示に、そばで見ていた女の子のひとりが、「ハイ」と男の子にさしだしたのは、五センチぐらいの枯れ枝がたった一本だったとか。のそのそしている男の子に「樹の枝はアッチ」と、親切に教えてあげた。今日もまた、ひとつ善いことをした。桜さがしの途中、今まで見たこともない樹を見つけた。はじめは紅い珊瑚かと思ったほど、きれいな真紅の花が細いまっすぐな枝に、びっしりと付いている。地に這うような格好の樹で、二本ならんでいた。カミさんによると、紅サンザシだという。

桜の名前が粋である。種類と特徴をメモした。

一、白雪――大輪、一重。（緑の葉と花が半々に咲いている）二、胡蝶――一重、大輪、淡紅色。三、御殿匂――（特徴の記入なし）四、桐ケ谷――大、淡紅色、一重。五、紅山桜――葉赤、花小。六、六甲菊――万重、紅。（蕾あり、幹は赤茶色の粉を振りかけたよう）七、麒

麟――紅、八重。八、糸括――八重、淡紅色、(花も蕾もまだ) 九、普賢像――(切り株のみ)
十、伊豆吉野――一重、白。一一、御室桜――八重、白、(八分咲き) 一二、御衣黄―黄紅、
一三、千重――小輪、紅。一四、泰山府君――八重、淡紅色。(蕾) 一五、高台寺――一重、大輪、淡紅色。一六、兼六熊谷――一重、大輪、紅、淡紅色。一七、(名札なし)――淡黄、(満開) 一八、手弱女――(接木) H10・2・24 一九、貴船――(接木) H10・2・24。二十、八重紅枝垂――八重、淡紅色 二一、楊貴妃――(枯木) 二二、大提灯――八重、紅。(二分咲き、三分咲き) 二三、牡丹――八重、深紅。(三分咲き) 二四、天の川――紅。(紗羅の木のような枝ぶり) 二五、南殿桜――大、淡紅色、八重。二六、白妙――大輪、八重、白。(花も葉も満開) 二七、関山――八重、紅。(一、二分咲き) 二八、八重曙――(説明なし。花も葉もまだ) 二九、紅豊――大輪、一重、淡紅色 三十、松月――八重、紅。三一、思い川――小輪、一重、淡紅色。三二、矢岳紫――一重、大輪、淡紅色。三三、奥都――八重、薄紅。(花数少、満開) 三四、奈良八重桜――(蕾のみ) 三五、帆立桜――白。(蕾のみ)。三六、仙台桜――一重、淡紅色。(満開) 三七、寒山――万重、薄紅。(一分咲き) 三八、二度桜――一重、淡紅色。(一重とあるも、手にとると八重である) 三九、塩釜本社桜――大、淡紅色、八重。(葉茶緑、花数少) 四十、高松稚児桜――小、紅、菊桜。四一、苔清水桜――中、淡紅色、八重。(梢に花少々) 四二、有明――一重、淡紅色。(横枝なし、縦の樹に直接花が咲いている)

四三、彼岸桜――（葉のみ）四四、不断桜――一重、淡紅色。（若木）四五、右近――（若木、葉のみ、花の痕跡もなし）

偶然みつけた桜の園だった。この桜の園のできた経緯を知った。帰りがけにみつけたのだが、桜園の入口に大きな看板が建っていた。いちばん眼につきやすいところにあるのに、気付かなかった。いつもこうである。『小萩園桜銘花木園』と大書して、人の名前が記してあり、その人が昭和四四年（１９６９）六三種、三百本の植栽をはじめたとある。花の色は桜色のほかに緑、黄、紫などあるというから、こんどは時間の余裕を持って来たいものだ。早咲（三月中～下旬）遅咲（四月中～下旬）とあり、大半の桜はまだ蕾だったからまた出直してこよう。見ていない桜があと十八種もあるのだ。桜のほかにはもみじの若葉が萌黄色で眼を洗うようである。コナラの新芽も出たばかりで、ちいさな房の垂れているのが可憐である。「このくらいの新芽はかわいいのにね」とカミさんがいう。帰りは新しい道を行こうと、車が離合できそうにない山道を辿っていくと、漱石の『草枕』に出てくる峠の茶屋跡に出た。山を降りる途中の公園に加藤清正の立像がある。ちょっと寄り道をして挨拶した。一間半はあろうという片鎌の槍を右手について、熊本城の方角をにらんでいる。死してなお、熊本を守護しているという。清正の廟所である本妙寺にも立ち寄った。天正一一年、秀吉より肥後半国をたまわり、のち今の熊本の基礎を築いた。いまでもセイショ公さんと親しまれている。帰りには、下の町民センターの桜を検分である。このところ朝と晩、それに買物の帰りにちょっと寄り道をする。その都度、花見のグループを見る。花見をしている連中を見るのも好いものである。

庭の枝垂れ桜に花が咲いた。下枝に三つ四つ、鮮やかな紅色である。葉も同時に出てきた。まだ栄養が木全体に行き渡っていないのか、花と葉は途中の枝までしか出ていない。桜の種類はわからない。ちかいうちに小萩園に行って確かめようと思っている。

平成十三年四月

村の食堂

熊本のさくらはあらかた散ってしまったので、山のほうならまだ残っているだろうと、菊池神社まで足を延ばしたが、昨夜来の雨風であらかた散ってしまっていた。それでは菊池渓谷はどうだろうかと、行って見たら、ここも地面は花の絨毯か、筵《むしろ》を敷きつめたよう。淡雪が降り積ったようにも見える。だが下の菊池神社よりも、花は残っていた。二分か三分散りといったところ。杉林の山中や山上のさくらはまだたっぷりと咲いていたので、歩こうとしたらカミさんが、「寒いから」と言って車から降りようとしない。風流を解さない横着者である。

そこから、阿蘇へ通じる道をすこし上ってみたが、道路沿いのさくらは見る影もなく散っている。ところが、降りる途中、さくらの老木が花をつけているのを見つけた。車をとめて近くで見ると、根元にはおおきな空洞が空き、台風にやられたらしく枝が倒れたままになっている。花は白の一重で、道端にひっそりと佇んでいる老残の人を想わせる。

その桜を見たあとで『はるみ食堂』によった。山あいの村にあるチャンポンの美味い店である。去年、弟に連れていってもらった。田舎の古ぼけた食堂である。山奥のキャンプ場、ふるさと村を訪ねての帰りで、はじめは汚い食堂だなと思った。雑然としている。神棚があり、招き猫がおかれ、日めくりカレンダーが壁にかけられ、時期はずれの造花が天井からぶらさがっている。手造りらしい木製のテーブルと椅子が三席分おいてある。夏の暑い盛り、店には高校生ぐらいの子供達のグループがいたので、奥の畳の部屋に通った。田舎の古びた民家である。畳は古びているし、むかしの公民館にでも置いてあったような安っぽい長テーブルが置いてある。ふるい型の扇風機は止まったまま。夜は宴会でもやるのだろう、家庭用のカラオケセットがある。窓の下に川が流れていた。せせらぎの音と、開け放った窓からの涼風が心地良かった。自然の良さが、粗末な店の造りをおぎなっておつりがきそうなくらいだった。そのときに食べたチャンポンが美味かった。店構えと食べ物の味は、別物だなとわかりきったことに感心した。それからこの店の近くを通る時にはたいてい立ち寄る。田舎の食堂らしく焼肉、麺類、丼物などのメニューがあり、そのどれもが美味い。老人夫婦と手伝いらしいお婆さんの三人でノンビリやっている店である。

時分時《じぶんどき》はとっくに過ぎた四時ごろだったが、先客が三人いた。男一人に女がふたり。いずれもお年を召していらっしゃるが、元気そのものの大声で雑談の最中であった。うらやましいことにおじいさんは昼間からビールを飲んでいた。老女の一人が店の電話を借りているところだった。

わたしの電話は通じないからと言っている。自分も経験したことがあるが、この附近で携帯電話は通じない。べつに聞き耳をたてていたわけではないが、狭い店だし、おばあさんが地声だからいやでも話し声は耳にはいる。「ア、おとうちゃんネ。○○さんの米ん欲しかって言いよらすバッテンよかろか」。どうやら仲間のうちで米の商いをやっているらしい。米の値段は二俵で一万八千円だそうである。一俵六十キロ入りで九千円になる。「やすいわね」カミさんが小声で言う。買う方のおばあさんが「農協から買うとはヨカバッテン、どこん米の入っとるかわからんもんな」と言っている。

袋に米の産地名が入っていても、何種類かブレンドされていることを言っているのである。我家も、知り合いから米を買っている。農家から直接売ってもらうのである。熊本に帰ってよかったことのひとつに、美味い米を食べられることがある。農協や、米屋から買うといい加減にブレンドした米を買わされる。新米と謳っていても、何割かは古米が混ぜてあるのは常識である。市内だけかと思っていたが、こんな田舎でも米のブレンドをしていると知らなかった。電話のむこうのおやじさんがオッケーしたとみえて、商談成立。何時持っていくかと電話のおばあさんが聞いていると、「とんでもない、こっちから取りに行く」と、買うほうのおばあさんが言う。大声のやりとりである。そのうちにふたりのオバアサンは、おもてで大きな財布を出して現金の遣り取りをはじめた。最近は野良仕事にも現金を持ち歩かなければならないらしい。「サテ、ひと働きするかな」顔を赤くしたおじいさんが、勘定も払わずに出て行った。ツケらしいが、店の人もおじいさんも勘定のことなど一言もふれなかった。どうやって帰るのだろうかと興味津々みていたら、平気な顔をして軽トラックでご帰還となった。田舎はのんきなものである。前後して米をかったほうのお婆さんも軽乗用車で帰っていった。あとに残った米を売った方のお婆さんは、台所にいる店の人たちと大声で、豆味噌がどうのこうのと話している。そのおばあさんが帰る段になると、店の人が奥からビニール袋に入れた味噌と、干し魚をもってきておばあさんに押し付けている。マアマアのあとは、無事におばあさんが貰って帰ることになった。一件落着である。閑だからそんな一部始終を眺めている。にぎやかなおばあさんが帰って静かになった頃、チャンポンが出来上がってきた。チャンポンはいつものように美味かった。汁まで飲み干した。一人前に丼一杯の食べものを食べられる事のありがたさを思う。丼飯でもチャンポンでもなんでもござれのこの頃の食欲は、われながら天晴《あっぱ》れである。旺盛な食欲の表現に「のどを鳴らす」という言葉があるが、実感している。おもしろいことに、六十年近く生きてきて今がいちばん健康なようである。いきつけのクリニックで三ヶ月ごとに検査をしてもらうのだが、四十項目のうち一項目だけが基準値よりわずかにオーバーしている。それも果物類をたべすぎたときに起きる症状とかで、「どこも異常ありませんねー」と先生も首をひねっている。三十年来の親しい付き合いだった高血圧ともおさらばした。血圧症は一生のつきあいだといわれるが、そんなことはない。現にこうして治っている本人がいうのだからまちがいない。なぜ治ったのか、原因はいろいろあるようだが、自分でもどれが決定的な理由かわからない。アルコールを断ったことか、朝の歩きか、それとも毎朝ウコンのすりおろしたのを水で飲んでいるせいか、はたまた仙人のように悟り清ました精神のなせるわざか。

石楠花《しゃくなげ》の咲いている食堂の駐車場を出てT字路にさしかかると、正面の崖の中腹に白い花が見えた。崖にはり付いたようなその木は、枝がながく垂れ下がっていて遠くからでは枝垂れ梅のようにも見える。いまごろ梅でもなかろうと、車を降りて近寄ってみると桜だった。白い雪のような枝垂れ桜が満開の花を咲かせていた。いいさくらを見せてもらったと、さらに欲を出してもうひとっ走りすることにした。国道387号線の兵戸峠のトンネルを抜けると大分県である。小雨が降りはじめて風も出てきた。峠を降りた所にある兵戸の茶屋で引き返すことにしたが、ついでに売場をのぞいてみた。ありふれた土産物が並んでいるシーズンオフの閑な店である。ここでネジリ棒をみつけた。小麦粉をふとい縄状にして油で揚げた、むかし懐かしい駄菓子である。横浜の中華街では五百円で買った記憶があるが、ここでは二五〇円。もちろん買った。店の後は川を利用した鱒釣り場になっている。夏になれば子供達の水遊びにはもってこいの澄んだ清流が流れている。ここでも白いさくらの満開をみた。八重さくらで枝もたわわにゆさゆさと風に揺れている。わざわざ越境した甲斐があったというものだ。

帰りは急ぐこともないので、おおよその見当をつけて当てずっぽうに走る。東京ではカーナビにずいぶんお世話になったが、いなかでは山や太陽の位置を見ながら適当に走っていると、帰りつくことができる。熊本近辺では八方ヶ岳と金峰山を目印にしておけば迷うことはない。山を下るにつれて雨が小降りになり、平地では路面が乾燥している。

今年はずいぶん多くのさくらを見た気がする。堪能した。さくらの話の締めくくりに面白いものを見つけた。『週刊文春』のグラビアに〃孤高の桜〃という見事な見開き写真が載っていた。一面の杉小立のなかに一本だけ白い花を咲かせているさくらがある。空も地面も無い、ただ緑の杉の群中に、あわい薄日に白い花のかたまりが浮き上がっている。キャプションをそっくり転記する。

〈『杉の中の大桜』起伏に富んだ渓流が美しく、日本名水百選にも選ばれた菊池渓谷には、谷を巡る形で菊池阿蘇有料道路が通っている。道からは渓谷にある多くの桜を楽しむことができるが、その中でひときわ目立つのが、料金所附近から見えるこの山桜。おそらく樹齢百年を超えるであろう、堂々としたその姿は、濃緑の杉林の中でも周囲を圧倒している〔所在地〕渓谷を通る菊池阿蘇有料道路の料金所附近から見える対岸の山腹の中〉

さっきその元料金所附近から、山腹の桜を見て「この附近からの眺めがいちばんね」とカミさんが言ったばかりである。写真とそっくりのアングルで、たぶん同じ桜だったかもしれない。

ただこの写真、かなり古いものに違いない。有料道路はとっくに無料になっているし、料金所は跡形も無い。古い写真をさも昨日、今日撮ったようにしてグラビアに使うなど、天下の『週刊文春』の名が泣きはしないか。それとも芸術に時間など無いというのか。しかし、大多数の人は今年の桜だとおもうにちがいない。それは見る人の勝手だといわれればそれまでである。

写真も、文章も簡潔でよかったが、撮影年月日をいれてもらえばもっとよかった。

平成十三年四月

収穫

あさ六時に眼がさめて、しまったと思った。寝過ごしてしまった。だが、誰に約束したわけでもないので、遅くなってもどこからも文句のくる気遣いはない。

昨日雨が降ったので、けさは筍を採りにいこうとの魂胆である。立田山自然公園の竹林が一般に開放されて、筍狩りができる。去年、ドライブで偶然に往きあたったのが、この自然公園で竹林の看板を見て感心した。自家用に食べる分には誰でも好きなだけ筍を採っていいと書いてあった。ただ、しるしのある親竹の一メートル以内の筍は、そのままにしてくれとある。お言葉にあまえて、去年はずいぶん採らせてもらって堪能した。前後三回か四回だったろう。ことしは、味をしめてはやばやと三月のなかごろと四月のはじめに行ってみた。一回目は収穫なし、二回目は小指の先はどのちいさいのを二本だけだった。地元の人たちはそれぞれに収穫があるようだったが、素人のかなしさでほんのわずかな地割れや、少ししか顔を出していない筍など見つけられるはずがない。二度目は、桜がちらほら咲きだした頃で、筍はあきらめて途中から山歩きにきりかえた。なだらかな丘陵を山頂と思われる辺りまで登ってみた。雑木林の中に管理舎らしい建物があるきりで、見晴らしも悪く、なんにもない無愛想なところだった。ところどころに山桜が咲いていて眼を愉しませてくれた。

三度目の正直と、早起きするつもりが寝過ごしてしまった。竹林に着いたときにはすでに先客はあらかた帰ったらしく、一人のひとはふくらんだ麻袋を、車のトランクにしまっていた。筍狩りは早いもの勝ちである。しかし、まだ何人かが竹林のなかで動いている。

公園を縦に道路が走っていてその両側に竹林はあるが、人のいる左側にわけいった。筍を掘った穴が足元に点々とある。掘ったままで埋め戻していないから、危険である。ほんのすこしの気遣いの出来ない人が多い。人のすくない竹林の奥まで入って探しはじめた。ところが十分たっても二十分探しても筍の影も見えない。きょうもオケラかと半ば諦めかけていたとき、一本見つけた。「オッ!」と声が出そうなほどの感激である。胸が高鳴った。小型のスコップの先を筍の根元に突き入れてグイとこじ挙げる。スーパーに売っていそうな見事なやつが掘れた。つぎは簡単に見つかった。それでわかった。二本とも笹の中にあった。何のことはない、奥にはいりすぎて先客が掘り返した跡を探していたのである。要領がわかるとつぎつぎに見つかった。スーパーの買物袋二つがいっぱいになった。もうよかろうと車のトランクにしまって、反対側の竹林を見ると見事な筍が立っていた。藪をわけるとそこにもある。あまり量が多すぎるとカミさんが文句をいうので、もう止めようと思うとアッチで手招き、コッチでおいでおいでをする。誘惑には弱いほうだからついフラフラと手を出してしまう。そんなことを繰り返すうちに、七、八個の袋が満杯になった。後ろ髪を引かれる思いで帰って来た。

朝食もそこそこに、皮を剝いて湯掻いて、ご近所に配達。ドライブがてら弟の家まで行って、庭の花をもらってきた。アイリス、ストロベリー・キャンドル、原種だという小型のチューリップ。手入れもロクにしていない、荒れた庭だが季節はチャンと花を運んでくれる。そのお裾わけに預かることができた。

筍料理はバラエティーに富んでいる。味噌炒め、筑前煮、白和え、鰹節と煮る土佐煮、混ぜご飯、から揚げ、味噌汁。全部やった。乾燥筍もつくった。好天が続いたので、かなりの量を作る事ができた。東京に送って自慢しようと思っている。もともと好きな筍はいくら食べても飽きる事がない。採れたてを湯掻いているので、すこし食べ過ぎると発疹をおこすカミさんも、平気でもりもり食っている。ダイエットにもいいのを知った。一キロ体重が減った。繊維質のかたまりみたいな物だから、いくら摂ろうと肥る気遣いはない。

筑前煮の筍と煮た里芋も美味かった。これも自家栽培である。正月用に作ったのが、まだ随分残って裏庭に眠っている。やわらかくてホクホクしているので食べやすいのだが、小さな芋は剝きにくいのでついつい残ってしまう。

朝歩きのついでに、畑からキヌザヤを採ってくるのが日課になってしまいそうだ。マルチングして大事に植えたキヌザヤが作りすぎて食べきれないほどに生っている。これから当分はキヌザヤ攻めにあいそう。グリーンピースも実をつけた。まだ小さいがそのうちに莢にはちきれるほどに大きくなるだろう。

わが家の冷蔵庫は満腹でハチキレソウになっている。弟が鰤《ぶり》を持ってきてくれたのである。釣り仲間の、『社長』に「兄貴が還暦をむかえた」と言ったら持たせてくれたそうで、その人とは去年二度、佐賀の唐津まで釣りに行ったことがある。四月九日に六十歳の還暦を迎えたのだが、その日に東京からバラの花が届いた。いままで病気で入院していたとき以来花などもらったことはない。ましてバラなど思いもかけなかった。誕生日にはカミさんも息子も知らん顔である。自分でも東京から花が届くまでうっかりしていた。しかし、忘れていたわけではない。年金の請求手続きがあるから、忘れようはないがお祝いなど思ってもいなかった。家族三人の誕生祝いやプレゼントなど、子供の小さい頃は贈っていたような気もするが、いつのまにかそんな習慣も無くなっていた。どうも、その手の行事はわが家では流行らないようである。

その点、三男と四男とのふたりの弟一家は折にふれてなにやかにやとやっているらしく、こちらもその恩恵にあずかることがある。去年、ふたりの弟夫婦が、還暦の前祝いをやってくれた。

場所は忘れたが、阿蘇の近くの料理屋で食事をして、釣竿をプレゼントしてもらった。そのとき、チャンチャンコのかわりに、赤いシャツを貰ったのを今、思い出した。

ちかごろ、スーパーや八百屋に行くと、筍のまえで足を止める。値段を確認するのである。値段が高ければ高いほど機嫌よくなる。一本三九〇円だと、だいたい何本ぐらいあったから掛ける三九〇では〆《しめ》て何万円か、フフフとなる。魚のときもおなじである。新鮮なメバル一匹が四八〇円だと掛ける何匹である。魚の値段が安いときには、「鮮度がおちてるわい」と呟いている。

六十歳かとあらためて考える。おもえば遠くへきたものである。生死の境をさまよったことが、何度あったか。病気では二度死にかけている。二十余年前、回腸末端炎を起こして近所の病院に救急車で搬送されたときには、すぐさま開腹手術をして命をとりとめた。ピンセットで腹の中の膿をひとつずつ潰しながら、「生きているのが不思議ですよ」と医者はいったそうである。「ここまで悪化するには相当痛かったはずだ」といわれたが、その三日まえからアルコール漬けで感覚が麻痺しており、痛いと気がついたときには、七転八倒、自力で歩けなくなっていた。生来、痛みには鈍感である。

二度目は、熊本大学付属病院での食道癌の手術だが、このときはかかりつけの先生の診断で早期発見だったため、不安感はほとんどなかった。手術前に執刀の先生に成功率はどのくらいかと訊いたら「九九パーセントですよ。体力の無い人にはキツイですがね」といわれ、体力だけには自信があったので、妙に安心したことを覚えている。

ただ、食道の接合を、病患部を切り取って直接胃に接合したために、術後その部分の細胞がもりあがり食道狭窄になった。食道狭窄になると次第に喉のとおりが悪くなり、水はおろか自分の唾も飲み込めなくなった。もちろん、食事などできるはずもなく、主治医のところに行ったら、すぐに点滴をしてくれて大学病院に連絡。そこで、食道をひろげるバルーン療法をうけて、ようやく水を飲めた。接合部の細胞は、自己防衛のために自然に増殖をくりかえすそうで、喉の接合部が狭くなってはバルーンで広げ、狭くなる、広げるの繰り返しで、その八年後に虎ノ門病院で手術をするまでは、栄養不良に悩まされた。

三度めは文字どおり危機一髪だった。喉に肉の塊をつまらせて虎ノ門病院で取り出しているときに大量出血した。食道癌手術時に接合した喉の部分に潰瘍が出来て、それが動脈血管と癒着していたのである。緊急処置をほどこして手術までのあいだ、担当医は、話し掛けられても頷いてくれるなというほど、危険な状態だった。

手術は成功し、一命はとりとめたが、その後遺症は長く残った。永年の栄養不良と不摂生が蓄積されていた。

一昨年の暮れに熊本に帰って、なにより慰めてくれたのは故郷の山河だった。きれいな空気とうまい水、なつかしい山容が慰めになった。毎日近くの温泉にかよった。弟二人の存在もありが

根子岳

たかった。三男と四男が熊本に残っており、あいかわらずの顔をしていた。それぞれの連れあいも元気で甥、姪たちも親に心配をかけながらなんとかやっていた。むかし泣いてばかりいた、甥のひとりが「おじちゃん、縮んだね」と正直なところをいってくれた。

一年ばかりボーッとしていた。虚脱したようになっていた。おもいがけない助けは、すぐそばの書棚に眠っていた。熊本から西船橋、新丸子と転々としながら、ふしぎに持ち歩いていた、古ぼけた自分の文書を見つけた。『パイプのけむり』だった。熊本から東京の赤坂まで、十余年間にわたって毎月書き続けて、社内報に載せていた文章だった。それを半年ちかくかけて原稿用紙にうちなおし、出版社に送った。一十日ばかり経って懇切な批評と共に、《協力出版》の提案があった。即日、《協力出版》承知の手紙を書いた。

六十歳になって若い頃からの希望であった、文章で何かできないかという夢が叶いそうな予感がしてきた。「おれの財産は、みんな腹の中に入れとくわい」と嘯きながら飲んだ酒がやっと生きてきそうである。これが人生最大の収穫かもしれない。

平成十三年四月

著者プロフィール

永島 克彦（ながしま かつひこ）

・昭和16年4月9日、鹿児島県種子島生まれ。以後韓国釜山、熊本県荒尾・長州、種子島、大阪、兵庫、東京などを転々、平成11年12月より熊本、現在に至る

・平成13年4月9日還暦を迎え、それ以前の記憶を喪失

・免許　自動車（カタピラ車可）・標的射撃・小型船舶四級・ボイラー・危険物乙四

・趣味　海釣り（見習中）・ゲテ物料理・病気

あんたがたどこさ

2001年11月15日　初版第1刷発行

著　者　永島《ながしま》 克彦《かつひこ》

発行者　瓜谷 綱延

発行所　株式会社 文芸社

〒112-0004　東京都文京区後楽2-23-12

電話　03-3814-1177（代表）

03-3814-2455（営業）

振替　00190-8-728265

印刷所　株式会社 フクイン

ISBN4-8355-2619-8 C0095